永夜君王

阴谋·阳谋

永·夜·君·王

黑夜仿佛突破屏障，

他唯一能做的，就只有咬紧牙关保持清醒，

仿佛这样就能够留住光明。

目录

MU LU

第一章 再见菜鸟

千夜走出山洞时，背包多了几十公斤负重，里面装着一把二级原力枪，五颗原力实体弹，十几个金币，以及一些野外生存需要的装备和食物等。

他走了一天，飞鸟这才带着手下出现在山洞外。此时的飞鸟看上去有些狼狈，身上的衣服不但脏兮兮的，还有好几处破损。

这些天蛇帮帮众早就没了出城时的嚣张气焰，一个个有气无力的。现在跟在飞鸟身边的只剩下六人，其余的都掉队了。

看到李伦哲的尸体时，飞鸟的脸色骤然变得相当难看。他虽然为人骄狂傲慢，但不是傻瓜，很清楚李伦哲的实力。况且在野外，猎人的实力会得到更充分的发挥，就算是他自己也不敢保证能够收拾掉李伦哲。然而李伦哲死了，并且死状极为痛苦。

他蹲下来，顾不上脏污，亲自把李伦哲的衣服全部脱去，仔细检视每一处伤痕。看完之后，他的脸色一片惨白，这可是专业的用刑手法！换作自己，恐怕连一分钟都熬不过去。事实上，像他这种嗜杀的人，心理尤其脆弱。要是落在千夜手里，最好的解脱办法就是立刻自杀。

他的脑海中忽然闪过黑狼的尸体，缓缓站了起来，沉声说道："收队，回城！"

所有人都松了一口气，立即跟随他匆匆离去。这一路上他们越是追踪，就越是害怕。他们在暗血城里向来横行无忌，可此次始终追不上敌人，反而目睹了同伴们让人惊怖的死状，这个猜不透的敌人让他们产生了真正的恐惧。

千夜真的只有三级实力吗？这是所有人心里的疑问。

此刻千夜正站在数十公里外的一座山峰上，观察着周围的环境。他望向山洞的方向，心中暗想：天蛇帮的人应该已经撤退了吧？只要他们不是彻底的蠢货。

他打开地图，上面标记了几个地点。这些都是伏击阵地，构成重重防线，横在飞鸟返回暗血城的路上。

飞鸟还是颇有能力的，到达山洞的时间比千夜预计的早了一个小时。现在他锐气已失，又在荒原上连续追击了数日，体力消耗极大，这一次千夜不打算让他回去了。

干掉黑狼和飞鸟，所谓的四大高手就损失了最强的两个，这对于天蛇帮来说将是极为沉重的打击。可就在千夜选择伏击地点的时候，忽然心有所感，下意识地望向远方的天际。

永夜大陆的暗季又被称为远地日，夜晚的天穹幽黑空旷，世界之巅的群星格外遥远。此刻在寂寥得近乎荒芜的天幕中，一点星光突然用力地闪烁起来。

微弱的星光变得越来越明亮，每一次闪烁都仿佛扩张了一圈儿。在千夜的黑暗视觉里，那点星光快速移动，似乎正朝着这边行来。片刻之后，他的视野中出现一艘小型的蝙翼浮空艇，艇身上还有火焰在燃烧。

浮空艇摇摇晃晃的，不断降低高度，最终坠向大地，落到山的另一边，随后升起了腾腾的火光。

千夜顿时一惊，浮空艇的外形如此特别，他绝不会忘记！那是红蝎军团专用的救生艇，当初他就是乘坐它逃出了死局！

他没想到会在这里看到它，他方才已注意到浮空艇上起火的部位，显然不是由于机械故障造成的，而是受到了外来的攻击。但以红蝎的强大，别说是在暗血城，哪怕是在整个磐石岭都应该所向披靡才对。这次行动连救生艇都遭到攻击，红蝎主战场的情况可想而知。

他心中一片冰凉，猛然想起那个神秘的黑袍人，以及来自群峰之巅的威廉。如果遇上的是他们，那么即使有红蝎级别的队长带队，也无法抵抗。除非红蝎军团出动副军团长一级的强者，才可能有一战之力。

他犹豫了一下，猛一咬牙，向救生艇坠落的地方赶去。哪怕有可能直面如威廉这等极为强横的存在，他也决心冒险。在红蝎的时间虽然不长，但是那里教会了他许多珍贵的东西，其中有一样，叫作战友！至于飞鸟，他现在已经顾不上这种小人物了。

他小心翼翼地奔行着，身体伏得极低，借助周围地形的掩护不断靠近救生艇的坠毁地。他很快攀上对面的山顶，然后小心地探头望去。

救生艇坠毁在半山腰上，已被熊熊烈火吞没。十几名血族战士组成了包围线，正在逼近救生艇。

忽然从救生艇旁的乱石堆中射出一道红色光芒，瞬间把一名血族战士轰飞了。其余的血族战士开始加速，转眼间越过百米，冲进乱石堆，和一名高大的红蝎战士缠斗在一处。

那名红蝎战士早已遍体鳞伤，此时被七八名血族战士团团围住，如同一头被狼群困住的雄狮。只见他的动作忽然一缓，周围的血族战士见状大喜，纷纷扑了上去！

千夜不由得在心底大叫一声，他也是红蝎军团出身，自然知道这名红蝎战士的意图，可是这时已经来不及阻止了。

一道刺眼的银光在战圈儿中显现，靠近的血族战士都惨叫着，捂住脸踉跄后退。随后以红蝎战士为中心，一波烈焰迅速扩散，冲击波将血族战士一个接一个地掀飞。火焰也随之粘在他们身上，久久不熄。他们被烧得大声号叫，翻滚了几下就全然没了声息。

烈火中透着丝丝银色，显然掺杂了黎明原力，对黑暗种族有极大的杀伤力。这种原力手雷威力巨大，由于价格昂贵，一般只配发给队长级别的战士。

那名红蝎战士一次性引爆了四颗原力手雷，此刻已尸骨无存。

五名血族战士侥幸逃过一劫，他们在最外围，还没来得及扑上去。他们显然被吓坏了，不敢再接近爆炸中心，尽管那名红蝎战士已经彻底消失了。

就在这时，不远处突然传出一声轰鸣，闪耀的原力弹破空而至，轰飞了一名血族战士。

余下的血族战士立刻分散出错落的攻击队形，向枪声响起的地方冲去，那是一片低矮的树丛。

原力枪再次轰鸣，但是准头却有些欠佳，原力弹擦着一名血族战士的身体飞过。那家伙号叫了一声，行动一滞，但这点儿伤害完全不影响身体强悍的血族战士的战力。有两名血族战士已取出原力枪，瞄准树丛开始射击。剧烈的爆炸声中，一个小巧的身影跃出，连续几个翻滚，有点儿狼狈地避开了血族战士的射击。

千夜心中暗叫可惜，树丛中的家伙明显是个菜鸟，百米的距离也射偏了，只能说他确实太紧张了。血族战士的攻击速度奇快，哪怕面对的是低级别的血族战士，一般也只有远距离轰出两枪的机会。

虽然他不再是红蝎的成员，但既然这家伙是个菜鸟，他便觉得自己有义务保护菜鸟。他的手指以恒定的速度压下扳机，原力弹一出枪膛，他只管挪动枪口，根本不去关注结果。

一名准备射击的血族战士被击中后背，直接轰飞了！突如其来的制高点袭击让这些血族战士们一阵慌乱，就在他们寻找敌人的时候，千夜的第二枪已经射出，另一名持有原力枪的血族战士也倒下了。

余下两名血族战士索性放弃菜鸟，全都向千夜扑来，他们已经看出这个袭击者要厉害得多。

千夜从射击阵地上站了起来，拔出短刀手斧，迎面对冲！对付两名仅有三级实力的血族战士，他毫无压力，几记凌厉的斩杀，就把他们砍翻在地。

不远处，那个小菜鸟反应还算快，也跟着冲上山坡，没想到才平端起原力枪，敌人就已经都躺下了。

小菜鸟是个少女，身体还没发育完全，美丽的小脸上透着稚气，大大的眼睛中全是惊慌。

千夜向周围看了看，没有发现其他血族，随即向小菜鸟招手："跟我来，马上离开这里！"

"可是我还要收拾好夏队长的遗物……"小菜鸟带着哭腔，声音又软又糯。

"没有时间了，立刻走！"千夜两步跨过去，不由分说地一把抓住她的衣领，强行把她拖走。

小菜鸟回头望了一眼，眼中的泪水忍不住流了下来，踉跄着奔跑起来。

千夜怒吼一声："不许哭，菜鸟！现在开始极限奔跑两个小时，跟上我！"

小菜鸟吓了一跳，恍惚间好像听到长官在下命令。她本能地把原力枪甩到背后，调整状态，急忙跟上千夜。迷迷糊糊地跑出一段距离后，她才反应过来，这个突然出现的年轻人怎么说话做事的风格和夏队长如此像！

千夜一直带着她东绕西拐，沿着复杂的山势爬下攀上，虽说极限奔跑的速度并不算特别快，但是在山区环境下体力消耗却会激增。

小菜鸟累得小脸发白，不停地喘气。到后来她的眼神已经有些涣散，完全是靠训练出来的本能强撑着，才勉强没有掉队。

她并不知道，就在他们离开后不久，又有大队血族战士出现在救生艇坠落地附近。一队高级战士一直跟在他们身后，被千夜带着爬山下沟，追踪了整整一个小时，直到连续蹚过两条浅溪后才被甩掉。

千夜持续跑了两个小时，这才停下，说："可以休息了！菜鸟，你有三十分钟时间。"

小菜鸟立刻瘫倒在地，艰难地从背包中拽出水壶，喝了两大口，随后以极大的毅力重新把水壶盖好。

“可以用点儿兴奋剂，待会儿我们还要继续赶路，这次是一个小时。”

听到千夜的话，小菜鸟的脸顿时垮了下去。

千夜只是喘息略微急促了些，既没有喝水，也没有使用兴奋剂，休息几分钟就恢复如常了。

小菜鸟两眼发直地盯着他，如果没有看错的话，他只点燃了三个节点，和自己一样是三级原力，但是他表现出来的体能却太可怕了，竟然直追红蝎队长。而且在面对血族战士时，手段干脆利落，那种一击必中的杀伐狠辣也压过了众多黑蝎老兵。

千夜安静地坐着，原本有话想问，最终却一个字都没有说。这时，他才认真地看了看小菜鸟。她很年轻，长相十分甜美，小小的心形面孔上有着一双黑溜溜的大眼睛，如宝石般熠熠生辉，隐隐透着几分天真。

这样一个少女居然也有三级原力，和他实力相当。看来她在修炼上的天赋非同凡响，应该是跳过考核直接被红蝎录用的。她给原力枪充能的手法明显不是兵伐诀，虽然没有速度上的优势，但是从方才那两枪的威力来看却有过之而无不及，应该是某个世家秘传的高级功法。

只可惜她的实力虽然不低，战斗经验却不多。夏队长显然是想牺牲自己牵制住血族，争取时间让她逃跑。但她没有忍住，毅然杀回来报仇，在打倒一名血族战士后，面对血族的凶悍反扑慌了手脚，第二枪居然打偏了。如果不是千夜，她早就变成血族的俘虏了，连同归于尽都是奢望。

千夜看着她，悄悄叹了口气。不久之前他也是一个菜鸟，期待着褪去青涩，成为一名正式的红蝎成员。未来看上去十分美好，可是宿命的一战却永远改变了他的命运，也改变了许多人的命运。

三十分钟很快就到了，他站起来，面无表情地喝道：“一小时极限奔跑，跟上我！”

他当先奔出，小菜鸟应声跳了起来，跟着他一路远去。

这一次他是笔直奔跑，并没有刻意隐藏行踪。一个曾经的红蝎菜鸟带着另一个小菜鸟，就这样一前一后地穿过辽阔的荒原，向远方奔去。

跑着跑着，千夜忽然说道：“回头看看！”

小菜鸟闻言，回头搜索一番，看到几名血族战士的身影出现在他们之前待过的山头上。她吓了一跳，奔跑的速度立刻快了许多。

千夜却没有提速，仍然不急不忙地以恒定的步伐跑着，甚至都没有回头看一眼。

“他们……追上来……怎么办？”小菜鸟上气不接下气地问道。

“他们已经累垮了，追不上来的。”千夜淡然答道。

小菜鸟有些不敢相信，毕竟双方相距只有几公里。跑了一会儿，她忍不住回头望去，果然那些血族战士还在山顶，并没有追来。她心头一松，前方千夜的背影骤然变得高大起来。

几公里之外的山顶上，一名血族老者遥望着荒原上一路远去的千夜和小菜鸟，脸色铁青，唇上没有一点儿血色。他身边的几名血族全都裹紧了斗篷，无言地望着那两个竟敢大摇大摆地横穿荒原的人类。

“大人，追吗？”一名年轻的血族试探着问道，语气中却带着强烈的不自信。

血族老者摇了摇头：“等我们追上他们，肯定会进入人族的领地，人类远征军有些麻烦。”

实际上从主战场一路截杀追击到现在，他们的体力已经耗尽了，哪儿还有体力继续追赶！

他们只能目送千夜和小菜鸟远去，眼睁睁看着二人转身消失在山的另一侧。

一个小时到了，小菜鸟回头看时，已经不见血族的身影，这才松了一口气。

千夜停下脚步，向前方指了指，说：“你朝着这个方向走，一百公里外就是暗血城。城里有帝国远征军的驻军，你亮出身份，他们会提供帮助的。”

小菜鸟用力点了点头，好不容易脱离险境，一想到能回到红蝎，她的小脸上立刻有了光彩。但是她随即又想到战死的夏队长，小嘴一撇，一副要哭出来的样子。

千夜把脸一沉，喝道：“收起你的眼泪！任何一名真正的红蝎战士都是在无数的生死磨砺中成长起来的，第一次上战场可以软弱，第二次如果还这样，那就不可原谅了！所以，现在立刻到暗血城去，去找远征军，然后回红蝎报到！你有四个小时！”

小菜鸟本能地挺起胸膛，大声说道：“是，长官！”

千夜点了点头，伸手向前一指，小菜鸟立刻跑了起来。四个小时跑完一百公里，她同样需要保持极限奔跑的速度。没跑几步，她感觉有些异样，愕然回头，发现千夜还站在原地一动不动。只见千夜向她挥了挥手，转身朝着来时的方向走去。她忽然萌生了一个想法：他一定是去找那些血族的麻烦，为红蝎队长报仇！可是他明明和红蝎没有关系，为什么要这么做？

她怎么都想不明白，但仍然出于本能向前奔跑着，丝毫没有影响速度。用不了多久，她就能回到红蝎了。这次回去，她要好好修炼，磨炼战技，提高胆识。等到褪却青涩时，她还要回来找他。她迷糊的小脑袋中忽然浮现出一个严重的问题：怎么办？还不知道他的名字！她连忙停步，再回首望去时，千夜早已消失在地平线的另一端。她呆呆地站着，怅然若失。

千夜正极速前进，荒原的沟壑在他眼中仿佛不会造成丝毫障碍。他不停地跨越它们，并且不断加速。没有了小菜鸟的拖累，他在体质和战技上的优势终于得以充分发挥。

一个小时后，他登上了一座小山的山顶，冷冷地看着还在半山腰处向上攀登的血族老者及其麾下战士。他就那样居高临下地站着，全然没有隐匿踪迹的打算。当着众多血族的面儿，他将两发秘银原力弹压入枪膛，然后抬起枪口。

血族老者顿时倒吸一口凉气，他可是五级战士，麾下也都是三级战士。按理说实力完全碾压千夜，可是不知为何，当千夜举起原力枪时，他的心底竟泛起无可抵抗的恐惧！

老者出自血族一个小有名气的氏族，素以对危险的强烈直觉而著称。以他五级的实力，就算现在体力不济，也不至于对两发秘银弹如此忌惮。只要不命中要害，他就有信心从攻击中活下来。

老者没动，麾下的战士更不敢擅动。秘银弹对他们来说有着强横的杀伤力，虽然等那个人类发出秘银弹后，就能扑上去把他撕成碎片，但是首先被击中的倒霉蛋肯定是完了。

千夜从容瞄准，随后竟然迎着一众血族战士一步步走去！

难道这个人类打算正面硬战？老者心中泛起荒谬至极的念头，这完全是自杀性的攻击！他这一生参加的大大小小的战役多达数百起，从来没有遇到过这么荒唐的情况。时间紧迫，他来不及多想，发出一声厉喝，硬着头皮冲向千夜。身为等级最高的首领，他没有理由在区区三级实力的千夜面前避战。

可是当千夜将枪口指向他的时候，他心中又升起强烈的警兆。他看到千夜嘴角浮现一抹微笑，那是猎人看着猎物一步步走入陷阱时的笑容！

"轰"的一声，千夜的枪口喷出原力光芒，一颗实体弹呼啸着飞来！老者狂叫一声，双臂交叉拦在面前，鲜血之力狂涌，竟在身前凝聚成一面暗红色血盾！

原力弹轰碎了血盾的阻挡，虽然威力被削弱了大半，但仍在老者的手臂上打出一个深可见骨的伤口，伤口处瞬间一片焦黑。老者心中反而大定，这样的伤势完全在可以接受的范围之内。他向千夜一指，喝道："杀了他！"

血族战士们立刻围了上来。

千夜忽然拔出屠夫，连开两枪，轰倒了两名血族战士。近距离下屠夫威力极大，无愧于这个霸气的称号。

新鲜、微凉的血气与火药燃烧的热辣味儿交织在一起，仿佛雨后青草一样散发出无比浓郁的生命气息。千夜拔出手斧，盯着围上来的几名血族战士，心底忽然涌起强烈的兴奋，他莫名地极度渴望最激烈的战斗！

血族战士们纷纷拔剑，动作整齐划一，剑锋上全都泛起一层淡淡的血光。他们明显不是散兵游勇，而是受过军事化训练的大家族战士。这类战士更喜欢黑暗种族的传统武器，可以发挥他们速度和力量兼备的优势，以及强悍的种族天赋。

转眼千夜就被包围了，但他毫不畏惧，猛一踏地，落足处顿时涌起一圈儿波浪，向四面八方散去！借这一踏之势，他如炮弹般弹出，"砰"的一声，和身撞在一名血族战士身上！由于撞击过于猛烈，两个人几乎粘在了一起！

血族战士的长剑架在千夜左手的臂盾上，已经被撞得扭曲变形，剑锋向内，反而割伤了他自己。千夜狂吼一声，全身用力一顶，终于把他推得踉跄后退！

所有血族战士一脸愕然，原本的合击阵势顿时失去了作用。在正面角力中，他们居然输给了同级的人类，这简直不可思议！

千夜等的就是攻破他们阵形的这一刻，只见他推撞着面前的血族战士一直冲出几十米，才停了下来。与此同时，他将手斧闪电般挥出，朝来不及回剑格挡的血族战士身上劈去。

他丝毫没有停顿，左脚向侧方跨出一步，旋身回转，身后疾冲而上的一名血族战士随即扑了个空。而和那名血族战士并肩的同伴却撞了过来，沉闷的撞击声连续响起。

两人再次分开时，千夜倒飞而出，稳稳落地，血族战士却委顿倒地。

血族老者双眉紧皱，这个人族身形十分单薄，可是迸发出的力量却远超血族精英战士！而且下手极为狠辣，往往一击之中见生死。他不想再损失手下的战士，反手抽出自己的佩剑，催动鲜血之力。剑身渐渐透明，蒸腾起氤氲的红芒，传出隐隐的啸叫。

他示意手下牢牢防守，自己则向千夜走去。可是刚一起步，突然阵阵虚弱感袭来，体内仿佛出现一个大洞，充沛的鲜血之力瞬间流失，连长剑都无力握住，砰然掉落在地！

他大吃一惊，低头看去，脸色忽然变得苍白无比，失声惊呼起来！

血族向来体质强悍，他手臂上的伤口原本应该收拢止血，可是现在非但没有合拢，反而扩大了。此刻伤口处不断渗出紫黑色的血水，散发着腐臭和死亡的味道，且肌肉正以肉眼可见的速度坏掉。

一闻到这股味道，他脑袋就一阵眩晕，瞬间明白过来，失声叫道："有毒，是剧毒！"

只见他身体晃了晃，已然站立不住，一头栽倒在地。

围攻千夜的血族战士顿时大惊，有的想脱离战圈儿奔过去查看，有的则改变守势，急急忙忙地发起攻击。一片混乱中，千夜沉喝着，抓住每一点空隙楔入、爆起、闪掠、移位，瞬间连斩两人。

很快战斗结束，他将血族战士悉数斩杀，自己身上也多了数道伤口。那些伤口火辣辣的，血肉像是被烧焦了一样，呈现出炭黑色。

血族的长剑都蚀刻着原力阵列，能够让黑暗原力透过剑锋伤害对手，他正是被其所伤。以他过去的经验来看，这种伤势最是麻烦，不把黑暗原力清除干净，伤口就永远无法愈合，且黑暗原力滞留的时间越久，伤势就越严重。

伤口很痛，可是这种痛楚却刺激着他的神经，让他变得越来越兴奋。体内血液沸腾不已，抓狂的感觉让他越来越焦躁不安。他不由自主地深吸一口气，刚想扑到一名血族战士的尸体上，意识深处便传来一个声音，不停地阻止他。这个声音虽然微弱，但是异常顽强。

就在这时，他的鼻端飘来一缕腐臭的味道，他霍然抬头，发现血族老者不知何时站了起来，双手持剑，颤巍巍地朝他斩来！

他一言不发，弓身弹起，直接撞入血族老者怀中，一把将老者提了起来！

此刻他体内金、紫两道血气如飞鱼出水般，不断从血潮中冒头，这让他的身体力量再度激增。

在这个黎明原力消耗得只剩下薄薄一层的世界里，一个轮廓隐隐约约浮现，仿佛下一刻就会突破屏障。而原力共鸣依然传递了过来，牵引着嗜血的冰冷和暴虐席卷过每一个角落。

千夜不假思索，左手猛一发力，待缓缓松手时，血族老者的尸体应声落地。他亢奋的情绪得以发泄，终于渐渐冷静下来。

血族老者的肌肤出现大块不正常的青紫色，嘴角往外渗着青黑色的血。他太大意了，仗着身体强健去硬挡千夜的原力弹。然而千夜手制的原力弹并不寻常，其中蕴含着一丝血气，对黑暗种族尤其是血族杀伤力巨大。特别是当沸血变成修炼的一部分之后，效果日益明显。

浓郁的血气源源不断地散发开来，千夜压下心底的渴望，开始搜寻战场。这些血族战士所用的长剑都是做工优良的精品，剑身上蚀刻的原力阵列是专为黑暗原力设计的，用黎明原力驱动的话威力会大打折扣。但是拿到黑市上去卖，价格会比普通武器高出很多，每把至少可以卖出十个金币。只不过在暴风骤雨般的猛烈战斗中，过半的长剑都已扭曲损毁，只有两把是完好的。

老者所用的长剑式样华丽，做工精美，是精品中的精品。千夜试了试这把剑，当他将混有血气的原力输入后，剑锋上顿时亮起一抹浓浓的血色！这把剑在他的手中，发出的威力居然比在老者手里时还要强。

不过他掂了掂，觉得剑身轻飘飘的，实在没什么分量，就有些不喜欢了。他把长剑归入剑鞘，继续在老者身上搜索，又找出一把二级原力手枪，以及一个装有十几枚水晶币的精致皮袋。老者身上还有一套皮制胸甲，也是蚀刻了原力阵列的精品。这种好东西他自然不会放过，快手快脚地剥了下来。至于血族战士身上没有原力阵列的护甲，他根本不屑一顾。

他盘点了一下战利品，搜出的原力枪共有六把，除了老者所佩的是二级，其余的都是一级，水晶币大约有五十多个，然后就是一套胸甲和三把原力长剑。最后他把所有血族的獠牙敲下，战场就此清理完毕。

他看着塞得鼓鼓囊囊的背包，第一次发现通过杀戮和抢夺来钱如此之快。以往在红蝎时，战利品都由军团统一回收处理，战士们则按军功评定获得功绩积分。那时各项训练学习，乃至修炼的辅助品都需要消耗大量积分。而他为了积累积分，一直处于身无长物的状态，似乎只有获得大量的积分才能证明他的实力。

现在有了这些战利品，他又可以换取资源，特别是那些能加快原力修炼的珍稀药品。虽然他在兵伐诀的修炼上大有进境，已经达到兵王级别，但修炼出的原力却要供应两处：一是黎明原力，二是成为喂养血气的食料。

血气带给他的变化是天翻地覆的，瞳术夜视和血族体质都是非常实用的能力，身体的强横也让他修炼兵伐诀的进展获得了质的提升。既然血气已经成为身体的一部分，他也只能坦然接受。

他快速清理完战场，朝着山那边红蝎救生艇坠毁的方向望了一眼，把升起的浓烈感情压了下去。小菜鸟是最后一个幸存者，而从血族老者带领的小队来看，附近肯定还有实力强大的氏族在活动。

他满怀着为红蝎战士复仇的愤慨找到这支血族小队，仗着些许运气全歼了对手，尽管自己也受了不轻的伤。这让他稍稍冷静了一些，毕竟红蝎的任务对象从来都不是简单的对手，以他现在的力量也只能做到这个地步了。

他最后扫视了一眼战场，随即转身离开，奔入荒野。

第二章　群魔乱舞

千夜走后不久，山峰上陆陆续续出现了十余名血族战士。为首的血族是个中年男人，身穿黑色长风衣，衣领和袖口上绣着血色蔷薇的图案。他的脸色格外苍白，双瞳则宛若红宝石般艳红。

这赫然是一名有爵位的上位血族！

他看到了躺满血族尸体的战场，身形一掠，闪烁几次后就出现在血族老者的尸体旁。当发现所有血族战士的獠牙都被敲走了时，他的脸上掠过一抹狂怒，重重地"哼"了一声，周围的草木突然诡异地随之倒伏又弹起。他深深吸了口气，分辨着空气中尚未散尽的味道，然后盯住千夜离去的方向，脸上闪现出一丝疑惑："奇怪，怎么会有上位血族的味道？这种味道……"

他正想追上去，就在这时，远方天际突然亮起几点火光，片刻后有隐隐雷鸣传来。

一艘黑底红纹的飞艇燃烧着从空中坠落，数艘狰狞的巨舰突破云层紧追其后，银白色光芒一波接一波地持续击打在不断下坠的飞艇身上。

前方的飞艇明显是血族风格，艇身的血色蔷薇标识和中年血族身上的一模一样。他脸色一变，随即远方又响起蜂鸣声，一声比一声尖锐。

他双瞳中血气翻涌，怒道："哼，这些卑鄙龌龊的人类，就知道依靠数量取胜！"

旁边的一名血族少女轻声说："伯爵大人，这是紧急召集的命令，我们需要在规定的时间内赶到！"

中年血族又"哼"了一声，不甘心地朝千夜逃离的方向扫了一眼，随后才向蜂鸣声响起的地方赶去。十余名血族战士簇拥在他身边，一群人倏忽远去了。

千夜此刻正在荒原上狂奔，完全顾不上隐藏行踪。就在刚才，他感知到背后有一道极为强横的意识扫来，并且将他牢牢锁定。威能如此之大，他知道遇上了完全无法抗衡的敌人，唯有全力逃离。

好在那道意识似乎遇到了阻碍，又或者对弱小的他不感兴趣，忽然退去，随后再也没有出现。不过他丝毫不敢松懈，全速狂奔上百公里，直到逃进帝国远征军的控制区域才算松了口气。

短暂休息了片刻，他又向暗血城赶去。最近荒原上好像发生了大事儿，黑暗种族的上位强者不断现身，而人类帝国的红蝎军团也出现在这块区域。一场巨大的风暴旋涡正在成形，现在的荒原已经不适合猎人肆意活动了。

这个时候离开磐石岭也不妥，公共交通艇恐怕已经停航，地面上更是危机四伏。深思熟虑一番，他准备继续依附着暗血城，蛰伏一段时间，闭关潜修，精进一下原力。他突然想起那个迷糊得有些可爱的小菜鸟，不知道她有没有顺利回去。

即使荒原上正风起云涌，暗血城也依旧四门大开，霸气无伦。他现在明白了，面对那些可怕的黑暗种族上位强者，关不关城门其实没有区别。当他整理好衣装准备进城时，正好遇到一大队远征军开进暗血城。

这支绵延无际的队伍足有近万名战士，上百辆战车拱卫着中军，而高高飘扬的帝国军旗赫然属于一名少将。此时，那名少将正站在指挥车上，负手而立，军姿挺拔，神态威严。虽然他的头发已经斑白，但是一身杀气浓得如有实质，一看就是杀人如麻的厉害之人。

看来远征军终于对荒原的局势做出反应，大举增强了暗血城的守卫力量。千夜等了半个小时，待远征军全部入城后，才混在人群里面进了城。

城中远征军的军力骤然翻倍，顿时打破了平衡。各方势力都收敛了不少，就连平日在街头横行的帮派小混混们也不见了踪影。

千夜当然不会再回自己的那栋房子，他避开了南塘区，在东湖区靠近贫民窟的地方找了个小旅馆住下。随后前往玄铜街，一走进“阿一枪械”，就随手锁死了店门。

老头阿一正戴着一个多功能眼镜，观察着手中一块残破的金属片。他听到动静儿抬起头，看到走进来的是千夜，脸色立刻变得有些难看：“怎么又是你？！”

千夜这次做了全套易容，不但改变了面容，还在衣服里动了点儿手脚，体型看起来大不相同，可还是被一爷一眼认了出来。千夜知道这个老头并非简单的人物，不过对他的观感却怎么都好不起来。

千夜靠在柜台上，点燃了一支烟，说：“怎么，有生意也不想做？”

“天蛇现在恨不得将你大卸八块！你杀了他那么多手下，黑狼死了，飞鸟也畏畏缩缩地回来了，我还从没听说那个小子怕过谁。如果绝杀令再没个结果，天蛇可就名誉扫地了。他已经把赏金提高了十倍，你的脑袋可是值整整一千帝国金币，而且他还放出话来，谁与你交易谁就是天蛇帮的死敌。你说，我怎么敢做你的生意？”

一爷一口气唠叨了一大堆，千夜淡淡地说道：“我手上有血族武器。”

“拿出来看看！”一爷脸上的表情“唰”的一下就变了。

千夜看着那张笑得如同春花绽放的老脸，顿时哭笑不得。他默默打开背包，拿出五把一级原力枪和两把原力长剑放在柜台上。

一爷只扫了一眼，立刻全身一震，失声说道：“血蔷薇家族的制式手枪，还有战队的制式长剑！难道你干掉了血蔷薇的一个小队？”

“这不重要。”千夜并不打算和一爷说太多。对方眼力太好，一眼就看出一些蛛丝马迹，如果自己再透露出只言片语，恐怕会带来不必要的麻烦。

一爷定了定神，拿起一把原力枪，一边仔细地查看，一边喃喃道：“没错儿，这个做工的确出自血蔷薇的氏族军团。嗯，这里还有一个记号……是三年前的作品……”

他十指忽然灵动飞舞，瞬间将这把原力枪拆成零件，然后又在几秒钟之内将其重新组装。这一连串动作一气呵成，千夜有些眼花，对他的戒心又多了几分。

一爷把手中的原力枪放下，深深地看了千夜一眼，说：“血蔷薇的小队长至少也是个五级战士，他配备的应该是二级原力枪和原力剑。你不打算拿出来吗？”

千夜双眉扬了扬，虽然早有心理准备，却还是暗自惊讶于一爷的见多识广。不过他只是淡淡地回道：“在你这里卖不出好价钱。”

“只有我才能吃下你手上那批货。如果你拿到别家去卖，天蛇就会找上门来。”一爷冷冷地说着，威胁的意味十足。

千夜对一爷不善的口气毫不在意：“我可以过一段时间再卖，或者干脆自己用。说不定过几天，天蛇就会出点儿意外。这个世界变化很快的，不是吗？”

一爷双眉一皱，忽然说：“我给你上层大陆市价的两成！”

“三成。”千夜竖起三个指头，见一爷仍面露难色，便轻声叹了口气，说，“这样，各退一步，两成五！但是接下来的三个月里，你每个月得给我弄一瓶酒和三包烟，要特殊加料的那种。”

“两成七！我直接给你五十毫升的特殊兴奋剂原液，主力军团级别的。”

“成交！”

千夜这才从背包里拿出二级原力枪和原力剑，以及一堆从杂兵身上收获的零碎物件。他又掏出两个钱袋，“哗啦啦”，一口气把上百枚金币和水晶币倒在了柜台上。

柜台上堆满了东西，价值接近一千帝国金币。他把它们往前一推，紧盯着一爷，说：“我要一把‘鹰击’！”

一爷眼角一阵抽动，缓缓地说：“这些可不够弄一把鹰击。”

“你总会有办法的，我只要八成新的。”

“五成新！”

“不行，鹰击不能太旧，至少七成新，绝不能再低了。”

一爷的手轻轻叩着柜面，说：“行家啊！小家伙儿，我都对你有些好奇了。”

“那并不重要，至少没有生意重要。”

“你怎么知道我能弄到鹰击？”

“感觉而已。”

一爷呵呵一笑，片刻后才说：“三天后来拿货吧。”

千夜没有多说什么，把半包烟放在柜台上，然后出了店子。

鹰击是帝国主力军团的制式远程狙击枪，属于四级原力枪，这个等级的枪械一般配发给中校级别以上的军官。由于远征军的规模私下膨胀得厉害，因此只有上校以上才能配发鹰击。

尽管远征军中的制式武器通过各种渠道流向了黑市，但是一把四级原力枪，特别是威力巨大的远程狙击枪依然极为稀少。一方面是因为来源受到限制，另一方面是因为民间并没有那么多狙击手。

然而不同于普通的原力枪，远程狙击枪必须足够新，才能够保持精确度。若是六成新以下，精确度就会直线下降。尤其是像鹰击这种等级的枪械配件，是很难单独配全的，也没有办法用民间手工制品来替代。

千夜原本没有抱太大的希望，如果没有鹰击，一把三级的“探针”也能勉强对付。

没想到这个以坑蒙拐骗的形象出现的老头竟然有这种渠道，不光能够消化那么多的血族武器，还能弄到七成新的鹰击。

接下来的三天，千夜在修炼中度过，随后又换了一副模样前往一爷的店子。

一爷直接扔过来一个破旧的帆布包，包面上蹭着大片机械润滑油的污迹。千夜打开看了看，里面装的全是各种零件。此刻店里还有几个客人，千夜若无其事地拿出一个零件仔细地看着。

那几个客人一眼就看到零件上十分明显的磨损痕迹，顿时失去兴趣，看向千夜的眼神中也带了些许鄙夷。

一名年轻的佣兵扫了一眼柜台里面的原力枪，直接骂道："这是什么烂店，连把二级的好货都找不到。"

一爷脸色立刻一沉，指了指千夜面前的破帆布包，说："我这里可有更厉害的猛货！"

那几个客人看看破帆布包，再看看千夜手上那个旧零件，哈哈大笑起来，只当这个老头在说疯话。

等这批人离开后，千夜的嘴角随即浮现出一抹冷笑。

其实这个零件几乎是全新的，只是表面用特殊手法处理过，看上去像是旧的。这把鹰击整体上看大致有七成新，但是几处关键的部件却是八成新。光是这几个部件，就可以将鹰击的精准度提高一成左右。

这些人可能一辈子也没见过鹰击，自然认不出它的独有部件。千夜学过帝国所有制式枪械，以及永夜阵营所有五级以下枪械的使用和维修方法。所以对他来说，即使手上的蝎针毁了，捡起黑暗种族的任何一把枪也能够立刻操纵自如。

他一一检视着鹰击的部件，当他把最后一个零件放回包内，扣上搭扣时，一爷看着他的目光越来越奇怪，终于忍不住问道："你难道不准备组装起来试试吗？"

"零件都在，不用组装了。"说完，他将帆布包背到身后。

一爷眼中闪着精芒，别有深意地说："见过鹰击的人很少，能够这么了解它的内部结构的人更少。"

"能够弄来鹰击的人也不多，不是吗？"

一老一少对视了一会儿，然后千夜便扬长而去了。

回到小旅馆，千夜吃了些食物，把自己的模样再次伪装了一下，随即开始组装鹰击。

片刻后，一把近两米长的狙击枪出现在他手中。

他微微输入原力，黑沉沉的枪身连反光都没有，但是他依然能够感觉到能量压缩仓里的原力阵列正在依次点亮，只有正对着枪口才能看到枪管内含着一团青芒。这才是真正的凶器，没有丝毫亮光泄露出来，他感到非常满意。

夜色已深，然而暗血城内却十分热闹，随处可见大把寻欢作乐的人。佣兵、猎人以及冒险者们时时刻刻行走在死亡线上，他们过着有今天没明天的日子，所以活得格外肆意洒脱。

在这座城市中，远征军的地位并不比猎人高多少。远征军驻军的战力虽然凶悍，但是军纪涣散，各大军团各自为政，派系林立，形同于一个大帮会。上至军官，下至战士，那点儿微薄的津贴压根儿不能满足他们的生活。因此驻军从上到下，人人都在各显身手，大捞外快，这已经是公开的秘密。若非如此，这把鹰击也不会落到千夜手里。

千夜用布将鹰击包起来背在身后，趁着夜色离开了旅馆。他很快就融入暗血城的夜幕中，成为成千上万个行人中的一员。

片刻之后，千夜出现在天蛇帮的院落旁。他绕着院落悄无声息地走了一圈儿，爬上了其中一栋大楼。这栋大楼有二十层，外表又脏又黑，显然多年失修。大楼里塞满了人家，一间小小的房子里竟挤着七八个人。

楼道里到处是垃圾、脏水和杂物，他一路拾级而上，踢开了一具已经发臭的尸体，又打晕了两个找碴儿的醉鬼，总算爬到了顶层。他从楼道转角一处没有玻璃的窗户向街上看了看，找到合适的位置，直接破门而入。

这是一个局促的小房间，两张行军床几乎占满了所有空间。里面住着四个人，两男两女。见千夜突然闯进来，他们吓了一跳，不由得打了个哆嗦。在黑洞洞的枪口的威胁下，他们老老实实地任由千夜将自己绑好，然后被逼着蹲到了墙角。

房间里弥漫着浓郁的异味儿，有常年不见阳光的霉味儿，还有种种分辨不出来源的奇怪味道。

千夜对这里的环境十分满意，这么浓的气味完全可以压住他身上的味道。即使敌人搜索到了这里，也无法凭借气味追踪他，这就等于凭空少了一条线索。

他把钉满木条的窗户推开一点，向外望去。他的判断果然没错，这个角度正好可以俯视天蛇帮总部大楼，整个正面都在射程之内。他折断几根木条，留出观察和射击的空

间，然后取出鹰击，将这把巨大的杀器架在了窗台上。随后他搬了把椅子，坐在窗前，耐心地等待着。

天蛇此刻不在，但他晚上一定会回到总部。

从千夜坐的位置到天蛇总部大门处的直线距离大约有一千米，超过了绝大多数原力枪的射程，哪怕是鹰击这样优秀的原力狙击枪，也贴近了极限射程。或许黎明脉动炮、原力弩枪之类的武器能够做到，但这种大杀伤力的单兵武器十分珍贵，就算在帝国主力军团也不是常规配置，整个暗血城可能都找不出一把。

估计天蛇做梦也没想到，会在这个距离遭到狙击。

两个小时后，千夜终于看到一排六辆小车组成的车队驶回了天蛇帮。天蛇从居中一辆车上走下来，伸了一个懒腰，看起来十分疲惫。

千夜把瞄准镜中心的光环稳稳套在天蛇身上，原力瞬间充满整个原力阵列。他屏住呼吸，平复心情，徐徐压下扳机。

鹰击猛然一震，他连人带椅向后平移一米，吞没了一切的轰鸣声瞬间便响彻整栋大楼！一颗暗红色的原力能量弹在夜幕中划出一道淡淡的轨迹，直指天蛇。

天蛇吓得魂飞魄散，只能凭着多年的战斗本能勉强团身，原力疯狂爆发，在身周凝成淡青色的护盾。

“轰”的一声，能量弹击碎了原力护盾，将他庞大的身躯轰飞了。散溢的原力猛烈燃烧，星星点点的红芒爆裂开来，簌簌飞舞，如烟火般绚烂。他横飞数米，重重撞在墙壁上，然后滑落于地面。

生死之际，他奋力一滚，向左侧急翻，连滚带爬地冲进总部大门，躲进了射击的死角。他跪在地上，猛然喷出一大口鲜血，血浪竟激射出数米远！他身体晃了晃，栽倒在地，晕了过去。

鹰击确实无愧于“狙击王者”之名，即使在贴近极限射程、威力大幅下降的情况下，也一枪重创了专门强化过身体，拥有五级实力的天蛇。它虽然是四级狙击枪，但单杀的威力比同级枪械要大得多，在帝国枪械的分类数据上，它的威力是十二，而普通四级枪械的威力仅仅是八。

千夜目前只能勉强驱动鹰击，一枪就消耗了过半的原力，这还是在他的原力远比同级修炼者深厚的情况下。一般的三级战兵根本就用不了鹰击，实际上它是配备给有六级战兵实力的专业狙击手使用的。

千夜早就知道这一枪杀不了天蛇，所以根本不看战果，直接收枪起身。他把依然炽热的鹰击拆开，分成两截，重新包好。然后掏出一小管兴奋剂仰头喝下，精神立刻一振，由于原力消耗过度而产生的空虚和灼烧感缓解了许多。

他向外走去，临出门前忽然看了一眼被绑在屋角的几个人。他心中产生一个念头，很想直接放一把火，将所有活口和线索消灭得干干净净。他皱眉站立着，有些犹豫不决。最后摇了摇头，否定了这个想法。这四人都是平民，根本看不破他的伪装，也无法向他人透露有用的信息，天蛇不可能凭这点儿线索找到自己。

他拔出短刀，切断了绑住四人的绳子，压低声线说道："你们知道得越多，死得就越快，所以最好忘了刚才看到的一切。"

说完，他转身走出房间，并且替他们把房门关好了。离开后，他暗暗松了口气，在他的认知中，平民和战士终究是不一样的。

他不急不忙地沿着黑暗、狭小的楼梯向下走去，两侧的房门都没有打开，刚才震动了整栋大楼的巨响似乎没有引起特别的反应。看来这里的人们早已明白了一个生存法则：厄运还没有来敲门的时候，它就不存在。

走过拐角时，一个少女忽然冲过来，差点儿和他撞个满怀！他与少女侧身交错而过，一瞬间，彼此都感觉到对方的巨大威胁！

他眼底闪过一道凌厉的暗红色光芒，瞬间启动黑暗视觉，手已牢牢握住腰间的短刀刀柄。而少女则弓起身子，双手十指舒张。

两人对峙了数秒，用力嗅了嗅，都闻到了对方身上鲜血之力的味道。

"你是哪个氏族的，为什么会出现在这里？"少女低声问道。

"这正是我想问你的。"千夜回道。

少女双瞳中血光涌动："你不会打扰我用餐吧？"

"我正打算离开。我不得不说，你的品位真不怎么样！"

"这不关你的事儿！"少女威胁性地做出凶残的表情。

千夜缓缓向后退至转角，以不变的步伐，从容自若地继续下楼。

血族少女的眼中几度闪过凶光，但是她侧耳听着千夜远去的脚步声，又想起对方眼底一闪而过的红光，犹豫之后，终于无声无息地向楼上跑去。

直到走出大楼，千夜这才松了口气，连忙运转兵伐诀掩盖刚才强行催动的血气。

在现场多停留一刻就多一分暴露的危险，当他嗅到那个少女的鲜血之气时，当机立断启动黑暗视觉，并试着催动体内的血气。没想到效果出奇的好，直接让少女误以为他是同类。

他把这个小插曲抛到脑后，加快脚步，向另一个预定的目标奔去。

在经过一个小巷口时，他又与一个又高又瘦的怪人擦身而过。两人都是一凛，彼此警惕地拉开了一点儿距离。

千夜没有停留，匆匆离去。那个怪人则看着千夜远去的身影，皱眉思考着什么。过了一会儿，他突然自语道："奇怪，那人背上背的是鹰击！难道是远征军的人？"

他耸了耸肩，厌恶地啐了一口："最讨厌远征军那帮垃圾！不过这家伙怎么给我一种熟悉的感觉？"

这个怪人赫然是余仁彦，他把这次暗血城之行切切实实地当成了假期。他孤身出城，狩猎黑暗种族多日仍意犹未尽，中途还加入了一个佣兵团围剿蛛魔，直到荒原形势紧张起来，才想到回城。

他一时没有认出从外形到内在都彻底改变了的千夜，而且千夜背着鹰击，远征军中能够使用这种武器的没有一个是简单的货色。他最不愿意和远征军打交道，况且也未必奈何得了能够使用鹰击的人。

他站了一会儿，总觉得哪里不对劲儿，却毫无头绪，只能无奈地离去了。然而他刚刚走出街口，忽然看到前方一个大汉快步走过，于是立刻叫了一声："站住！"

那大汉应声停步，缓缓转身，狞笑着望向他："你找死？"

余仁彦活动着手指关节，发出"噼噼啪啪"的声音，阴森森地说道："我看你才是找死，你的身上有灰皮大狗的臭味儿！"

大汉微微俯身，冷冷说道："原来是个小猎人，那又怎样，你以为我和其他狼人一样吗？"

"恰好，我好像和其他猎人也不一样。"说着，余仁彦大步向大汉逼去。

战斗顷刻间爆发，又顷刻间结束！

小半条街道在轰鸣声中化为废墟，然后两个身影分开，各自朝一个方向飞去，转眼便消失在夜色深处，只留下一片混乱的街区。

不远处，千夜正走向一座五层小楼。这场战斗惊动了他，他转头循声望去，正看到一个高速奔行的身影从巷口一闪而过。

无论是如风的速度，还是散逸的原力气息，都让他的心跳骤然加快了一些。他立刻迫使自己冷静下来，在这危机重重的深夜里，越是表现如常，就越是安全。

现在的暗血城极不正常，不知混进了多少黑暗种族，而且一个个活动都十分猖獗。

不过千夜知道远征军绝不会容忍这种局面持续下去，很快就会采用铁血手段，在全城范围内猎杀黑暗种族。只不过这种搜捕行动误伤的人向来远比杀掉的黑暗种族要多，当城市失去秩序，首当其冲的只会是没有自保能力的平民。

他定了定神，打量了一下这栋小楼的环境。

眼前的建筑与刚才那座比贫民窟好不了多少的高楼相比，明显不在一个层次上。它有着成排的落地窗，外墙的油漆很新，数根粗大的金属管道盘踞在外墙上，它们是用来输送燃料、蒸汽和热水的。楼门背后的大厅中坐着一个膀大腰圆的保安，楼前有一片停车场。

能够住在这里的人，在暗血城中也算是中上层人士了。

千夜直接向大门走去，那名保安立刻站了起来，以两米高的胖大身躯拦住了他的去路："喂，小子，你找谁？这里可不是你能闲逛的地方。"

保安不怀好意地用一根钢棍敲打着自己的手心，睨视着千夜那身冒险者装束。不过他的动作骤然停住了，因为千夜已经一拳打在了他的肚皮上！

他睁大了双眼，脸上瞬间没了血色。千夜一抽回拳头，他就"扑通"一声跪地在地。千夜一记手刀斩在他的后颈上，他当即倒下，失去了知觉。千夜将他拖到值班室的小屋里，随手关上了门，立刻直奔五楼。

这一层只有两户人家，千夜停在左侧门口，敲响了大门。

片刻之后，大门上方打开了一扇小窗，露出一张精明干瘦的脸，警惕地看着千夜，问："你找谁？"

男人刚问完，立刻一脸愕然，一个黑洞洞的枪口已经对准他的脸。枪口格外粗大，一看就知道威力惊人。男人从枪口中看到了原力光芒，更是吓得魂飞魄散，铁门在这种枪面前无异于一层薄纸！

"开门吧！"千夜淡淡地说。

不等男人有所动作，他左手便搭上小窗，猛然发力。只听"哗啦"一声，整张铁门连同门框都被扯了下来！

另一户人家门上的小窗打开一道缝隙，露出一张中年女人的胖脸。她向外看了一眼，满脸的愤怒立刻变成惊骇，涂得猩红的厚嘴唇大张着，简直可以塞进一个大号的阀门。

“啪”的一声，女人立刻关死小窗，房间里的灯也熄了，接着传出重物坠地的声音，随即一片死寂。

千夜哪儿有工夫管那女人的死活，径直走进这个不设防的房间。他用屠夫指着中年男人，中年男人步步后退，最后跌坐在沙发里。

千夜拉过一把椅子，坐到中年男人对面，然后语气平静地问道：“廖先生？”

廖先生面如土色，急忙说：“我……我是！这位好汉，有话好好说，我在天蛇帮里还有点儿面子。您想要什么，只要我能办到的事儿，尽管开口！”

千夜微微一笑，说：“听说你们为我设下的那笔赏金，有一千金币呢！”

廖先生一下子跳了起来，惊呼道：“你是千夜！你居然还敢……回来！”

“我不仅回来了，还给天蛇准备了很多礼物。廖先生，你就是其中之一。”

“我……”

廖先生还想说什么，可是千夜已经不给他机会了。千夜转动屠夫的弹鼓，扣下扳机，原力弹脱膛而出，向他轰去。

廖先生低头看着自己的身体，慌乱地抬手，想要捂住那个伤口。可是手只抬到一半，他就倒在沙发上，再也不动了。

千夜站了起来，听到里面的房间有轻微的声响，应该是廖先生的家人，资料显示他有老婆、两个小妾和几个孩子。不过千夜并不打算把杀戮扩大，而是转身离开了这里。

杀掉廖先生对天蛇来说是非常沉重的一击，天蛇帮能够发展到如今的规模，多半是靠他在背后出谋划策。

天蛇的实力在五级战兵里属于上游，但他的特殊能力是防御而不是攻击，在暗血城中还算不上顶尖人物。正是因为有廖先生，他才能在城中各方势力之间游刃有余，甚至还攀上了远征军的关系。

除掉黑狼和廖先生，相当于拔掉了天蛇的两颗毒牙。天蛇帮还有三名高手，不过飞鸟已经吓破了胆，而另外两名高手在天蛇本人受到重创后，应该会好好思考一下该何去何从了。当然，暗血城并不只有天蛇帮这一个帮会。

今晚千夜的行动有了不错的结果，他准备回去将养身上的伤，蛰伏几天再找天蛇帮的麻烦。

他回到小旅馆，直接倒在床上睡着了。他的原力消耗过多，此刻已经筋疲力尽。

第三章　重遇故人

在城市另一端的一座独院小楼中，余仁彦站在浴室里，将一盆冰水从头浇下。他胸前有三道深且长的伤口，冰水从伤口上冲过，他的脸顿时抽动了几下，不过伤口里的淤血都被冲了出来。

他拿出一瓶黑色药剂，对准伤口按下泵嘴，从喷口中吐出的居然是淡蓝色火焰！

火焰在伤口上一舔就收了回去，但是他却痛得倒在地上，不断抽搐、翻滚。好不容易忍住了这种非人的痛苦，全身已湿透了。他喘息着，眼中流露出一丝怨恨，甚至还有些许兴奋。

那个大汉非常强，不仅等级达到了六级，而且战斗技艺丝毫不比他弱。两人虽短暂交手，却是两败俱伤。他受伤极重，估计大汉也好不到哪里去。

等痛感一过，他披上衣服，走出浴室，叫进来一个颇有姿色的年轻女人："去问问总部，最近暗血城究竟发生了什么事儿，怎么会涌进来这么多黑暗种族？"

年轻女人立刻应声离去，显然一刻也不想在他身边多待。

"等一下！"余仁彦叫住了她。

年轻女人顿时全身一颤，不过她没敢表现出来，而是勉强露出一个微笑。

余仁彦忽然摇了摇头，说："算了，没事儿，你出去吧。"

年轻女人走后，他坐在圈椅上思索着。他总感觉有些不对劲儿，好像忽略了很重要的事情。他索性静下心来，开始回想从进城到回到住处，去过的所有地方和经历过的每一件事儿。

他忽然用力一拍大腿，双瞳又变成危险的竖瞳！他想起来了，问题就出在与自己擦身而过的那个年轻人身上！

年轻人背着鹰击，一身冒险者装束，身上散发着浓烈的来自贫民窟的臭气。不过在这股刺鼻的味道之中，却夹杂着一缕甜甜的香味儿。那是原力的味道，绝不会错！

就是这个年轻人杀了武正南准将的私生子齐岳！当时余仁彦觉察到了异样，但是随即被那个在街面上大摇大摆地行走的狼人大汉吸引了注意力，竟然忽略了来此地的目的，错过了此次任务的核心目标！

他腾地站了起来，然后又缓缓坐下，脸上露出玩味的笑容。

想到年轻人倏然拉开距离的步法，以及背后的鹰击，他觉得这个游戏变得更加有趣了。鹰击这种东西，可不是谁都能玩得转的。他在探察齐岳被杀的现场时，根据种种原力爆炸的痕迹，推断出对方的实力不会超过四级。不超过四级就能玩鹰击，这可大大违背了常识！

他拿出暗血城的地图，开始查看遇到那个年轻人的区域。他的手指划过几条街道，在玄铜街上点了点，又张开虎口量了量到南塘区和东湖区的距离。

既然他已经看到了对方，只要慢慢找下去，那么总会在这个暴风雨已经来临的城市里再次相遇。

他一点儿也不着急，因为他有预感，谜底揭开前的追逐和战斗，肯定格外有趣。三级或是四级原力、军方格斗术、鹰击、超远程的狙击术……这些信息组合在一起，说明对方绝不是个简单的人物。如果武正南准将知道这些信息，会有什么反应呢？

贫民窟旁的小旅馆内，千夜终于从熟睡中醒来。他要了一大盆热水，拆开三天前的包扎，准备换药。在拿掉一圈圈儿纱布后，他有些惊讶地发现，大多数伤口都已经合拢了，伤口里的黑暗原力早已不知去向，愈合速度比他预想的要快得多！

在左肋最长最深的那道伤口里，还残留着一点儿黑暗原力，洗掉固化药物后，他有了新的发现。

伤口周围的区域聚集着他体内所有的血气，就连那道紫色血气也在其中。这些血气围绕着黑暗原力不断撕咬，咬下一缕就慢慢同化了。显然，在这三天里，每一道伤口就是这样逐步得到了净化。

伤势中最麻烦的部分，居然就这样解决了！

紫色血气吞噬的速度比其他血气加在一起还要快，它吞噬了大半黑暗原力后，就懒洋洋地游进血族体质的符文内，盘踞起来。然后明显增长，不断散溢出比发丝还要细的血丝，最后又融入符文中。

符文开始生长、变化，渐渐成为更加繁复的新符文。在这个过程中，千夜体内的所有血气都开始翻涌，心脏强劲有力地脉动着，血流的速度增加了数倍！

他体内的原力自行涌向心脏，继而喷吐出一缕缕颜色鲜亮的鲜血，流向全身各处。

随着这种特殊的鲜血涌向全身，他觉得身体里就像有数万只蚂蚁在爬动，顿时又痛又痒，说不出的难受。除了头脑还能思考，整个身体都仿佛与中枢神经失去了联系，他晃了晃，终于一头栽到床上。

在他体内，最微小的细胞活性瞬间被激活到最大，血液、肌肉、骨骼都在不断生长，逐渐改变着结构。那是一种极为玄妙的感觉，仿佛整个世界都活了过来，连最微薄的一缕空气或是一点儿尘埃都自成天地，不停地生长、衰老、陨灭……

他的心中空落落的，如同身处于高崖之上，体内世界的异变多半和原力境界有关，他现在还不能确定究竟出了什么问题。

他并不清楚拥有黎明原力的人类是如何堕向永夜一侧的，直到那天迎战血蔷薇小队，黑夜仿佛要突破屏障，他潜意识里就有了一种惶恐。然而此时，他唯一能做的，就只有咬紧牙关保持意识清醒，仿佛这样就能够留住光明。

他体内的原力转眼便被心脏全部抽空！

直到这时，心脏才不再泵出特殊的鲜血。但是他身体内部的生长和改变整整持续了一天一夜，才渐渐停止。

在整个过程彻底结束后，他才从床上爬了下来。他赤脚站在冰凉的地上，盯着自己的手足，没看出什么异常，但总觉得身体有些奇怪，好像中枢神经和肢体间隔了很远，无法身随意动。

他向衣柜边的镜子走去，由于重心不稳，突然一个踉跄。他连忙伸手扶住椅背，只听一阵“嘎吱”声传来，他居然把用铁管焊接拼成的椅背捏变了形！

他顿时吃了一惊，看着自己的双手，有些不知所措。他转而抓起椅子，随手揉搓几下，竟把它捏成了一堆废铁。这是一种怎样的力量？

原本在单体力量上，他就能够与五级战兵相抗衡了。但现在，即便是面对天蛇那种以体能、力量见长的战兵，在不爆发原力的情况下，他也可以将其压制住！

那枚符文依然是血族体质，只不过已经有了进阶能力。

他拿出匕首，在手臂上划了一刀。落刀的感觉就像是切割在经过特殊处理的兽皮上，要颇为用力，才能划开皮肤。他加了点儿力，刀尖没入皮下，在手臂上留下一道一指长、一厘米深的伤口。

伤口一出现，周围的肌肉就自行收缩，仅仅渗出一点血珠，便止住了。他体内的血气开始涌动，汇聚到伤口周围，伤处逐渐合拢，片刻后居然出现阵阵麻痒的感觉。按照这种恢复速度，估计只需要一晚，伤口就可以愈合了。

他在惊讶之余，默默记下有关数据，心中不由对与高等血族的战斗产生了警戒。

他放下匕首，在原地活动手脚，做了军中格斗术的几个基础动作。随着对身体的熟悉，失衡感也慢慢消失了。

他向镜子里看去，见自己仍是人类的模样。除了轮廓更加精致，肤质更加细腻，连毛孔都看不到了，容貌和体型都没有太明显的变化。他的脸色顿时黑了下来，一脚把全身镜踹得翻转过去。

他抬头看看墙上的机械钟，距离子夜还有三个小时。他打开易容小包，愤然拨开假胡须、皱纹贴之类的东西，用染肤剂把自己弄成黄中带黑、营养不良的模样。

接下来，他先后换了四家饭店，在每家都吃下了足够五个成年大汉果腹的食物，这才觉得翻腾不休的胃稍微舒服了一点儿。

有了进阶能力之后，他的全身都在叫嚣着饥饿，那是晋级之后出现的能量匮乏症。在没有能量药剂的情况下，他只能靠普通的食物来填补这个无底洞。

他终于在预定的行动时间之前安抚好了自己的胃，然后如幽灵般消失在夜色中。

天蛇帮总部，天蛇终于从昏迷中醒来。他稍稍一动，就感觉身体左侧钻心一样的疼痛。好在四肢还有知觉，这让他安心不少。

“人呢？”他叫了一声，家庭医生和心腹仆人立刻推门进来了。

他推开医生伸过来的手，沉声说道：“我还死不了，叫所有人都过来。”

当他被搀扶着在餐厅坐下时，天蛇帮的高层全都到齐了。巨大的圆形餐桌上摆满了丰盛的消夜，然而此时好几个位子竟空着，看上去有些冷清。

天蛇太阳穴处的青筋跳了几下，然后不动声色地问道：“廖先生呢？”

一名天蛇帮元老向左右望了望，见无人回应，只得硬着头皮答道：“廖先生……昨晚在家里被人用原力枪击杀了。”

“什么枪？”天蛇冷冷地问道。

“从现场的痕迹判断，可能是……屠夫。”

天蛇双瞳骤然一缩，这就排除了不开眼的小毛贼入室抢劫的可能，这说明下手之人是冲着天蛇帮来的。

他的目光在桌上一扫而过，沉声问道：“野蜂呢？”

众人又是面面相觑，最后还是那个元老小心翼翼地答道：“野蜂宣布脱离天蛇帮，加入了地炎会。”

“砰”的一声，天蛇重重一掌拍在桌子上，震得满桌碗碟乱震！他用力过猛，牵动了身上的伤口，立刻痛得眉眼抽搐。

野蜂是天蛇帮的四大高手之一，他在这个时候脱离帮派，对天蛇帮来说无疑是沉重的一击。地炎会是暗血城中最大的帮派，会长更是六级强者，天蛇可惹不起，眼下唯有把这个苦果给生吞了。

他站了起来，说：“找到狙击的地方了吗？走，带我去看看！”

他刚刚起身，那张用上好的金丝楠木打造的圆桌便“咔嚓”一声，碎成一堆木块儿，餐具和食物滚落了一地。他看都未看一眼，便当先跨出房门。

片刻之后，他站在了千夜发起狙击的位置上。他走到窗前，拉过一把椅子坐下，向窗外望去。从这个位置，刚好可以俯视天蛇帮总部大楼的正面，角度无可挑剔。

他忽然回头，神色凛然地望向一众手下。只见人人目光闪烁，都不敢和他对视。连一向桀骜的飞鸟此刻也低着头，直愣愣地盯着脚尖前巴掌大的地方。

所有人都知道角度没有问题，有问题的是距离。

天蛇帮在暗血城经营多年，当然不可能在总部周围留下隐患，附近凡是能够发起狙击的制高点都在他们的控制之中。但他们所谓的狙击距离是以帝国黑石重工出品的曙光手持小钢炮为界限的，而小钢炮算是暗血城内各种势力都能够找到的威力最大的单兵武器。天蛇所防备的无非是帮战，至于冒险者、佣兵和猎人等根本不被他放在眼里。暗血城有暗血城的规矩，太大的骚乱会引来军方干涉。

然而现在，天蛇在一个不可能的距离被狙击了，比预设的安全距离远了整整一倍。

到底是什么样的枪械，能够在如此远的距离一枪重创天蛇？要知道原力弹随着射程的拉长，威力和精确度都会急剧下降，这与普通的狙击枪可不一样。

在场大多数人都是混混儿，生于贫民窟，长于街头，修炼到今天的等级，摸得最多的就是砍刀和匕首，哪里玩过狙击枪这种高级的玩意儿！而佩枪之人大多是为了耍威风，暗血城鱼龙混杂，不能用枪的地方其实不止一个玄铜街。对他们来说，配备军方制式枪械固然有面子，但杀伤力够大的土枪也不错。因此射程能够达到千米级别的，天蛇手下这些人就连听都没有听说过。同时还有一个问题，狙击手到底是什么样的人？

这个问题的答案倒是简单，当然是帝国军队倾注大量资源培养出来的特殊射手，才能在这个距离上一击命中目标！这样的射手，起始的军衔至少得是少校！

那些从社会底层起家，靠自己摸索修炼之路的人，凭借天赋和努力，有可能在原力、格斗甚至是暗杀等领域取得惊人的成就，却唯独难以成为超远程的狙击手。

天蛇总算明白了天蛇帮众人表情异常的原因，也明白了野蜂为何会在这个时候脱离天蛇帮。

千夜，那个看上去或许未成年的小子，被天蛇强抢过流金玫瑰，又下了绝杀令。他表面上是一个小猎人，但是真实身份很有可能是帝国主力军团的特级射手！在等级森严的帝国，这样一个人物绝非是凭空冒出来的，他背后必然牵扯着庞大的军方势力。

天蛇嘴里全是苦涩的味道，心中更是有一种说不清的感觉，似乎夹杂着特殊的怨恨。那股怨恨是对千夜的，也是对某个暗示他把余英男推上死亡擂台的大人物的。如果不是为了逼余英男上擂台，就不会遇到千夜。如果千夜早些透露自己的军方背景，他也绝不会黑千夜的东西。

他突然想起一件几乎快要忘记的小事儿，他曾听说过余家的来历，所以才觉得只要在规则之内，就没有必要太过忌惮猎人之家，但是现在怎么出现了一个可能有军方背景的家伙？

他不算太复杂的脑子转了转，只觉得一股凉意从脊背上蹿起，不管自己是不是被人当枪使了，但眼下确实已经陷入危局。

帝国军团和黑暗种族正面对战了上千年，双方可谓藏龙卧虎，人才辈出。任何一个军中带肩衔的人物走出来，都可以横扫一片像他们这样的帮派混混儿。而像千夜这样的特级射手更为可怕，只要一枪在手，千米之内恐怕都会成为死域！

天蛇已经可以想象自己今后艰难的处境，他必须时刻保持警惕，不敢出门，不敢在窗前出现，甚至就连睡觉都只能睡在没有窗户的房间里！他尚且如此，那么其他人呢？哪怕千夜一天只能发出一枪，但是，谁又知道他的下一个目标是谁呢？

飞鸟额头直冒冷汗，他不动声色地悄悄平移了两步，尽量使自己从窗前的空旷处移开。他清清楚楚地记得，千夜说过绝不会放过他。

看着手下们畏缩的模样，天蛇忽然觉得心灰意冷，沉重地说道："都这个时候了，你们有什么想法，就说出来吧！"

众人你看看我，我推推你，最后又是那个元老被挤了出来。他吞吞吐吐地说："帮主……我们天蛇帮不可能和帝国军团对抗，除非……除非您身后的那位大人物肯出来为我们说句话。"

大家心里都明白，元老的最后一句话根本就是废话。

天蛇苦笑着，缓缓说道："立刻撤销绝杀令，让帮里的人暂时避避风头，不要随便出去。明天一早，我亲自去见二爷。就这样，都散了吧！"

一众天蛇帮的高层默然离去，只剩下天蛇和那个元老。元老实力一般，虽然只是二级战兵，但却是和天蛇一起出道打拼的兄弟，所以比较敢说话。

天蛇看着他，叹道："我们都老了。"

元老一怔，立刻说："不！只要过了这道关口儿，天蛇帮会蒸蒸日上的！"

天蛇听了，脸色渐渐明朗，咧嘴笑道："没错儿，不过是道小关口而已！我们兄弟几个千辛万苦才打下这么大的基业，这次一定也能够渡过难关！"

元老随后离开了房间，天蛇看着他的背影，眼中却有了不易觉察的杀意。大人物的话的确很管用，但不是白说的，如果不想被抛出来做替死鬼，就必须证明自己有价值。

千夜沿着拟定的路线，逐渐接近天蛇帮总部。忽然，他看到远处有个身影一闪而过。他心中微微一动，认出那是野蜂，这家伙行色匆匆，看上去好像有心事。

他不知道野蜂已经脱离了天蛇帮，不过就算知道了，也不妨碍他要杀掉这个人。

他一个转身，不动声色地穿入一条平行的小巷，边走边留心着隔壁街道上野蜂的行踪。很快南塘区便被甩在身后，前面的道路开阔起来，但是两边的人迹也渐渐稀少了。

这里是贫民窟、南塘区和东湖区交界的三不管地带，也是地下黑市的一个十分繁华的交易点。不过在荒原风暴席卷磐石岭之际，远征军已对城内秩序进行了严厉的压制，此地竟然变得有点儿冷清了。

千夜从两栋建筑的缝隙里看到野蜂踏入东湖区方向的街道，于是准备在前面的岔口转弯，不出五十米就可以和野蜂走上同一条道路了。

他才走了两步，忽然一个急停，随即身体毫无滞碍地升起，在左侧矮墙上一搭，轻盈地翻身跃上屋顶，接着俯下身去，与夜色融为一体。

不远处的一间酒吧中，突然走出几个佣兵装束的年轻人，他们个个喝得酒气冲天，连路都有些走不稳了。

这些年轻人高唱着不成调的歌，不时扬起手中的酒瓶，对着瓶嘴一顿猛灌。

千夜看到了一个熟悉的身影，虽然此人变得更加魁梧了，面貌也大不相同。可他仍然一眼就认出，这个闹腾得最厉害的佣兵就是魏破天。

魏破天作为龙襄考点最被看好的天才，当初是被折翼天使选走的。他的天赋和潜力确实不凡，加入折翼天使不久就突破了三级，现在看样子已经点燃了第四个节点。

只见他故意踉踉跄跄地撞到一个同伴身上，然后就势抓住对方的肩背角力起来。千夜不由得想起那场自己无缘参加的军中大比，也想起了魏破天输给自己的三个承诺，还有那颗亲手制作、归于泥地的银质弹头。

如今千夜已经不会被普通的纯银灼伤，回想起种种往事，竟然恍若隔世。他无法现身，估计在帝国军部的档案中早已被列入阵亡名单了吧。

从那次救下红蝎的小菜鸟后，他就意识到永夜大陆将会是精英军团的任务区域。虽然他曾多次设想过与昔日战友重逢的场景，却从没想到居然会在暗血城见到魏破天。

这名世家子弟和精英军团的后起之秀，当然不会无缘无故地出现在这里。实际上，这几个年轻人虽然喝得酩酊大醉，但个个脚步沉稳，原力坚凝雄厚。要知道他们可是折翼天使的战士，当然没有一个是弱者，都有四级战兵的水准，和同级的冒险者或佣兵对战，完全具有碾压性的实力。

千夜仍然一动不动，看着这群装醉的年轻人在大街上嬉闹。折翼天使突然伪装出现在暗血城，显然不是来度假的。

这群年轻人没走几步，前方突然出现淡淡的白雾，将道路遮掩了。正在角力的魏破天和同伴还在大呼小叫着，其他人已经发现周围环境生变，纷纷站直身体，摆出戒备的姿势。

前方雾气中缓步走出一个瘦高的男人，他戴着一张金属假面，手中握着一把长度惊人的长剑，剑锋上黑气缭绕，如有实质！

他刚一出现，一道无可匹敌的气势就笼罩了全场！他周身如有黑火升腾，缕缕火焰直升上数米高！

这时神经大条的魏破天也发觉了异常，愕然望向假面男人。

假面男人在这群年轻人面前站定，先是发出沙哑、低沉的笑声，然后对他们说：“折翼天使的小家伙儿们，你们的胆子很大，可是运气却不好。”

魏破天的脸色非常难看，在对方当头罩来的气势压迫下，顿时血色全失，全身骨骼咔咔作响。其他人的情况更糟糕，其中一人的鼻子已经开始往外渗血了。

雾气没有影响千夜的黑暗视觉，他远远地看着，心中极为骇然。这是原力显形，假面男人竟是战将级别的强者！

面对如此强者，魏破天等人别说只有四级，就是有七八级也毫无招架之力。

旁边一条街道忽然响起急促的脚步声，很快冲出来一队巡逻的远征军战士。为首的军官看到假面男人以及其周身燃烧的黑火，顿时一惊，叫道：“黑暗种族！”

所有远征军战士不等长官吩咐，就端枪瞄准了假面男人。军官则摘下原力枪，疯狂灌入原力，拼命加快充能的过程。

假面男人重重地叹息一声，光滑的金属假面上竟然慢慢浮现出一张眉目宛然而又带着几分惋惜的面孔。他手中的长剑似乎闪烁了一下，就连千夜都还没有反应过来，便见一条淡淡的黑线似缓实快地飞出，转眼间掠过远征军战士们的腰际！

所有人的动作在这一刻都凝滞了，军官低头看去，原力枪竟被切成了两半儿，十几名远征军战士瞬间失去了生命！

假面男人的目光重新落在这群年轻人身上，他忽然低沉地笑了，说：“你们这么喜欢钓鱼吗？现在鱼已经上钩儿了，只可惜我这条鱼太大，鱼饵被白白吃去了。再见，小家伙儿们！”

他手中长剑再次闪烁，又一道黑线向着这群折翼天使的菜鸟们斩下！

所有菜鸟在这一瞬间都感觉到了死亡的威胁，可是他们自假面男人一出现，就被其沉凝如山的气势压制住了，连武器都拔不出来。危急关头，魏破天忽然舌绽春雷，大吼一声：“千重山！”

他的气势冲天而起，竟然破开了假面男人的压制！他向前迈一大步，挡在所有同伴面前，然后双臂交叉护住头面和前胸，土黄色的原力光芒笼罩全身，竟要硬抗这一剑！

千重山不愧是帝国有名的世家秘传功法，魏破天只有四级就能原力外放，但是想要挡住假面男人的黑色剑气却绝无可能，除非魏家长辈级的高手使出还差不多。

不过经过千重山一挡，魏破天身后的同伴却有了一线生机。此刻有两人已经恢复了知觉，他们的第一反应不是拔腿逃亡，而是伸手去摸佩枪和军刺。

假面男人发出一声轻咦，似是对魏破天颇为赞赏，冰冷的面具上也牵动出一张笑脸。他手中长剑一抖，那道剑气一缩一放，宛若毒龙般向魏破天当头斩下！

魏破天顿时感受到了死亡的威胁，短发根根竖起，狂野地咆哮着，身上的原力光芒更加闪亮了。假面男人在剑势回旋之间分明给他留了一线空隙，可他就是不肯让开去路！

黑色剑气瞬间加速斩落，只听“咔嚓”一声，一只戴着白金色手套的手凭空出现，凌空抓住了那道剑气！

这只手一紧一扭，居然把黑色剑气生生捏散了！魏破天等人身前，出现了一个高大挺拔的军人。

他的面容阴柔俊美，一身黑底白纹的军服，赫然是折翼天使的服色。他双肩肩章上的图案，则是橄榄叶环绕着一枚白金五星。

远处的千夜又一惊，这是帝国少将，而且是折翼天使的少将！他如此年轻，看上去甚至还没到而立之年。

他的手套是白金色的，一头长发是白金色的，此刻就连双瞳也是白金色的！如此醒目的特征，绝对令人过目不忘。

千夜清楚地记得，他就是当初龙襄招兵点负责折翼天使招募工作的军官。只不过当年招兵时他还是准将，现在竟然升到少将了。军衔升迁之快，即使是在以实力为尊的帝国军中都非常罕见。而在折翼天使这样的精英军团中，指挥能力往往还是其次，军衔更多是和个人武力联系在一起的。

帝国所有的将军，至少都是战将级别的强者。

那神秘的假面男人立即收剑，脚下没有任何动作，整个人却向后平平滑出一大步，沉声喝道：“白龙甲！”

白龙甲双手合在胸前，缓缓搓动，竟然发出了金属摩擦的声音。他盯着对面的假面男人，冷笑道：“堂堂人面蛛魔，居然对这些菜鸟下手，蛛后的脸怕是要被你丢光了！”

假面男人“哼”了一声，说：“白龙甲，别以为我不知道你在打什么主意。拿这几个小家伙儿做诱饵，不就是想把我钓出来吗？不过，你真以为我和你一样愚蠢吗？”

白龙甲面色一变，忽然转头望向右边。那个方向不知何时也泛起层层白雾，一名高大英俊的金发男子从雾中走出，他每走一步，大地都为之微微震颤！

来人竟是威廉，千夜的心跳顿时快了一拍。

他早就知道威廉不简单，可是直到此刻见到如此威势，他才知道这个从群峰之巅走出来的男人，竟然也是战将级别的强者！和威廉在荒原中共处的那个夜晚，他算是在生死间走过了一个轮回。

白龙甲眼中骤然射出锐利的光芒，死盯着大步走来的金发男人，一字一句地说："群峰之巅，你是威廉！"

威廉绽放出阳光般的笑容，蓝灰色的眼睛在夜色中显得格外晶莹剔透，仿佛有阵阵流光闪烁着。他的嗓音低沉醇厚，似是与大地的脉动相和，只听他说道："没错儿，是我。早就听说白阀在这一代出了几个了不起的年轻人，其中就有你。正好借这次机会让我见识一下，不过要是你姐姐在就更好了。"

白龙甲双瞳中的锐气渐去，代之以一片茫然。他的声音失去了全部的感情，音频渐渐压到一条直线上，宛若机械一般不疾不徐地说道："若是家姐在此，你们几个跳梁小丑想逃都逃不掉，哪儿敢在此大放厥词！"

威廉神色一凛，停下逼近的脚步，说："逃不逃得掉，总要打过才知道！"

白龙甲漠然回道："你们先过了我这一关再说！"

他随即转头喝道："破天，带他们走，去远征军营地。"

魏破天犹豫了一下，终于回道："是，长官！"

然后他朝身后几个年轻人狂吼道："我们走，别在这儿拖将军的后腿！"

几个年轻人狂奔而去。

白龙甲横跨一步，身影瞬间在十多米外出现。他站在街心，挡住了威廉和人面蛛魔的去路。他缓缓张开双臂，身后忽然伸出一双洁白的羽翼，栩栩如生，不停地上下扇动着。

威廉深深吸了一口气，身后竟出现一头数米高的金色巨狼！他仰天长啸一声，如夜狼嚎月，带着无边威势向白龙甲冲来！

白龙甲双手一合，平胸齐出，硬挡住了威廉挥来的一拳。拳掌相交时，整个街区仿佛都摇晃了一下，周围数栋大楼顷刻间轰鸣着倒塌了，废墟中传出无数凄厉的惨叫声。

白龙甲"腾腾"后退了几大步，猛然喷出一口鲜血。他落足之处，青石铺就的街道渐渐龟裂，留下一个个深坑。而威廉也没有好到哪里去，整个人倒飞出去，连续几个翻滚后方才站稳，金色巨狼的虚影扭动几下，就此消失了。

此时在夜幕的掩护下，几道黑色剑气悄无声息地飞至，在白龙甲的羽翼上一绕，顿时绞得白羽纷飞，还飙出一道鲜血！这双羽翼明明是原力幻化而成，被击伤时，却与实

体无异。

白龙甲厉吼一声，双手发力，顿时无数白金色的掌影铺满空间，把周围的黑色剑气全部抓碎了！

人面蛛魔闷哼一声，从面具的出气孔中喷出一团血雾。白龙甲以一己之力对抗两名同级对手，却仍然屹立街心，丝毫不退。

人面蛛魔忽然冷笑一声，说：“你以为那些小家伙儿能逃到哪里去？我已经给他们准备了盛大的欢迎仪式！”

白龙甲的脸色终于变了。

威廉刚才飞退之时正好向着千夜所在的方位而来，距离拉近到了数百米。此时他已调匀呼吸，身后的金狼幻象再现。忽然他转过头，向着千夜的藏身之处看了一眼。

千夜一惊，在对方的目光扫到自己之前，他连忙闭上眼睛，一动不动地牢牢贴住屋顶，同时极为小心地驱动兵伐诀，泄露出一丝丝原力。他在赌，赌战将级别的强者对决，绝不会为了一个无关战局且只有三级实力的小人物分神。

果然，威廉的目光一扫之后，就再也没有关注这里。于是千夜缓缓后退，滑下屋顶，悄悄消失在夜色之中。

第四章　帝国军魂

魏破天沿着长街一路狂奔，突然停步，抬起右手，止住了紧随其后的菜鸟们，警惕地看着空无一人的路面。

长街上异常冷清，两边的楼房本来就有一半是废弃的，此时更是看不到一点儿灯火。几盏路灯微微透出清冷的黄光，无精打采地照在街道上，说不出的凄凉冷寂。

不知何时，长街上灰雾弥漫，一个个黑影从雾气中走出，将一众菜鸟围堵在街心。

从众多黑影中走出一个年轻人，他有着俊美苍白的面容，一看便知是上位血族。年轻血族带着邪异的笑，向魏破天一指，说："今天的鱼饵，我吞了！"

魏破天心中一沉，眼前出现的至少都是三级血族战士，这名上位血族更是高达六级。这样的一股力量，足以把他们吞掉。

折翼天使的成员确实是精英，但是黑暗种族中也有精英。那些出身著名大氏族的嫡系子弟，战力丝毫不比他们弱。

尽管魏破天心情沉重，却毫无惧色，讥笑道："就凭你？也不怕硌碎你的狗牙！"

年轻血族死盯着魏破天，忽然神色一变，露出让人毛骨悚然的诡异笑容，阴森森地说："我忽然觉得，给你初拥也是不错的选择，以后你就会一直听我的了。"

魏破天脸色一沉，伸足在地上重重一踏，气势沉凝如山！

他回头断喝道："弟兄们，今天和这帮不知好歹的家伙拼了！"

说完，他怒吼一声，拔出军刺，和身向那名年轻血族扑去！他攻势凌厉，出手丝毫不留余地，只想用军刺在那血族身上狠狠戳几下！

年轻血族顿时吓了一跳，魏破天的军刺上可是闪耀着点点银光！那浑然一体的厚重的银色，分明是破魔秘银才有的光泽！没有任何血族愿意被秘银军刺捅上一记，尽管他在等级上完全碾压魏破天，可是一时却被出手毫无章法的对手撵得上蹿下跳。

其余的菜鸟有四人长于枪械，他们在间不容发之际完成了原力手枪充能，分别轰出一枪，然后纷纷拔出军刺，大叫着扑向周围的血族战士。他们一个个都红了眼睛，势若猛虎。可是这并不足以令血族们畏惧，真正让血族们害怕的，是他们手中闪着秘银光芒的军刺！

年轻血族心里感到十分憋屈，没想到这些人族居然这么有钱，人手一把破魔秘银军刺！如果人族能够武装到这种程度，那么今后在永夜和黎明两大阵营的战争中，可就没有血族什么事儿了。人族果然是阴险狡诈的物种，一个蹩脚的陷阱里竟然还有机关！

年轻血族误以为这是陷阱的一部分，其实并非人族有钱，而是折翼天使的战士有钱。

折翼天使招募的几乎都是世家子弟，他们在军团的标准配置之外，还有自己的私人武备。帝国配发给精英军团的制式装备，在普通战士看来已经是顶尖的了，但是在折翼天使的很多战士眼中，根本就是不入流的破烂儿，所以他们干脆自行配备更好的装备。

若论武具精良，折翼天使是当之无愧的第一。可是眼下，双方实力上的巨大差距却不是区区几把秘银军刺能够弥补的。转眼折翼天使的菜鸟们人人带伤，魏破天的胸前更是被划出一道深深的伤口！

虽然他们处于绝对的劣势，可依旧砍倒了五六名血族战士，战绩足以自豪，但是双方实力的差距也在不断拉大。眼看要不了多久，这支菜鸟小队就会全军覆没！

魏破天已经第三次把那名年轻血族撞开，身上千重山的原力光芒暗淡了许多。可是他苦恼的却是每次反击都落空，对方的攻击速度实在太快了。他已经可以确定，对方至少是正式的血骑士，否则攻击不会如此沉重，仅仅两下就几乎将他的千重山防御击碎了。而一旦他的防御被破，必然是任人宰割的局面。

魏破天像红了眼的公牛一样喘着粗气，连忙沉腰收腹，扎稳马步，紧盯住对手。他暗下决心，即使战死，也要用秘银军刺在血骑士身上捅出一个窟窿！

血骑士心中其实无比郁闷，连续两记重击都没能攻破那个四级菜鸟的原力防御，这事儿要是传回族内，他可就沦为笑柄了。其他几名菜鸟现在只剩一口气了，如果不能在下属结束战斗之前解决掉这个难缠的小子，他堂堂血骑士的颜面何在？！

他没有再冲上去，而是在原地站定，右臂凝出一面血色手盾，左手上燃起一缕缭绕的血光。只见血光越来越浓郁，他斜睨着数步之外的魏破天，笑容愈加诡异了。

显然在他蓄力之后，将会是石破天惊的一击！

这时，伏在阴影里的千夜终于等到了机会，用力压下扳机！

鹰击发出轰鸣，原力爆发的火光照亮了小半个街区，巨大的反震力推得他向后滑出一米。但是那发原力实体弹则以无可闪避的速度，轻轻破开空气，飞向蓄力状态下的年轻血族。

极速穿行的弹头中，一缕血气仿佛有所感应，开始疯狂地来回蹿动！

魏破天眼前骤然亮起强烈的红光，原力爆炸的余波冲得他后退了两步。血骑士更是被正面轰来的原力弹炸得飞出十余米！他的速度很快，反应也是无与伦比的敏锐。刹那之间他双臂交叉护住了头胸，双脚则在街道上犁出两道深沟，血力凝结的臂盾早在原力接触的瞬间烟消云散了。

冲击过后，他双臂鲜血淋漓，伤口深可见骨，上半身的护甲被鹰击一枪轰碎，只剩下几缕破布条还缠在身上。

两百米，是鹰击可以发挥全部威力的距离！

千夜心里暗叫了一声“可惜”，看来巨大的等级差距只是让血骑士受到重创而已，不过希望他会喜欢原力弹里的加料。

血骑士放下双臂，猩红的双眼紧盯着千夜的位置。他还未发令，几名训练有素的精锐血族战士便扔下已是强弩之末的菜鸟们，奔着原力弹射来的方向扑去。在和人族漫长的斗争中，他们学会了一点，就是第一时间收拾掉对方的狙击手！

鹰击射击时的动静儿太大，千夜一枪轰出，就知道自己已无法藏身。他甚至来不及调整原力瞬间大量倾泻后的虚弱状态，直接抓起手斧，从原地弹了起来，准备近身格斗。

可是血族战士来得比他预想的还要快，只见一道黑影如闪电般袭来，狠狠撞在他身上，缠着他几个翻滚，便一起摔到了大街上。

这是一名四级血族战士，一双猩红的眼睛在深青色眼眶的衬托下，显得格外嗜血和冷漠。血族战士占据上风，把千夜压在下面，一手掐住他的脖子，一手握刀毫不迟疑地直插他的胸口！

四级血族战士的力量堪比五级人族战兵，千夜只觉得脖颈好像被一道钢圈儿箍住了，一时间气都喘不上来。他握斧的右手因身体扭曲被卡住了，只能伸出左手一把抓住血族战士的手腕，阻止那把缠绕着黑金色花纹的猩红色短刀落下。

双方一下子陷入胶着状态。千夜根本喘不上气，脖子被掐住，就连血液也难以流动，他的脸立刻憋得发紫。然而在被突袭的混乱过去之后，他冷静了下来，发觉这个血族战士的力量似乎比想象中要弱得多。

他的心脏突然猛烈地跳动了一下，只觉体内黑血翻腾，七道血气全部涌出，奔向全身各处！他颈上的筋肉道道隆起，脖子瞬间粗了一半，居然硬生生将血族战士的五指撑开了！

血族战士满脸惊讶，左手颤抖着，全身肌肉似乎都在跳动，可是无论他如何用力，却再也扼不下去一分！他几乎不敢相信，一个区区三级实力的人族竟有如此大的力量！

千夜深深吸了一口气，重新获得空气的感觉异常美妙，他体内的每个细胞似乎都在发出愉悦的尖叫。

他左手突然发力，腕骨发出“咔嚓”的碎裂声，只听那名血族战士惨叫一声，五指一松，短刀掉在了地上。他用力一甩，将压住他的血族战士掀翻出去，并迅速抓起掉落的短刀，一个突刺直插向对方！

他甩开短刀，取出一支兴奋剂扎进大腿，然后迅速运转兵伐诀，汹涌的原力潮汐顷刻间漫过疲累的经脉。但是他还没有完全恢复体力，脑后风声便再起，又一名血族战士从后面扑来。

他立刻团身侧翻，脱离血族战士的扑击范围，随后弹跳而起。他发出一声断喝，转身跨步，不退反进，以全身之力，向那尚未来得及变换姿势的血族战士撞去！一声闷响传来，那名血族战士直接倒飞出去，落地后四肢挥舞，却怎么也站不起来。

紧接着，他轻盈地跃起，避开左右挥来的两柄短刀。他把一声闷哼吞进了嗓子眼儿，行动间丝毫没有受到方才右肩被挫伤的影响。

两名血族战士第一击落空，闪电般变换方位，继续一左一右夹击他。

他和身扑入右边血族的怀中，手斧瞬间在对方的胸腹间挥舞数次，殷红的鲜血立刻浸湿了两人。

突然他后背一疼，竟被另一名血族战士划开了一道长长的伤口。他默不作声地回身，挥出手斧挡开那名血族战士斩来的第二刀，然后掏出一个小皮袋，将里面的水朝对方当头浇下！

血族战士裸露在外的皮肤顿时起了一片水泡，并迅速焦黑！他顾不上千夜，捂住头面连声惨叫，痛得满地打滚儿。皮袋内装的可是银液，此刻全都浇到了他的头上，他哪里承受得住！

转眼之间，千夜解决了四名血族战士。然而十多米之外，六道黑影正以诡异、迅捷的身法扑来。连那名被鹰击重创的血骑士也甩开魏破天，怒气冲冲地奔向这边。

魏破天本已跑到同伴们身边，看到这一幕不由得一怔，随即热血上涌，大步向这边冲来。

千夜立刻向他狂吼一声：“快逃！去远征军总部带人来救我！”

魏破天已看清千夜的面容，顿时愕然，露出难以置信的表情。他大吼一声，不顾一切地加速，土黄色光芒缭绕全身，拼命把两名奔向千夜的血族战士撞开了。

他踉跄着一把握住千夜的手臂，大口喘息着，用颤抖的声音叫道：“小夜！”

突然，他感到一阵天旋地转，抓着千夜的手上传来一股无法抗拒的大力，随即整个人失去重心，屁股一疼，竟腾空飞了出去。

“快滚，菜鸟！别拖老子的后腿！”千夜怒吼道，一脚把魏破天踹回到折翼天使的菜鸟们身边。

魏破天回头望去，同伴们大多伤痕累累，虽然血族留下清场的战士只剩四名，但他们仍处于危局之中。他们已经用过兴奋剂，此刻唯有自己还剩一丝战力，其他人连突围都困难，还有一个倒地不起，不知是死是活。

他握紧拳头，如受伤的野兽一般发出一声咆哮，冲过去和同伴们一起，将还在围攻他们的血族战士逼退，然后一把扛起那个昏迷不醒的菜鸟，大步向远征军营地奔去。所有人都神色复杂地看了千夜一眼，继而紧跟着魏破天逃离战场。

千夜吸引了大半血族战士，他一改先前以伤换命的风格，不断移动方位，凭着灵活的身法和惊人的速度极为惊险地避过数次堵截。几个来回间，双方竟然未曾正面交战。直到一名血族战士按捺不住，毫无技巧地撞向千夜，只听沉闷的响声传来，血族战士退了几步，千夜却直接倒飞出去了。

然而血族战士们立刻发现不对劲儿，千夜飞出去的落点是一条小巷。见千夜不偏不倚地滚了进去，被愚弄了的血族战士们立刻发出怒吼，如狼群一般纷纷追进幽黑的小巷。

血骑士狞笑着，刚准备冲刺，忽然感到一阵眩晕，差点儿摔倒在地。他大吃一惊，低头看去，这才发现自己的伤口中流出的全是充满腐臭气息的黑血！

他大惊失色，拼命运转鲜血之力，勉强把血毒压住，使伤口暂时不至于恶化。他不敢再耽误，必须立刻回去治疗。

他料定这个中途杀出来搅局的家伙无论如何也跑不掉了，对方伤得不轻，根本不敢与自己手下的十名血族战士正面交战。于是他恨恨地瞪了一眼小巷，便转身离去，迅速消失在夜幕中。

千夜急促地喘息着，身上的伤口火辣辣的疼，体内更是不断传来阵阵空虚感。他心中自有谋算，选择的决战之地就在前面不远处，但此刻无论是血气还是原力，都已经在刚才的激战中消耗得差不多了。

他一个跨步腾跃，在空中侧身，用屠夫打出第二发跑动射击。尾随其后的血族战士步伐稍缓，但是他知道他们肯定会被激怒而对自己紧追不舍。这正是他的目的，牢牢拖住他们，魏破天等人就有足够的时间逃回远征军总部，说不定还能找到援军……

想到这里，他不由得苦笑了一下。等援军来救自己？这根本就是妄想。

前方出现一座高耸入云的塔，通体由无数大小不等、长短不一的深灰色金属管焊接而成。每隔数米就能看到一组占据了整个平面的齿轮，而每个齿轮都有成年人那般高，最细的轴承竟也粗如象腿。这就是被称为“夸父之臂”的超大型蒸汽机械，暗血城的城墙建设曾启用过它。现在这个庞然大物已沉睡多年，布满了斑斑锈迹。

此处就是千夜选择的决战之地，这里地形复杂，能最大程度上干扰追杀者的合围之势。不过他清楚地知道，就算他能拼死一搏，干掉这些血族战士，也绝对撑不到魏破天赶回来了。

当鹰击发出轰鸣的时候，他就预料到了这样的结果。他也不明白为何自己会为了魏破天，以及一些素不相识的折翼天使菜鸟，而把自己置于死地。也许是受了白龙甲的影响，也许是红蝎队长的身影还在心中。站在即将与黑暗种族决战的大战场上，许多想法好像会不知不觉地改变。

千夜原本十分讨厌白龙甲，那人傲慢无礼，眼里只有出身和天赋。世家子弟具有的缺点，在白龙甲身上都能找到。除了实力强横，就再也找不出一个让人喜欢他的理由了。

千夜至今还忘不了白龙甲亲笔写在自己档案上的那句评语：垃圾场出来的，只有垃圾。

不过，即便白龙甲身上有许多问题，也不会对他只身拦住两名同阶的强横对手，屹立长街，死战不退的壮举产生负面影响。仅仅是这样的背影，就足以让千夜忘记过去所有的不快了。

在千夜眼中，魏破天和其他年轻人现在虽然是菜鸟，但也许将来就会成为帝国军方的脊梁！既然如此，千夜这个老兵自然有责任为他们挡住敌人，就像当年红蝎队长以血肉之躯为自己夺得一线生机一样。

在鹰击发出轰鸣时，千夜忘了自己已经不再是帝国的军人，也忘了若是他还在军中，实际上也是一个菜鸟。

此刻他已冲到塔底，蹲身一跃，跳上青石基座，然后抓住一根横条，腾身而起。如此几个起落，攀到了第一层平台上。他背部顶住一个巨大的齿轮，低头检查手中的屠夫，里面还有最后一颗实体弹。

脚下的街巷中，血族战士们正加速冲来。忽然他心有所感，立刻从原地跳开，半掩到一个金属盘后面，这才抬头向上望去。

在上一层转角的平台上，立着一个高瘦的身影，此人长手长脚，看上去有些怪异。

千夜记得曾与这个人擦身而过，也间接目睹了他和狼人大汉那场短暂而激烈的战斗。千夜从他身上闻到了浓浓的血腥味儿，这是一个六级强者，那双淡淡的双眸令人不由得想起力量与狡猾兼具的凶兽。

无论是面对黑暗种族还是凶兽，千夜向来很有信心，唯独眼前这人让他无比警惕。毕竟人类最危险的敌人，其实还是人类自己。

“你叫千夜吧？”那人问道。

千夜心中微微一沉，答道：“是的。”

“我叫余仁彦，专门为了黑流城那件事而来。”

千夜微微一怔，随即放缓呼吸，静下心来，尽量把自己的身体调整到最佳战斗状态。虽然在余仁彦面前，他各方面都会被压制，但坐以待毙不是他的风格。

只见余仁彦袖中滑出一柄短刃，顺顺当当地落入左掌，而右手则从腰间拔出一把双管老式原力手枪。他扳动一个机关，枪管下弹出一截刀锋。

千夜的心又一沉，单看武器，这人的战斗风格和他相似，这样的敌人最是难缠，何况他身后还有许多紧追不舍的血族战士。

幽暗的巷道口突然冲出一名血族战士，他已看到千夜，狞笑着全速冲刺，一个飞跃站到了青石基座上。他正准备继续攀登，忽然感觉气氛不对，随即发现了余仁彦。

余仁彦并没有刻意掩饰，他身上那种食腐生物的气息异常浓郁。这种气息，就连凶厉的血族也会凛然生惧，那是一头猛兽遇上另一头凶兽的感觉。

血族战士一个个出现，缓缓逼近。

余仁彦身体一侧，让开了向上的通路，轻松地说道："本来我应该立刻杀了你，但是现在既然有这么多黑血杂种，那么顺序就得改一改了。我准备先解决他们，然后再收拾你！上来吧，我们到最顶层去解决他们，你三个，我七个。"

千夜双眼微眯，点头说："很公平！"

他几个起落从余仁彦身边闪过，直冲塔顶。余仁彦则一边和血族战士对峙，一边缓缓后退，直到到达顶层天台。

当血族战士们冲上天台时，激战一触即发！

千夜挥动手斧，如雨丝般密集地斩落，丝毫不顾自身防护，刹那间就放倒三名血族战士。当他转头望向另一侧时，恰好看到余仁彦正按住最后一名血族战士，挥刀将对方解决了。

这个余仁彦果然是高手，斩杀七名血族战士，速度居然和千夜不相上下。这不仅仅是因为等级上的差异，即便在格斗技艺上，他也丝毫不比出自黄泉的千夜差。

千夜半倚在一个金属箱壁上，勉强站稳身体。他全身从内到外如火烧一般，血气和原力已彻底枯竭。刚才短暂的战斗新添了十余处伤口，稍稍一动就是撕心裂肺的疼痛。他的左手已经完全失去知觉，甚至不知道手臂是否还是自己的。

余仁彦身上也有伤，不过伤口并不多，只是些皮肉小伤罢了。

"现在该我们了。"千夜淡淡说道。

他已经握不住手斧，右手抓着一把从血族战士那里夺来的短刀。

余仁彦上下打量了他一番，问道："齐岳那件事，是你做的吧？"

千夜正要承认，可是余仁彦却对他摆了摆手，阻止他说下去："算了，你什么都不要说。一旦说出来，我反而不好办了。虽然我很讨厌军部的作风，但我毕竟还是个军人。"

余仁彦收起武器，看了看自己身上的伤口，说："我看到了你刚才的战斗……反正我受了伤，现在也杀不了你，不过下回我绝对不会手下留情的。小家伙儿，记住我的样子，祈祷别再碰到我吧！"

说完他朝天台边缘走去，和千夜擦身而过时，忽然又说道："这些家伙的血还是热的，你得赶紧行动，否则活不过今晚。"

千夜蓦然睁大眼睛和他对视，随即冷静下来，知道自己重伤之后，鲜血之力的气息已经无法掩盖了。

余仁彦看到千夜眼中的坚忍，尚未平复的竖瞳突然黑白交替翻动了两次，露出一抹了然却充满讥诮的笑容："坚守不是坏事儿，有时候却不合时宜。"

千夜眼前出现一片红雾，视线开始模糊。他还在思索余仁彦的话，突然一股劲风袭来，他无力闪避，被迎面撞来的重物带翻在地。微热的液体浇了他满脸，随即甘美的能量气息密如丝网般笼罩了他。

余仁彦的声音仿佛从很遥远的地方传来："事急从权，当年在战场上，我为了活下去，可是连战友的尸体都吃过。"

很快，千夜体内的血气便复苏了，欢呼着扑向黑暗原力。他的心脏也如同被注入一支强效兴奋剂，有力地搏动起来，身体活性瞬间激增数倍。恢复行动力之后，他推开半压住自己的尸体，慢慢站起来，环视四周。

天台上一片寂静，余仁彦早已消失。脚下的暗血城依旧如故，除了发生过激战的区域有小小的骚乱，其余街区都分外平静，仿佛近在咫尺的破坏不曾存在过。乱世中的暗血城居民都深谙一条法则：只要屋顶还没有砸到脑袋上，就不要把头伸出去。

千夜静静看着这座半梦半醒的城市，他体内的伤损正在以能够感受到的速度恢复，黎明原力的潮汐也缓缓升起。

他轻轻吐出一口气，跃出天台，轻盈地落在十余米外的一座楼宇上，随后隐入茫茫夜色之中。

十分钟后，魏破天杀气腾腾地出现在长街。他身后跟着数十名远征军军官，每人都是三级以上的实力，其中还有四名四级校官。然而战斗早已结束，当他踏上长街时，看到的是一片狼藉的战场。

他面沉如水，双手指节握得噼啪作响。他万万没想到，那个突然杀出来挡住人半血族的人，竟然会是千夜。

当年他的第二封信被退回，随之而来的是冰冷的讣告。虽然那份战报被封存在零级秘密档案中，但他还是通过家族渠道零星地得到了一些消息，比如阵亡的红蝎战士里几乎没几具完整的尸骨，林千夜就只剩下身份铭牌，据说最后被林熙棠的办公室人员领走了。

他一想到刚才千夜喝令自己逃离的情景，胸中顿时热血上涌。

"这个混蛋……"他忍不住骂出声来。

"您说什么？"一名远征军少校讶异地问道。

魏破天突然一下子爆发了，冲着这名少校怒吼道："我说什么，关你屁事！快把周围这一带都搜一遍，我要所有血族的尸体，还要找到那个人！他必须是活的，听到了没有？"

少校脸色阵青阵白，但是魏破天却丝毫不给他面子，也不打算给这些远征军军官台阶下，继续提高声音，冲着他们咆哮道："你们这些废物，还愣在这儿干什么，立刻去给我找人！要是他出了事儿，我回去就找人取消你们的番号，然后再把你们这群缩头乌龟全部扔到黑矿里去！谁求情都没有用，今天我就把话放这儿了！"

"谁要是不服，尽管冲我来！我魏破天就是要仗势欺人！"

魏破天捶着自己的胸膛，口水直接喷到这群军官脸上。可是军官们个个低眉敛目，忍气吞声，谁也不敢多说一个字。就因为他们今晚龟缩避战，结果折翼天使的菜鸟们差点儿被血族围杀。这群少爷的来头可不小，没一个是好惹的，眼前这个博望侯世子更是难缠！要是他们死在暗血城，必会招来几个世家大族的迁怒和报复。以帝国的严苛刑法，暗血城的所有守军将会被充入炮灰营，然后在战场上消失。而整个过程中，不会有任何人站出来为他们说话。真正有背景的人，谁会跑到永夜大陆来当一名城防军呢？

他们正准备搜索战场，空中忽然传来一个冰冷的声音："行了，破天，让他们滚！看到他们，影响我的心情。"

白龙甲从空中徐徐飞下，落在魏破天身边。军官们看到白龙甲的少将标志，顿时吓得魂飞魄散，七歪八扭地行了军礼后，立刻从他们的视线中消失了。

魏破天怒意未消，吼道："这群人渣明知道黑暗种族在城中出没，却躲在军营里不肯出来。我去找他们出兵，一个个推三阻四的，拿出折翼天使的令牌都不管用！要不是我亮出魏家的身份，这群混蛋还窝着不出来呢！"

白龙甲淡淡地说："你要是想出气，直接用点儿手段，把整营的远征军全部处死便是。这点儿小事还是能压下去的，用不着借搜索的时机下黑手，这样太没效率了。"

"啊？不用整营处死吧！"魏破天吓了一跳，他知道这位白将军手段狠辣，杀人如麻，还真干得出这种事。

不过他又有些不甘心地说："说实话，我真想宰了其中几个家伙，太混蛋了！"

"你可以直接杀掉他们，你的伤亡指标就是用在这种时候的。"白龙甲不动声色地说道。

魏破天抓了抓头，心中有些犹豫。在战场上杀人是一回事儿，这样取人性命又是另外一回事儿。他虽然恨极了那几个拖延搪塞的家伙，可就这么杀掉他们，却有点儿下不了手。不过如果小夜真出了什么事儿，他一定会亲手处死他们！

白龙甲突然剧烈咳嗽起来，鼻中流下两道血线。

“白将军，您没事儿吧？”魏破天慌忙问道。

白龙甲那个层次的战斗超出了他的理解能力，他并不清楚白龙甲与威廉及人面蛛魔之间的实力对比，只知道他们都很厉害。

白龙甲掏出方巾擦去口鼻处的血痕，若无其事地说：“我没事儿，那两个家伙虽然很强，但我也不弱！”

魏破天暗暗咋舌，白将军的力量好像每天都在进步，实在是深不可测，难怪能够在不到三十岁的年纪就晋升为少将。

“听说有人冒死救了你们，你说说是怎么回事儿？”

听白龙甲问起，魏破天并未多想，直接把过程陈述了一遍，包括对千夜身份的猜测。

“千夜，林千夜……他还活着？”白龙甲记得这个名字，当年他曾亲手在千夜的档案中写下一条极为苛刻的评语。

当然在他心中，并不认为这是侮辱。以他的地位和身份，肯亲手写下一句评语，已算是高看对方了。

魏破天一向反应慢半拍，忽然意识到不对，立刻着急地说道：“不，有可能是我看错了……一定是这样！”

“是吗？”白龙甲只是淡淡地看了魏破天一眼，就让他如坠冰窖，一句话都说不出来了。

白龙甲信步走着，他的身影忽隐忽现，有时数步都在原地，有时一步出现在十余米外。魏破天看了一会儿，只觉得头晕眼花，说不出的难受，竟晃了几下，“扑通”一声栽倒在地。

白龙甲“嘿”了一声，说：“先让你吃点儿小苦头，以后在战场上类似的事情还很多，黑暗种族有不少强大的异能，可以通过人的五感来影响甚至是打击对手。你实力不足，最好的办法就是时刻保持千重山的防御状态。”

魏破天爬了起来，犹自觉得恶心不已，就像晕船一样。听到白龙甲的指点，他有点儿为难地说：“可是千重山太消耗原力了，我现在只能保持五分钟而已。这要是上了战场，哪里够用？”

白龙甲回答："那就提高原力，这才是根本！"

他东边转转，西边看看，片刻之后来到千夜最先埋伏的地方。他蹲下来捏起一小撮泥土，在指尖捻了一下，随后又站起，几步穿过巷道，出现在"夸父之臂"面前。他抬头看了看，缓缓升空而起，消失在交错的金属管中。

魏破天一路狂奔，好不容易在天台上找到了他。

他面前摆放着几具血族的尸体，白金色手套的指尖上沾着几滴鲜血。他盯着手指上殷红的血迹，神色异常严肃，眼神冷若冰霜。

"将军？"魏破天忽然觉得有些冷，不由自主地打了个哆嗦，这是白龙甲的杀气!

白龙甲转身，将指尖的鲜血给他看了看，淡淡地说："这是林千夜的血，我在里面闻到了鲜血之力的味道。"

"千夜，鲜血之力！血族？！"魏破天顿时蒙了，只觉一盆冰水当头浇下，寒气从脚底蹿到头顶。他完全不敢相信，可唯有如此，才能解释千夜为何活着却没有回红蝎报到。

在帝国军中，每年都有不少人因为种种原因堕入永夜一侧，尤以血族居多。就在今晚，那名上位血骑士也曾想把他变成血族。他随即意识到千夜肯定还没有走远，而他绝对逃不出白龙甲之手!

"将军！"

他一下子炸了，短发根根竖起，冲到了白龙甲面前。可是在白龙甲冰冷的注视下，他一时竟哑口无言。

在折翼天使中，白龙甲积威甚重，任何下级军官都不敢反驳他，更不用说魏破天这样的菜鸟了。虽然他对魏破天颇为另眼相看，但是魏破天却没有因此享受到优容，得到的反而是更加严酷的训练。

"你想说什么？最好想清楚了再说。"白龙甲的语气依旧淡淡的，可是魏破天却觉察到了再清晰不过的杀气!

魏破天猛一咬牙，脱口而出："不管小夜现在变成什么样子，我只知道他刚刚救了我们！就算他变成血族，也在和血族殊死战斗！"

白龙甲静静看着他，并不说话。

魏破天心知这个理由根本站不住脚，不管千夜做了什么，都抵不过他变成血族的事实。帝国与黑暗种族的血仇，是铭刻在骨子里的。帝国国土上，绝不容许任何黑暗种族生存。这是帝国开国大帝的遗训，也是历代皇帝在即位大典上，都会宣读的一句誓言。

魏破天突然想到千夜出身红蝎，实力不俗，这样的人若是投身永夜阵营，所造成的危害将会极大。所以不管千夜是否加入了黑暗种族，帝国一旦知道他还活着，而且变成了血族，必会不惜一切代价追杀他，说不定追杀他的人还有红蝎战士！

魏破天终于抬起头，坚定地迎上了白龙甲的目光！但他还未开口，白龙甲忽然抬手止住了他。

白龙甲屈指一弹，将指尖上的几滴鲜血飞射到夜空中。待满身杀气尽去，缓缓说道："那个林千夜不是已经阵亡了吗？帝国军部是不会犯错的，你今晚一定看错了。"

魏破天几乎不敢相信自己的耳朵，一时惊喜交加，跳了起来。他傻笑着，连连说道："是我看错了，是我看错了！"

白龙甲摇了摇头，无奈地说："唉！魏侯一世英明，怎么生了你这么个儿子！"

魏破天只是傻乐，却仍不死心，四处张望着。

白龙甲淡淡一笑，道："放心吧，他还活着。"

魏破天抓抓脑袋，"嗯"了一声，稍稍放下心来。他突然又想到什么，脸色沉了下去，咬牙切齿地说："林帅……"

白龙甲挑了挑眉，其实他早知道，那年魏破天摘取军中新人大比的桂冠，正式成为博望侯世子后，曾动用家族权限去查过林千夜的档案。看魏破天方才的反应，难道是听到了什么风声？魏家这些年虽然呈蛰伏之势，族中无人再登帅位，可是在军中的影响力仍然不可小觑，如此隐秘之事居然都能打探到蛛丝马迹。不过白阀与林熙棠素来不和，连表面的功夫都不屑于做。他本就不希望向来保持中立的魏家倾向对方，看魏破天今日的反应，倒省了他将来一番口舌。于是当下他只是淡淡地说："不管你听到了什么，在没有权限去证实之前，都是流言。"

"权限？"魏破天一怔，重复了一遍让白龙甲加重语气的这个词。

"对，权限。你的伤亡指标能把刚才那几个家伙杀掉，我则可以把他们的上司连同全营直接处死，这就是权限。"白龙甲的语气听起来波澜不惊，一如平日里指点魏破天功法时的从容淡定。

魏破天愣了一会儿，见白龙甲已动身，急忙跟上白龙甲，两人沿着长街远去了。

薄雾尚未散尽，暮色中遥遥传来魏破天的声音："白将军，要我看，整个折翼天使里就没有比你更帅的男人了，女人也没有！"

只听"砰"的一声，白龙甲好像撞上了什么东西。他勃然大怒，道："魏破天！你

个不学无术的东西，回去给我好好学习怎么拍马屁！”

魏破天有些愕然，傻乎乎地说道：“不是说最高明的马屁就是说真心话吗？这可是我的肺腑之言，您看那个谁，长得一副娘们的样子，我早就看他不顺眼了……”

至于“那个谁”，自然是白龙甲的死对头。白龙甲一时哑然，最后只好含糊不清地骂了句“混蛋”。也不知他在骂谁，倒是魏破天的这记马屁，竟在不知不觉间被他受用了。

前方就是远征军军营了，魏破天收起浮滑的腔调，杀气暗涌，沉声说道：“将军，要给这些人渣一个教训吗？”

白龙甲遥望着匍匐在暮色中的连绵的营房，无所谓地说：“其实不能怪他们，在他们得到的配合行动的指令中，并没有指明我们的身份。据说今晚会有一个永夜阵营的大人物进入暗血城，他们明显是被吓到了。”

“大人物？”

“一位永夜议会的议员。”

魏破天顿时倒吸一口凉气，永夜议会是黑暗世界的最高议事机构，每位议员都是威能惊天动地的恐怖的存在。而他们的动向，则可以影响一方局势。这样的大人物，怎么跑到暗血城这个穷乡僻壤来了呢？

白龙甲似乎猜到魏破天的疑惑，随即说道：“他为何而来与你无关，知道得太多没有好处。”

如此，魏破天倒能理解这些远征军了。如果永夜议会的议员真的出现了，他们龟缩不出确实是个办法，毕竟这种仅次于大君的人物不屑于对人族平民出手。这位议员肯定是有目的而来，办完了事即会离去。但若是远征军招惹了他，他想必不会介意顺手宰掉几万人。可是一码归一码，魏破天依然不能谅解这种贪生怕死的行径。不过出乎意料的是，平时行事风格异常极端的白龙甲却似乎一点儿也不生气。

魏破天心中可藏不住事儿，当下提出了质疑。

白龙甲淡然说道：“你我都是军人，可远征军却不一样。对他们中的很多人来说，这只是一份工作。为了工作可以少赚些钱，多出点儿力，但要付出生命，他们却是不肯的。”

魏破天虽然觉得难以理解，但也不再多问，只在心中默默记下白龙甲的话。突然他猛地一拍脑袋，差点儿跳了起来：“那位议员要是今晚来了，该怎么办？”

白龙甲似笑非笑地瞪了他一眼，说：“你现在才想到这个？不管怎样，也轮不到你去拼命。”

魏破天讪讪地说：“我就是想拼命，也没用啊！”

白龙甲望向深沉的夜天，说：“放心吧，自然有人去‘迎接’他。”

魏破天见白龙甲神色有异，不禁暗自猜测那人是谁，竟让他流露出如此神往的表情。既然够资格去拦截永夜议员，这位大人物的来历想必也是惊天动地。

魏破天抓破头也想不到，在暗血城外无际的荒原上，迎接永夜议员的，竟是一位柔弱得似乎经不起夜风吹袭的少女。

她一袭长裙在风中飞舞，长发也随风飘扬。她是如此的纯净，仿佛连肌肤都散发着柔柔的光芒；她是如此的纤弱，连最轻柔的夜风吹过，都会让她双眉微皱。她身上有种独特的气质，一种只属于她的气质。

在这荒寂、粗犷的世界里，她就如同一朵昙花，在冰冷的夜里静静开放。然而那盛放之姿却是如此惊心动魄，仿佛下一刻就会凋零。

有她在的地方，世界似乎只呈现出黑白两色。周遭的一切都是浓重的黑，而她则是单薄的白。唯一的亮色，则来自她的唇。但那抹淡红仿佛由点点滴滴的忧伤凝结而成，每一次轻微的翕动，就能牵动人们脆弱的心脏，让他们心痛不已。

这是一个让人难以忘怀的少女，她曾经出现在千夜的曼殊沙华酒吧里。

此刻在她对面的虚空中，飘浮着一个黑袍老人。老人有着刀刻般的脸，眼角和嘴角都深深下垂，一双浅灰色眼睛如同两扇通向地狱的大门，好像能把人的魂魄吸入。他饶有兴趣地打量着少女，而包裹着少女的透明光罩正涌动着阵阵涟漪。

老人终于动容了，用如玉石摩擦般奇异的声音问道：“你是……”

“赵若曦。”少女的声音如梦似幻，有种不真实的感觉。她的存在恍若泡沫，似乎轻轻触碰一下就会破碎。

老人眼角垂得更低了，缓缓说道：“我是歌诗图，既然你在这里等我，就应该知道我是谁。让我过去，我确认一个消息后，便会离开。”

“抱歉，您只能到此为止，不可以再往前了。”赵若曦淡淡说道。

老人身上的黑袍突然倒卷而起，随即整个荒野上的风好像有了灵魂，气流自四面八方涌过来，呼啸声此起彼伏地响起。在两人周围数十公里内，一个无形的巨大风涡正在徐徐生成。

歌诗图张开双臂，像是要遥遥拥抱少女，他如咏叹般轻语道："那就来吧，女孩！让我看看，你究竟有什么能力，能够让我止步！"

"如您所愿。"

赵若曦手中忽然多了一把枪！

那是一把老式燧发火枪，枪管和握把包金，镌刻着繁丽的花纹。她的手指轻轻按在如意形状的击锤上，耀眼的光芒并不比秘银逊色。然而最显眼的是那朵呈线状伸展的殷红之花，此刻充满生命气息，正浓艳地绽放着，显然不仅仅是一个雕刻。

歌诗图的瞳孔骤然收缩，身为永夜议会的议员，他当然不会认不出这把枪。这是十大名枪之一，掌握在帝国手中的曼殊沙华，只盛开于冥河之畔的彼岸花！

"你竟然是曼殊沙华这一代的主人，帝国竟然又有人能够使用这把枪了！"

歌诗图无比震惊，因为曼殊沙华在名枪中出了名的桀骜不驯。而这把枪虽然被帝国掌控了千年，但是大半的时光都无人能够使用，长期处于封存状态。没想到在这个夜晚，它竟然出现在一个如泡沫般纯净而脆弱的少女手中。

此时赵若曦一双小手合握住枪身，用尽全力，扣下了扳机！

曼殊沙华的枪口喷出一缕幽幽的微光，淡得如同风中的烛火，若不仔细看，甚至难以发现。然而歌诗图周围的空间骤然变了，原本足以撕裂耳膜的风声不知何时消失了，重归宁静的夜色浓得如有实质，甚至荡漾起如水波般的涟漪。

他心中大骇，这不是夜色，而是冥河之水！果然，在涟漪中，一朵又一朵殷红如血的彼岸之花静静开放了，它们无声地摇曳着，似是在为徘徊不前的灵魂指引回家的方向。

他刚想闪避，却发现自己已无法动弹！而一颗几近透明的水晶子弹正在夜色中滑行，射向这片冥河。

"不！"

更多精彩内容
请见二维码

他刚发出一声惊呼，子弹便击中了冥河，朵朵彼岸之花如舞者般摇曳，凝固的画面上出现道道裂缝，好似碎裂的镜子！

歌诗图也是画面的一部分，同样随之破碎了！随后这些碎片一阵扭曲，缭绕如一团黑烟，接着又重新拼回，化成完整的人形。但是重新现身的歌诗图脸色一片惨白，忽地喷出大口黑血，他二话不说，掉头就走。他的身影在虚空中闪动着，明灭间竟浮现出一道道黑色光圈儿，然后跟随他倏忽远去了。

赵若曦的脸色一如既往的苍白，现在连淡淡的唇色都几近透明了。她仿佛真的存在于一个褪色的世界里，那个世界只有黑与白。

她缓缓闭上眼睛，向后倒去，小小的身体如花瓣般飘落。在漫天凋零的彼岸花花雨中，静静坠向永夜大地。

王伯无声无息地出现，接住轻若无物的赵若曦，瞬间远去了。

风涡尚未退尽，依旧在荒原上呜咽徘徊着，无尽的曼殊沙华如同流星一般自虚无中簌簌而落，不知归处。唯有冥河依旧流水潺潺，恍若歌唱。

第五章　短兵相接

悠长的汽笛声在暗血城上空回荡，宣布着新的一天来临了。虽然黑夜已经过去，但是黎明还在地平线下挣扎着。暗季的永夜大陆，是没有晨曦的。

灰白的晨光中，千夜全身裹在一件土黄色的冒险者斗篷里，脚下是离地十多米高的蒸汽管道，他居高临下地远眺着已经完全醒来的暗血城。

这座城市好像一个晚上伤口就全部愈合了，除了高大的城楼下原本川流不息的人群有些疏落，到处秩序井然，平静如初。所有人都开始了新的一天，欢乐、放纵的味道继续在每个街区弥漫。

千夜有些不适应地看着眼前的一切，仿佛昨夜只是一场过于真实的梦魇。

激战留给城市的创伤依然存在，片片废墟默默记录了曾经发生的一切。白龙甲与威廉、人面蛛魔交手的战场最为惨烈，整个街区没有一栋完好的房子，全都变成了大片大片的瓦砾。还有几处似乎也爆发过小规模的战斗，不过破坏程度比较轻，除了地面需要修缮，或许只要多些路人经过，就能完全磨去流过血的痕迹。

许多人自发地出现在废墟周围，不断清理着尸体。

他们这么做，一方面是为了避免瘟疫，毕竟黑暗种族中有多种瘟疫都可以借助腐烂的尸体传播；另一方面，他们也能从死者身上捞到不少财物。

永夜大陆有一个潜规则：谁清理了无主死者的遗体，遗体上的财物就归谁。正是有了这种潜规则，废墟清理工作便格外迅速，人们以一种不用言说的默契分配着收获。场面并不混乱，甚至有不少一级战兵加入进来，他们的身体素质比普通人强，一根一人无法合抱的粗大的金属支架，三五个人一口气就抬走了。

在几乎被夷为平地的街区外围，有几个衣着打扮很正式的人，他们坐在样式古怪的平台边，不断在图纸上写写画画着。他们是各大公司或财团在当地的代表，废墟被清理之后，这块土地需要重建，到时候又是一笔不小的生意。好在这里是三不管地带，经过的各类管网不多，基础设施的善后工作做起来比较容易。

这就是暗血城，这就是永夜大陆。它如同一头无人照顾的丑陋的怪兽，被抛弃在恶劣的环境中，却依然顽强地生存着。哪怕受了伤，也会努力靠自己的生命力去愈合。

千夜把目光转向北区，落在一片青灰色建筑上，那里赫然就是远征军军营。他突然无声地笑了，精心易过容的脸上皱纹更深了些，可没想到神经大条的魏破天竟然认出了他，只可惜那三个承诺似乎没有履行的机会了。

他看了一会儿，发现城里的远征军并没有想象中多。他找了个僻静的角落，跳到地面上，悠闲地向附近一个刚被清理完的废墟走去，装作不经意地和几个正在休息的人搭讪。方才得知今天一早，前来增援的远征军已悄无声息地撤走了。

“或许和昨晚的大战有关，难道有了结果？”千夜随口问道。

一位话很多的大叔满不在乎地说：“谁会在意昨晚的事儿？死了只能自认倒霉。”

千夜仔细一想，确实如此，其中的无奈与豁达他也深有体会。

像昨夜那种层级的战斗，已经远远超出普通人甚至他这个等级的能力范畴。如白龙甲、威廉，甚至更高级别的大人物出现时，普通人唯有安静地等待命运的宣判。

一般情况下，这些大人物是没有心情处理他们这些蝼蚁的，但如若不幸被卷入了，那么就别想逃走。所以对他们来说，过好当下最重要，思考力所不能及的事情不过是徒增烦恼罢了。

暗血城便是如此，经历了一晚的磨难后，黎明时分就恢复了活力。千夜仿佛看到了永夜大陆不为人知的一面，或许这就是人族拥有的坚韧，因此他们才得以摆脱家畜的命运。

今天的阳光格外明媚，太阳挣脱了上层大陆的纠缠，将阳光洒在了暗血城里。为了不辜负这几个小时的好光景，越来越多的居民涌出家门，开始一天的活动。

千夜走进猎人之家，看到二爷好像心情不错，在庭院里悠闲地晒着太阳，边桌上则放着一个紫砂酒坛和几碟小食。

二爷一见他便招手道：“陪我这个老头子喝两杯，听听我的唠叨，就当是你对老人

家的尊敬吧！”

千夜默默地点了点头，在另一边坐下了。

二爷看着千夜给自己倒酒，突然从怀里摸出一个银质扁壶，说：“加点儿这个，不比你自己酿的差。”

千夜接了过来，倒出一些异香浓烈的液体，抿了一大口，片刻后说道：“的确不错。”

他没注意到，二爷一直仔细留心着他的反应，这时脸色才微松。

“昨晚的战斗，你也参与了吧？”二爷忽然问。

千夜想了想，突然明白过来，昨晚鹰击那一击发挥了全部威能，行家自然能够分辨出它独有的声线，而整座暗血城中鹰击的数量只怕一只手都能数得清。

二爷没等他回答，笑了笑，说：“我听说你最近卖了不少好货，特别是那些獠牙，可不属于一般血族战士。另外，你也买了件了不起的东西。”

“我在对付血族方面，还算有点儿心得。”

二爷点了点头，叹了口气，说：“我老了，一生踏足过十几个城市，看到了无数的战争和杀戮。对我而言，这个世界已经是这样了，不可能再有改变。而你不同，你还年轻，生命中的每一天都是新的，充满了无限的希望和可能。”

千夜安静地听着，二爷的声音中有种岁月的沧桑和沉重，而他却不能完全领会其中的含义。

“你知道自黎明战争以来，每场战争共同的主题是什么吗？”

面对这个突如其来的问题，千夜感觉有些意外。对他来说，这种问题没必要郑重其事地拿出来讨论，战争的主题当然是杀戮，以最快、最直接、最有效率的方式干掉敌人，这就是战争。

“是牺牲。”二爷给出的却是他从来没有思考过的答案。

“牺牲？”千夜有些不明白，每场战争必然有牺牲，这是天经地义的，就像岁月枯荣一样。

“牺牲不仅仅是阵亡，还包括改变。一些人牺牲了时间，一些人牺牲了生活，还有一些人则牺牲了命运，他们的一生因为战争而改变。就像这座城市，看上去欢乐繁荣，可若是你一直坐在这里，当时间一天天过去，就会发现老面孔越来越少，而新面孔不断在增加。”

千夜忽然想到了昔日的那些战友。

每个战友的牺牲，都会在他心上增添一份责任，现在他已体会到一见到黑暗种族就要杀个你死我活的那种心境。光是为同袍们复仇，就不知要杀掉多少黑暗种族。而如果他仍在红蝎，总有一天，他也会变成其他战友的责任和负担。

接着，二爷语重心长地说道：“其实，不只是人类在牺牲，黑暗种族也是一样。”

这可是千夜从来没有听过的论调，自他懂事时起，接受的教育就是黑暗种族生而冷酷残忍，视人类为牲畜。说起黑暗种族，就是肮脏、腐臭和血腥的代名词。黑暗种族也配用“牺牲”这样高贵的字眼儿？

不过二爷却没有继续谈论这个话题，他喝光了杯中的酒，说：“这个世界并不是只有永夜和黎明，它还有辽阔的中间地带。那里不仅有灰色，还有其他色彩，说不定还有七色虹光。你要试着多看看，别动不动就扣下扳机，这可不是个好习惯，你会因此错过很多东西。”

恰好此时有猎人来交任务，二爷起身进屋，他方才的那番话让千夜回味了许久。不过千夜仍然百思不得其解，在他看来，世界既是复杂的，也是简单的。碰到黑暗种族便杀，这就是最简单的真理。

二爷离开时，还留下一个消息：天蛇放出风来，想要与千夜和解。这事儿并不出人意料，鹰击在千米的距离上轰出的那一枪，想必让他印象深刻。只不过在千夜的计划里，可没有“和解”这两个字，既然对方把主动权送了过来，他就勉强花点儿时间考虑考虑吧。

天色渐渐昏暗，永夜大陆的暗季，白昼总是如此短暂。离开猎人之家后，千夜漫无目的地走着，忽然一抬头，发现自己竟站在余英男家门前。

他不知道自己是怎么过来的，二爷家酿的谷酒比市面上要甘醇许多，再加上银壶里的添加品，入喉如一团火，不灼人，但后劲儿异常强劲。此时他有点儿眩晕，思维亦变得有些迟缓了。

他径直推开了面前紧闭的棕色大门，印象中余英男是从不上锁的。酒精让他变得大胆了，当然更主要的是，他从没有在这里感觉到危险。不过今晚显然不是这样，一只光着的脚忽然从黑暗中飞出，向他的头脸扫了过来。

这只右足形状很漂亮，可若是稍稍把视线上移，看到修长小腿蓄势待发的强韧线条，就知道挨了这一脚绝对不好受！

千夜本能地抬手，一把扣住面前的脚腕。只听“砰”的一声闷响传来，他全身震动了一下，居然被这一脚踢得飞了出去。

“比血族战士的力量还差点儿……”他脑海中瞬间闪过这个念头。

这一踢的力量比他预想中要弱，虽然出其不意，但很容易对付。

他全身原力一震，身躯骤然下压，如坠千钧，双脚立刻沉稳落地。有了支点，他左手发力往怀中一拽，瞬间迸发的巨大力量将那人强行扯了过来。那人虽在反抗挣扎，但力量显然被完全压制住了。

千夜忽然“咦”了一声，多年的战斗直觉让他觉察到有把原力枪瞄准了自己，随之而来的是细微的实体弹上膛声。

他扣紧脚腕的手一抖一拉，顿时破坏了对方的平衡。他随即和身扑上，以泰山压顶之势将对方按在身下。于是那把原力手枪脱手飞出，擦过他的耳畔，沿着地板滑出很远，直到撞上房间另一端的墙壁才停了下来。

他对自己扑击的速度和时机十分满意，二人进入贴身肉搏的阶段。他伸手一捞，准确攥住对方的双腕，然后与之进行短暂的角力。直到将那人的左手压服至头顶上方，他才松了一口气，撑起上身。

窗外忽然闪过一道火光，将房间照亮了。一时之间，两人都呆住了。

千夜压制住的是余英男，她似乎刚刚从浴室里出来，身上仅仅裹了一条浴巾。

经年累月的锻炼，使得她的身体如同母豹般结实，充满了爆发的力量。此时房间里有一丝奇特的味道，刚才还不明显，现在却清晰地散发出软糯的微香。那是米酒的香气，与谷酒青草般的气息完全不同，显然这位女猎人之前正在自得其乐。

千夜陡然一惊，额头不住冒汗，那种朦朦胧胧的醉酒的感觉刹那间消失了，他终于清醒了。

余英男先是一愣，随后紧绷的身体彻底放松下来，叫道：“千夜？”

“是我！”千夜下意识地松开她的左手，随即呆在那里，似乎有点儿手足无措。

余英男无奈地叹了口气，伸手拍拍他的脸，说：“给我下去！”

千夜腾地弹起，瞬间移到沙发上，规规矩矩地坐好了。

余英男却大方得多，她若无其事地站起来，转身换好衣服，披上战术夹克。她拉过一张椅子，坐到表情仍然有些呆滞的千夜面前，又伸手拍了拍他的脸：“说吧，怎么回事儿？”

“这个……嗯，是这样的……”

一分钟后，余英男面色古怪地看着千夜，问道：“你说你刚才喝多了？”

“是的。”千夜一本正经地回答。

“就一坛谷酒？”

“两杯，其余全是二爷喝的。”千夜非常老实。

“那东西不是淡得跟水似的吗？”

“其实还是有后劲儿的。”千夜想了想，认真地说。

“然后你就喝多了？”

“是的。”

看着千夜那张一板一眼地回答问题的脸，余英男实在哭笑不得。

她来到窗前，点燃一支烟，深深吸了一口，实在不知如何形容此刻混乱的心情。上次两人拼酒，千夜喝下十几瓶烈酒都没醉，这次才喝了两杯谷酒就醉了？面对他拙劣到让人不忍戳穿的借口，她唯有恶狠狠地低声骂了一句。

千夜连忙站起来，说：“那么……我走了？”

余英男叫住他：“等等，你来找我到底有什么事儿？”

“喝多了，迷迷糊糊就过来了。”

余英男的动作僵了一下，然后一口烟吸得过猛，剧烈咳嗽起来。连咳了好几下，她才向千夜用力挥手：“行了，没事儿就回去吧！”

“好！”千夜答得很干脆。

“等一下！”余英男又叫住了他。

千夜回头，如黑曜石般的眼眸在幽暗的房间里显得格外流光溢彩。余英男张了张嘴，突然忘了叫住他的目的，也许本来就没什么事儿。她抓了抓头，忽然冲进储物间。不一会儿，里面“乒乒乓乓”一阵乱响，像是有货架“哗啦啦”倒塌了。紧接着她冲了出来，手里多了一个大口袋，里面装得满满的，全是战地口粮、长效罐头之类的东西。

她把口袋硬塞到千夜手里，说：“拿回去，慢慢吃！”

千夜抱着足有几十公斤重的大口袋出了门，大脑一片空白。

身后传来余英男的叫声：“等有新任务了，我会来找你的！”

他点了点头，一路远去了。

余英男“砰”的一声摔上房门，然后靠在门背上，开始剧烈喘息，就像是刚打了一场大仗。

等心情稍稍平静下来，她开始苦恼地自言自语：

“我今天话好像有点儿多，不然下次少说几句，不过……这样会不会很奇怪？”

“还是和以前一样吧！对了，以前是什么样子的？糟糕，难道酒喝多了……”

就这样，房间里不停地回荡着她的呢喃。

千夜回到小旅馆，等关上房门，隔离了外面的喧嚣后，他这才长吁一口气，感觉有些虚脱了。

他像是一个做了错事的孩子，被大人当场抓了个正着。余英男虽然只和他出过一次任务，但是她那种凌厉霸道的指挥风格却和他过去的直系长官十分相似，不知不觉间激发了他多年养成的服从命令的习惯。

唯一的区别是，她的指挥水平实在不怎么样，大抵停留在“给我冲”和“一起上”的标准口号上，比自认为最不擅长临场指挥的南霸天都差了十万八千里。

千夜打开口袋，看着里面堆积如山的罐头，不由得苦笑了一下，看样子余英男至少把她的存粮塞了一半进来。

他不理解她为什么塞给自己一堆罐头，而不是其他东西，比如空白的原力弹或是一把不错的军刀，都会是很好的礼物。

或许是巧合，他恰好需要大量食物。现在的他力量一天比一天强大，食量也渐渐增长起来。只有大量进食，才能够满足身体需要。可是吃再多的东西，也无法达到促进血气壮大的效果。到目前为止，唯一行之有效的似乎就是体内自发形成的，以原力潮汐来喂养血气的办法。

他拔出军刀，将罐头一个个撬开。随着大量食物下肚，他身上的伤口加快了愈合的速度。

而与此同时，在房间里兜兜转转，绕了很久的余英男突然冲进储物室，一把拉开房门，看着里面空了一半的倒塌的货架，顿时呆住了。

“天哪，我居然给了他一堆罐头……”她尖叫一声，一下子坐在了地上。

接下来，千夜不再出门探听消息。既然折翼天使和远征军那边毫无动静儿，那么或许是因为魏破天最终没有确认自己的身份，又或许是因为其他理由不再追查了。这对他来说，是最希望看到的结果。

哪怕齐岳事件已经追踪到了这里，若非万不得已，他还是不想离开暗血城。他觉得这个城市很适合居住，不仅能找到所需要的大部分交易物资，而且从不关闭城门，还能混入人群中，掩盖他的黑血气息。另外，猎人之家中专供给高星级猎人的上等货，对他也有很大的吸引力。

他在旅馆待了一天一夜，静待身上的伤势痊愈。此时他血族体质的进阶已经完成，身体内部的细微改造也告一段落。他做了些简单的力量练习加以评估，心知和余仁彦这样的六级战兵正面对抗，在力量上虽然处于下风，但不至于完全没有还手之力。

蛰伏这么久，是时候解决天蛇了。

千夜对这位天蛇帮的帮主没有一丝好感，余英男曾说过天蛇办事很讲规矩，然而一把流金玫瑰就让他放弃了原则。这样的人只会为利益所惑，受权势驱使。况且他想要和解，却没有提出条件，显然毫无诚意。毕竟有一个条件是他能够立马做到的，那就是免去余英男的债务。不过就算他真的有诚意和解，千夜也不会接受。

千夜整理好装备，将鹰击拆成三段装入背包，然后把自己灌注的一颗原力弹卡进屠夫的弹仓。二爷的话提醒了他，鹰击并不适合目前的战斗，但他也不放心把鹰击留在房间里。

时间差不多了，他准备晚上去天蛇帮总部看看。他觉得，和天蛇谈判最好的方式，就是用屠夫指着他的脑袋。

一到晚上，暗血城就又热闹起来了。昏黄的路灯下，来来往往的女人各有各的风情。她们一个个浓妆艳抹，魅力四射。当然，到了白天卸了妆，她们立刻就会变成另一种生物。

千夜走在街道上，看上去就像一个普通的底层人物。很快他便离开这条街，转入旁边一条黑暗、幽静的小巷，他更适应这种环境。不过除了他，显然还有人也适应这种环境。

在十多米外的巷道拐角处，突然“啪嗒”一声，落下一团阴影。千夜定睛看去，只见一个长手长脚的人慢慢走出来，拦住了他的去路。

此人竟是余仁彦，见到千夜，他徐徐地说：“看来你没把我的话放在心上。我说过，再遇到就会杀了你。”

千夜皱眉，缓缓把背包取下，随手扔到一旁。然后把突击步枪放在脚边，站定后对他说：“我也没想到，你这么没耐心。”

“既然碰到了，我就不能装作没看见。所以一切都是天命，要不要给你几分钟写写遗嘱？”

“‘遗嘱’这个字眼在我的词典里从不存在，或许你用得上。”千夜从后腰的封套里抽出军刀，刀锋上闪烁着银光，前几天和血族战斗时浸上的银液还没有用光。

余仁彦看了一眼刀锋，露出让人毛骨悚然的笑容，说：“你不怕割伤了自己？”

“谢谢提醒。”千夜摸出一副黑色战术手套，戴上后握好军刀。

“如果你愿意跟我回去……”

千夜立刻打断了他的话：“绝不可能！”

“那么开打吧！”余仁彦双臂一抖，两把无柄的窄式短刀从衣袖中滑到手上。

千夜深吸一口气，身体后撤半步，左脚落地时，地面“砰”地发出一声闷响，似乎整个小巷都摇晃了一下。他脚下的地面则龟裂了，不断向远方延伸。

余仁彦眼中闪过惊讶之色，对千夜的原力强度有了一个新的认识。他身形急闪，斜扑而上，抢占先机。只见他双手重重挥落，指掌间寒光一闪，直插向千夜的颈侧。

千夜一步踏落后，站在原地未动，此时抬起左手臂硬挡，右手中的军刀则迅疾如电地反刺向余仁彦的胸口！

这是两败俱伤的打法，余仁彦的身躯突然浑如无骨般扭曲了一个不可思议的角度，一个后撤步倒退了数米，躲开千夜的反击。

千夜并不追击，只是站在原地静静地等待着。

余仁彦稍做停顿后，又闪电般扑上，后退，再扑击。

两人忽合忽分，余仁彦的动作极为迅捷，长手长脚的他像一只巨大的蜘蛛，发起攻击时天然有着距离上的优势。

千夜双腿前后微分，稳稳站在原地，一副以逸待劳的模样。他不主动出击，但只要余仁彦扑上来，立刻就发起两败俱伤的反击。

两人偶尔也有硬碰硬的较量，结果多半是平分秋色，这让余仁彦更加吃惊了。他忽然围着千夜如风般飞旋，双刀在指掌上舞动起来。夜色中，只见点点利刃的森冷反光拉出一片虚影，如漫天蝴蝶般扑落，转眼便在千夜身上添了数十道伤口！他越战越兴奋，口中不由自主地发出尖锐的啸叫！

千夜则沉默着，脸上毫无表情，似乎那些伤根本不会影响他。他始终保持着反击的节奏，每一次出手又快又狠又准，全无花哨。这就是格斗训练的精粹，做到了快狠准，想不赢也难。

对黄泉毕业生来说，只要还没倒下，就有可能一击击杀对手。

余仁彦连续斩了千夜数十刀，而千夜只出了两刀，其中一刀洞穿了余仁彦的腹部，另一刀则差点儿把余仁彦的左手砍了下来。

小巷中的格斗惊动了不少人，几名佣兵凑到巷口向里面望去，看到激战中的余仁彦和千夜，竟哄笑着指指点点，显然喝得有点儿多。

余仁彦的瞳孔突然变成危险的竖瞳，他舍弃千夜，如疾风般冲向那些佣兵。只见一个光弧在空中扩展又收拢，竟将所有看热闹的佣兵都卷了进来！只一个呼吸间，他就将这几个佣兵除掉了！

长街上顿时响起一片惊呼，人们迅速退避开来。佣兵中有两个可是二级战兵，眨眼之间却丢了性命！见到这种场景，谁还敢稍加阻拦？

处理掉这些人之后，余仁彦的心情似乎好了一些，转身向千夜走去。千夜左手一动，已经拔出了屠夫。

“这种战斗，枪有用吗？”余仁彦冷笑道。

不过很快他就笑不出来了，千夜并没有在这个距离上开枪，再次与他缠斗在一起。战到酣处，千夜手腕一动，屠夫轰鸣着吐出一团黄光，直接命中他的大腿，他的速度立刻降了三成。

他本是近身格斗和用枪的好手，可是现在却发现，自己竟然远不及千夜。一把原力枪在千夜手里玩得出神入化，可砸可刺。千夜就像一根韧性极强的弹簧，被压得越狠，反弹就越强劲。双方在战技上的差距，终于一点一点体现了出来。

千夜自始至终都十分冷静，他发挥稳定，不管身上有多少伤，水准始终不变。余仁彦受伤后动作却开始走形，腿和手似乎有些不听使唤了。

“你不痛吗？”余仁彦忍不住吼道。

“我只当这身体不是自己的。”千夜淡淡回应着，突然反手一刀，堪堪贴着余仁彦的鼻尖切下，要不是余仁彦已变换身法，差点儿就中刀了。

“变态，疯子！”余仁彦很清楚千夜身上那些伤有多痛，忍不住骂道。

“多谢夸奖。”千夜真诚回应着，然后弯腰捡起突击步枪，将其当作铁棍抡出，差点儿砸中余仁彦的后脑勺。

余仁彦骤然后退，拉开双方之间的距离。他低头看了看自己的腹部，那里多了两处刀伤。他深深吸了口气，收拢腹部肌肉，将伤口暂时封闭起来。他向千夜深深看了一眼，说：“下一次，你不会有这样的好运了。”

"还有下一次？"千夜皱眉说道。

"当然，这是命令，而我是军人。"余仁彦说完，转身就走。

千夜站在原地一动不动，目送着他离开。

走出小巷时，余仁彦双手一收，无柄短刀缩回臂套里，手中突然多了两把新的军刺式样的短刃，宛若有灵性般在他十指间跳跃着。

短刃闪动着耀眼的银光，竟然是秘银武器！如果方才和千夜格斗，用的是这两把短刃，已是血族体质的千夜绝对支撑不了这么久。

同样的，假如千夜在洞穿余仁彦的腹部时刀锋随便一震一扭，便会搅碎他的内脏。而现在这种快进快出的创口，对于拥有六级实力的他来说，其实算不上重伤。

两人似乎有着某种默契，虽然生死相搏，却仍然有所保留。下一次见面会怎样，谁都说不清楚。千夜的长处是超远程狙击，余仁彦却擅长匿踪伏杀，他们本就不应该选择近身格斗。

然而正如余仁彦所说，这是命令，而他是军人。千夜也曾是军人，所以明白其背后的分量。

千夜静静站了一会儿，等收拢了全身的伤口，便捡起背包和突击步枪，缓步向小巷外走去。

刚走出巷口，一名佣兵忽然伸手拦住他，喝道："站住！"

千夜转头望去，只见数名佣兵聚集在巷口，远处还有十来名佣兵正在快步赶来。拦住他的，则是一个三级战士。

"有事儿？"他冷冷回道。

"老实交代，你和刚才杀了我们几个弟兄的家伙是不是一伙儿的？"佣兵喝问道。

见自己人越来越多，佣兵的胆气也壮了。何况千夜看上去只点燃了三个节点，和他同级。

千夜觉得有些奇怪，既然目睹了余仁彦的身手，这群佣兵怎么还敢找他的麻烦？拥有六级实力的余仁彦在远征军中起码已经混到中校了，光是这个身份亮出来，就能将这些佣兵压死。但是看到佣兵的目光，他忽然明白了。对方盯着他手里的突击步枪和屠夫，眼中全是灼热的贪婪。

他猛然拔出屠夫，倒转枪柄递过去，说："那个人好像用过这把枪。"

佣兵倒没想到千夜居然如此识趣，立刻伸手去接，得意地说："我先拿回去检查一下，我们暴走白熊佣兵团……”

话没说完，只见千夜手腕一抖，将屠夫包了钢的枪柄狠狠砸在了他的头上！

“砰”的一声，佣兵一声不吭地仰天倒下了。屠夫在千夜手中飞旋，枪口随即指向一众佣兵。他寒声问道：“还有谁想站出来？”

佣兵们面对着明显已经上了膛的屠夫，一个个面如土色。数米距离之下，屠夫的威力足以将他们轰成碎片。何况身为三级战兵的中队长居然被一击打倒了，他们这些一二级的战士又能做什么呢？

不过数量上的绝对优势让他们有些不甘心，于是缓缓合围，堵住了千夜的去路。屠夫虽然威力巨大，却不能连续射击。只要打出一枪，就算是废了，作用和一把钝器没多大区别。

除了三级屠夫手枪和二级突击步枪，千夜的背包鼓鼓囊囊的，这些眼见的好处已经占据了他们全部的思考空间。他们虽是佣兵，但有时也会变成强盗。假如真有三级原力枪入账，那么当一回强盗又何妨！

然而他们不知道，此刻千夜的心脏跳得飞快！疯狂的搏动让他感觉有些口干舌燥，心情极为烦躁不安，好像身体里有什么凶兽在拼命地嘶吼着，想要突破封印，重归世间！

不远处是被余仁彦解决掉的佣兵的尸体，浓郁的血气缭绕在他的鼻尖。他的呼吸稍稍重了一些，手指也开始颤动了。他望着这些佣兵，仿佛看到了一群围上来的羔羊。不光是喉咙，他身体的每一个地方都有着烧灼般的疼痛，他很想让这些人知道什么叫作痛苦和绝望！可佣兵们并没有觉察到死亡的阴影正慢慢靠近，在他们眼中，千夜颤抖的双手是畏惧的表现。许多佣兵开始拔刀，有的还掏出了原力枪。

包围圈在缓缓收拢，一群羔羊迫不及待地想要围杀狮子。

千夜忽然抬手，将屠夫指向一名等级最高的佣兵！下一瞬间，屠夫发出咆哮，那名佣兵立刻毙命了。然而屠夫的威力并没有吓住这些佣兵，反而让他们觉得有可乘之机！他们如野兽般号叫着扑向千夜，一时间竟有三四把短刀同时向着千夜的要害刺下！

千夜的身体瞬间扭转，避开最致命的几刀，只有一刀斜斜划过了他的腰肋。挥刀的佣兵只觉得刀锋像是划在厚重的兽皮上，完全切不进去，只能留下一道浅浅的口子。而千夜手中的短刀节奏分明地挥动着，近旁三名佣兵便再也站不起来了。接着他不退反进，直接冲进佣兵群中，和他们贴靠在一起，须臾又分开了。只见短刀挥起刺落，每一个起落，就有一名佣兵倒下。转眼之间，近二十名佣兵竟倒了一大半。剩余的佣兵好不容易反应过来，连忙掉头就逃。

千夜没有继续追击，而是转身离开了。

他沉默地向小旅馆走去，他走路有些摇晃，一路上撞到了好几个人。这些人闻到他身上浓得吓人的血腥气，根本不敢多说什么，赶紧给他让路。

那扇低矮简陋的小门终于出现在面前，他急忙跨入房间，“砰”的一声摔上门，立刻扑到余英男送给他的口袋上。

他将一个个罐头撬开，不管里面是主食还是配餐，都一股脑儿地拼命塞进嘴里。直到所有罐头都变成空盒，才勉强压住强烈的饥渴感，踉踉跄跄地倒在床上。他感觉疲累不堪，立刻沉沉睡去。

第六章　覆灭之夜

当千夜还在沉睡的时候，余英男正在自己的房间里坐着，她已经一天没吃东西了。她好像不饿也不渴，思维则处于迟滞状态，根本不知道自己在想些什么。

就在这时，她忽然听到房门外有响动，一下子从沙发里跳了起来。

难道千夜回来了？她不由自主地想着。

房门打开了，来人却不是千夜，而是天蛇。

她立刻从臆想中惊醒过来，反手去拔后腰上的枪。可是她的手只伸到一半便停下了，因为天蛇的枪已经顶住了她的额头。

“英男小姐，我很不愿意以这种方式见面，不过似乎没有更好的办法了。”

天蛇一步一步逼上前来，余英男则被枪口顶着，不断后退。直到她的后背重重撞在墙上，天蛇才停下来。手枪沿着她的太阳穴慢慢下移，经过面颊，最后顶在她的下巴上，巨大的力量传来，强迫她将脸仰起来。

“你想干什么？”她冷冷地问，毫不畏惧。

天蛇低头看着她，伸出手轻轻地抚摸了一下她的脸蛋，说：“我想看看你的魅力究竟有多大！”

天蛇大力一撕，把她的外衣拽了下来，随手抛在地上。余英男忽然抬腿，狠狠一记膝撞向他袭去！而他似乎早有防备，一拳击在她的腹部！

一时间，余英男感觉全身的原力都被击溃了，完全喘不上气来。

天蛇一把抓住她的头发，将她硬生生地提了起来，说：“英男小姐，你最好配合一点儿，这样可以少吃些苦头。等我把千夜那个小混蛋解决了，说不定对你还有点儿兴趣，可别逼我现在动手！”

余英男马上明白了天蛇的意图：“你要杀千夜？”

“当然不，那样太便宜他了！我要好好戏弄他一番再说。”

天蛇大手一挥，重重劈在余英男的后颈上，将她打晕。随后他用披风将余英男整个儿包裹起来，扛到肩上。离开之前，他将天蛇帮的徽章抛在地上的外衣上。

千夜的伤不是特别重，但是数量多，很难立即愈合。他休息了一天一夜，这才恢复了些许元气。他照例变换了样子，离开小旅馆，找了家酒吧坐着，顺便探听消息。他立刻打探到天蛇正四处找他，据说一个很重要的人落到了天蛇手里。

他离开酒吧，随即向余英男的住处奔去。整个暗血城里，只有这个女猎人和他关系比较密切，他并不觉得天蛇有能力去动一爷和二爷。

余英男的住所从不锁门，当他推门而入时，意外地发现客厅里坐了个人，竟是二爷。

“英男现在在天蛇手里。”二爷说着，指了指桌上。

那里放着一件余英男常穿的外衣，还有一枚天蛇帮的徽章。这是天蛇故意给他留下的信号。

千夜脸上罩了一层寒霜，对二爷说：“你不是说天蛇有意与我和解吗？”

二爷的脸色也很难看：“看来那不是他的本意。”

千夜冷静下来，问：“你有什么建议？”

二爷沉吟了一下，说：“这种事情，你才是专家吧？”

千夜冷冷地说：“我确实有自己的处理方式，但不知道是否合适。”

“以英男的性子，无论你怎么做，只要杀了天蛇，她就会高兴。”

千夜点了点头，说：“我知道了，不过我需要一些东西。”

“只要是库房里有的，你尽管拿去。”

片刻之后，千夜从猎人之家的后门走出，消失在暗血城的夜色中。没多久，二爷也出了门，一会儿工夫就来到远征军营地附近的一个酒馆。

吧台边坐着一个满脸胡茬的男人，正闷头喝着酒，二爷则坐到了他的身边。

“二爷，难得看到你来这里。”

二爷要了杯酒，慢慢地喝了一小口，说：“你楚雄能来，我为什么不能来？”

楚雄自嘲地一笑，说：“我来了又有什么用？那位大人物过来的时候，还不是照样躲在军营里不敢露头，有时候想想真憋气！”

“你出来了也是送死吧！”

楚雄猛然把整杯酒灌了下去，说：“总比打都不敢打要强！”

“我听说上面来了人，把那位大人物挡回去了？”

楚雄摇头说：“这个我也不清楚，只知道折翼天使来了一名少将，是个很厉害的家伙。不像我们远征军都是些水货，但是仅凭一名少将，肯定拦不住那个人。”

二爷叹了口气，以老人独有的沧桑的语气说：“唉，看来这里的平静即将被打破了。”

“为什么，那个人不是走了吗？”

话一出口，楚雄立刻就明白了。那位永夜议会的大人物虽然走了，但是却把暗血城搁到了风口浪尖上。以后会不断有人到暗血城来，试图寻找他出现在这里的秘密。

两人喝了一会儿闷酒，楚雄又问道：“你突然跑到这里来，肯定有事儿。说吧，想让我帮什么忙？”

“这两天城里的局面可能不太安宁，我希望你能对一些噪音置之不理，最好直接视而不见。”二爷不急不忙地说出来意。

楚雄微微皱眉：“关于哪方面的？”

“和天蛇帮有关。”

楚雄的双眉锁得更紧了：“这可有些麻烦，天蛇在远征军里巴结上的不止一条线。即便我在这里不会待很久，也不想凭空得罪一群无赖。”

“上次的人情，就算你还掉了。”

楚雄吃了一惊：“好吧，既然你这么说，我就答应你。在暗血城里，应该不会有谁真的愿意和我翻脸。不过他们要是在暗地里动手脚，我就不知道了。”

“只要远征军不出动，就可以了。”

“我知道这个问题不应该问，但究竟是谁能够让你付出这么大的代价？难道是那个新近崛起的小猎人，你打算把他培养成接班人？”

二爷喝了口酒，悠然答道：“当然不是，我是为了英男。我一直把她当女儿看待，但是这一次，天蛇过界了。”

楚雄又要了一满杯烈酒，一饮而尽后站了起来，说：“这事儿不足以还清你的人情，我就麻烦一点儿，帮你把天蛇帮的后患清理干净。如果天蛇今晚没死，我会亲手宰掉他。

不过殷琪琪那个任务，你要尽快帮我，我快顶不住了。不管是谁，先找个长得不错的送过去再说。就这么说定了，另外……这顿酒算在你的账上。”

说完，这个小气的男人大步离开了破烂的小酒馆。

吧台后面那个上了年纪的酒保同情地看了二爷一眼，耸了耸肩。岂止是这一顿，有二爷在的时候，楚雄可从来没有付过账。不过这个男人确实没什么钱，口袋里甚至连个银币都找不出来。

夜已经很深了，远方隐隐传来一声枪声。这记枪声有些奇怪，很低沉，又很有穿透力，就像是低音鼓的鼓点，直接敲打在人们心头。

酒馆里大部分人都恍若未闻地继续喝酒聊天，根本就不在意，连那些穿着远征军制服的战士和军官也没有反应。在这座城市里，哪一天听不到几声枪响？只有少数几人眉头微皱，他们听出了一些异样，分辨出这声音极有可能是大口径的狙击枪发出的，虽然只是火药武器，但即便在军队里，能使用狙击枪的人也不多。狙击手在军团中地位超然，暗血城里根本没有人敢惹他们。

深沉的夜色里，千夜拉动枪栓，重新把一颗硕大的子弹装填进枪膛，然后调整姿势，再一次瞄准天蛇帮总部。

瞄准镜慢慢从楼顶、门窗、空地上一一扫过，最后锁定了一个缩在外墙墙角的家伙。那人害怕得抱着脑袋，显然想努力把自己藏起来，却不知道从制高点看去，那里实在不是个好位置，他已露出了小半个身体。

千夜平心静气地扣下扳机，他从瞄准镜里看到墙壁突然裂了个一人宽的大豁口，躲在后面的天蛇帮帮众全被轰飞了！

天蛇帮已是一片混乱，院落里的人不是拼命往大楼里跑，就是四处寻找就近的掩体。此刻根本没有人去追溯子弹的来源，把狙击手找出来。

千夜拉开枪栓，不慌不忙地换好子弹，然后提枪站起，如幽灵般在夜色下移动着，从一座大楼跃向另一座大楼。很快他就找到了一块新的阵地，只听枪声轰鸣，躲在总部大楼第三层窗户后面的一个帮众就此倒下了。

千夜手上是一把不比鹰击小多少的狙击枪，这把名为“逐风”的大家伙虽然是火药武器，但是十五厘米的巨大口径确保了它的威力。这个系列的狙击枪是火药枪系发展到巅峰的作品，甚至可以在低空打击浮空艇。

作为火药武器，它有原力枪不可替代的优势，那就是射程和弹药。只要狙击手的技艺足够高，它就可以在两千米外射杀目标，而鹰击的极限射程只有一千米。另外从理论上来说，有多少子弹，它就可以打出多少枪，这更是鹰击比不了的。

这把有些变态的狙击枪后坐力大得惊人，拥有一级战兵的体魄才能使用。千夜有点儿遗憾，手上的逐风是最初的型号，在猎人之家的仓库里没有找到口径更大、威力更猛的升级版。当初红蝎专门为黑蝎级老兵定制过一种大口径的火药狙击枪，威力极大，几乎相当于三级原力枪，但是只有五级战兵才能够使用。体能稍微差一点儿的人用它开一枪，反而会被反坐力震碎内脏。

千夜此刻就像隐藏在黑暗中的孤狼，耐心地围绕猎物奔跑着，一窥见机会就猛扑上去，狠狠撕下一块血肉。

枪声不断轰鸣，每记枪响过后，至少有一名帮众倒下。天蛇帮里乱成一团儿，连外墙都不能带来丝毫的安全感。每一声枪响，都似乎在传递着一个声音："放人！"

如果天蛇不放人，今晚千夜不可能放过天蛇帮。

有些人扛不住死神之手一寸寸抚过头顶的巨大压力，他们成群结队地冲出大楼，结果少数死在千夜的枪下，绝大多数则趁机逃离了。

飞鸟躲在墙壁的死角里，不断喘息，原本还算英俊的脸已经扭曲了，看不出此刻的表情是兴奋还是害怕。现在除了天蛇，天蛇帮所谓的四大高手只剩下他一人，继野蜂之后，灰鹰也悄悄离帮了。

一名帮众突然冲了过来，看到他先是一怔，随即狂喜道："飞鸟哥，外面那个狙击手实在太厉害，兄弟们都被压得不敢露头。您出马，去把那个嚣张的家伙干掉吧！"

飞鸟似笑非笑地说："我出马？"

那名帮众一时没有反应过来，犹自说道："是啊，当然是您……"

话说到一半，他骇然发现飞鸟的枪竟指向了自己！枪口中喷出原力光芒，他随即应声倒地了。

飞鸟歇斯底里地狂笑着，慢慢站了起来。他身下竟然有一大摊血迹，腰肋处正不断地往外渗着血。

原来他也受到了狙击，狙击弹飞来时毫无预兆，虽然他当时还在快速移动，但那颗子弹的预判准得惊人！如果不是他在危险降临的瞬间有所感应，拼命挪动了一点儿位置，这一枪就会直接轰在他的腰椎上。即便如此，子弹仍在他腰侧开了一条大口子。

他又一次与死亡擦身而过，随即发疯似的四处逃窜，好不容易才找到这个暂时安全的位置躲了起来。

他第一次知道，自己竟然如此害怕死亡，害怕面对千夜。以前每次虐杀对手时，他看到他们恐惧与痛苦交织的面孔，总会有满满的愉悦感。但是直到此刻他才发现，死亡的恐惧竟如此可怕，好像整个世界正在被凶兽吞噬着，他只能不停地奔跑，然而前方却没有光亮。

总部顶层一个宽阔奢华的房间里，天蛇正阴沉着脸站着。他偶尔会小心翼翼地接近窗边，躲在厚实的窗帘后面向外看上一眼。他的动作极为谨慎，尽管这种火药武器对他没有太大的威胁，但是每当枪声响起，他的心跳便会加速，不由自主地想起自己被鹰击击中的情形。

他大步走到门边，拉开房门，喝问道："远征军那边来消息了没有？"

门外的帮众带着哭腔答道："没有，都一个小时了，我们连远征军的巡逻队也没有看到！"

"砰"，天蛇狠狠摔上大门，一个小时也太离谱了！

远征军在城防部署上，东、南两区的巡逻密度比西、北两区要低，但也达到了半小时的频次。从开始到现在，枪声早已不绝于耳，动静儿闹这么大，除非那些实力强横的校官们都聋了，否则又怎会听不见？

外面枪声响成一片，天蛇帮帮众都像无头苍蝇一般盲目射击着。而千夜手里那把厉害的家伙，威力大得超过了远征军的制式枪械。可是从头到尾，不管是巡逻队还是执法队，竟然连影子都没有看到，这绝对不正常。这只能说明一件事，远征军已决定置身事外了。

"砰"的一声，天蛇砸烂了一个花瓶。他狠狠地吐出无数街头骂语，诅咒着那些只收钱不干活儿的家伙。

"怎么，你也会害怕？"余英男冷笑着说。

她被绑在一张椅子上，上身的战术夹克还在，勉强挡住了裸露的肌肤。

天蛇大步走来，扬手就是一记重重的耳光，将她连人带椅扇倒在地！她半边脸立刻肿了起来，"呸"的一声吐出一口血水。

天蛇拉着她的头发，又把她从地上提起来，咬牙切齿地说："你最好不要激怒我，否则后果自负！”

“有本事就冲我来，不过我可以肯定地告诉你，你只会死得比我更惨。”余英男丝毫不在意天蛇的威胁。

天蛇眯着眼睛，冷冷地说：“你可别激我，把我逼急了，对谁都没好处。”

他拿出一支针剂，撕去包装，用力刺进余英男的上臂，将里面的透明液体全部推了进去。这种药剂可以抑制原力，是禁锢原力高手的利器。

余英男冷静下来，不再故意激怒他，而是平静地说：“你别白费心机了，我和千夜认识没多久。你认为像他那样的人，会为了一个不熟的女人受你的威胁吗？听听外面的枪声，你就应该知道我在他心里究竟有多少分量。”

“你给我闭嘴！”天蛇狂吼一声，反手又给了她一记耳光！

这一下打得更重了，余英男冷笑一声，吐出一口血水，闭上眼睛，不再理会天蛇。

外面的枪声密集如雨，天蛇帮帮众仍在盲目地射击。他们找不到千夜的确切方位，于是顾不上暗血城的禁令，将附近的民居也扫射了一遍。所幸战事一开启，这个街区的平民便跑了一大半，流弹只是炸开了一些无人的建筑。

硝烟滚滚，狙击枪的声音如一记记闷雷不断响起，每响一下，就会有一名帮众倒下。过了一会儿，这些帮众开始明白露头射击就是在找死，于是暴风骤雨般的枪声渐渐停了。

这时天蛇的房门被人推开，与天蛇关系不错的那名元老走了进来。他看了一眼余英男，说：“老三，收手吧，把这个女人放了！杀掉她会有很多麻烦，而且那个小子心狠手辣，难道你想看着天蛇帮覆灭吗？”

天蛇狞笑道：“我不相信他真的不在乎这个女人，我现在就把她带到楼顶上去。假如那个小子敢再开一枪，我就砍了她！”

元老大吃一惊，叫道：“你疯了，这样会把我们害死的，我觉得你不适合再当帮主了！”

天蛇忽然拔出短刀，向前轻轻一送，刺入元老的胸口！

元老愕然不已，用颤抖的手指着天蛇，说：“你……竟然杀我？我一直当你是……兄弟。”

天蛇猛然拔出短刀，咬牙切齿地说：“我早就受够你了，一个二级的废物，也配当我的兄弟？老子想干什么就干什么，用不着你来教训我，到下面找你的兄弟去吧！”

他挥刀切开绑着余英男的皮带，一手将她钳进怀里，拖着她向天台走去。余英男默不作声，失去原力的她已完全无法抵抗。

就在这时，外面的枪声突然消失了，但是那些帮众却发出倒吸凉气的“嘶嘶”声。

天蛇脸色一沉，冲到楼道的窗户前向外一看，只见千夜单手提着巨大的狙击枪，居然从正门走进了大院！

一名帮众突然怪叫一声，从藏身处跳了出来，端着突击步枪对准千夜。可是还没等他扣下扳机，千夜已单手持枪，对准他开了火！“轰”的一声，他直接被轰到了空中！

千夜把狙击枪当手枪用，力量竟如此之大！

天蛇的太阳穴突突地跳着，只觉得嗓子里如同含了砂石一般又涩又痛。千夜所展现出来的巨大力量甚至在自己之上，可他明明只点燃了三个节点！

千夜的实力不光震惊了天蛇，也吓住了天蛇帮帮众。往往越暴虐的人，就越怕死。躲在窗户后面的飞鸟几乎没有力气站起来，心跳过快使得他几欲虚脱了。等到千夜从容地给狙击枪压上新的子弹，他才反应过来，可是却错过了偷袭的最好时机。

其实到了这个时候，敢趁着千夜换子弹的间隙开枪的人都被他杀光了。

“天蛇，你出来吧！别再让你的手下送死了。”千夜的声音很平静，但是宛若雷鸣般在整个总部响起，可见他的原力之浑厚充沛。

天蛇挟持着余英男，从大楼正门走出来，逼近到距离千夜三十米处才停下。他用枪指着余英男的头，喝道：“把枪放下，否则我一枪轰爆她的脑袋！”

千夜讥讽地一笑，缓缓说道：“天蛇，你还算是个男人吗？”

“放——下——枪！”天蛇咬牙切齿地拖长腔调说道。

“放下枪？”千夜耸耸肩，忽然抬起狙击枪，一枪把一名鬼鬼祟祟地从藏身处探出身子的帮众打死了。

天蛇的脸色顿时黑得吓人。

千夜慢条斯理地继续往狙击枪里装填子弹，又举枪射杀了一名想要捡漏的帮众。他抬起头，冷冷地说：“我要是偏不放下枪，你又能怎么样？想用这个女人来威胁我，你是不是蠢到家了？”

天蛇忽然笑了，说：“小子，装得太刻意，反而暴露了你的底线。我们要不要赌一下？”

“你觉得我能看上她哪一点？”千夜平静地问。

“我不管那么多，我只问你，要不要赌？”天蛇的脸色越来越狰狞了。

千夜耸耸肩，说："好吧，你赢了。我给你个机会，像个男人一样跟我战斗。放了她，我和你好好打一架，怎么样？"

说完，他把逐风和鹰击扔到一旁，只剩下腰间那把屠夫。

当逐风和鹰击全部落地时，天蛇忽然狞笑着说："你去死吧！"

他闪电般举枪瞄准了千夜，而与此同时，千夜也拔出腰间的屠夫，同样指向天蛇！

天蛇抢先动手，他断定自己的速度比千夜快，在这个距离上正面承受三级原力枪的轰击，千夜不死也得重伤！

不过千夜平静如常，出枪、瞄准一气呵成，整个过程如行云流水般流畅。

天蛇的枪确实率先鸣响，原力弹脱膛飞出，瞬间轰中千夜的前胸，巨大的冲击力推得他向后飞起。然而千夜持枪射击的姿势竟然丝毫没变，他右腿支地，左膝微屈，整个人向后呈直线退去，如同在冰面上滑行，屠夫的枪口依旧稳稳地指着天蛇！

两声轰鸣几乎没有间隔，屠夫射出的是一颗缭绕着鲜艳红光的原力能量弹。附加了重型弹头能力的原力弹轰在天蛇身上，他身不由己地倒飞出去。而余英男被一起带倒在地，幸好她反应极为迅捷，一个翻滚，竭力远离了他。

天蛇和千夜几乎同时受了重伤！

屠夫的威力格外巨大，又得到重型弹头的加成，一枪几乎轰碎了天蛇的胸骨！他原本以为自己硬挡下三级原力枪问题不大，可是这一枪竟达到了四级水准！

千夜的原力坚凝厚重，远超同级战士，用原力枪轰击时的威力也有加成。兵伐诀若是修炼到二十轮以上，攻击的威力就相当于一流的功法。

天蛇拼命挣扎着，想要爬起来。他还能战斗，他不相信千夜的体质和自己一样强悍。刚刚他那一枪结结实实地轰向千夜，丝毫没打折扣！可是他刚坐起来，就看见千夜的军靴出现在自己面前，屠夫炽热的枪口已经顶住了他的脑袋。

他一下子呆住了，沙哑着嗓子说："你怎么可能比我恢复得还快？"

"没什么不可能的。"

"为什么？"天蛇死盯着千夜血肉模糊的胸口。

千夜确实断了两三根肋骨，但是和天蛇的伤势比起来，完全是小创口，基本不影响战斗。

"我没兴趣回答死人的问题。"

千夜把屠夫向下挪了挪，忽然一枪轰在天蛇的腿上。天蛇发出无比凄厉的惨叫，叫

声撕裂了夜幕，甚至盖住了屠夫轰鸣过后的回响！

天蛇痛得在地上翻滚，此时千夜突然俯身捡起逐风，身体尚未站直就抬起枪口，向着黑暗中扣动扳机。

只听一声惨叫传来，一个年轻人应声倒下了。

天蛇陡然从剧痛中清醒过来，惊怒交加地叫道："我的儿子啊！来人啊，给我干掉这个杂种！"

可是四周静悄悄的，根本无人回应，好像所有幸存者全都消失了。

天蛇不甘心地环视周围，他自认为属下对自己还算忠心，可现在却都不见踪影。

"你……我要杀了你！"天蛇吼叫着，不知从哪里来的力气，竟然腾地站了起来，扑向千夜。

千夜的目光落在他的颈侧，喉结剧烈地滚动了一下。天蛇的鲜血洋溢着浓郁的原力，充满了蓬勃的生机。这种吸引力就如同毒品对于瘾君子的诱惑，需要有相当强大的意志力才能够克制住。

旁边突然传来轻微的声响，那是余英男在挪动位置。她脱离天蛇的钳制后，一直十分警惕，始终与之保持距离，防止自己再次被劫持。

然而这细微的声音落在千夜耳中，却放大了数倍，如同暮鼓晨钟一般敲击在他心头。他抬起屠夫，将枪口抵在天蛇的脸上。扣下扳机的刹那，他闭上了眼睛。

屠夫剧烈震动了一下，随即大片新鲜温热的血液溅到他的脸上。虽然他努力克制自己，但那饱含能量的气息萦绕不去，体内所有血气都为之躁动，连素来淡定的金色血气也从符文中游了出来。

他有一种不知从何而来的强烈直觉，如果像血族一样任意妄为，自己的鲜血之力就能再进一步。这可是难以抵挡的诱惑，然而他始终犹豫不决，心里有个声音不断地回响着："这只是获得力量的途径而已，你没被上位血族控制，还有人类的意识。唯有足够强大，才有能力去做自己想做的事情，不是吗？"

"千夜！"

余英男的声音把他从自己的世界里拉了出来。

"你怎么了？"余英男走过来，关切地问。

千夜睁开眼睛，胡乱擦了一把满头满脸的血，立刻露出微笑，说："我没事儿，只是有些累了。"

“你的伤……”

“一点儿小伤而已，我们赶紧离开这里吧！”

余英男也知道今晚动静儿太大，必须尽快离开。她俯身在天蛇身上搜了搜，找出两把原力手枪和一把原力短刀。正要清理其他战利品时，千夜忽然皱了皱眉，环视一周后，警觉地说：“你不觉得这里太安静了吗？”

余英男一怔，说：“天蛇死了，他手下的人或许都躲起来了吧？”

千夜深深吸了口气，他今夜格外敏感，这里的血腥气浓得快凝结起来了。他立刻摇头道：“不，我没杀那么多人！还有别人在，我们先离开这里！”

余英男没有反对，立即跟着他匆匆离去了。

天蛇帮经营多年，收藏颇丰。别的不说，光是枪械库里的武器弹药就是一笔不小的财富。不过千夜总是感到深深的不安，似乎有个凶厉的家伙正在附近活动。余英男不能使用原力，他自己也受了不轻的伤，还是尽快离开为好。于是二人一前一后，渐渐消失在夜色之中。

天蛇帮总部后面的一条暗巷中，一个瘦长的身影在没有灯光的巷道里不疾不徐地走着，那长得接近膝盖的双手是再醒目不过的标志。这人正是余仁彦，他手中抓着一只脚，将一个人拖在身后。

被拖着的人显然失去了对身体的控制能力，犹如一个破口袋一般在地面上滑动着。他的身上全是擦伤和淤青，英俊的脸上满溢着恐惧，他正是飞鸟。可是他连一根手指头都抬不起来，只能绝望地被拖入黑暗之中。

余英男带着千夜一回到自己的住处，就立刻给他检查伤势。千夜无法拒绝，于是被她按在床上，小心地清理胸前的伤口。

看清楚千夜的伤势后，她不禁一怔。让她感到意外的不是千夜伤得太重，而是那些伤口已经自行止血，浅一点儿的早就合拢了。可她亲眼看到千夜硬挡下天蛇三级原力枪的正面轰击，怎么可能只有这点儿伤？

千夜忽然闭上眼睛，说：“那个……男姐，你可以先去换件衣服，我的伤不要紧。”

余英男低头一看，发现自己战术夹克里的衣衫早已破烂不堪。她毫不在意地说：“出任务时经常这样，没什么大不了的！”

千夜不知该说什么，只能僵着身体任她摆弄。直到帮千夜清理包扎了所有外伤，将他断掉的肋骨接好并固定住，她才松了口气。她看了看满手鲜血，正想随手往衣服上擦。

“等一下！”千夜一把抓住她的手，强行将她拖向浴室。

千夜的力量格外大，她无法抵抗，只得踉跄地跟着他，心里有些惊慌，暗自想着：“他……他想干什么？”

进了浴室后，千夜打开阀门，将她的双手按到水流下，开始清洗上面的血迹。千夜很细心，连指甲缝都不放过，这是他处理伤口的手法。

余英男先是愕然，随后渐渐平静下来。她专注地看着千夜耳边滑落的头发，在昏暗的灯光下，上面似乎流溢着光芒。

等到把血迹全都清洗干净了，千夜才松了口气，说：“好了，我该走了，我还要去收拾东西。”

“天蛇死了，你要不要过来和我一起住？这样也好……有个照应……”

对余英男来说，这原本是件小事，以往也有猎人在她这里暂住，可是这一次，她却有些胆怯。

千夜想了想，点头道：“好，不过我过段时间可能会离开这里。”

余英男想问他要去哪里，可是话到嘴边却变了：“好，你去收拾东西吧，我也要到二爷那里去一下。”

千夜离开后，她呆呆地站了半天，才换好衣服，向猎人之家赶去。

晚上的猎人之家十分安静，二爷仍然坐在柜台后面，戴着老式眼镜翻着书。

看到她推门进来，二爷说：“你来得比我想象中要晚，时间差不多了，去帮我把大门关上吧！”

余英男反撩起腿把大门重重踢上，然后一屁股坐到柜台上，敲了敲台面，说：“有酒吗？”

二爷搬出一坛传统烧酒，说：“只有这个。”

余英男皱了皱眉，说：“我喝不惯这个，不过没关系，有酒就行。”

二爷递过去一个酒杯，余英男倒了一满杯酒，直接一口干了，俏脸猛然涨得通红，剧烈地咳嗽起来。

二爷叹了口气，摇头说：“你还是这样。”

“我总是忘记这东西有多烈，不过没关系，越是这样越过瘾！”

二爷从老花镜上方瞟了她一眼，问道：“怎么，这次吃亏了？”

“没有。”说到这里，余英男自嘲地笑了，“男人们都看不上我这样的。”

二爷无声地笑了笑，说：“没吃亏就好，虽然吃点儿亏也没什么。不过……你好像心情不太好？”

余英男用力抓着头发，说：“我也不知道是怎么回事儿，脑子很乱，什么都想不清楚。”

“来根烟？”二爷适时地递过来一根烟。

“谢谢！”余英男直接点上，深深吸入一口，半晌才吐出烟雾，果然感觉好了不少。

“千夜或许很快就会离开这里，这个城市已经不适合他了。”

听了二爷这句话，余英男手一颤，一点儿带着火星的烟灰落在手上，立刻将她的手烫了一个小水泡。她眉头一皱，不动声色地把烟灰抹去，说：“哦，走吧，反正迟早都要离开。可能过段时间，我也会离开这里。”

“不过有个任务，也许可以让他顺便做了。”

“什么任务？”余英男双眼一亮。

如果有任务，就可以大致掌握猎人们的行踪，而且他们还要回到暗血城来交任务和领取报酬。

“还不是琪琪小姐发布的那个任务，现在已经拖不下去了。”

余英男顿时露出诧异和厌恶交织的表情：“琪琪？我讨厌那个女人！”

“可是除了千夜，我们没有其他合适的人选了。以前我还可以顶回去，现在不行了。千夜或许会听你的话，要不你劝劝他？”

余英男突然俯身向前，盯着二爷的脸，一字一顿地说：“我——非——常——讨厌那个女人！”

二爷微笑道：“但我们谁都惹不起她，不是吗？”

“让我想想吧！”余英男的口气毫无诚意。

二爷自语道：“今晚城里好像特别安静。”

余英男动作一僵，想了想，说：“我说远征军怎么从头到尾都没有出现，原来是老头儿你交代的，这个人情可不小！”

“不管大小，够用就行了。”

余英男从柜台上跳了下来，痛快地说："行，这件事包在我身上。"

她大步向大门处走去，正要推门出去时，忽然站定不动了，整个人看起来有些虚脱。

"你怎么了？"二爷很吃惊。

余英男紧紧抓住胸口，强忍着从未出现过的奇异的痛感。她深深地吸了口气，没有回头，只是平静如水地说道："老头儿，我有一种预感，我这辈子好像被你给坑了。"

第七章　匆匆过客

千夜回到小旅馆收拾完东西，便前往余英男的住处。至于他自己的那栋房子，估计早已被天蛇帮的人糟蹋得不成样子了。

房门半掩着，显然余英男还没有回来。这位凶悍泼辣的女猎人其实长得不错，又很有天赋。她就算是坐着不动，也难掩身上的霸气。她一开口说话就盛气凌人，丝毫不让须眉。

她在房子周围设下了陷阱，不过这只能防备一些不入流的小贼。当然，千夜眼中的“不入流”，其实已经是三星猎人的水准了。

千夜将自己的装备扔到一个空房间里，随后想了想，觉得不太放心。这把鹰击太过昂贵，整体售价已达到上千金币，哪怕丢了一个小零件，都是很难弥补的损失。

他犹豫了一会儿，虽然这么做有瞧不起余英男的嫌疑，但他还是把放装备的地方做了伪装。同时还布置了两个陷阱，一个是示警，另一个是击杀。以余英男的水准，应该都能够发现，及时避开或是拆除它们。

不过他忘记了一点，他认为的“应该”并不符合余英男的个性。实际上，这位大大咧咧的女猎人实在不够细致，往往会把“应该”办好的事情搞砸。

千夜布置完一切，便满意地离开了。他心头总觉得无比烦躁，于是打算四处转转，仔细看看这个即将与之告别的城市。暗血城的夜晚十分热闹，路过一间气氛相当火爆的酒吧时，他透过窗户看到里面肆意挥洒着热情的男男女女，忽然怀念起自己在灯塔小镇的曼殊沙华。

他走进酒吧，门口的彪形大汉扫了一眼他腰间的屠夫，脸色顿时一变，连忙换上难以形容的谄媚姿态，一路领着他从舞池中挤出一条道路，把他送到一张空桌子旁。

这张桌子位置极好，在这么热闹的时候竟然还空着，千夜自然明白规矩。他取出钱袋，倒了两枚银币在大汉的手上，说："这是给你的，另外帮我叫两瓶酒。"

那大汉异常欢喜地离去了，片刻后，一名女招待把两大瓶烈酒放到了桌上。此时两枚银币在千夜指尖跳跃着，然后异常灵动地飞了起来，准确无误地落入女招待的口袋里。这一手玩得很漂亮，博得了一片喝彩声，而一些本来对他虎视眈眈的人则收起多余的心思，把目光移向别处了。

一个浓妆艳抹的女人挤到千夜身边，嗲声嗲气地说："我可以坐在这里吗？"

"不可以！"千夜淡淡地说。

这个女人喷了很重的香水，但是千夜闻到的却是腐臭的味道，现在他对血气的味道格外敏感。

女人气得不轻，重重"哼"了一声，扭头就走了。

千夜懒得理会她，在这个混乱的地方，他腰间那把屠夫足以让胆大包天的混混们保持清醒。他一边看着形形色色的人群，一边回忆着在灯塔小镇的时光。

不知不觉中，他手里的酒杯空了，一整杯烈酒都下了肚。他双颊微醺，思绪仿佛缓缓浮空而起，越飘越远。他忽然觉得，好像没有什么是不可以做的，也没有什么是做不到的。

他重重地把酒杯放在桌上，这时空着的酒杯又满上了。他抬头一看，见桌边不知何时多了一位少女。她很清瘦，说不上漂亮，但是一张小脸很干净，年纪看上去比自己要小。

他的鼻子动了动，忽然伸手把少女拉入怀里，凑到她的颈侧深深地闻了一下。

这是一种他很喜欢的味道。少女的气息带着一丝清淡的香气，仿佛松木在阳光下慢慢蒸发出的草本芬芳。

不知怎的，他脱口而出："坐下吧！"

少女看上去有些惊慌，扭头向吧台望去。

吧台后正在调酒的男人狠狠瞪了她一眼，用力点点头，然后又歪歪头，向一旁的酒瓶示意了一下。

千夜把一切都看在眼里，无需思考，他也能明白是怎么回事儿。

"再要一瓶。"他淡淡地说。

只见一枚银币从他指尖飞出，划了个弧线落到吧台的酒瓶上，然后在瓶口飞旋不坠，拨弄出一轮小小的银光。

男人脸上的横肉顿时抽动了几下，这一手不光要有技巧，还要有非常深厚的原力才能办得到。

他回身拿出一瓶烈酒，打开后挥手一抛，酒瓶翻滚着越过人群，“哐当”一声稳稳落在千夜的桌子上。整个过程中，酒瓶里的酒完全没有洒出来。他身手也算不错，不过和千夜没法儿比。

少女身体一僵，十分努力地挤出一个微笑。她坐下后，一开始只是帮忙倒酒，接着直接陪着千夜一起喝了起来，最后竟慢慢靠在了千夜身上。在酒吧里，这一切是如此自然，单是嘈杂的音量也会让人不由自主地靠在一起，否则根本听不清对方在说什么。

千夜从第一杯开始，就进入奇异的微醺状态。这种感觉十分舒服，紧绷的神经得到舒缓，烦躁的情绪也如阳春之雪一般消融了。少女身上的味道让千夜觉得尤为舒适，渐渐地，似乎每一次呼吸都满盈着清爽的香气。

千夜一时有些恍惚，顺口说道：“跟我走吧。”

酒精果然是个奇妙的东西，少女不知在想什么，忽然脸一红，然后轻轻点了点头。

千夜不再耽搁，带着少女出了酒吧。他没有注意到，角落里有两双眼睛一直注视着他，那里坐着的，竟是二爷和余英男。

余英男的身上添了几道新伤，正是千夜设置的那两个陷阱的杰作。她本来心情就不好，受伤后自然更糟糕了，于是又跑回去硬拉着二爷出来喝酒。

也许这就是传说中的命中注定吧，他们和千夜竟然恰好走进了同一间酒吧。余英男没有过去打招呼，因为此时千夜身旁有一位陌生的少女，那个温顺中带点儿羞怯的少女正紧紧地靠在他身上。

二爷想走，但余英男使劲儿拉住他，找了个偏僻的角落坐下了。

千夜只是闷头喝酒，偶尔茫然地四下看一看。余英男觉得他的目光有好几次转到自己这边，可他像是故意视而不见，表情竟没有一丝变化。

终于，她看到千夜起身，带着少女离开了。他们穿过拥挤嘈杂的大堂，千夜修长挺拔的体魄充满了力量，他左臂微微抬起，轻松地将人群分开。而那个纤巧又不失青春气息的小小身影则紧紧抓住他的手臂，仿佛那是唯一的依靠。于是，两个相互依偎着的背影瞬间消失在灯光昏暗的街道上，此时夜还很漫长。

余英男一口将一满杯烈酒干了，随后又默默倒满一杯，一仰头将其灌入口中。她正准备给自己倒第三杯，二爷却按住了她的手。

“这就是男人。”她出人意料的平静。

“没什么大不了的。”二爷一边说着，一边把她那杯酒夺下，倒进自己嘴里，满足地叹了口气，赞道，“味道不错。”

一杯烈酒下肚，二爷的兴致高了不少，说：“男人嘛，偶尔会冲动一下，特别是喝多了的时候。等明天他酒醒了，肯定看不上那个还没发育好的小丫头。”

“你说千夜喝多了？”

“很明显嘛，看他的样子就知道了。”

余英男笑了，笑容中带着一点儿讥讽和苦涩。要说这么几瓶酒就能让千夜喝醉，她无论如何也不信。

她从二爷手里抢过空酒杯，又倒上小半杯慢慢喝着，不时看看酒吧中一个个风情万种的女人。

千夜为了救她甘愿用身体硬挡天蛇那一枪，可是却从来没有把她当成女人。

“果然，没有男人喜欢我这样的女人……”

千夜当然没有去余英男那里，而是回到了自己的那栋小房子。里面居然出乎意料的干净，想象中一片狼藉的景象并没有出现。

他手一挥，少女轻若羽毛般倒下了。松木般的清香顿时盈满整个房间，他感觉无比愉悦，竟不由自主地向少女颈侧凑去。突然，他一下子惊醒过来，从床上弹跳而起。

“别动！”他按住同样惊慌失措的少女，看了看她颈侧的伤口。庆幸的是创口很浅，只是表皮破了，并没有伤及动脉。他出了一身冷汗，立刻收拢血气，幸好她还没有被黑暗之血污染。他立即取来药品，帮她处理了伤口。

少女瑟瑟发抖，用双臂环抱着自己，静静坐在一旁。

“吓着了吧？”千夜柔声问道。

听到他温柔的声音，少女才敢抬起头。少女凝视着他，眼中流露出一丝迷恋。他没有易容的面容和身上散发的气质，如同天上的星辰一般耀眼。

千夜走到桌边，取出一个钱袋，“哗啦啦”倒出几十枚银币，递到少女面前，说：“给你的。”

少女大吃一惊，身体往后一缩，喃喃道：“太……太多了。”

千夜将少女的手掌摊开，然后一松手，只听银币“叮叮当当”地落在她的手心里。他微笑着说：“拿着吧，这是你应得的，我很喜欢你身上的味道。”

少女下意识地紧紧抓住银币，小脸上流露出轻松和后怕交织的神情。

“怎么了？”千夜问道。

“我……我还以为你是血族，刚才你吓到我了。”少女轻拍胸口，吐了口气。既然千夜抓了一大把银币给她，自然不会是血族。

其实平民对黑暗种族的了解十分有限，且大部分是夸大而无知的，比如靠近血奴就有可能被传染，血族不能碰银等。实际上，银对于血族来说确实是一种毒，不过既然是毒，自然就有抗毒或者解毒的方法。当千夜的血族体质晋阶后，只要不见血，就不怕普通的银，更何况是含银量极低的帝国银币。

千夜笑了笑，不在这个问题上继续纠缠，转而问道：“你是第一次陪客人出来？”

少女的脸立刻涨得通红，片刻后才微不可察地点了点头，说：“我确实缺钱，最主要还因为是……是你。”

千夜抖了抖钱袋，从最里面滚出一枚金币。他直接把金币塞给少女，说：“这是你的，以后没有必要，别陪客人出去了。”

少女握紧拳头，不去接这枚金币，而是抬起头直视着他，鼓足勇气问道：“你还会来找我吗？”

千夜微笑道：“我就要离开这里了，可能以后再也不会回来。”

少女低下头，轻声说：“我不要金币，这些钱已经够了。”

千夜把金币塞到她手里，说：“如果你愿意，以后有空的时候帮我打扫一下这栋房子，这枚金币算是雇佣你一年的酬劳。一年后如果我还没有回来，就不用再打扫了，这个地方你可以随意处理掉。”

“你会战死吗？”少女问了一个让千夜感到意外的问题。

千夜认真思索后，温和地说：“我是战士，与黑暗种族战斗是每个战士的责任和使命。作为一名战士，战死在沙场上是我们的宿命，我也无法避免。”

少女忽然抱住他，在他唇上印上一吻，然后说：“我不能做什么，但是如果……如果你愿意回暗血城来看看，这里一定是干净的！”

说完，她羞涩地跑了出去。

自始至终，千夜没有问她的名字，也没有透露自己的名字。这个聪慧敏感的少女知道，他可能真的不会再踏足这个城市，就算回来了，他们也不会有交集。对少女而言，这是一个宛若戏剧般美丽而忧伤的夜晚。虽然她站到了舞台上，却只是一个匆匆离场的过客罢了。

千夜回到余英男的住处，门依然没有锁，陷阱也还在。不过走到一楼客房门口时，他尴尬地发现自己设下的两个陷阱都被激活了。

房间的地板上洒着几滴已经干涸的鲜血，千夜微微俯身，嗅到了熟悉的味道。这几滴血，是余英男的。

他知道余英男就在楼上，到处都弥漫着浓浓的酒味，看来她今晚喝了不少。或许是酒精的缘故，她的血气格外浓郁，心跳也特别快。

千夜不由自主地深呼吸起来，余英男的血气味道很甜，充满了能量和活力，就好比放了半杯糖的热牛奶，这种味道对他充满了吸引力。

不过看到地板上的那些血迹，他很明智地选择不去惊动余英男。这位女猎人可不是一般的凶悍，而且极为争强好胜。在自己家里竟然中了连环陷阱，还不知要如何拿始作俑者出气呢。

千夜轻手轻脚地将房间收拾干净，然后平躺在床上，舒服地喘了口气。

在余英男这里，他有一种莫名的安全感，总能彻底放松下来。不一会儿，他迷迷糊糊地睡着了。恍惚间，他似乎听到厨房那边好像有动静儿，但是没有觉察到杀气和敌意，于是便随它去了，任由自己沉入意识之海。实际上，在他的记忆之中，还从未拥有过这份宁静和温暖。

当他的意识完全沉静下来之后，体内的金色血气悄悄从符文中游出，顺着血脉开始游走。所有血气全都缩到心脏里，完全不敢露头。尽管紫色血气比金色血气粗大得多，可是却盘踞在符文内，严阵以待，一副如临大敌的样子。

虽然算下来，这些日子金色血气吞食的普通血气丝毫不比紫色血气少，但是看上去却一点儿变化也没有。而紫色血气早已进化过一次，使得血族体质拥有了进阶能力。

此时金色血气围绕着血族体质转了好几圈儿，虎视眈眈地盯着里面的紫色血气。它甚至尝试着向符文内钻了几下，可是符文外面亮起一层淡淡的紫色光幕，将它弹了回去。

它尝试了两次无果，似乎对紫色血气失去了兴趣，转而向心脏游去。它绕着心脏飞快地转了两圈儿，突然一头扎了进去，转眼间缠住一道普通的血气，接着又从心脏里弹了出来。

普通血气拼命挣扎，然而毫无用处，只能被弱得多的金色血气一口一口吞噬掉，转眼间便彻底消融了。金色血气意犹未尽，又钻入心脏，拉出另一道普通血气，几下便吞掉了它。一连吃掉了五道普通血气，却仍然不满足，围绕着心脏又转了一圈儿。不过金色血气终究没有去动最后两道普通血气，而是游回瞳术夜视的符文中，盘踞在那里，一动也不动。

须臾，金色血气表面不时有光芒流转，看来变化在即。

睡梦中的千夜本能地感觉到有些不太对劲儿，就像深埋在水底，突然有一种负重的窒息感。可是无论如何挣扎，他也无法从这个梦境中解脱。

厨房里，余英男靠坐在厨台上，手里拎着一瓶烈酒，狠狠灌了一口，然后吐出一口酒气。她十分烦躁不安，面前光洁如镜的柜面，把她整个人都映了出来。

她左看右看，觉得自己长得还不错，比酒吧里的那个少女强多了。个子比她高，脸比她漂亮,腿比她长……她越想越气,双手狠狠捶向柜子,结果竟被自己的霸气给震到了。

她苦笑着，又开始灌酒。尽管她已经喝了很多，但是觉得还不够，至少没有醉到可以随心所欲的地步。于是她继续狠狠地灌酒，在心底那点小小的勇气和希望消失之前，她要把自己灌到半醉。

当第三瓶酒下肚的时候，她觉得好像差不多了。至少这时，如果面前出现一群血族和狼人，她也敢拎把砍刀上去拼命。

她把战术夹克甩到地上，然后伸手去解腰带。她原本可以毫不费力地玩转军刀的手指突然变得十分僵硬，她对自己的懦弱简直深恶痛绝，于是点燃一支加料的香烟，深深吸了一口。随后她露出狰狞的笑容，拔出军刀，狠狠切断了自己的腰带！

镜面上的女人看起来有点儿性感了，假如不是一手拿烟，一手握刀的姿势太过威风凛凛的话。

“差不多了！”她自语道，然后把烟和刀扔下，摇晃着来到千夜的卧室，一脚踹开了房门。

千夜熟睡未醒，此时他正和突然出现的窒息感对抗着，意识仍然沉没于深海，水面上的世界仿佛遥不可及。但是在余英男看来，动静儿都这么大了，他不可能还没醒，一定是故意装睡。

余英男平躺到千夜身边，心跳一记一记如同鼓擂。她侧头看着枕边人，颤抖着伸出手臂，一把将他揽入怀中。

千夜突然睁开了眼睛，一脸愕然，显然没有搞清楚眼前的状况。

余英男挤出一个尽可能温柔的微笑，见千夜依然无动于衷，一股无名火立刻涌上心头。

"你怎么了？"千夜伸手摸了摸她的额头，她身上很烫，但不像是发烧，应该是酒喝多了。

这是最沉重的打击，余英男的火暴脾气终于被点着了。她索性单刀直入地问道："我长得不漂亮吗？"

千夜顿时怔住了，他从未想过这个威武霸气的女猎人会说出这样的话。他仔细看着余英男，她年纪轻轻就达到了四级水准，如果忽略表情和气势，她确实长得不错，还有一副好身材。而且她的味道一如既往的好闻，那种富含能量的充满奶香的甜气，对于千夜来说相当具有吸引力。

此时一直盘踞不动的金色血气突然动了，散发出前所未有的嗜血的渴望，千夜一时有些恍惚，真想一口咬下去！

"不行！"他大惊，突然从醺醺然的状态中清醒过来，无比清晰地意识到眼前之人是余英男，而不是陌生人。

虽然对鲜血的渴望一波接一波地冲击着理智，但他立即以多年对抗痛苦时所锻炼出的强大意志，强行压下了饥渴感。

余英男走进浴室，拧开花洒向自己头上浇去。她怔怔地看着镜中的自己，随后重重地叹了口气。她想起了残酷的现实，虽然她曾憧憬过有着千夜陪伴的未来生活，可她清楚地知道，千夜不属于这里，一切不过是一场幻梦罢了。既然梦已经醒了，那么是时候回到现实世界了。眨眼间，她又变回了那个肆意张扬的女猎人。

她收拾妥当之后，发现千夜又沉沉睡去了。他看上去很疲倦，在睡梦中还皱着眉，好像遇到了难以解决的烦心事儿。

她专注地看着他的脸，轻轻伸出手，一点一点舒展开他纠结的纹路。

她第一次发现，这个男人居然长得如此漂亮。

好看并非坏事儿，她俯身在千夜的脸颊上亲了一下，然后将一张纸条放在他身边，便背起行囊，趁着夜色离开了。

第八章　神秘任务

千夜睁开眼睛时，窗外阳光四溢，机械钟正指向中午十二点。

他没想到自己竟睡了这么久，连忙翻身坐起。他看到了身边的纸条，拿起来扫了一眼。纸条上是余英男的笔迹，她的字一笔一画充满力量，这正是她的风格。

“千夜，我去帮你搞定一个任务，它很适合你。这几天你不要出远门，细节等我回来后详谈。”

千夜相信她绝不会害自己，再多等几天也无妨。虽然继续留在暗血城，神出鬼没的余仁彦会是个麻烦，不过千夜并不觉得自己会输。

他从床上爬起来，到厨房看了看，然后扫光了所有的存粮，吃了个半饱。他感觉身体格外虚弱，饿得特别快，他正准备出去补充粮食，却发现自己身上只剩下几十个银币了。

“得想办法赚钱了。”他无奈地想道。

这时门外响起了二爷的声音：“千夜在吗？”

千夜拉开卧室的门，二爷已经站在门厅里了。

两人坐下后，二爷把一张单子递到他面前，说：“看看吧，这是之前你叫我帮你找的东西。”

千夜接过单子扫了一眼，心里微微有些讶异。单子第一部分列的是帝国军方开发的药剂，用以加快原力修炼的速度，对战将级别前的修炼有很大的功效，可以视为“朱颜血”的进阶版本。第二部分是武备，包括一套轻型盔甲和一个战术瞄准镜。

盔甲以帝国主力军团的制式盔甲为基础，做了承载力减弱的改良，以及外观设计的改头换面，这正是黑市军火交易常用的手法。

战术瞄准镜则既可以单独当作望远镜使用，也可以加装到狙击枪等制式武器上。并且这个战术瞄准镜显然不一般，里面还附加了特殊的原力阵列。输入原力后，它可以切换四种不同的视野，除了血族和狼人，还增加了两个对付蛛魔和魔裔的专用侦察模式。因而它的原力阵列的复杂性呈几何级数上升，价格也达到了惊人的八百金币！

它的材料和制作费用当然没有这么贵，但是有能力把这种只配置给帝国精英军团的装备弄出来，再送到永夜大陆的人可没有多少。因此这类装备从来都是有市无价的，上层大陆的价格只有参考的意义，而一个全种族瞄准镜在永夜大陆的价值其实远远不能用金钱来衡量。

千夜早已领略了暗血城武器黑市的内幕，相信如果不是二爷的渠道，这个瞄准镜的价格肯定不下于一千金币。

单子上的其他东西当然也不便宜，那套制式盔甲开价两百金币，而一份药剂则是五十金币。虽然药剂的价格贵，但是它对冲击节点屏障格外有帮助，可问题在于，同“朱颜血”一样，药效饱和前每天都要消耗一剂。

千夜苦笑着放下单子，说：“这确实是我需要的东西，但是……”

他当初向二爷询价的时候还没想过会去买鹰击，现在这张单子上的任何一样东西，都不是他能负担得起的了。

二爷把单子拿过去，在上面“唰唰唰”圈了大半的东西，包括盔甲、瞄准镜以及一半的药剂等，然后对他说：“这些我都帮你订下来，一个月之内就可以到货。”

千夜大吃一惊，忙道：“先等一下……”

二爷仿佛知道他想说什么，立刻打断了他，说：“我知道你没钱，但是很快就会有了。有个任务，只要你接下来，拿到的定金就足以支付这笔费用。”

“任务？”千夜本能地感觉有些不对劲儿。

“对，一个很适合你的任务，英男已经去找对方谈条件了。我看多半能成，你在家等消息就好。”

“什么样的任务？”

“到时候你就知道了。”

千夜皱起眉头，他不喜欢二爷遮遮掩掩的态度，说：“我为什么要接这个任务？”

“那可是很大一笔钱，猎人的顶级任务都得不到这么高的报酬。”二爷扬了扬手里

的单子，说，“况且这是一举多得的好事儿，这上面的东西非常适合你，短时间内你的原力可以得到很大的提升。而我吃下这批货，既能证明猎人之家的实力，又有资格继续从那个渠道拿货。尤其是那些药剂，可以为猎人之家吸引六星以上的顶级猎人。而且……这个任务对英男也有好处。”

千夜沉默片刻后，点头道：“好，我答应你。不过完成这个任务需要多长时间？”

“可能半年，甚至更久。”

千夜点了点头，这才感觉有点儿合理。一个能够赚到几千金币的任务，若是只需要一个月，不是骗局就是陷阱。他送走了二爷，准备待在家里好好修炼几天。他的身体有些不对劲儿，变得格外的虚弱。

当天晚上，二爷就派人把五份药剂送了过来。封装的药盒材质特殊，内部刻着原力阵列，可以使药力保持得更长久。药盒打开之后，所有针剂要在一周内用完，否则就会失去效果。

随后，千夜重新检查了余英男的房子，布设好机关陷阱。一切就绪后，他打开药盒，取出一支针剂，注入自己的上臂，接着便开始修炼兵伐诀。

药剂很快见效，他明显感到自己对原力的感应敏锐了很多，也更容易透过三个节点汲取原力了。而药力本身也会在脉络中释放出原力，这种力量不仅能让原力潮汐更加活跃和澎湃，还能直接与之融合。

他的原力本就比同级者要雄厚得多，在打通最艰难的气海节点之后，再激活其他节点便相对容易一些。不过即便如此，也需要将近两倍的原力，才能够成功冲破屏障。

在药力的作用下，一轮轮原力潮汐来势更汹涌，威力更大了。转眼之间过了二十轮，他默数到最后一个数字时，突然意识到，今晚达到二十轮似乎格外容易。

他用心感受着身体内部的变化，这才发现七道血气竟只剩下两道，它们正在不断截取原力。而金色和紫色两道特殊的血气，居然完全没有动静儿。他突然有种荒谬的想法，那两道血气似乎有思想，知道此时普通的血气太少，所以要留下它们当种子。

片刻之后，他心脏一震，一道新生的普通血气涌了出来，而这时原力潮汐已接近三十轮了。

他的体质已今非昔比，内脏和身体的强度都得到成倍的增长，三十轮原力潮汐所产生的震荡和痛苦，其实和过去的二十轮差不多。他咬了咬牙，顺利越过了兵王大关，不再像第一次那样五脏俱伤。

在药剂和体质大幅增强的双重作用下，他一路冲刺到三十三轮原力潮汐，直到坚持不住，才收功休息。

现在，他亲身体会到为何帝国军会以承受原力潮汐的轮数来论英雄。三十轮的兵王修炼效率是二十轮精英军团入门新兵的一倍，而跨过三十轮后，每多承受一轮，修炼效率则大致会增加一成。

一般功法都讲究厚积薄发，循序渐进，因此越到后面，修炼效率越是会受到天赋影响。潜力稍差的几乎处处是瓶颈，可谓寸步难行。而兵伐诀却恰恰相反，从一开始就勇猛精进，到三十轮后效率提升依然不见迟缓，战将以下简直可以无视任何瓶颈。

如果说二十轮之前的兵伐诀在速成方面称得上是一流功法，那么三十五轮之后兵伐诀的进境速度，放眼整个帝国，恐怕只有寥寥几种秘法才能与之比肩。只不过绝大多数人根本撑不过二十轮，便会被原力潮汐的反震震死。

千夜目前的血气处于异常衰弱的状态，待恢复成七道血气之后，血气才能自行保护内脏，到时候或许可以尝试三十五轮的原力潮汐。如此一来，即便修炼的原力仍会被血气吞噬，他的修炼速度也不比兵王差多少。

这一轮修炼结束后，他得到了一个惊喜。他发现左手的原力节点屏障已经隐隐浮现，显然原力积蓄已经接近临界点了。接下来是不断积累原力、冲击屏障的过程，相信用不了多久就可以点燃第四个节点。于是他一连几天足不出户，只要身体能够承受，就一直处于修炼状态。每支药剂的效力只能持续一天，可千万不能浪费了。

距离暗血城数千公里之外，余英男正从一艘军用浮空艇上走下来。

这个飞艇基地有浓郁的军方风格，民用客货艇全挤在东北方向的一个角落里。大部分区域起落的飞艇和奔跑的车辆，都带着令人眼花缭乱的军团徽记。

余英男在原地站了几分钟，她对那些五花八门的军徽并不陌生，甚至可以准确说出一半以上的它们隶属于哪里。她很快移开目光，向基地大门附近的一座兵站走去。

她把一块金属铭牌递给哨兵，说：“我要见琪琪小姐。”

那名哨兵检视了一番铭牌上的原力刻印，立刻变得十分恭敬，向她行了个军礼，说：“请您稍等，我需要向长官报告一下。”

余英男点头道：“没关系，我可以等。”

哨兵随即如疾风般跑进兵站。

片刻之后，从兵站里驶出一辆轻型越野车，驾驶座上坐着的是一名上尉。看到余英男，他笑容可掬地说："请您跟我来，琪琪小姐已经在等您了。"

余英男跳上越野车后座，默不作声地看向窗外。那名上尉在车头插上一面旗帜，然后发动引擎，加速驶离此地。风吹开旗面，露出醒目的金色圭臬螣蛇标志。

这是帝国军主力军团的军徽，插有这面旗帜的车辆拥有军方二级特权。在永夜大陆上，二级特权意味着在绝大多数城市都可以无视通行规则。

果然，上尉把越野车开得飞起，即使进入闹市区，仍像在战场上冲锋一样。所过之处一路鸡飞狗跳，行人闪避不及，竟发生数起碰撞事故。但他们大多敢怒不敢言，即便受了点儿伤，也只能自认倒霉。在永夜大陆，拥有火枪与染血刺刀的远征军军徽便可四处横行，更何况是帝国主力军团呢。

余英男看着窗外，眼前依旧是熟悉的景象，大多数店铺还是老样子。几年前她曾来过这个城市，那时她刚刚踏上永夜大陆没多久。

这座西昌城，距离永夜大陆最大的城市渭阳不到三百公里，乘坐浮空艇几个小时就可到达，即便坐长途车也只有一天的路程。

渭阳城有通向帝国本土秦陆的跨域飞艇基地，而在西昌城里，除了余英男来时的那个军方基地，还有一座小型飞艇站，同样可供跨域飞艇起落。渭阳掌握在帝国手里，而西昌和其他几座类似的城市则被上层世家操控着。这里势力最大的不是军方，而是各大世家。

实际上，当初千夜来永夜大陆，就是降落在西昌城的那个小型飞艇站。只要有利可图，这些世家往往对很多事情视而不见。搭载他前来的那艘飞艇明明是偷渡用的，但是只要交了进港费，就不会受到盘查。

像这种事儿，在世族的势力范围内实在发生得太多了。帝国直接掌控的区域可能要好一些，毕竟许多事得讲究最起码的体面，而在世家的地盘上，往往连最后的遮羞布也不要了。

越野车一路横冲直撞，那名上尉似乎很享受这种肆无忌惮的感觉，刻意把路程拉长了一点儿。不过最终，越野车还是停在了城郊一座恢宏的别院前。

眼前的建筑群落高台林立，围廊亭阁曲折绵延，显然是某个世家的私人庭院。大门内外伫立的两排卫兵居然都是帝国军战士，看服色和徽章，并非远征军的序列，竟都隶属于帝国主力军团。

上尉跳下驾驶座，走到后排，殷勤地为余英男拉开车门，然后把她送到大门的台阶上。那里站着一名英挺的中校，对方含笑迎上，说：“琪琪小姐已经等候多时。”

这座别院采用了上层大陆最常见的庭院布局，门楼、殿阁、花墙、月门，按照中轴线有序推进。或许由于永夜大陆缺乏光线，造景的植物几乎没有乔木，多是丛生的灌木，反而营造出别具一格的阳刚之美。

余英男随着中校一路前行，没多久便离开中轴主建筑，转入一片迤逦的亭廊间。她知道目的地就在前方，心脏不由得稍稍抽紧。随后眼前之景越发曲折幽深，变得格外秀美起来。

她突然看到不远处的一段走廊两边，立着不下十名帝国军战士，他们身高差不多，个个英俊挺拔。他们虽然实力一般，但若论卖相倒是一等一的出众，这便是典型的殷琪琪的风格。余英男说不上来是好气还是好笑，紧张的情绪随即不见了，心头浮起淡淡的哀伤。

引路的中校忽然停了下来，前面是爬满了紫藤花的月亮门。极目望去，镂空影壁后是个比湖小不了多少的荷花池，水面上隐约可见有长桥通向两座以短廊相连的水榭。

笑容温和的中校立刻止步不前，只说琪琪小姐在里面等她。

余英男刚步入月亮门，便有一缕暗香幽幽萦绕在鼻端。门里门外恍若两个世界，花园里温暖、湿润，连天色都明亮了许多。

荷花池边，几个对襟褶裙、缓鬓倾髻的少女正在追逐打闹着，其中有一对眉眼相似的少女格外引人注目。

余英男慢慢踏上没有栏杆的长桥，荷叶田田，几乎要漫过脚面。满池都是罕见的千瓣莲，以黄、粉两色为主，此时开得正盛，重重花瓣层层外展，如世家贵女的团团裙裾。

这盛景如此违反常理，其实秘密就在水下。横生的藕节和花茎之间是密如织网的细铜管，管内流动着热水，少量气孔则不断向外冒着蒸汽，把偌大一片池子的温度维持在光季。而花园四角则布着一圈儿黑晶灯带，将没有烟气的光和热投满了整个花园。

这就是世家极尽奢华的设计。

长桥尽头是最大的一座水榭，里面摆放着一张长椅，上面半躺了一个人。她穿着一身帝国军服，看军衔竟是中校！

听到脚步声，女中校懒洋洋地回过头来，露出一张精致的面容。她大声说：“余英男，

听说你要来找我时，我简直不敢相信自己的耳朵！真没想到，你竟有主动找我的一天。”

余英男冷冷地说：“殷琪琪，假如有一点可能，我都不想再看到你！”

“还是叫我琪琪吧，我喜欢这个称呼。”殷琪琪从躺椅上站了起来。

她比余英男要高一点儿，留着短发，发梢处染成了亮眼的金色。只见她眉眼间透着一股英气，嘴唇十分饱满，虽然傲慢，却有着无法忽视的性感和美丽。

她很年轻，如果脱去军装，就是一个十足的贵族大小姐。不过穿上一身军装，除了能衬托出她出众的身材和一双惊人的长腿，还为她增添了一些带点儿危险意味的魅力。

她走到余英男面前，凝视着余英男的眼睛，笑着说：“我相信你说的。如果你看我不顺眼，随时可以离开，我就当你从没来过。至于那个任务，反正我并不是那么着急。但是，如果你想和我认真地谈事情，就必须……容忍我的一些习惯！”

说着，她伸出手，缓缓勾起了余英男的下巴。

余英男没有动，只是冷冷地说：“已经快到我的容忍极限了。”

殷琪琪放下手，转到余英男身侧，语调中满是笑意：“不是还没到吗？我很好奇，你的极限究竟是什么？我听说每个人真正的底线，都比他们自以为的要低很多！”

“啪”的一声，她重重一巴掌拍在余英男的后背上！

“你找死！”余英男双眼冒火，一把扼住她的脖子。

殷琪琪丝毫没有抵抗，甚至不曾动用原力，就那样任由余英男收紧五指，她白嫩的脸上立刻漫起一片紫色。

余英男大吃一惊，没有激发原力的殷琪琪和普通人无异。如果再加把力，就有可能捏碎她脆弱的颈骨。说到底，只是两人之间的陈年宿怨，才导致了自己点火就着的状态。

余英男愤愤地放开手。殷琪琪从腰间拔出军刀，侧过刀面当镜子，照了照自己的脖子，只见雪白的肌肤上面多了几道鲜明的指印。

“下手真够重的，看来你相当恨我。”殷琪琪说着，用军刀轻轻拍了拍余英男的脸蛋。

余英男一把攥住她的手腕，愤怒地盯着她。

殷琪琪含笑说道：“想想任务，想想你的家族，再想想……那件事。”

余英男瞬间脸色苍白，身体微微颤抖起来，说：“你不要逼我。”

殷琪琪冷冷地笑了，慢条斯理地说：“我可没有逼你，从头到尾只是给你提供了一个可以妥善解决那件事的选择。你如果不愿意，我自然没有办法。只不过我恰好知道，现在主管那件事的孙大人对你们余家恨之入骨，所以不管拖上多久，那件事都不会被销案。”

余英男抓着殷琪琪的手越来越无力，忽然说：“你应该知道那件事的起因是什么。”

“无论什么原因，袭杀长官永远是大罪。只要那几样关键的证据还在，你哥哥就永远无法回上层大陆，你的家族也摆脱不了阴影。”

“他说过，他喜欢这里。因为只有在这里，才能真正放手去做一些事情，不违背本性。”

殷琪琪哈哈大笑道：“这种鬼话你也信？”

她又躺回椅子上，嬉戏的少女们立刻奔过来，送上各种茶点。

殷琪琪竖起一根手指，说：“第一，完成我的那个任务，否则二爷就别在暗血城混了，任何大一点儿的城市都不会有他的容身之地。还有楚雄那个家伙，我会把他踢到炮灰营去，别以为我不知道他用我的名号干了什么！”

余英男怒道：“你有种冲着我来，欺负别人算什么本事！”

殷琪琪的目光倏然冷了下来，抬起眼睛扫了她一下，说：“余英男，你太把自己当回事儿了！就凭你，也想跟我谈条件？！”

接着，她又伸出一根手指：“第二，我帮你摆平你哥哥那件事，他可以重归主力军团。你那个小小的家族不用再受压制，三年红线也可以取消。作为交换，今后你就是我的手下。平时你可以去做自己的事儿，但是我需要你的时候，你必须随叫随到！”

殷琪琪往嘴里抛了个水果，说：“这就是全部条件，你同意就接受，不同意随时可以走，保证通行无阻。”

余英男怔住了，过了一会儿，她低声说：“我……答应你，但是交换条件要等一切都办成了再说。先说说那个任务吧！”

殷琪琪的脸色顿时由阴转晴，她甩开半个梨子，站了起来，笑吟吟地说：“这就对了嘛，你们这些小小的士族，总觉得自己和平民不一样。其实在真正的世家眼中，你们都是可以随意拿捏的，只不过得稍稍费点儿手脚而已。不过正因为这样才更有趣了，不是吗？哈哈哈哈！”

余英男沉默了，她很了解殷琪琪，这个女人一向如此张狂跋扈。

饮马殷氏虽然比不上四大门阀，但在世家中也是位列上三品的。殷琪琪颇得殷家长老们的喜爱，所以行事素来百无禁忌，最喜欢以势压人。用她的话来讲，既然我比你出身贵重，欺负你又怎么了。

“说到那个任务，既然你肯亲自来找我，想必已经有了不错的人选。你很了解我，自然知道我的口味，那么，先让我见见人再说吧！”殷琪琪饶有兴味地说。

余英男从口袋里拿出一张纸，递了过去。

那是一张简笔画像，虽然着墨不多，但是十分传神，寥寥几笔便把千夜的形象勾勒了出来，可谓形神兼备。

殷琪琪立刻吹了一记口哨，一边细看，一边赞道：“哈哈，不错，不错！和他一比，我手下那些家伙简直就是一群垃圾！他的潜力和战力如何？”

“他现在是三级，战斗方面很有天分。”

“三级确实低了点儿，不过没关系，我有的是钱。用药堆也能把他堆到五级，五级带出去也不算太丢人。好，先这么定了。你回去把他带过来给我看一眼，没有太大问题的话，就是他了！”

“等一下。”余英男把千夜的画像从殷琪琪手中抽了回来，说，“我有几个条件，如果你做不到，他绝对不会接这个任务。”

“说吧，是要钱还是要资源，或者别的什么？”殷琪琪满不在乎地说。

“第一，你不能强迫他做事，特别是那方面的事儿。第二，如果以后他遇到危险，你要尽全力保护他一次，哪怕是四大门阀要对付他，你也要替他挡一次！”

殷琪琪沉吟了一下，说：“你居然没有为自己提要求，这有些不对劲儿啊！你不会是喜欢上他了吧？”

“这不关你的事儿！”

殷琪琪露出了然的笑容，说：“这两个条件我都可以答应……不过嘛，我可以不强迫他，但是不保证不诱惑他。”

她凑到余英男耳边，坏笑着说：“放心，我一定会对你的心上人下手的。”

余英男一个战栗，连忙侧移了两步。

殷琪琪张扬地大笑起来，得意地问：“怎么样，是不是很想杀了我？”

余英男愤怒地说：“你应该知道，很多年前我就恨不得杀了你！”

“那为什么一直不动手呢？”殷琪琪毫不留情地讥讽道，“是怕杀了我之后，你那个小小的家族难以幸免吧？哼，你们这些士族出身的家伙，一方面把自己看得比天还高，一方面做事又缩手缩脚，连平民都不如！说到底，你也好，那个顾立羽也罢，都是些欺软怕硬的家伙，要你们这种人有什么用！”

余英男不知道自己是怎么离开殷家院落的，她脑中一片空白，看上去出奇的平静。在决定放下之后，似乎没有像想象中那样出现剜心刺骨的痛，她现在只是对一切东西都失去了兴趣而已。或许，殷琪琪这里会是千夜理想的栖身之地，至少他可以多赚点儿钱。

第九章　甜美盛宴

此刻千夜已经吸收完最后一支针剂的药力，正全力运转兵伐诀，冲击第四处原力节点。现在他体内的血气又恢复成七道了，这些血气化为薄薄的血膜，将他的内脏全部包裹起来，抵抗着原力潮汐的冲击。

转眼间过了三十轮，他感觉仍然行有余力，于是不敢懈怠，反复引动原力潮汐冲击着左手的节点屏障。

三十三轮过去了，屏障开始摇摇欲坠，他毫不停留地继续引动新的原力潮汐！

当第三十四轮原力潮汐达到顶峰时，节点屏障终于轰然破碎了！

千夜体内如有一轮烈日冉冉升起，一时之间整个世界满是光芒！黎明原力源源不断地从四个节点中涌出，流向四肢百骸，补充着消耗的原力。

血气似乎不太适应黎明原力过于充沛的环境，纷纷从内脏上剥落下来，重新汇聚成七道后，次第向心脏游去。就在这时，那道金色血气突然跳了出来，一下子抓住一道普通的血气，转眼就将其吞噬干净了。

金色血气意犹未尽，随即将躲入心脏的普通血气一道道拉了出来，直到只剩下两道，才缓慢地向能力符文游去。此时它显然粗大了许多，回到符文中后，立刻盘绕成一团儿，最后竟凝结成一颗金色的小茧，蛰伏不动了。

千夜缓缓睁开双眼，幽暗的房间里，仿佛有暗色血光一闪。

他终于是四级战兵了，这意味着他身体各方面的素质都大幅度强化了，等境界稳定后，还会觉醒一个新的能力。至于这个能力是什么，就和个人天赋有关了。

他略微活动了一下身体，明显感觉到身体内部发生了微小的变化。力量不断从每个角落悄悄滋生，前所未有的强大的感觉也给了他足够的自信。现在就算再遇到余仁彦，他也有把握在正面对战中取胜了。

四级实力还带来一个直接的好处，那就是他可以连续使用两次鹰击。不过两枪射出后，他就基本处于原力枯竭的状态，得打一针兴奋剂，才能继续使用原力战斗。

一组药剂用完，千夜就成功激活了第四个原力节点，修炼的进度比他预想中要快。难怪门阀世家中年轻的高手层出不穷，除了前两个节点必须依靠自身修炼完成，以奠定扎实的基础，后面的节点都可以借助药剂之力硬生生地堆上去，直到把所有的天赋和潜力全部挖掘出来。

只不过药剂对应的等级越高，价格就越贵。基本上每升一级，价格都要翻倍。四级升五级还好，从五级升六级开始，所需药剂动辄以十万金币起计。这对世家大族来说，也不是一笔小数目。

余英男还没有回来，神秘任务的细节也无从知晓。千夜已经预先用掉了价值三百金币的药剂，不管是什么任务，他都得接下。有了更强的实力，才能赚更多的钱；有钱就有资源，当然就会有更强的实力。

接下来的几天，他准备继续修炼，好好巩固当前的境界，同时把血气重新培养成七道。普通血气的数量一少，对内脏的防护就明显削弱了。在只剩两道血气的情况下，他撑过三十三轮原力潮汐就达到了极限，而不是三十四轮。看似只差一轮，但修炼速度却会降低一成。

始终被千夜惦记着的余仁彦并不在城里，他养好伤后，再次甩下正盲目搜索磐石岭各大城市的暗刃，加入了高级猎人的一个任务。此刻，他已经身在距离暗血城数百公里之外的荒原上。

这里是人类控制区的边缘，经常会有成规模的黑暗种族出没。人族对此地的主要控制手段，是不定期地派遣远征军大队进行武装巡逻。除此之外，便是由军方悬赏，依靠佣兵、猎人们的力量来清理这一片的黑暗势力。

余仁彦全副武装，带着面罩的短斗篷包住了大半张脸，俨然一副资深猎人的模样。他身边还有五个人，最低都是五星的资深猎人，他们共同组成了一个实力强劲的小队。

这个小队正结成战斗队形，进入一个定居点进行搜索。这里有百余人居住，原本是他们此行预定的落脚点之一。

已是傍晚时分，天早就黑了，部分建筑透出昏暗的灯光。但是整个定居点一片死寂，几乎听不到一点儿声音。猎人小队站在进村的唯一一个入口处，连猎狼犬都没有丝毫动静儿。

余仁彦忽然做了个停止前进的手势，他拉下面罩，硕大的鼻子使劲嗅了嗅，随即不再掩饰行踪，拔腿向村中心的大厅奔去。他在台阶上停留了一下，伸手轻轻推开大门。

一个又一个猎人走进大厅，然后默然站立着。

这里本是一个议事大厅，现在却一片狼藉。整个定居点的人无一幸免，到处都是残破的尸体，空气中弥漫着浓烈的血腥气。

突然，大厅里响起窸窸窣窣的杂音，一只又一只拳头大小的蜘蛛从尸体中爬了出来。它们全都齐刷刷地转向猎人们，瞪着血红的复眼，口器不断开合。

“蛛魔的仆蛛。”一名资深猎人沉声说道。

“至少有五六名血族，否则布置不出这种规模的盛宴。”

“他们应该离开不久，还不到一天的样子。”余仁彦拔出手枪，将几只朝自己爬来的新生仆蛛击杀后，森然说道，“追上去，杀掉他们！”

其他猎人均无异议，看到这一幕，没有人能压制住内心的愤怒。

随后大厅里枪声大作，仆蛛铺天盖地般冲来，猎人们背对背结成圆形阵势，手中的武器不断喷吐出火舌。

在这些高级猎人手中，哪怕是自动步枪的连射，也和点射没有区别，每颗子弹都不会落空。转眼之间，几百只仆蛛就被一扫而空了。

一名胡子半白的六星猎人掏出一个方形燃烧瓶，正打算扔出去，却被余仁彦拦住了。

“留着吧，让其他人看看也好，免得他们忘了过去千年的历史，忘了那些死伤无数的战争。”余仁彦说。

这种血宴并不常见，一旦出现在人族的控制区域里，帝国远征军便会将之视为重大的挑衅，往往就是新一轮种族大战行将开始的标志。无论当权者们出于何种心理，都会倾力进行报复。

余仁彦的话别有深意，其他猎人都若有所思。在永夜大陆，一部分人族利用遗弃之地的特殊地理位置，暗地里和黑暗种族进行交易，已经是近乎公开的秘密了。甚至帝国远征军内部也曾有人隐晦地提出过，是否可以和部分黑暗种族共处。然而几千年来的流血牺牲，岂是轻飘飘的“共处”二字就能洗刷干净的？

“这些黑血杂种的实力可不低。”一名猎人缓缓说道。

“我们也不差！怎么，你怕了？”另一名年轻气盛的猎人回道。

那名猎人立刻怒了：“怕？我猎杀黑血杂种时，你还没出生呢！”

胡子半白的猎人说：“听听小余的看法，他比我们都有经验。”

这不是恭维，而是认可。余仁彦和他们合作过好几次，靠实力和战绩得到了所有队员的尊敬。

余仁彦的声音有些沙哑：“这种事我可忍不了，马上追上去干掉他们！”

胡子半白的猎人当即应道：“好，我们去干掉那些杂种，管他们有多厉害！”

这支猎人小队在定居点外留下标记，然后冲进了茫茫荒原。

黑暗种族留下的痕迹并不多，但是在这些资深猎人眼中，浓浓的血腥气和蛛魔独有的臭味都是醒目的标记，何况队伍中还有余仁彦这个追踪大师在。他嚼下一小块儿仆蛛的肉，立刻记住了参与血宴的两名蛛魔的味道。

一天一夜之后，猎人们的视野中出现了一个黑暗种族的据点。几名猎人不约而同地各自散开，悄悄接近据点。随后枪声轰鸣，在据点边缘负责警戒的几个黑暗种族战士应声倒下了。

猎人们心中一凛，这只是骚扰性的射击，没想到这么容易就得手了。此次偷袭竟然全部命中，并且是一击毙命，只能说明那些哨兵根本不是战士，而是炮灰！

余仁彦最先反应过来，腾地从隐蔽处站起，发出一声示警的尖啸。这是猎人小队遇伏时的传统做法，表示他自愿断后。其余猎人都藏在原处不动，并没有仓皇逃跑。在荒原上，把后背留给敌人就是死路一条。

对面的据点中涌出一群黑暗种族战士，数十名由蛛魔和血族组成的高级战士分散开来，呈翼状向外推进，显然要把来袭的猎人们一网打尽。

随后从据点大门里又走出四名血族，他们个个身材高挑，神色傲慢，披戴的盔甲华丽得有些过分，看外观属于同一种风格，显然出自同一个氏族。

余仁彦和猎人们的心骤然一沉，竟然是四名血骑士！

受封的血骑士至少有七级实力，偶尔会出现六级的血骑士，他们往往是大氏族内部公认的年轻天才，往往比七级的还要难缠。在正面对决的情况下，余仁彦可以一对一干

掉一名血骑士，但以一敌二则必死无疑。

以他们这队人马的实力，直面三名血骑士已毫无胜算，若是四名，不丢下几条性命，恐怕连逃跑都很困难。更何况旁边还有数十名高级战士虎视眈眈着，他们可不是普通的炮灰。

这时从据点里又走出两人，其中一个年轻人身材又高又瘦，相貌俊美，眉心赫然有一只竖瞳！这是极为罕见的魔裔，长出第三只眼睛，意味着他已经突破极限，达到战将级别了！

在他身边，站着一个有着人类外貌的小女孩。

她看起来十二三岁，长得非常漂亮，有着一双大大的眼睛，如丝缎般黑亮的长发披散于肩头，绝美的小脸上流露出茫然无辜的表情。她有些瘦弱，赤着双足，身上的白裙脏兮兮的，裙边早已破成丝缕，手上和腿上竟有不少还没愈合的伤口。

她的小手中居然拖着一把一米多长的方头厚背斩骨刀！这个十几公斤重的大家伙，用力抡圆，光砸下去就足以劈开狮子的脑袋！

魔裔青年双手拢在累累花边垂落的袖子里，对旁边的小女孩说：“你的主意不错，办了场血宴，果然有鱼上钩了。虽然算不上肥美，但是作为品酒的开胃小食也还不错。这场战斗结束后，我会给你足够的奖励。”

小女孩抿了抿粉嫩的嘴唇，乌溜溜的大眼睛从前方对峙着的猎人和黑暗战士们身上扫过，然后用力点了点头。

一名血骑士恭敬地对魔裔说：“梅斯菲尔德大人，现在应该怎么做？”

魔裔青年脸色一沉：“当然是杀光他们！但是我提醒你们，这场战斗远没有你们想象中那么容易。身为古老高贵的梅斯菲尔德家族的一员，这种连战将都不是的小鱼，还不值得我亲自动手！”

余仁彦脸色凝重，缓缓脱下短斗篷，又卸掉背上的野外装备包，说：“都别留手，出全力吧。没底牌的想办法找机会同归于尽，相信我，战死在这里比活着落到他们手里要幸运得多！”

黑暗战士开始逼近，余仁彦微微躬身，然后迅速奔跑起来，正面迎向一名血骑士。那名血骑士当然不会拒绝低级人类的挑战，也加速冲刺起来。两人瞬间加快速度，出其不意地撞在一起！

身体相撞的闷响听起来让人牙酸。无论是血骑士还是余仁彦，都是技巧型的战士，用这种以力搏力的野蛮的打法，实在出人意料。这一次的相撞，看起来更像是一起事故，只不过却是余仁彦蓄意为之。

两人踉跄着分开了，只见余仁彦腹部受了重伤，而那名血骑士则屹立在十余米外，看上去气势依旧。

余仁彦朝黑暗战士们露出一个令人毛骨悚然的微笑，只听“轰”的一声，那名血骑士居然倒下了！

初次交战便折损了一个同伴，这让其余血骑士感到惊怒交加，立刻毫无保留地冲了过来，血战一触即发！

几声原力枪的轰鸣过后，转眼间战斗进入短兵相接阶段。

激战没多久，战场上亮起一道刺眼的银色光芒。

观战的魔裔青年毫不在意地直视银光，而血骑士们双眼中全都泛起一层血气，挡住了银光的侵蚀。黑暗战士们则开始调整位置，以避其锋芒。这种闪光弹只能对付低级的血族战士，到了血骑士级别，已有了多种防御手段。

银色闪光之后则是猛烈的爆炸声，原来最年轻的一名猎人提前引爆了身上的炸药。迸射开来的银质碎片带着数名黑暗战士一起上路了，同时还击伤了一名闪避不及的血骑士。

胡子半白的猎人突然放弃自身的防护，扑到那名还未站定的血骑士身上。只听一声轰然巨响传来，爆炸过后，两人踪影全无。

剩下的三名猎人如同达成了共识，突然拼命合攻一名血骑士，而余仁彦则拖着最后一名血骑士，一刀一刀地跟他以伤换伤。周围的黑暗战士们见势不妙，立刻一拥而上，疯狂进攻起来。

梅斯菲尔德皱了皱眉，低声说道:“真是一群废物！你去帮帮他们，就算是小小的……作弊吧。”

小女孩拎着斩骨刀走向战场，她小小的身体拖着和她的身高差不了多少的斩骨刀，在大地上犁出一道长长的沟痕。

被围攻的血骑士是四人中等级最高的一个，此时他反而镇静下来，守得极为扎实，每次格挡和闪避都丝毫不乱。而外围的黑暗战士们的攻击不断落在这三名猎人身上，给他们增加了不少伤口。就在这时，一名猎人忽然发出怪笑，伸手去拉腰间的手雷！

仿佛有一阵微风掠过，这名猎人的笑声顿时戛然而止！

小女孩不知何时出现在他身后，斩骨刀轻若羽毛般浮在空中，横挥划弧，轻飘飘地向他斩去！在挥刀的同时，她竟然极为巧妙地震断了手雷的引信。

除掉这个猎人后，小女孩随即果断地向后退去，不给另外两名猎人半点儿反击的机会。

余仁彦的淡色瞳孔一缩，突然以挨上一剑为代价摆脱了对手，快速闪到小女孩身后，手中短刀直接向她的后心刺去。

小女孩明明背对着他，却像是亲眼看到了他的攻击，迅速向旁边跳去，避开了这一刀。她恰好落在一名黑暗战士旁边，伸手拽了拽对方的战袍，等对方惊讶地低头看她时，忽然用力一推。

这名黑暗战士踉跄了几步，刚好挡在余仁彦前进的路线上，生生把他疾进突击的技能打断了。但是黑暗战士也付出了代价，被他的秘银短刀刺中，丢掉了性命。

小女孩从断气的黑暗战士身后钻出，斩骨刀再次如失重般轻轻飘起，横拖着一挥而过，瞬间在余仁彦腿上留下一道大口子。

余仁彦闷哼一声，终于收起轻视之心，凝神以待她的下一次攻击。小女孩虽然只有三级，但是战斗方式异常诡异，不仅每一次的攻击角度都出人意料，而且威力非常大。可她没有继续进攻，而是一路飞奔，冲向另外两名猎人。只见斩骨刀在中途脱手飞出，飞旋着斩向一名猎人的后心。

“小心！”余仁彦高叫一声。

那名猎人愕然回头的同时，另一名猎人一举引爆了身上的炸弹！

猛烈的爆炸将黑暗战士们炸得人仰马翻，血骑士则倒飞了出去，再也爬不起来了。

小女孩早已跑出足够远的距离，因此只是被气浪掀了一个跟头，受了一点儿擦伤。她飞快地爬了起来，毫不停顿地向魔裔青年跑去。

现在猎人小队只剩下余仁彦一人，后三名猎人的牺牲并没有给敌人造成多大的打击，这自然是小女孩的杰作。

余仁彦当机立断，掉头就跑。

受伤最轻的血骑士发出一声厉啸，猛然掷出一根半米长的棱刺！棱刺闪电般没入余仁彦的后背，带出一长串血珠。

他闷哼一声，速度不减反增，转眼间逃离了战场，向荒原深处奔去。

血骑士脸色极为难看，没想到这个人族的身体竟然如此强悍，受了这么重的伤还能逃掉。他掂量了一下，即便血族以速度见长，可是自己也追不上余仁彦。

他回头望向魔裔青年，还没等他开口求助，魔裔青年便冷冷地说：“我说过，这种小虫子不配我出手。难道你追不上他吗？”

魔裔青年的语气中明显有了杀意，血骑士全身一颤，硬着头皮说：“不，我这就去追！”

魔裔青年忽然抬手轻轻一挥，一道若有若无的黑线绕着血骑士的脖子缠了两圈儿，然后消失了。

血骑士的表情顿时凝固了，“扑通”一声栽倒在地上。

魔裔青年不屑地看着血骑士的尸体，用略带厌烦的口气说：“你根本追不上他，我讨厌有人对我撒谎！”

所有幸存的黑暗战士都战战兢兢的，大气也不敢出。

魔裔青年摸了摸小女孩的头发，说：“你干得不错，总能给我惊喜。在这一点上，你比那些蠢货强多了。好好跟着我吧，你会有更多的收获。”

他又扫了一眼黑暗战士们，吩咐道：“打扫战场，然后和之前一样，放几个炮灰在外面巡逻。那只小虫子逃回去后，用不了多久，真正的大鱼就会上钩了。现在，游戏才真正开始。”

在这位年轻魔裔的眼中，似乎磐石岭几座大城市中所有的人类，包括战将级的大人物，都只是可以随意烹煮的大鱼而已。

新的一天开始了，千夜一如既往地修炼，巩固自己的境界。经过三天的休养，普通血气又恢复成七道，而金色血气已经结成茧，正安静地蛰伏着，是以可怜的普通血气才得以逃过被吞噬的命运。相比之下，紫色血气要温和得多，它最多吃两三道普通血气就饱了，而且一次需要消化几天。

午后，房门突然被拍响了，一名猎人在门口叫道：“千夜在吗？二爷有急事找你！”

“我马上就来！”千夜换好衣服，跟着猎人匆匆赶往猎人之家。

猎人之家门口停着一辆轻型越野车。二爷坐在车上，看到千夜，向他招招手，说：“上来吧，我带你去见一个人。”

“跟那个任务有关？”千夜一头雾水。

二爷沉重地说：“不，是另外一件事儿，一件……很不幸的事儿。”

当越野车赶到军部医院时，千夜根本没有想到见到的竟是余仁彦。

这个堪称大敌的男人此刻正仰面躺在手术台上，目光空洞地盯着天花板。医生拉起白布盖住他的身体，向进来的人摇了摇头，只见血渍在白布上不断漫延，且迅速变成了黑紫色。

“这是余仁彦，他是帝国远征军黑流城派遣师的暗刃特别行动队的指挥官。他的另一个身份是五星猎人，过去一段时间，他可杀了不少黑血杂种。但是这一次行动出了问题，我们最优秀的几个猎人都牺牲了，只有他逃了回来。而他透支了所有生命力，也支撑不了多久了。”

二爷叹了口气，继续对千夜说，“他说认识你，死之前一定要见你一面，你们聊聊吧！”

二爷和其他人离开了病房，千夜走到手术台旁，看着这个曾经与之殊死搏斗过的对手。

看到千夜，余仁彦勉强露出一个笑容。他的嘴唇微微张合着，千夜立刻凑了过去，只听他说道：“齐岳的亲生父亲是……远征军师长武……正南。他们一直暗中和黑暗种族进行交易，不光有武器，还有……人……”

千夜心头微微一颤。

余仁彦的呼吸突然急促起来，显然生命行将走到尽头。他的眼神逐渐涣散，断断续续地说：“小心……小女孩，还有帮我照顾……她。真好，终于可以死在……战场上……”

千夜听得云里雾里，余仁彦没说清楚小女孩是谁，也不曾说出想让他帮忙照顾的人又是谁。只有最后那句话，他听出了一个战士的心声。

每一名真正的帝国军人，在踏上战场的那一刻，便做好了流血牺牲的准备。大秦帝国以武立国，军风刚烈。千余年来，虽然亦有其他人族成功建国，但是若论军中高级军官的伤亡比例，大秦帝国远在其他诸国之上。

千夜挺直脊梁，向余仁彦敬了一个军礼。

这是一名真正的战士，或许他有许多不足之处，但对抗黑暗种族的功绩却可以抵销所有。

千夜走出手术室，对医生说：“他已经走了。”

医生点了点头，带着几名助理进去处理余仁彦的遗体。

千夜和二爷站在走廊里，静静等候着。黑流城军方的人来不及赶过来，便由猎人之家出面料理后事。

“他出的是什么任务，怎会伤得如此严重？”千夜问。

二爷叹了口气，说：“他们在边界的一个定居点看到了血宴，所以按捺不住，追进黑暗种族的控制区，中了埋伏。整整一队高级猎人，逃回来的只有他一人！据说对方有四名血骑士，还有一名魔裔战将。”

“血宴！”千夜双眼中顿时溢出杀气。

在红蝎时，他不止一次目睹过血宴。每一次，他都会被那惨烈的场面深深震撼，那是正常生命在看到同类被凌虐、残杀时，必然会产生的悲怆。

即使在黑暗种族内部，对于血宴也颇有争议。只有少数坚持始祖传统的派别，才会举行血宴。而这部分黑暗种族，就是人族不可调和的死敌。

帝国的原则是，每当有血宴发生，必然要对肇事者追杀到底。即便无法追踪凶手，或者暂时没有能力去追杀凶手，也会在同一个区域内大肆杀戮，以血还血。

这是帝国一贯坚持的强硬作风，虽然曾多次被黑暗种族当作弱点布设陷阱，但是帝国上层却从未改变过想法。即使为了报复要付出沉重的代价，帝国也甘愿承受。

有一位帝国元帅说过：“在血仇面前，理性和功利毫无意义。”

这位元帅曾在不利的局势下率军和黑暗种族大战数场，付出了惨痛的代价才收获胜利。虽然追随他出征的本族子弟阵亡了一半，而他本人也因此不断被政敌攻击，但是此役之后，终其一生，在他镇守的战区内再无血宴出现。

千夜深深地吸了口气，对二爷说：“我要出去几天，那个任务先放一放，等我回来再说吧。”

“你要去干什么？”

“去杀几个黑血杂种！”

二爷吃了一惊：“你疯了！那里有魔裔战将，你去就是送死！”

千夜平静地说：“我当然不会去那个地方送死，不过其他地方的黑血杂种也很多。面对这种仇恨，以血还血是每个帝国军人的天职！”

“你又不是帝国军人！”二爷头疼地说。

千夜这时才回过神儿来，立刻转移话题：“那些猎人也不是军人，还不是追杀到黑暗种族的区域去了吗？”

“他们是一整个小队，而你……”

二爷看了看他的表情，没有继续说下去，深深地叹了口气，说："那个全景瞄准镜到了，你带上它出去吧。说不定有了它，你还能多活几天。"

千夜点了点头，说："放心，我不会莽撞行事！只有活着，才能干掉更多的黑血杂种！"

这时余仁彦的尸体被推了出来，他的表情很平静，仿佛只是睡着了。

千夜默默地在心底和他告别："再见了，朋友。"

这个男人和他没说过几句话，也许是对黑暗种族的仇恨，以及帝国军人身上一些共同的特质，竟让他们有了惺惺相惜的感觉。在千夜心里，他已经是自己的朋友了。

第十章　以血还血

千夜背着鹰击，带齐野外装备，离开暗血城，前往黑暗种族活动的区域。

他选择的是和余仁彦小队遇袭之地相反的方向，他不会贸然去送死，但是战将之下，哪怕是有爵位称号的上位黑暗战士，都已在他的猎杀名单上面。

无论是为了血宴，还是为朋友报仇，他都会义无反顾地走向黑暗种族统治的区域。即使他再也不能穿上帝国军服，但永远也不会忘记曾经身为军人的荣耀和责任。

一天一夜之后，他奔出了数百公里。他开始放慢速度，谨慎前行。

这一带是黑暗种族控制的区域，甚至不时有成编制的巡逻队出现。那些可是黑暗种族的正规战士，与在人族疆域内活动的可以肆意猎杀的散兵游勇完全不同。

千夜依靠最新的全景瞄准镜继续深入，成功躲开几波巡逻队，顺利潜入黑暗种族的一处定居点附近。

很幸运，这是血族的定居地。

整个定居地实际上是一座附带着庄园的古堡，采用典型的传统血族的格局。主体建筑的屋身呈圆柱形，离地七八米才出现狭长的长窗，墙壁上爬满荆棘和藤蔓，重重缠绕着，已不知有多少年头了。最有特点的是三座圆锥形塔楼，其外墙、顶端、廊栏上矗立着众多造型妖异的雕塑，将整个古堡衬托得华丽而又阴森。

千夜默默将自制的原力弹压入鹰击，随后在瞄准镜中长时间地观察着古堡。

古堡日夜灯火通明，长窗后不时可以看到影影绰绰的身影。这是一个小型氏族，大约有几十名正式血族。氏族的首领是一位爵士级别的血族，有着一头银发，看上去十分

威严、优雅。除了一名血骑士和不到十名高级战士，余下的都是普通血族，另外还有几名尚未成年的纯血后裔。

古堡后方的庄园里修建着成排的低矮的平房，里面住着数百名人族。白天，他们在庄园的田地里工作。到了晚上，当血族们准备进“圣餐”时，他们便是提供主菜的家畜。

此时千夜已知晓，这个氏族是血族中的温和派，俗称“新党”。他们把鲜血做成饮品享用，这样供血的人族就不会被黑血污染，可以反复使用。

然而无论是温和派还是始祖派，他们都是血族，是千夜此行的猎杀目标。不过古堡本身就是一座小小的要塞，他一个人当然不能采取正面强攻，所以只能耐心等待机会。

第二天深夜时分，血爵士带着数名战士离开古堡，准备去另一个定居点赴宴。他在护卫们的簇拥下登上一辆马车，厢式车身外包裹着深蓝色天鹅绒，两侧则绣着华丽的家族徽章。

当他全身放松，在舒适的长椅上坐下时，千夜扣动了扳机！

鹰击清脆的声线划破了沉静的夜空，出膛的原力弹缠绕着重型弹头的能力光芒，内部还有一缕血气在来回游动着。这一枪发出的时机掌握得恰到好处，血爵士将坐未坐，护卫们已经散开，无论是闪避还是挡枪，都已来不及了。

“轰”的一声巨响传来，车门连同半边轿厢一起碎裂了，血爵士被一团刺目的原力光芒轰得飞了起来。现场顿时一片混乱，受惊的马儿拼命想要挣脱辔头，护卫们急忙扑向血爵士，用身体组成屏障，生怕后续的袭击会接踵而来。

千夜随即压入第二发原力弹，这次枪口略偏，指向六百米外的城堡大门。在那里，一名年轻的血骑士正狂奔而出，他穿着亚麻色衬衣和马裤，手里提着一把细长的刺剑，事出突然，竟然连护甲都没来得及穿。

鹰击剧烈震动，原力弹带着银色光芒划破天际，轰向血骑士。他大吃一惊，看着那道飞来的银光，居然怔住了！他无论如何也想不到，银光竟会冲着自己袭来。

什么样的原力枪能够射到七百米之外？

不会有人回答他的问题了，他刚摆出防御姿态，便被原力弹狠狠轰飞了。附加了重型弹头的能力后，这一枪的威力足以要了他的性命。

千夜拿出一支军用兴奋剂，用力扎入颈侧，忍受着火辣辣的灼痛，将药液迅速注入体内。这种型号的兴奋剂专供战斗时使用，除了加快原力恢复，还可以临时增加两成左右的力量，提高反应速度。

他随即从藏身之处翻身而起，半跪在地上，单手抓起一把火药型的大口径狙击枪，压入五发弧形弹匣，然后开始点射。每一记枪声响起后，就有一名血族护卫倒下。

他把狙击枪当成手枪来用，枪法极准，声声枪响几乎连绵成一记轰鸣。这种狙击枪的威力大致相当于二级原力枪，对付三级以下的血族很有用，甚至还能打伤四五级的血族。

剩余的血族战士看到千夜一直用枪，便立刻散开，如幽灵般向他扑来。对付人族狙击手，只要与之近身搏斗，他就死定了！

双方的距离瞬间拉近了，千夜突然如猎豹般从地上弹起，一个滑跃，直接冲入一名三级血族怀中，一拳狠狠砸在对方脸上！

这一拳下去，血族的颧骨立刻凹了进去，在巨力的冲击之下，他的身体随即飘了起来，向后侧方飞出。

千夜如炮弹般射出，迎向另一名五级护卫首领。他无视对方刺来的短刀，又是一拳向对方脸上砸去！

短刀送入千夜的胸膛，却像刺中了重皮革一样，不得寸进。

护卫首领反应也不慢，抬起左臂，勉强挡住了千夜这一拳，但是整个人被凌厉的拳风砸得向后仰去，臂骨发出“咯吱咯吱”的怪响。

千夜晋升到四级后，原力和血族体质得到双重强化，身体变得极为强悍，完全可以压倒普通六级战兵和五级血族战士。他一把抓住护卫首领的手，防止其逃离，同时右手拳肘如狂风暴雨般向其击去。接着侧步挪移，重重往护卫首领身上一靠！

一声如闷雷般的炸响传来，护卫首领倒飞了出去，身体扭曲成奇怪的形状。千夜方才那辅以原力的一靠，暗劲儿沉重如山，已将他全身骨骼震断了！

突然“噗”的一声轻响，一柄短刀插进千夜的后背。短刀破开护甲，艰难地刺入肌肉。

千夜恍若感觉不到利刃，反手抓住这个血族的脖子，五指收紧，拧断了对方的颈骨。血族体质强悍，受了这种伤未必会死，但是至少会失去战斗力。

他又挥手挡开另一名血族的短刀，一拳直击，正中对方的下巴。在令人头皮发麻的骨裂声中，那名血族仰面向后倒下了。

他如同一头雄狮，在群狼中穿行。他出拳迅疾如电，又沉重如山，这批血族战士竟然无人能正面接下他一击！

转眼之间，他已无敌手。

不远处的马车残骸旁，血爵士艰难地从地上爬了起来。他摇摇晃晃的，好半天方才站稳，满脸骇然地看着自己的伤口。鹰击那一枪不算致命，但是创口处不断涌出的黑血，正散发着一阵阵腐臭。

血爵士惊怒交加，拼命调动鲜血之力，好不容易才把那股侵入体内的特异的血气镇压住了。但他的伤势也因此沉重了不止一倍，血气消耗大半，一下子便变得萎靡不振。

千夜大步走来，一手抓向血爵士。血爵士无比愤怒地挥手迎上，两人的双手抓在一起，开始角力。他们脚下的地面突然“砰”地发出一声闷响，向下凹陷出一个数米深的坑！

此刻双方力量相当，一时相持不下，但血爵士越来越虚弱，很快就有点儿体力不支了。他突然发出野兽般的咆哮，双眼血气翻涌，在夜色中竟然射出耀眼的红光。

千夜突然感觉到自己的黑暗之血有了强烈的反应，紫色血气几乎是从能力符文中弹射出来的。

血爵士突然双眼圆瞪，露出极度惊恐之色，拼命想推开千夜。但他已经发不出任何有意义的音节，只是含糊不清地乱叫着。

千夜当然不会就此罢手，他慢慢占了上风。当紫色血气逆流而上时，他双眼升起一层氤氲的红雾，如同被人牵引着一般，突然一口咬在血爵士颈侧！紧接着，一缕紫色血气迅速蹿入血爵士体内。

这名八级血爵士霎时形容枯槁，仿佛一下子衰老了几十岁，然后彻底失去了生命。

千夜现在更加确定，自己的血液对于血族来说是剧毒。他不由得有些好奇紫色血气的来历，或许当金色血气破茧而出时，会带给他更大的惊喜。

他迅速在战场上绕行一周，把那些还剩一口气的血族战士统统送入地狱。现在，古堡内应该只剩下一些普通血族了。

他拾起一把长剑，抹去上面的血族气息，接着拿出皮袋，在剑锋上倒了一些银液，这才走向前方那两扇早已不设防的青铜大门。

古堡内突然升起一道红色烟火，直上高空，随后炸开了。

千夜耳朵一动，捕捉到人耳听不见的尖锐的啸叫。这是示警的信号，用不了多久，血族的巡逻队便会闻讯而至。他可不会惧怕巡逻队，于是大步走入古堡。而这个氏族残余的族人都聚集在大厅里，此刻正静静地看着他。

厅中的沙发上端坐着一名比血爵士年纪还大的血族，他身后则站着几个老人。若不是知道这里是血族的据点，甚至会以为自己走进了人类贵族的客厅。

大厅里很安静，银液从剑锋上轻轻滴落，滴答声却像是敲打在每个人的心上。

千夜缓步走了过来，正中的老人面如枯木，毫无表情地与他对视了一会儿，然后慢慢说道：“人类，你的胆子很大。”

千夜淡淡一笑，全然没有与之对话的兴趣，抬起剑锋，正准备指向老人的咽喉。

老人脸上却显出快意，狞笑着说：“愚蠢的人类！就算你杀了我们，也逃脱不了变成血奴的命运！”

说完，他闪电般蹿到千夜身旁，向千夜的颈侧咬去。

千夜体内的紫色血气再次觉醒，从能力符文中跃出，如法炮制地送了一缕紫气给他。

须臾，他突然瞠目结舌，“啊啊”叫着，一头栽倒在地上。

其他老人仿佛看到了世界上最可怕的景象，纷纷失声大叫道：“这是……上位圣血！你不是人类，为什么？”

“这是圣血？”千夜不合时宜地微微一笑，答非所问地轻声说道，“可我觉得我依然是人类……”

说着，他手中剑锋一震，向这些老人袭去。

短暂的惨叫声过后，大厅里再次沉寂下来。千夜提着长剑在古堡内迅速走了一圈儿，走到楼上的陈列室时，他看到墙上镶着一对短枪，四周挂着不少油画。

这是一对带有血族风格的原力枪，黄金枪把已摩挲得有些发亮，显然年代十分久远。而它被一个氏族如此郑重地放在陈列室最醒目的地方，肯定有着非同寻常的意义和价值。

其余的油画和摆设在人族算得上是高端的奢侈品，不过千夜没时间也没精力搬这么多东西。他把那对古董原力枪取下，又顺手从宽大的书桌上拿了一袋水晶币，便打算离开古堡。

踏入中庭后，大门近在咫尺，他犹豫了一下，转身向后面的庄园走去。

古堡里不寻常的动静儿已经惊动了这里的人类，他们走出屋子，站在庄园门口，向古堡这边张望。他们满脸茫然，大门处仿佛有一条无形的红线，竟没有一个人敢越界。

千夜分辨出他们不是血奴，还没有被黑血污染。只不过有几十人的脸色有些苍白，看上去十分虚弱，看来他们就如同人类圈养的奶牛一样，会被主人们放血。

对于血族来说，直接从活体获取流动、温热的鲜血是一种享受，也是始祖赐予他们的能力，这实在比盛在杯中的凉血更具风味。不过被咬伤的人类很快会变成血奴，之后便不能再享用了，而定期放血的方式却可以长久使用。

千夜大声说道：“我来自大秦帝国，有谁想跟我回去的，站出来！”

这些被豢养的人类你看看我，我看看你，有些人面露犹豫、挣扎之色，但大部分人则一脸麻木地站着不动。

千夜提高音量，又说道：“我再问一遍，谁想跟我一起回帝国？这一路上或许会有风险，但古堡里的血族已经被我杀光了，你们留下也未必能活命。我只给你们三分钟时间考虑！”

“我要回帝国！”一个少女突然从人群中奔了出来。

“你干什么，回来！”旁边的年轻人伸手去拉她，却挨了一记耳光。

年轻人心中怨恨不已，猛地扑向少女，然而他眼前一花，仿佛撞到了一堵墙上，眼冒金星地倒退了好几步。

此刻千夜正冷冷地看着他，寒声喝问道：“你想找死？”

年轻人直视着千夜，不知从哪里来的勇气，突然大叫起来：“她是我的未婚妻，你不能抢走她，圣族的大人们已经答应我了！”

千夜微微皱起眉：“圣族？”

年轻人骄傲地说：“只要我们表现得好，每隔一段时间，圣族的大人们就会选出一人给予初拥，让我们从此成为圣族的一员！”

千夜不想再听，挥手便是一记耳光！

年轻人被扇得飞了出去，他倒是有些狠劲儿，豁出去大叫道：“你们就算跟他走，也逃不过圣族的追杀！我们大多数人生于圣族，长于圣族，到了帝国又能怎样？他们只会把我们当成血奴，全部杀掉！啊……”

他骤然发出一声惨叫，跪倒在地上，原来千夜实在听不下去了，直接废了他的双腿，说：“像你这样的家伙，杀了你实在是便宜你了。等你的圣族大人们来了，看看他们会怎么对待残废了的家畜吧！”

年轻人颤抖着抓着地面，冲着千夜嘶喊道：“你这个魔鬼，我做鬼也不会放过你！”

千夜不再理会他，又问了一遍，这次倒是有近百人愿意跟随他回帝国。

“这一路会很艰辛，我们必须全速前进，我不会因为任何人掉队而放慢速度。所以没有信心跑完全程的，现在可以退出。”

所有站出来的人都不愿意再留下来，于是千夜带着他们踏上了归途。

古堡里有几辆马车，千夜便让他们轮流坐上马车休息。就这样，一天一夜之后，逃亡的队伍奔出了近两百公里。

可这时所有的马都累死了，将近一半的人永远留在了路上，他们有的是累死了，有的是掉队了，不过结局都一样。在黑暗种族控制的区域，落单的普通人类和牲畜的命运差不多。

无论队伍中有多少人因为支撑不住掉队了，千夜都丝毫没有放慢速度。所有人都默默地跟着大队，没有人抱怨，没有人呻吟，直到再也没有力气向前。

眼看就要离开黑暗种族控制的地域了，千夜忽然停下脚步，对最先站出来的少女说："你带着他们继续朝这个方向跑，速度一定不能慢下来，知道吗？"

少女用力点了点头，问道："那你呢？"

千夜回头看了一眼，说："后面跟上来一队黑血杂种，我先去处理他们，然后再和你们会合。"

逃亡的队伍继续向前，而千夜则转身折回，迎上追踪而至的黑暗种族巡逻队。

救出被豢养的人类只是次要目标，千夜的真实目的是想再钓出一支巡逻队。巡逻队疾追了这么久，此刻无论是体力还是警惕性都处于低谷，正是下手的好时机。

既然是对血宴进行反击，那么零敲碎打地杀几个黑暗种族，哪里有一举端掉定居点和干掉正规军的巡逻队来得痛快？

千夜等了不到半个小时，瞄准镜中果然出现了十几名疾行的黑暗战士。领队的是一名血骑士，正是他最喜欢的类型。经过一天时间的恢复，他又灌注了一颗原力弹，正好送给血骑士。

鹰击巨大的轰鸣声打破了夜晚的寂静，那名血骑士就像被无形的重锤击中，横着飞了出去。千夜随即拔出短刀，急进突击，拉出道道残影，悍然扑向这队黑暗战士。

鲜血立刻染红了这个无声的黑夜！

片刻后，千夜带着满身深浅不一的伤口和一支三级血族原力枪离开了战场。在他身后，整支巡逻队都已覆灭了，这便是人类最痛快淋漓的复仇方式。

当千夜潜入黑暗种族的区域时，远征军军营迎来了一个让他们又敬又畏的大人物——白龙甲。

白龙甲一下飞艇，连客套都省了，对前来迎接的远征军长官说："杨将军，听说这

里出现了血宴，快带我去看看。”

虽然双方同为少将，但白龙甲并不像远征军少将那样可以直接统率大军。可是从双方的态度来看，白龙甲反倒像对方的直属上司。

“白将军，可是……”

杨将军还没有说完，便被白龙甲冷冷打断了：“别可是了，立刻带我去现场！要是你不愿意去，我就换别人，不过从今往后你都不用再领路了！”

杨将军立刻堆上满脸笑容，说：“不，我马上去安排，请您稍等几分钟。”

“对了，把罗城主和杜将军也一起叫上。”

杨将军顿时又有些犹豫了：“他们一直很忙……”

白龙甲却一点儿也不想听他解释：“半个小时后，我要在飞艇上看到他们！”

城主罗建义和远征军派遣师的杨、杜两位将军，是帝国在暗血城中的战将级强者。这样的配备凸显了暗血城的地位，而同等规模的城市一般只有一位战将坐镇。

杨将军的笑容立刻凝固了，随即叫来副官，喝道：“去把城主和杜将军请来，务必让他们在半小时内赶到！就说是白将军的命令，听到没有？”

白龙甲向他看了一眼，从容地说：“把事情推到我头上是没用的，区区遗弃之地的三个将军的弹劾，我还承受得起。”

杨将军已经快六十了，头发斑白，此刻在比自己小了一半岁数的白龙甲面前却卑躬屈膝，连连赔笑道：“我哪里敢这么做呢，只是不用您的名号，他们肯定不会过来。”

白龙甲不置可否地点了点头，然后径直走到飞艇上，靠在椅背上闭目养神。

这种举止分明是把杨将军当成了传令的勤务兵，远征军其他将士都面露异色，可是杨将军却神色如常，似乎一点儿也不放在心上，颇有唾面自干的架势。

永夜议员歌诗图造访暗血城的那晚，他主张坚守不出，结果无意中得罪了白龙甲，现在正是赎罪的好机会。

别看双方的军衔都是少将，战力也差不多，可是地位却有着天壤之别。白龙甲是四大门阀中白阀年轻一代的风云人物，又身在折翼天使，可谓前途无量。所有远征军加在一起，在帝国军序列中只占一个主力军团的名额，而暗血城的驻军放在远征军内也不过是二流军团罢了。只是暗血城情况特殊，在这里大有油水可捞，军部为了平衡各方势力便配备了两个将军。杨、杜二人各自有一块地盘，谁也不服谁。杨将军派副官去叫杜将军，不被当场踢出来算是客气的了。但是白龙甲不一样，这种门阀子弟行事肆无忌惮，有时甚至不知分寸。如果真把他惹怒了，说不定帝国会派遣监察大员下来。在边疆驻守的将领，谁又能经得住细查？

果然，不到二十分钟，罗城主和杜将军就到了。白龙甲也不多说，直接命令飞艇起航，前往血宴发生的定居点。

一个小时后，飞艇在定居点外面徐徐降落，白龙甲带着三位战将走进定居点的议事大厅。

血宴已经过去数天，大厅里依然保持着原样。虽然尸体大多腐烂了，但是依稀可见当时惨烈的场景。

三位战将都暗暗皱眉，有些忍受不了浓郁的尸臭。白龙甲则安静地站着，好像什么都没有闻到，目光缓缓地在大厅内一一扫过。

过了一会儿，他才说道："听说有个魔裔战将设下这个局，打算钓几尾大鱼。好在三位足够谨慎，没有上这个当！"

这句话怎么听都不像是夸赞，三位战将顿时满脸羞愧。

白龙甲负手而立，面对着血宴现场，淡淡地说道："既然对方已经摆出这样的阵仗，没人捧场也不太好！我要去领教一下，看看魔裔是否如传说中那般厉害！"

"不可！"

"不要！"

"白将军请三思！"

三位战将大惊，急忙劝阻。

白龙甲的身份非同小可，他可是白阀未来的中流砥柱。万一他因回击血宴战死在这里，势必会牵连暗血城内所有的高层。靖边不力的罪名肯定是跑不了的，若是白阀的大人物们再在背后出一把力，撤职查办都是轻的，只怕还要祸及亲朋。

"你要去送死没关系，可别连累了我们！"三人相互对视了一眼，他们此时的想法难得一致，却不敢说出口。

魔裔战将可不同于普通的战将，他们号称"黑暗之子"，战力远超同辈，完全不能以单纯的等级来衡量。就好比同为少将，白龙甲却可以轻松地干掉在场三名少将中的任意两个。

白龙甲重重"哼"了一声，冷冷说道："区区一个魔裔就把你们吓成这样！他想钓鱼就让他钓，等我这条大鱼咬钩后，看看是我被他钓上岸，还是他被我拖下水！"

“对方摆明了布下陷阱，硬闯实非智者所为啊！”罗建义见他拔腿要走，急忙拦住他。

白龙甲忽然重重吐出一口气，说：“三位可能是在永夜大陆待得太久，忘了帝国的历史。从古至今但凡黑暗种族设下血宴，就一定伴随着陷阱。然而即便如此，帝国也必会悍然予以回击，无论付出多少代价都要扑杀肇事者！你们以为千百年来，帝国那么多名将都是白痴不成？兴祖帝昀曾经言道，犯我大秦之民者，虽远必诛！这就是诸位大帅铁血回应的真义！”

白龙甲这番话掷地有声，字字如惊雷，震得三人为之色变。可是他们这种边疆重臣，多年来早已修炼成了油滑的老吏，哪里是几句话便能说服的？虽然他们点头称是，却无人挪步，甚至还互打眼色，想把白龙甲拦下来。

就在这时，众人耳边忽然响起一个平平淡淡的声音：“说得好！”

这个声音出现得毫无征兆，如同对着众人耳语一般。可是周围数十米内，分明再无旁人！

三位战将骇然转身，四下寻找着声音的来处。白龙甲脸色大变，这声音对他来说太过熟悉，让他忍不住战栗起来！

这时一个白衣女人忽然落下，原来她一直浮于四人头顶，可是包括白龙甲在内，所有人对她的到来竟都浑然不觉！

这是一个眉清目秀的女人，看不出年纪，长发用丝绦随意扎起，垂在身后。她身着帝国上层贵女的典型服饰，对襟、束腰，衣袖宽大，但是格外素净。腰间系着的帛带上挂了一块玉玦，算是全身上下唯一的装饰。

她的容貌还算美丽，不过左脸颊上一道交叉的伤疤稍稍破坏了美感。她看上去非常普通，普通到走进人群中便会立刻被淹没。

三位战将都不认识这个女人，但是却知道她的可怕。无论是谁，既然可以无声无息地出现在他们头顶上方不被察觉，那么杀掉他们也不过是举手之劳而已。

白龙甲战战兢兢地叫道：“姐！”

“听说有个魔裔在这里摆下血宴，我正好顺路，便过来看看。”女人淡淡地说。

她的声音和容貌一样普通，全身上下没有让人眼前一亮的地方。

白龙甲急道：“区区一个魔裔，我去就够了！不用劳您大驾了吧？”

“你以为你就不是鱼了？”

“就算是鱼，我也是条大鱼！”

白龙甲还想争辩，那个女人却做了个噤声的手势，说："大鱼也是鱼。"

白龙甲知道这是她终止争论的表示，而且不容反对。他的脸涨得通红，满心想要就"大鱼非鱼"的话题再争辩一番，可是他从小就很清楚，真的这样做了，无异于找死。

女人在大厅里转了一圈儿，足底始终不曾踏落地面。

"好了，我去会会那个想要钓鱼的家伙。"说完，她身影一闪，看似信步缓行，可是转眼之间便消失在荒原的尽头。

直到她不见了，三位战将才敢喘气。杨将军小心翼翼地问："白将军，她真的是……你姐？"

白龙甲没好气地说："废话，我就一个亲姐，除了她还有谁？"

得到白龙甲的确认后，三位战将竟然不约而同地打了个寒战。白龙甲也变得无精打采的，手一挥，说："回去吧！"

虽然他对姐姐的判断极为不快，但是他知道，姐姐在这方面从未出过错。正因为如此，他的心情更加灰暗了。

片刻之后，飞艇缓缓升空，向暗血城飞去。

黑暗疆域内，年轻的梅斯菲尔德正坐在院落里，有些无聊地晃动着手中的高脚杯。杯中有酒，殷红如血。

他望向天空中那轮巨大的圆月，似是在自语，又似是在向谁倾诉："大鱼应该快到了吧？那个白龙甲离这里不远，听说还算有点儿本事。如果我把他宰了，那些家伙便会记住我的名字，我的名望就会提升了。有一个过于显赫的姓氏，果然是个拖累呢！"

他想要满饮一口酒，却看见杯中的红酒竟然起了涟漪。

他一怔，随即感觉到身下的大地开始有规律地震动，好像有一头无比庞大的远古巨兽正缓步而来。一种难以言明的危机感骤然袭上他的心头，他的一头长发随之飘起，额头中间的眼睛猛然张开，那是一只通体漆黑的诡异的眼珠，没有眼白和瞳孔！紧接着，一道黑气从他背后升起，径直冲向天空，然后化为一颗狰狞的巨兽头。转动一周后，这巨兽紧盯着某个方向，不断发出低沉的吼叫。

黑气化成的巨兽头颇有十几米高，它形若猛虎，然而两根极长的獠牙却是消失在传说中的远古巨兽的特征。

梅斯菲尔德脸上忽然闪现出惊慌的神色，还没见到敌人，就已被对方的气势逼出了图腾巨兽。来的究竟是谁?

他再也无法保持镇定，一跃而起，身影瞬息闪动着，出现在据点外的高空中，极目向地平线望去。只见一个白衣女人正一步步走来，大地的震动与她的脚步非常有默契地应和着。

他简直无法相信，整片大地的震动都是这个女人弄出来的。

“你是谁？”他纵声高叫道，心底忽然浮现出一个名字，声音竟有点儿颤抖了。可是，她不应该出现在这里才对!

那个女人每迈出一步,身影便会闪烁一下,随后跨越百米距离,转眼便出现在他面前。

她瞟了一眼空中的图腾巨兽，平静地说：“我是长平白氏，白凹凸！”

“怎么会是你?！”梅斯菲尔德失声惊呼起来，而后又强作镇定地说，“我是伟大的……”

“废话真多！”

白凹凸一步走到他面前，简单出拳，当胸直击！她一拳击出，刹那间整个天地似乎都扭曲了!

梅斯菲尔德双手立掌齐出，生生架住她这一拳。他身后忽然传来不绝于耳的“轰隆隆”的响声。所有建筑仿佛被无形的浪涛碾压过，竟然一排排次第倒塌了，腾起的烟尘遮蔽了半边天空!

诡异的是，这片废墟中竟然毫无其他杂音，仿佛黑暗种族的几十名高级战士和百余个居民根本就不存在一样。转眼之间，可容纳近千人的据点被夷为平地，只有最远处的半栋残楼孤零零地立着。若是从天空俯瞰下去，废墟上呈现出一道扇形擦痕，黑暗种族的这个据地就此从大地上抹去了。这便是白凹凸的一拳之威!

梅斯菲尔德一动也不动，依然保持着招架的姿势。余波能将整个据点轰平的一拳，居然没能让他后退半分。待轰鸣声平息之后，依稀能够听到这位年轻魔裔的轻声呢喃：“我是伟大的梅斯菲尔德……”

白凹凸收回拳头，轻轻拍了拍他的头，说：“既然还是小孩子，就不要学大人那样到深水区钓鱼。”

说完，她转身离去，转眼就消失在夜幕深处。她那种天上地下舍我其谁的气势已然消退，又变成那个让人过目就忘的普通女人。

“我是伟大的梅斯菲尔德……”

年轻魔裔依然一遍遍呢喃着，如同唱片被卡住了的留声机一般。他的身体缓缓前倾，终于轰然倒下，随即化为飞灰，随风而去。

一位魔裔战将就这样从世界上消失了，直到最后人们也不知道他的名字。他留存于世的全部印记，似乎只有那个显赫无比的姓氏。他只想钓一条大鱼，却没想到上钩的竟是一只大白鲨。

突然，从半栋残楼的楼底传来砖石翻动的声音，只见一个小女孩从里面拱了出来。她的裙子已经脏得分不清颜色，脸上满是灰泥，身上到处是划破的伤口。不过她的双眼依然清澈，丝毫没有惊慌之色。

她艰难地爬到砖石顶端，放眼四顾，整片废墟中只剩下她一个活人了，所有黑暗战士和居民都已化为飞灰。而她在白凹凸出拳之前，及时躲进地下酒窖，这才逃过一劫。

她选了个方向，向废墟外走去。她的姿势很难看，一瘸一拐的，鲜血顺着左腿往下流。她低头看了看腿上的伤，用力把刺进大腿的木片拔出，然后撕下裙边，将伤口包扎好。突然她全身僵硬了，白凹凸正站在不远处，静静地看着她。

白凹凸微微歪着头，似乎在思考着什么，过了一会儿，问道："人类？"

小女孩点了点头。

"天赋一般，但是对于危险有一种本能的直觉，居然提前躲藏，避过了我这一拳，真是难得。"白凹凸的语气依然平平淡淡的。

小女孩犹豫了一下，慢慢靠近她，颤抖着伸出手，用有些生涩的声音说："带我走。"

白凹凸盯着小女孩大大的眼睛，缓缓说道："如果跟我走，就要变成白阀最锋利的刀。你愿意吗？"

"我愿意！"女孩目光清澈如水，毫不犹豫地回答道，随后又低下头，细细地呢喃着，"只要能……活着。"

"你叫什么？"

"我没有名字。"

白凹凸看了小女孩许久，方才伸出手，慢慢握住面前那只还在流血的小手。她难得地露出一丝笑容，牵着小女孩转身走向属于人类的疆域。

一大一小两个女人，在荒野上渐行渐远，直到与夜色融为一体。

第十一章　难解之谜

在黑暗国度，与暗血城遥遥相对的是黑曜双子城。

双子城由狼城和血堡构成，城市的中间用与城墙等高的塔楼、箭垛和藏兵墙隔开。两侧城区的建筑风格完全不同，区域界线不可逾越。只有南端的公共区属于共管区域，这一片儿是双子城的商业区，在这里，任何黑暗种族都可以自由出入。

狼城以狼人为主，由四个大部落把控，城主是狂狼出身的科尔·魔牙，而血堡则是由以伯爵威尔德为首的大小血族氏族组成。由于狼人与血族有世仇，所以狼城里看不到血族，血堡内自然也没有狼人。

双子城城主由魔牙和威尔德轮流担任，任期为三年。在双子城周围数百公里的疆域内，魔牙和威尔德都是至高无上的君主。

如今是威尔德伯爵任期的最后一年，这段时间，他的心情极差，似乎没有一件顺心的事儿。在他长达几百年的生命中，没有什么时候比现在更糟了。

他在书房中来回踱步，目光不时掠过书桌上的几页报告，每看一次，他的心情便会烦躁几分。最后他终于忍无可忍，发出一声震动整个城堡的咆哮，抓起整排书架，重重砸到对面的墙上，才算稍稍出了口胸中的恶气。

书房门口跪着数名血族，一看到他们，他更是怒火中烧!

“什么都办不好，什么都不知道，我要你们有什么用！”

他的咆哮让门口的血族瑟瑟发抖，这是下级面对上位者时本能的恐惧。他的脾气向来不好，每当他盛怒之时，成为牺牲品的大多是人类俘虏，有时也会有倒霉的血族。

原本他的实力略高于魔牙，在双子城中，血族也相应地处于略强势的地位。然而不久之前永夜议员歌诗图突然驾临双子城，在这里短暂休整后，便前往暗血城办一件大事儿。可是不知怎的走漏了风声，歌诗图在暗血城外遭到了人类强者的拦截。据说已沉寂百年的名枪曼殊沙华再次找到了主人，冥河之花的神秘力量重创了歌诗图，他不得不仓皇逃走。

永夜议会的议员是连威尔德也要仰视的大人物，本来这是一个千载难逢的巴结上位者的机会，没想到却出了这么大的纰漏。歌诗图回来后极为震怒，下令严查泄密者，然后拂袖而去。当然，如今威尔德在这位议员心中的印象也跌至谷底了。

这件事余波未平，双子城又迎来了卢克·梅斯菲尔德。

梅斯菲尔德极为傲慢，根本没给威尔德和魔牙一点儿好脸色。威尔德只能忍耐，因为无论是实力还是地位，他都远不如这位年轻的魔裔。

威尔德听说梅斯菲尔德设下血宴，想要钓条大鱼。经验丰富的他深知人族对于血宴的残忍报复的原则，本能地感到不妥，却又无法阻止。原本还希望梅斯菲尔德有着与他的傲慢相匹配的实力，能够挡住人族接踵而来的报复。可没想到人族的反击来得如此之快，如此之猛，竟然一举将他所在的据点给掀了！

一收到这个消息，威尔德立刻明白了事情的严重性。一个拥有伟大姓氏的年轻魔裔居然死在了他的领地上，还是在他的任期内！他该如何向那个优秀、庞大的家族解释呢？难道直接说，梅斯菲尔德是死于自己的傲慢和愚蠢吗？

而最后一份情报，就如同压倒骆驼的最后一根稻草，让威尔德彻底暴怒了。“啪”的一声，那份文件直接砸在一名血族男爵的脸上！

“一个猎人，不仅在你们眼皮子底下杀害了本杰明和他的氏族，还救走了几十个豢养的人类，并顺手干掉了一整支巡逻队！这就是每年花掉我上千晶币训练出来的军队？区区一个猎人能有多少级，七级还是八级？”威尔德挥舞着双手，怒吼道，“去联系我们的朋友，他们该派上用场了，把这个胆大妄为的家伙的老底儿全部挖出来！不管你们用什么办法，付出多少代价，总而言之，一个月之内我要看到他的脑袋，听明白了吗？”

整座城堡都回荡着威尔德的咆哮声，千夜还不知道自己的行动造成了如此大的影响。区区一个猎人也敢跑到双子城的地盘上撒野，简直不可饶恕，况且被他杀害的本杰明可不是普通的血爵士。

随着威尔德的震怒，隶属于双子城的庞大势力都开始蠢蠢欲动，一颗颗潜伏在人族的暗棋随即被启用，以全力追查那个猎人的来历。

一张大网已经铺开，正从四面八方围向千夜。

此刻千夜正面临新的问题，他救回来的那几十个人被远征军的关卡拦下了。

“你们是什么人？”

当哨兵喝问他们时，这些大多没有踏足过大秦帝国的人类一个个茫然不知所措。当下就有人老实交代，说他们原本是血族豢养的奴隶，刚刚被人解救，逃亡至此。

哨兵的脸色当即变了，悄悄后退几步，突然放声高叫道：“戒备！”

刹那间警钟长鸣，军营中一阵忙乱，很快便冲出上百名战士，将逃亡之人团团包围了。

“住手！”千夜及时赶到，全速奔至远征军上尉跟前，问道，“这是怎么回事儿？”

千夜虽然是个猎人，但实力已经有四级了。而远征军上尉不过二级，看在千夜等级高的分儿上，勉强解释了两句。

千夜先前的担忧果然成真了，这名上尉显然把这些人视为血奴，至少是嫌疑者。按照远征军的规矩，这些人哪怕不被当成血奴直接处死，也会被当作怀疑对象隔离起来。而所谓的隔离，便是扔进黑矿直到渡过观察期。可怕的是，观察期往往是终身。

帝国战士在判断他人是否是血奴时有很大的裁量权，特别是在远征军这里，可以简单归结为一句话：说你是，你就是。

“他们不是血奴！”千夜试图分辩。

上尉已经失去耐心，冷笑道：“是不是，你说了不算！”

“他们确实被血族豢养过，但都是放血，并没有被咬过！”

上尉继续冷笑道：“谁知道呢？”

千夜强压着怒气，说：“我把他们从血族手上救出来，带着他们跑了几百公里，难道是为了让他们被你们当成血奴杀掉的？”

“年轻人，你完全没有必要把自己置于危险之中，只要把他们杀掉即可。这种人留着，只会增强血族的实力。”一个声音从他身后传来，那是一名阴沉着脸的少校，看上去像是这个关卡的最高长官。

“他们是人！”千夜固执地说。

少校看了千夜一会儿，耸耸肩，然后扫视着那群依然麻木地瑟缩着的人。他的目光忽然落在那个少女身上，仔细打量了她一番，露出一丝意味不明的微笑，向她一指，说：

“你，过来！”

少女有些不安地走了出来。

“你看起来不像血奴，先站到那边去吧！”

少女越发不安了，她有种不好的预感，在血族庄园时，偶尔也会像这样被人挑选。可是与活着相比，似乎又算不了什么。她犹豫地看了千夜一眼，走向少校指定的位置。

少校又随手圈了几个女人站到少女身边，然后点上一根烟，晃到千夜面前，用力戳了戳他的肩胛，说：“小子，我已经放了其中一部分人，够给你面子了！现在，你可以消失了！”

“其他人呢？”

“他们？当然要先隔离起来接受检查。如果确认不是血奴，到时再另行安排。”

千夜很清楚隔离检查的意思，当下冷笑道：“放他们过去，我会想办法安排他们。”

“你安排？”少校用如同看着白痴的眼神盯着千夜，“你算什么东西！这批人里面要是混进了一个血奴，你负得起责任吗？要不是看在你还有点儿本事的分儿上，我才不和你废话！一个狗屁猎人，在我面前跟条野狗差不多！”

千夜眼中露出杀气，而少校毫不相让，向前走了两步，几乎和他贴到一起。少校也是一名四级高手，此刻毫不保留地释放出自己的原力气息。

千夜冷冷说道：“你最好把这套兵痞的手段给我收起来！”

少校忽然哈哈大笑道：“你以为你是谁？是贵族，是那些世家豪门的狗崽子，还是我的上司？你啥都不是，我凭什么要听你的！告诉你，在这块地方老子说了算！大黑！”

一个满脸横肉的上士应声而出，用枪托狠狠砸倒了人群中的一个中年人，然后对准中年人扣动扳机，将整整一匣子子弹全都倾泻了出去。只见地上尘土飞扬，乌烟瘴气。中年人吓得脸色惨白，趴在地上一动也不敢动。

少校叼着烟，看着千夜，冲上士勾了勾手指，说：“下次，他的枪法会准得让你吃惊。再来几个！”

上士狞笑着在人群中搜寻下一个目标，很快就看中了一个英俊的少年，然后一枪托砸在他脸上，说：“老子最讨厌长得漂亮的！”

少校满怀期待地等着听接下来的惨叫，然而一个拳头突然在眼前迅速放大。他随即感觉自己像是被远古巨兽撞着了，竟身不由己地倒飞出去。

千夜一拳砸飞少校，随后伸手抓住他的脚踝，重重将他抡在地上！

少校虽然身体强悍，但感觉如同被重型卡车碾过，差点儿背过气去。当他好不容易缓过来时，一根粗大冰冷的钢管已毫不留情地插进了他嘴里！

他终于看清了眼前的情势，千夜手中握着一支长度惊人的原力枪。他一眼认出这把名气大得惊人的狙击枪是鹰击！别说是鹰击，就算是换了任何一把火药狙击枪，只要直接往嘴里射击，结果只有死路一条。

所有远征军战士一时都惊呆了，他们心目中心狠手辣、纵横无敌的少校居然被人一下子放倒了。这哪里是同级之间的较量，力量悬殊如此之大，少校完全被对方碾压了。

千夜冷冷地说："你这点儿实力，在我眼中什么都不是！"

少校只能发出"呜呜"的声音，而远征军战士们眼中满是畏惧，他们不认识鹰击，但看得出这是把狙击枪。像千夜这种惯用狙击枪的好手，从来都是最可怕的猎人。一般来说，狙击猎人当然惹不起远征军这样的庞然大物，但他们这种基层的军官就不一样了，若是突然被杀了，长官们也不会有兴趣追查到底。

千夜慢慢抽出鹰击的枪管，说："放他们过去！"

少校苦笑着，说："不可能，必须隔离检查！如果就这样放他们过去，一旦被上面知道了，这里所有的兄弟都要进炮灰营。你既然能用鹰击，就应该知道这个规矩。"

此时他只觉得自己霉运当头，认出鹰击时他便知道自己踢中了铁板。荒原上的冒险者、猎人和佣兵地位确实不高，但是能用这些身份作为掩护的，就不知道是何方神圣了。

千夜淡淡地问道："那你说该怎么办？"

少校举起双手，示意认栽，然后苦笑道："我会尽可能地打好招呼，让他们走正常的审查流程。观察期是一个月，若是没有感染，就放他们出来。如果这样也不行，你就杀了我吧。"

正常审查会有一个比较合理的存活率，千夜心中暗暗叹了口气，然后把鹰击收进枪套，背在身后。

"那就这样吧，我会关注结果的。"说完，千夜便转身离开了。

少校爬起来，用力扭了扭脖子，忽然冲着他的背影叫道："喂，小子，下次别再干这种蠢事了！"

千夜仿佛没有听到，头也不回地离开了。

少校吐出一口带血的痰，骂道："真是个怪物！"

这句话评价的到底是千夜的实力还是性格，就不得而知了。

千夜走得很快，没多久便到了荒野。然而此时此刻，他脑海中还回荡着少校的话。

现在想来，把被血族豢养的人救回来，确实是一件吃力不讨好的蠢事。并不是因为这些人不该救，而是因为帝国对血奴一直奉行“宁杀错，不放过”的原则，现行的体制根本就不容许。

这套体制是历经千年的残酷战争，以无数先驱的努力和大量流血牺牲为代价磨砺出来的。帝国至今存在，并且日益强大，便说明了它的正确性。

哪怕千夜有不同的想法，也不可能凭一己之力去对抗整个体制，更何况他现在并没有头绪。至少眼下他不可能为了几十个被血族豢养的人类，真的杀掉远征军少校和一众战士，那才是自毁长城的愚蠢行为。远征军就算有再多的问题，也是人类在永夜大陆上抵抗黑暗种族的最后一道防线。

那名少校最后提出的已是最宽容的方案，然而千夜细想了一下，发现事情并不简单。那几十人即使今后平安地被放了出来，处境也好不到哪里去。

帝国拥有四个大陆，三百多个行省，人口数量庞大，但是与强势的外敌相比，资源永远是远远不够的。帝国的领土上，每天都有数以亿计的底层贫民在生死线上挣扎着。相比之下，这些被血族豢养的人根本没有资格获得更好的待遇，除非他们能够证明自己的价值。

然而这又谈何容易！这些人有的是被虏俘到黑暗疆域的，凭借对人类国度的记忆，或许还有可能融入社会。而有的却是生于黑暗疆域，长于黑暗疆域，如果没人引导，能否适应人类社会的生活还未可知。

直到现在，千夜才第一次认真考虑这个自己从未想过的问题，那就是战争结束时该如何善后，但是他也不知道答案。

回到暗血城后，千夜立刻去了一爷的店子。

一爷抬起头，面无表情地看了他一眼，说：“你又来了？”

“有好东西给你。”千夜说着，把一个挎包扔到了柜台上。

一爷“哼”了一声，缓缓站了起来，说：“好东西？我看是麻烦才对！我这把老骨头迟早得毁在你手上……”

他话还没说完，声音戛然而止。

挎包的搭扣坏了，一下子散开，露出那对古董短枪。一爷忽然把眼镜摘下，仔细擦拭干净，然后摸出一副雪白的手套戴上，这才屏住呼吸，轻手轻脚地把两把短枪抽出来，放在白布上。

“去把门关上！”他头也不回地吩咐道。

千夜依言锁了店门，心中多了几分期待。当初那把三级流金玫瑰能卖五百金币，这两把古董短枪不仅是成对的，还是四级原力枪，怎么也值两三千金币吧？如此一来，二爷那张单子上的物资，便不成问题了。

当然，至于那个神秘的任务，只要不是太麻烦，千夜也愿意接下。虽然很可能没有表面上那么简单，否则二爷不会处心积虑地找上他，但是本着对余英男的信任，他觉得试一试也无妨。

二爷一边用皮绒布擦拭着短枪，一边用拇指仔细描摹着上面的每一道花纹。只见一把短枪的枪把上刻着一个“R”，另一把则刻着花体的“W”。

他把两把短枪并排放好，对千夜说：“这两把枪你拿回去吧，我收不了。”

“为什么？”千夜一时怔住了。

二爷指了指枪身上的两个字母，说：“如果我没看错，这两把枪一定是你从某个血族贵族的收藏室里弄出来的。这两个字母的缩写虽然有很多种意义，但是出现在一对原力枪上，便代表着一个名字——罗斯·威尔德，一位十分有名的血族贵族。这是他年轻时候的佩枪，名为‘双生花’，它们成名于罗斯还是一名男爵之时，战力相当于人类的九级战兵。罗斯在正面决战中击杀了当时暗血城的战将级别的城主，完成最后一击的，正是这两把短枪。”

“这么说，它们应该更有价值才对吧？”千夜不解地问。

二爷摇了摇头，说：“问题在于罗斯·威尔德还没有死，现在已经是侯爵了。他的领地在暗血城西面一处辽阔的区域内，这对短枪应该是他赐予某个后裔的礼物。不管你是怎么弄到手的，都等于扇了他一记响亮的耳光，他绝不会善罢甘休。所以，在整个磐石岭和周边地域，没有人敢收了它们。”

他意味深长地看了千夜一眼，继续说道：“你也知道，黑暗和黎明的接壤之地实际上就是人们口中的灰色地带。所谓灰色，就是黑白共存。因此黑暗种族要是想做点儿什么，会有很多种办法，也会有很多人类愿意为他们效力。”

千夜有些愕然，从黑流城事件开始，到见识了暗血城的黑市和地下军火，他已经意识到人族和黑暗种族背地里的交易和往来，比想象中还要多。但是在二爷这么直白地点明之前，他不曾想到，一个血族侯爵在人族控制区域居然会有如此强大的影响力。惊诧之余，他不禁怒火上涌。其实想想也对，连远征军的现役师长都和黑暗种族暗中进行交易，更何况其他家族和势力呢?

他深深吸了口气，把那对短枪拿了回来：“如此说来，我不光卖不掉这个东西，还会被血族追杀？”

“是的。”

不过二爷随即隐晦地暗示千夜，罗斯的双枪在暗血城卖不掉，不代表在上层大陆不行。千夜立刻明白了他的潜台词，一个能在男爵位阶上击杀人类战将的血族确实是个大人物，但也仅限于这片疆域而已。说到底还是实力问题，罗斯侯爵的手还伸不到上层大陆去。

除了无法脱手的两生花，千夜的战利品还有一袋水晶币和一把属于血骑士的三级原力枪。最终他的口袋里多了一百来个帝国金币，也算是小有收获。

处理完装备，他便去找二爷了。片刻之后，两人在猎人之家附近一个安静的小店坐下，边吃边聊。

听完千夜的冒险经历，二爷的脸色逐渐由钦佩转向凝重，然后又无奈地苦笑了一下。

千夜倒是神色平静，问道：“怎么，你也觉得我闯祸了？”

“被杀的应该是罗斯·威尔德的后裔，能发展成一个独立的小氏族，说明至少是他五代以内的直系血脉。我知道你从不惧怕与黑暗种族正面战斗，但是致命的匕首往往是从背后捅过来的。”

千夜微微一笑，说：“我可不是好对付的！愿意为黑暗种族卖命的，来多少我杀多少！”

“你才刚刚到达四级！”二爷语重心长地说。

正因为千夜的实力只有四级，所以才很危险。如果他达到八九级甚至突破了战将级别，背后的黑手反而会少很多。出卖这种事情，也要看看被卖的是谁！

千夜只是笑笑，对等级不予评价。

二爷正色说道：“现在可以和你说说那个任务的事儿了。明天琪琪小姐会派人过来，进行一次面试，如果你过关了，当天就要启程。不过，我觉得你应该没什么问题。”

“琪琪小姐？”这是一个千夜完全陌生的名字。

“殷琪琪是饮马殷氏这一代的核心继承人之一。殷家在秦陆是第一流的望族，位列上三品世家，所以你应该清楚她的地位。”

千夜自然非常清楚。帝国的贵族阶层相当复杂，四大门阀，七十二世家，千余士族，一直沿用立国时的九品分级。上三品中，张、赵、白、宋四大门阀是当之无愧的高门领袖。不过，一些超等世家的实力并不比他们差多少。虽然上中下三品的排名总在变动，但像饮马殷氏、远东魏氏、琅琊王氏这种显赫的世家，地位一直稳稳不变。

最直观的表现在于，千夜当初在红蝎出任务时，每次得到的任务情报中会有一页专门说明当地伤亡指标不能使用的例外情况。一般来说，中三品以上就在被保护之列。而殷琪琪身为上三品世家的核心继承人之一，若论在帝国贵族序列中的地位，比暗血城城主、远征军少将不知高出了多少。

千夜不禁有些疑惑，像她这种地位显赫的大小姐，什么任务需要找一个低级猎人来完成?

二爷说:“你的任务是，担任琪琪小姐在永夜大陆期间的顾问、副官、战士、刺客……必要的时候，还可以是情人。”

千夜刚喝下一口水，闻言差点儿全喷到二爷脸上：“情人？！”

二爷翻了个白眼儿说：“当然是假的！”

“那就好。”千夜松了口气。他可不觉得这位琪琪小姐会缺情人，以她如此显赫的地位，不管长什么样，哪怕是一头母猪，照样会有大把英俊帅气又有能力的男人围着她打转儿。

不过他随即皱了皱眉，说：“怎么听起来我什么都要干，实际上，是不是意味着我什么都不用干？”

“确实是这样，琪琪小姐让你干什么，你就干什么，而且还要好好干。至于原因，等明天面试过关后你会知道的。如果她没有要求，你只要待在她身边就行了。”

尽管这个任务明显很麻烦，但千夜还是答应了。和丰厚的酬劳相比，再多的麻烦也不是问题。

第十二章　阴谋游戏

第二天一早，千夜被二爷带到城里最高级的一家旅馆，直接上了顶楼。

这家旅馆价格不菲，顶楼整层都被包了下来，恐怕一天的费用就得好几个金币。如此耗费，居然只是为了一场面试。而不久前他还在为以银币为报酬的任务奋斗，这种感觉说不出来，就像双方虽然站在同一个楼层，但却始终是两个世界的人。

千夜在空旷的大客厅中坐了整整四十分钟，厅外终于响起脚步声，一个中年女人走了进来。

这是个保养得很不错的女人，虽然从眉眼上看得出她有点儿年纪了。她宽袍广袖，长发中分，绾成倾髻垂在脑后，从发梢到衣履，连一颗珠子的装饰都一丝不苟，找不到一点儿瑕疵。但是那张容长脸即使毫无表情，也能让人感觉到她极端的刻薄与挑剔。

“你就是千夜？站起来吧！”

千夜依言站起，看向女人的目光充满了警惕。这个穿着复古服饰的女人可是七级高手！

他现在对付六级战兵不算太困难，但是遇到七级高手就很难说了。况且世家大族的高手往往会修炼一种甚至多种秘传，战力远在同级高手之上。

当初在龙襄招兵点，他还不觉得世家秘传有何厉害之处。但在看到折翼天使菜鸟们的战斗后，他才意识到随着等级的增加，秘技确实会逐渐发挥威能。比如魏破天有千重山在身，能立刻激增防御，变成打不动的硬壳老龟。于是，他对世家高手开始多了几分戒备。

女人绕着他转了两圈儿，双眉锁到了一起：“居然到了四级，比预想中好一点儿，但还是一个废物罢了。你可能根本不知道，能够站在这里是多么幸运的一件事，而其他人又为之付出了多少。好了，反正不关我的事儿，现在去卸掉你的伪装吧。”

千夜犹豫了一下，到洗手间里待了几分钟，把脸上的一些小伪装全都卸掉后，又站到女人面前。

这一次，女人的双眉瞬间舒展开来，目光也柔和了很多，点头道：“很好，你很合适！回去收拾东西吧，你有两个小时。到了小姐那里，要什么有什么，不重要的东西都可以扔掉！”

“等一下……”

“立刻去收拾东西，杂物全部扔掉！记住，钱不是问题！”

千夜张了张嘴，终于明白和这个强势的女人根本就没有沟通的可能，只好告辞走出楼层。

二爷在门口等着，紧张之情溢于言表，看到他立刻问：“怎么样？”

千夜摊手说道：“她让我去收拾东西，只给了两个小时。”

二爷立刻松了口气。

千夜有些好奇：“这个任务对你来说真的这么重要吗？”

二爷脸上浮现出淡淡的苦笑，说：“像琪琪小姐这样的大人物只要说一句话，就会影响很多人的未来。至少眼前，这个任务能让两个家族的命运从此改变，你说重不重要？当然，对你也有好处，你可以得到一大笔钱和提升实力的物资，后者在暗血城可能有钱都买不到，所以算是好坏参半吧。”

千夜听出二爷的无奈，转而问道：“英男呢，怎么没见她回来？”

“她已经走了。”

千夜一怔：“她去哪里了？”

“她家里的麻烦已经解决了，所以可以回到家族，不用当猎人了。她说就不向你告别了，至于她房子里的那些东西，只要你喜欢都可以拿走，剩下的我先替她收着。”

千夜莫名有些惆怅，问道：“她的家族和这次任务有关吗？”

二爷叹了口气，说：“有些关系，也……不算太大。琪琪小姐一直想要帮助她，但是都被她拒绝了。英男这个孩子，有时候十分倔强。”

二爷拍了拍千夜的肩，说：“好好干吧，为了你，也为了英男！”

千夜默默点了点头。

两小时后，一艘飞艇腾空而起，载着他向远方飞去。

暗血城郊外的一块墓地上，几个大汉正抬着一具格外大的棺木，缓缓将其放入墓坑。棺木还没有上盖，余仁彦安静地躺在里面，表情平和，仿佛只是睡着了。

余英男站在墓坑边，静静地看着棺木下葬。二爷站在她身边，叹息道："真的不重新考虑一下吗？"

"哥哥早就说过，要将自己埋在他战死的地方。当初哥哥是为了让我免受长官侮辱，才杀掉那几个混蛋，带着我避到这个遗弃之地的。现在既然他已经永远地离开了，他的梦想就由我替他完成吧。哥哥平生最大的志向是成为帝国将军，指挥大军干掉那些黑血杂种。所以我要回秦陆，加入帝国军。"

"可是……"

"我心意已决！"

这时，余英男忽然若有所觉，扭头望向天空。只见那里有几艘飞艇，其中最华丽的一艘与众不同，是少见的船楼浮空艇。它拉起了白色的桅帆，其上一个青骓的头颅隐约可见。那正是殷家的私家飞艇，此刻正缓缓随风转向，渐行渐远。

直到飞艇消失在天际，余英男才收回目光。她忽然解开自己的马尾，一手握着长发，一手拔出军刀挥刀一割，将满头长发斩下，然后随手抛起。

风卷走断发，向远空飞去。

二爷脸上的皱纹更深了，深深叹了口气，说："我并不知道你对千夜有意。"

余英男笑了笑，说："不，我知道他不喜欢我，离开也没什么可遗憾的。我当初向殷琪琪推荐他的时候，就已经下定决心放弃了。二爷，你知道殷琪琪那种人，一旦看到千夜，绝不会放过他。或许殷琪琪更适合他吧！"

棺木盖上了，大汉们开始填土，片刻之后一座新墓出现在坟场上。墓碑上一片空白，连名字都没有。这自然是余英男的意思，该记得的总会记得，而该被遗忘的，无论在墓碑上刻多少字都没用。

余英男走向二爷，抱了抱他，说："二爷，我走了，谢谢你这么长时间对我的照顾。你要保重，无论如何也要等到我成为将军的那一天，到时候回来找你喝酒！"

二爷的眼眶湿润了，缓缓说道："英男，你要好好活着！"

余英男笑了，用力点了点头。她后退了几步，背上背包，向公共交通飞艇基地走去。那短发的背影，在暮光下是如此飞扬，又是如此萧瑟。

千夜坐在浮空艇上，看着舷窗外的大地不断向后飞退，心中忽然有些空落落的，好像遗失了什么。不过这种感觉很轻很淡，如同光季将要到来时的微风。

这时中年女人兰姨走了过来，递给他两张纸，说："这是你此次任务的要点。另外，记住这个人，也许你以后在执行任务时会遇到他。如果他阻挠你办事，不用客气，只要不杀了他，怎么做都行。"

千夜接过来一看，原来主要任务是帮助殷琪琪完成家族核心继承人的大考。考试内容是在永夜大陆与黑暗种族作战，战绩就是成绩。此外，获得珍稀资源和一些重要情报等则是次要的加分项。

这是很常见的世家考核的内容，千夜在红蝎时曾经参加过一个类似的任务。某位大人物为了让自己的儿子获得更好的成绩，悄悄动用了一个红蝎小队。

另一张纸上则是一幅画像，画的是一个英俊年轻的男人。虽然只是黑白素描，但是可以看出对方神采飞扬，自信不凡，想必是个青年俊彦。画像旁边用小字记录着对方的履历，千夜仔细读着，神色渐渐凝重起来。

顾立羽，士族出身，在家族的倾力资助下，进入帝国高等军官学校深造，并在数年后以前十的成绩毕业了。其后进入名列精英军团前五的"烈焰兵锋"，服役五年，屡立战功。去年方从军团退出，进入帝国军部，目前已经是中校参谋了。

顾立羽的这段履历十分耀眼，虽然烈焰兵锋始终被红蝎压制着，他的单兵战绩也不如千夜，但是他的发展方向明显是指挥系，而不是武力系。并且他的实力也不弱，才二十九岁就有七级了。

对于士族出身的子弟来说，这样的升级速度足以自豪了。毕竟辅助修炼的药剂极为昂贵，根本不是家境只比寒门高出一线的士族负担得起的。而他们的家传功法大多不怎么样，如果不想修习损耗率太高的兵伐诀，就只能依靠渺茫的机遇，比如投身世家或是拜得名师。

"这位是什么人？"

"小姐的未婚夫。"

千夜顿时哭笑不得，既然顾立羽是殷琪琪的未婚夫，看上去还是个青年才俊，那么殷琪琪雇佣自己究竟打的是什么主意?

如果是为了家族大考，一个四级的二星猎人，在战争中可起不了多大作用。殷琪琪她们也不可能知道千夜的真实战力，并且从见面到现在，对他的实力更是表现得毫不在意。

如果是为了对付她的未婚夫,为什么不找一个实力更强的人？顾立羽可是七级高手，足足有三层等级压制。这种能够进入精英军团，并供职于军部的人，就算没有秘技傍身，真正的战力也绝不是普通的七级战兵。

千夜似乎嗅到了阴谋的味道。

浮空艇平稳、快速地前行着，最终降落在不久前余英男踏足过的那个飞艇基地。一辆军用越野车已经在等着千夜和兰姨了，车头照例插上了金色圭臬螣蛇军旗，一路横冲直撞，直奔殷家别院。守候在大门台阶上的仍是那位英挺的中校，兰姨进门后则不见了踪影。

千夜跟着中校往庭院深处走去，他还是第一次见到这么大规模的复古风格建筑群落。以往在执行红蝎任务时遇到的一些地方贵族也喜欢附庸风雅，但大多只是一两栋主楼采用木石结构营造点儿意境，毕竟处在战争年代，青石和金属结构的建筑才足够牢固。

一路上兜兜转转，只见楼宇重重，殿台林立。千夜起初被周围的景致所吸引，随后本能地观察起地形来。他发现这座别院虽然建筑众多，草木繁盛，交相掩映，但可供藏身的死角不多，显然精心设计过了。

除此之外，他注意到别院的主能源并不是黑石蒸汽。永动塔规模不大，离中轴线建筑的位置也有点儿远，但从个别露出一角的设施形状来看，至少核心区的驱动能源全部是黑晶。而这里仅仅是殷家在永夜大陆的一座别院，帝国上层家族的底蕴和实力由此可见一斑。

中校把千夜带进一个独立的院落，正屋贯通南面整排距离，跨进门一看，这是一间书房。这么大的空间居然没有隔断，房内的陈设和装饰全是古风的，十多排书架占了半间屋子。临窗处放着一张书桌，桌上摆着笔架，垂挂着一排毛笔，书桌另一侧放着石砚和几张特制的信纸。

只有真正的世家大族才会保留这样的传统，千夜从没见过这样的排场，心中暗暗咋

舌。他环顾四周，忽然被悬挂在墙壁上的一幅字给吸引住了。

上面是四个大字：杀伐果决。

这几个字墨透纸背，银钩铁画，一笔一画竟透着铮铮杀气。千夜虽然不懂书法，但却能感觉到扑面而来的铁血气息。

他正看得出神，身后突然响起一个声音："这四个字怎么样？"

他回过头，看到书房门口站着一个英姿飒爽的女人。

她身材高挑，几乎和自己平齐，眉如宝剑，凤目狭长，上扬时自有一股凌人的气势，微微弯起时却恍若两人，透着难言的媚意。她很年轻，二十岁左右，竟然穿着一身中校军服，着实让千夜吃了一惊。

看到千夜转身，女人双眼顿时一亮，肆无忌惮地吹了声口哨，说："你是千夜吧，我是殷琪琪。长得真不错，我很满意！"

千夜微微欠身，叫道："琪琪小姐。"

殷琪琪稍稍皱眉，问道："你没有学过贵族礼仪？"

千夜坦然答道："是的。"

殷琪琪手一挥，说："没什么大不了的，明天我给你找几个最好的礼仪师过来，用不了几天就学会了。至于此次任务的内容，兰姨应该跟你说过了。不过，其实家族考核并不是很重要，只要记住一条，我让你干什么你就干什么。没有指令的时候，你可以自由行动。我的对手很多，不管对方是谁，只要影响到我的考核成绩，你便按照这幅字上面写的去做！"

千夜顿时一怔，这似乎和兰姨之前所说的有些出入。

按照常理来说，继承人大考才是现在的头等大事儿，其结果将会在很大程度上影响家族长老们选择下一代族长的决定。殷家的核心子弟历经整整十年的培养和筛选，去年一共确定了四名候选继承人，殷琪琪是其中之一。考核内容很宽泛，方式也相对自由，每位候选者都得到了五百名帝国主力军团战士以及价值五十万金币的物资资源，以此为基础，尽可能地做出功绩即可。

殷琪琪的自选任务是到永夜大陆同黑暗种族作战。而军事战绩是继承人大考中得分最高，争议最少的一项。她在候选者中个人武力最高，本家在军方也有一定的影响力，这个选择原本十分明智，能够很好地发挥她的优势。问题是这位大小姐到永夜大陆有好几个月了，天天忙着吃喝玩乐。也出过几次门，不过与其说是围剿黑暗种族，不如说是欣赏遗弃之地的风土人情，反正就没干过正事儿。她名下的五百名战士根本没有动用，往前线一扔便再也不管，更不必说利用资源组建私人武装和幕僚团了。

千夜竟然是她在永夜大陆正式招募的第一位助手！这种局面让所有追随她的人都有些紧张，包括前往暗血城考察千夜的兰姨，毕竟考核期只有一年。

此刻亲耳听到殷琪琪奇特的指令，千夜终于理解在飞艇上兰姨为何欲言又止了。这个任务是否存在阴谋，现在还不好说，但这位大小姐跳跃性的思维果然不是常人能够理解的。

“你的酬劳是每个月一百金币，然后视实际功绩还会有……特殊奖励。至于特殊奖励嘛，你一定会喜欢的。”殷琪琪突然慢慢走向千夜，离他越来越近。

千夜很不习惯陌生人走进自己的安全距离，犹豫着要不要闪开。这时殷琪琪身体前倾，鼻尖几乎要碰到他，温热的气息吐在了他脸上：“这一周你先培训礼仪，熟悉环境，一周后任务正式开始，就这么愉快地决定了！”

千夜终于忍受不住，微微侧身避开了殷琪琪。

殷琪琪随即站直身体，若无其事地吩咐道：“现在，让我看看你的实力吧。”

千夜慢慢调动原力，释放出气息。

殷琪琪眼睛一亮，伸手在他身上毫不客气地摸了几把。

千夜突然有一种感觉，与其说这位大小姐是在测试他的身体强度和原力厚度，倒不如说是在趁机揩油。

“居然是四级，和原先说的不一样啊，最近又升了一级？”

千夜点了点头。

“很好，四级很关键！因为你不再是一个一无是处的漂亮的小男孩，而是变得有点儿用了。等会儿有人会带你去住的地方，暂且这样吧！”

千夜不知该如何回应这个诡异的评语，只能面无表情地沉默着。

殷琪琪则大笑着离开了书房，随后进来两个高大英俊的帝国军少尉，带着千夜前往他的住处。

分配给千夜的居然是一整座院落，里面不光有独立的花园，还有独立的卧室、客厅、书房，连武具室和修炼室也一应俱全。这样的居住条件，对他来说自然十分奢侈。他放下行李，一间间看过去。

卧室自带奢华的浴室，客厅宽敞明亮，字画陈设无一不是有来历、有年份的精品。只看装裱框架用的金属材质，和所镶嵌的一些原力宝石，便知每件都价值不菲。

他又信步走进书房，坐到古式书桌前，随手拉开抽屉一看，顿时惊呆了。

抽屉里居然放着一把十分袖珍的三级原力手枪！枪身上每一处雕饰都非常精致华美，而枪把竟然用一个完整的深海珠贝包裹起来，浅蓝色的纹路闪着微光，上面还绘了一丛墨竹。这把手枪里面的原力阵列，说不定还没有外壳上的装饰值钱。

手枪旁边还放着三颗专用的空白原力弹，显然是为书房主人配备的临时防身武器。防身武器是一把可能永远也用不到的三级原力枪，配弹还是实体弹，这让千夜再次见识到了世家的底蕴。这种底蕴，时刻都通过细节悄无声息地展示着。

没过多久，迎接他的那名中校走进院落，微笑着自我介绍道："我叫季元嘉，叫我元嘉就可以了。我向你详细解说一下今后的任务安排。"

两人在客厅坐下后，季元嘉递过来一份文件，说："在执行任务期间，你将成为琪琪小姐的特别助理和副官，军衔是上尉。这是任命书，请过目。"

千夜接过任命书，只见上面写着帝国第 17 军团野战军上尉。他当然分辨得出任命书的真假，纸质花纹和印鉴全部是真的，但填写名字的地方不是刻印而是手写的，且墨迹刚干。

季元嘉似乎明白他的顾虑，说："你放心，这份任命书绝对真实有效，所有相关文件均已办妥，军方制式装备随时可以取用。不过依我看，你最好还是用殷家同级的自有装备，选择比较多，品质也好一点儿。"

千夜当然了解军官任命的手续，常规程序是全文刻印，但临战任命的情况也有，手写签署绝对有效，只要签发人有这个权限，并且补上了全套档案。然而 17 军团可是帝国正规主力军团，这位琪琪小姐竟然能掌握这样一批军官名额，权势未免也太大了。

他翻了翻后面的附件，果然该有的文件一份也不少，连他的履历都十分完整。他还没来得及细看自己的身份，季元嘉又递过来一本厚厚的手册，说："这是殷家私属兵团的装备目录，你可以挑一挑，预算是一千金币。"

最后，季元嘉将一个臂章放在桌上，说："按照小姐的意思，第 131 独立战斗连将会配给你，由你全权指挥。这个战斗连是按照帝国主力军团加强连的标准建立的，希望你满意。"

加强连的标准意味着，不仅在人员数量和装备上会提高配置，而且各级军官的实力也会相应提升。班长是一级战兵，排长、连长的等级也会相应增加，正连长则一定会是三级战兵。一个加强连的战力，可以匹敌一个普通营。这样一个加强连，一百五十号战士，居然如此轻易地扔给自己了？

不过千夜并没有被骤然掉下来的权势砸晕，不管任务有多么诡异，对他来说，只是一个任务而已。他合上文件，认真地问：“情报权限呢？”

季元嘉吃了一惊，看着他的目光认真了许多，说：“和我拥有同等权限，西昌城以及周边的人族控制区域对你来说基本上没有秘密了。只不过涉及殷家以及其他几个世家的秘密级以上的情报不在范围之内。”

千夜点头道：“足够了。我还需要周边黑暗种族所在城市和据点分布的情况，以及一年内发生的关于黑暗种族的所有大事儿。”

“你比我想象中要专业。”季元嘉由衷地说了一句。

季元嘉走后，一名少校走进来，将一个手提箱放在桌上，说：“这是配发给您的物资，请查收！”

千夜签字后打开箱子，发现里面竟是一排整整齐齐的药剂，一共有十支。标签上写着“四型原力激发”的字样，竟然是四级战兵的修炼药剂！

内盖角落里的徽记属于帝国曙光生物，这家公司是军工行业中与黑石重工同级别的巨头。它出产的原力激活药剂一向是供不应求的上等货，连主力军团也只能获得少量的供应。只有像红蝎这样的精英军团，才能无限量供应，但是也得用军功兑换才行。

这样一箱药剂所消耗的积分，像千夜这种菜鸟需要奋斗一年才能存满，且是在不补充其他积分军备的情况下。

他沉默了一下，然后对少校说：“请转告琪琪小姐，我很感激。”

少校微笑道：“一定原话转达。”

既然礼仪师第二天才到，那么接下来的时间，千夜打算全部用来修炼。在正式执行任务之前，实力能增加一点儿是一点儿。

一切都还没有开始，殷琪琪就预先抛出一堆好处，这已经远远超乎他的想象了。他相信天下没有免费的午餐，报酬越高，说明任务的难度越大。虽然还无法判断危险来自何处，但如果仅仅是和黑暗种族作战以获取军功，似乎用不着雇一名猎人，并且附加这么多资源。

他不再多想，关上院门，拿起药剂进入修炼室，开始全力提升自己的实力。

后花园最大的水榭中，殷琪琪伸着一双长腿，懒洋洋地躺着，看上去有些昏昏欲睡。两名侍女正在给她捶腿，而季元嘉则站在一旁，向她报告与千夜交谈的经过，还特别强调了对方当时的每一个反应。

“把131连的全部权限都移交给他吧！”殷琪琪仍然一副漫不经心的模样。

“可是我们毕竟对他还不了解，是不是再稍稍观察一下？”季元嘉婉转地劝道。

殷琪琪用手掩住唇，打了个哈欠，说：“余英男了解他就行了，等级虽不高，实力还行，背景干净，不属于任何一方。余英男说过了，他这个人只要收了钱，就会把事情做到最好。啊，对了，长得真是不错，我们还需要了解什么呢？”

季元嘉眉头一挑，盯着自己的脚尖，假装没有听到最后那句话。

“一个加强连不算什么，给他玩玩吧，说不定还能给我个惊喜呢！”

季元嘉面带微笑，语调温和，继续劝道：“小姐，您只有一个加强营的兵力，现在一下子分给他三分之一……”

殷琪琪慵懒地说：“这种炮灰，数量再多又有什么用？过段时间顾立羽会动用他的关系，送一个中队的烈焰兵锋过来。当然，他们会换个名字。”

听到顾立羽的名字，季元嘉脸上的笑容顿时变得有些不自然了，不过他立刻把失态掩饰了下去，像是发自内心地说：“有一个中队的烈焰兵锋，情况会好很多。”

五十名烈焰兵锋战士确实很有用，但是在殷家继承人大考这种层面的竞争上，却不能成为决定胜负的力量。季元嘉出于公私两个方面的考虑，特意小心地提醒了殷琪琪一下。

他的表达方式很隐晦，但是殷琪琪立即听出了言外之意，淡淡一笑，说：“不要紧，顾立羽只是中间人而已。雇佣烈焰兵锋的钱他可拿不出来，就算把他的整个家族卖了也值不了这么多。”

季元嘉立刻附和地笑了，说：“一个普通士族并不比寒门强多少。主要是小姐您的作用，否则靠顾中校自己的能力，即便有钱，烈焰兵锋也不会接下这个任务。”

殷琪琪笑了笑，说：“要想压倒那几位没什么本事、野心却颇大的兄弟姐妹们，还是需要稍稍动点儿脑筋，并且略微付出一些代价的。烈焰兵锋不过是先期的准备，过些时候你就会看到我真正的底牌了。现在你好好配合小千夜，让他放手去玩。这个漂亮的小东西，或许不仅仅是一枚明饵。除了吸引注意力，我总觉得他会给我们带来意外的惊喜。”

“我会安排好一切的。”

殷琪琪挥了挥手，季元嘉便退了出去。

第十三章　万众瞩目

修炼室内，千夜已将药剂注入身体，正安静地等待药力生效。他没去想那个诡异的任务，而是在思索另一个至关重要的问题，那就是殷琪琪身边的高手实在太多了。

这位大小姐并没有收敛原力气息，能清楚地看到她已经点燃了七个原力节点，说明她的中校军衔是货真价实的。而她身边的副官不是少校就是中校，显然拥有与军衔相匹配的实力。

千夜根本看不透兰姨的实力，这意味着双方的等级差距已超过三级，对方很可能是八级高手。这还只是摆在明面上的力量，如果他们暗中隐藏了实力，说不定会有战将级别的强者。

晋升四级之后，平时千夜体内的黑血完全蛰伏着，似乎和血脉融为了一体。只要不是见血的伤口，就算接触秘银类物质，也不会露出一丝气息。但这不是长久之计，一旦他受了重伤，鲜血之力的气息多半无法掩盖。

当初答应接下任务时，他并不知道殷琪琪居然拥有如此大的权势。然而现在他已经不能毁约了，一方面是因为预付的天价物资，另一方面二爷曾隐晦地暗示过，有两个家族的命运都掌握在这位大小姐手里，其中自然包括余英男的家族。

现在只能走一步看一步，倒也不是完全没有办法，毕竟他是一名猎人，也是远程狙击手，可以要求独行。此时药力开始生效，他立刻抛开多余的思绪，认真感知药力转化的原力强度。

十支四型药剂是标准的一阶段剂量，能够让处于平均线的修炼者从四级初期到达顶峰，并尝试激活第五个原力节点。但是对千夜来说，十支药剂只够补充一小半原力，距离冲击五级屏障还有相当遥远的距离。

浓郁的原力气息使得血气逐渐躁动起来，一道道普通血气从心脏中涌出，肆无忌惮地截留、吞噬着原力，它们变得更加饱满了。随着金色血气的沉睡，这些普通血气不光恢复成七道，还愈发粗壮了。此外他感觉到心脏内有一丝异常的脉动，好像又有新的血气要生成了。

就在这时，金色血气仿佛被满盈的普通血气所吸引，化成的小茧突然震动起来，里面似乎有东西正在冲撞茧壁，下一刻就要破茧而出了。

转眼之间，金色小茧表面开始龟裂，仿佛随时都有可能破开。

普通血气如同受惊的羊群，顾不得捕食原力，随即一哄而散，纷纷钻入心脏。而紫色血气趁机抓到一道普通血气，正要吞噬它，突然如同有了灵性一般，感应到金色小茧的变化，竟然松开了已经到口的血气。只见它一个扭动，飞速缩回进阶血族体质的符文内，盘成一团儿，顶端昂起，严阵以待。

须臾，金色小茧终于破开一个小洞，从里面钻出一道极为细小的金色血气，四处游动着。它除了体型缩水，似乎没有太大的变化，然而当它高速拉出残影时，却多了一根暗金色的线条。

它绕着紫色血气所在的符文转了十几圈儿，感觉无机可乘，这才回到自己的符文内，打算吞食金色小茧的残片。

当它吃完残片后，如同金色闪电一般冲进心脏，拖出一道比自己粗壮十几倍的普通血气，一点点吞噬它，直到它彻底消失。这点儿餐品似乎还不够它塞牙缝儿，它又如饿虎扑羊一般冲入心脏，转眼之间七道普通血气便只剩下两道了。这一次它意犹未尽，竟然把第六道普通血气也拖了出来，几口便吞了下去。

有了前几次的经验，千夜立刻觉察到眼前的状况不妙。如果任由金色血气继续吞噬下去，所有的普通血气岂不是都会消失？体内三种血气的平衡一旦被打破，后果将无法预知！就算没事儿，普通血气的新生也需要时日，在此期间，失去保护的心脏肯定无法承受兵伐诀三十轮以上的冲击。

“停下！”眼看金色血气准备再次冲向心脏，他大急，连忙下达了命令，同时运起原力，于心脏外筑起一道散发着蒙蒙青光的黎明原力屏障。

金色血气在光幕上轻轻一撞，居然把他全力构建的屏障撞出一个大洞。它半个身体

钻进心脏，最终却不情不愿地游了出来。或许是感觉到千夜的意志，它竟然放过了最后那道可怜的普通血气。

千夜顿时松了口气，心中隐约生起一种喜悦。一直以来，无论是修炼还是战斗，体内血气基本都是自发活动，这是他第一次成功地把意志传达给血气，并且得到了有限的服从和回应。也许终有一日，他能够控制鲜血之力，不用再担心被黑暗之血浸染和影响。

不过金色血气并没有闲下来，又绕着紫色血气转了十几圈儿，一副垂涎欲滴的模样。紫色血气盘踞在符文里坚守不出，昂起的顶端如同凶厉的巨蟒表达着战意，金色血气这才悻悻地退回到瞳术夜视的符文里。

须臾，金色血气开始散发出星星点点的光芒，并不断融入符文内。随后，符文的线条出现重影、延展，渐渐变得复杂起来，最终脱离出一个独立的小符文，浮在瞳术旁边。两个符文既相对独立，又紧密联系，就像主楼旁加盖的一个小楼。

新符文呈现出一个新能力——血脉潜伏，其作用是隐藏鲜血之力，把折射出来的原力序列推动到黎明和永夜之间的灰色地带。

简而言之，这个能力被启动后，外人将无法用普通的方法感知拥有该能力之人的原力属性。而千夜的兵伐诀是黎明原力，如果同时发动新能力，将彻底掩盖鲜血之力的气息，哪怕在战斗中受了伤也同样有效。

一瞬间，他忽然想起了夜瞳。当日夜瞳昏迷不醒之时，他没能发现她的真实身份，想来应该是这个能力产生的效果。

如此看来，他体内的金色血气多半来自夜瞳。至于紫色血气，从它能与金色血气隐隐抗衡的表现来看，很可能出自另一位血脉强横的上位血族。

不过夜瞳的能力实在太过恐怖，如果她发展出来的后裔都传承了类似的能力，那么用不了多久，人族内不知会潜伏多少血族。她的能力越不简单，将来在战场上相遇，就越不能放过她。

修炼室内的铜钟忽然发出柔和悦耳的声音，仿佛渗透到原力潮汐中，成为拍岸浪涛的一部分，极为自然地把千夜从修炼中唤醒了。

铜钟是用一种名为“弗鸣铜”的特殊金属制成的，声音能通过原力波动传递，从而在不惊吓到修炼者的情况下起到提醒的作用。这种金属十分珍稀，只生于含银的矿物中。当年在黄泉的时候，整个修炼谷地只有一尊弗鸣铜钟，而在这里它竟然成了客房内的基本配置。

不过，这不是千夜设定的提醒时间，应该是有访客来了。他换好衣服，从修炼室里走了出来，看到季元嘉已经在客厅里等候了。

“千上尉，我来转达琪琪小姐指派的第一个任务，明天晚上陪她出席城主的晚宴。”

听到季元嘉对自己的称呼，千夜微微有些尴尬。

殷家给他做的身份档案，竟然直接以千为姓，以夜为名，出生地是帝国南疆的一个偏远省份，小时候跟着父母供职的商团来到永夜大陆，结果流落在这片遗弃之地，慢慢成长为一名猎人。这份履历堪称完美，不仅身家清白，还十分符合主力军团的招募要求。

季元嘉已经习惯了千夜的寡言少语，继续说道：“你将以她的助理和男伴的身份出席。为了成功出席此次晚宴，明天会对你进行一整天的礼仪培训，所以请不要安排重要的修炼。”

“我知道了。”

季元嘉笑了笑，忽然说：“真是羡慕你，这是个不错的机会！好好把握，说不定会有额外收获。”

千夜一怔：“额外收获？”

“有时明知在演戏，但无论是谁，演得久了，说不定也会入戏。”季元嘉别有所指地说。

千夜明白了他的意思，他居然鼓励自己弄假成真，去赢得殷琪琪的芳心！千夜实在搞不懂他这样做的用意，他是殷琪琪的核心部属，和自己认识还不到一天。

季元嘉似乎猜到了千夜的想法，微笑着说：“我只是不愿看到某些别有用心的家伙利用小姐来达到目的。好了，以后你会明白的。”

季元嘉走后，千夜越想越觉得奇怪。

在见过那位大名鼎鼎的琪琪小姐之后，他已经猜到所谓的任务其实就是一个明晃晃的靶子。至于为何非要通过猎人之家来达成目的，有可能是她认为余英男和二爷找来的人可靠。毕竟殷家继承人大考已经进入关键性阶段，万一被对手的间谍趁机潜伏进来，再好的谋略都会功亏一篑。

之前她抛出131独立战斗连的指挥权，千夜并不觉得这个重磅条件是对自己的信任，相反，很有可能是一种试探。但是这并不影响千夜想要完成任务的想法，他的应对很简单，有指令的时候按指令办事，没有指令的时候就上战场，不管这个连队是否能成为他的臂膀。

可是季元嘉那番话，却让他完全摸不着头脑了。他本以为殷琪琪要对付的人理所当然是其他候选者，现在看来，她的未婚夫似乎也在名单之上。豪门婚姻大多是势力联合，他们不是有着共同的利益吗？世家大族真是让人无法理解。

第二天整整一个上午，千夜都在各种礼仪的密集培训中度过。

只有切身学习过，才能体会到帝国一千多年来传承下来的礼仪有多么烦琐和严格。由于时间不够，他只挑了与社交宴会有关的部分来学习。

下午则是裁缝、化妆师和发型师的时间，他们昨晚加班赶制礼服，现在要根据整体造型设计进行最后的调整。

造型师是一个干瘦的男人，年近五十，一举一动透着说不出的阴柔。他尾指上戴着硕大的金碧色戒指，手里握着一把不断开合的银制剪刀，颇有点儿神经质，不禁让人有些担心下一刀落下去的位置。

此刻他握着千夜一头半长的黑发，陷入痛苦的抉择之中："是剪成短发，以便和琪琪小姐搭配，还是保留长发，好与小姐的短发构成强烈的对比呢？"

他纠结了整整四十分钟，而他不做出决定，其他人也无法继续工作。发型是相当重要的一环，重要程度仅次于服装。从头顶的一根发丝，到脚上一根鞋带的颜色都要万无一失，方能体现出世家大族的精致和考究。

千夜被摆弄得几乎麻木了，只觉得这班人马简直是来折腾他的。造型师终于下定决心，经过一阵鸡飞狗跳的忙碌之后，总算搞定了最后的细节：一枚胸针的角度。

千夜站在落地镜面前，唯一的感觉是这身礼服绝对不适合战斗。虽然黑金相间的主色调和立领肩章与帝国军服极为相似，但过于收束的腰身、窄袖和硌到手腕的宝石扣子，让他觉得自己就像一只落进蛛网的小鸟，大大影响了行动能力。

他有点儿难受地动了动右肩，看着造型师得意扬扬的表情，一时哑口无言。显然，这位大师以艺术和视觉冲击力为第一要务，活动能力根本不在其考虑范围之内。

"时间到了！"门外传来侍女的催促。

扇形广场上停了十余辆汽车，居中那辆银色敞篷车，赫然是由黑晶驱动的！殷琪琪坐在里面向千夜招手，她倒是没有太过耀眼的装扮，仍是一身帝国军服，只是加了许多价值不菲的饰物。

这辆车后面只有一排座位，千夜左右看了看，只能坐到殷琪琪身边。他已经习惯了蒸汽重载卡车里的宽大空间，相比之下，这辆轿车显得过于狭小。他只要舒展一下身体，就会碰到殷琪琪的手臂。

殷琪琪习惯性地伸手挑起他的下巴：“我的小美人儿，真想不到你装扮之后，居然如此英俊。”

千夜不动声色地将头一偏，躲过她的魔爪，说：“这要感谢您派来的礼仪师和造型师。”

然而殷琪琪是那种不占到便宜便绝不罢休的性格，她的手就势落下，直接抓住千夜的手，笑着说：“不要紧张，今晚只是带你去亮个相。你什么都不用做，甚至不用跳舞和应酬。你只要出现在那里即可，相信以你的外表，一定可以拉到足够多的仇恨，并且惊动好几位大人物。”

千夜一言不发，殷琪琪这番话正好验证了他的猜测。然而他心中的疑点非但没有减少，反而更多了。世家望族的大人物对威胁的判断，难道仅凭一张脸？就算这只是殷琪琪的评判标准，可是她身边的那些高手并不是摆设，否则她根本不可能走到继承人候选的最后一关。

城主府内灯火通明，悠扬的乐声在气势恢宏的主楼里回荡着。宽阔的广场上停满了各式车辆，其中不乏由各种陆上异兽驭使的厢式马车，可是殷琪琪乘坐的黑晶轿车却是独一无二的。即使在帝国本土，以黑晶为驱动能源的车辆也是极为昂贵的奢侈品。

千夜用锐利的目光迅速环视了广场，立刻得出一个结论，今晚的宴会饮马殷氏的地位可能是最高的。

车辆直接在主楼大门前停下，季元嘉跳下驾驶座，拉开后面的车门，殷琪琪和千夜在万众瞩目之中走了下来。

“轰”的一声，周围顿时一片喧哗。

“琪琪小姐来了！”

“那个年轻人是谁？竟然和琪琪小姐同车！”

“真英俊，他还是一个上尉呢！”

“不会是琪琪小姐的新……那个……啥吧？”

“看着面生，谁家又送年轻子弟过来了？”

一位身材高大威猛的中年男子被簇拥着从大门内走出，来到殷琪琪面前，和她轻轻

拥抱后，大笑着说："我的琪琪侄女还是这样美丽！"

殷琪琪轻笑着回答："叔叔您也是龙马精神呢！"

千夜看过这位中年男子的资料，他是西昌城城主袁泽宇。他可不是普通的战将，本身是殷家一个姻亲旁支的族长，与殷氏本家关系密切。虽然不是姓殷，但血缘关系却超过大多数旁支。正因为有着这一层关系，他才会到永夜大陆镇守西昌城这个战略要地。与他相比，暗血城城主只是个二流人物。

袁泽宇的目光随即落在千夜身上，眼中精光一闪，如闪电般穿透迷雾，仿佛一切秘密都无所遁形！

这是千夜第二次直面战将级强者，威廉只是让他心生警惕，却抓不住任何端倪，而袁泽宇随便看他一眼，便有一种穿透力，在他的目光下，仿佛五脏六腑都一览无遗。

千夜微微弯腰行礼，然后敛目静立着。

他刚才下车时被众多目光关注着，为了稳妥起见，已经激发了血脉潜伏能力。各色血气恍若有所感应一般如临大敌，就连能力符文也游回到心脏里。此时他体内的黎明原力充沛浑厚，心脏外笼罩着一层淡淡的金色光芒，乍一眼看去就像点燃的第五个原力节点。

袁泽宇点了点头，略带嘉许地说："很不错的年轻人，基础相当扎实，这可不多见。他是……"

殷琪琪浅笑着，不动声色地挽住千夜的手臂，将半个身体都贴了过去，说："这是千夜，我新收的助理和副官。"

袁泽宇露出一丝异色，不过旋即又散去了，笑着说："进来吧，晚宴马上开始了。里面有许多人专程从其他城市赶来，想要一睹琪琪侄女的绝代风华呢！"

殷琪琪笑盈盈地松开千夜的手臂，送给他一个意味不明的笑容，随后姿态优雅地走到袁泽宇身边，两人一起走进了宴会大厅。今晚的宴会，袁泽宇是主人，而她则是主宾。

千夜落后几步，夹杂在先前簇拥着袁泽宇的那群人中间，一边走，一边思索着殷琪琪那个古怪的笑容。随即他敏锐地感觉到一丝异常，周围望向自己的目光中竟一下子多出许多敌意和杀气。

好吧，或许这便是殷琪琪想要的效果。他不得不承认，此行的目的已经顺利达成了。

千夜并不知道，这是特地为殷琪琪举办的社交宴会，有殷家长辈在场，她挽住千夜的亲密举动，实际上是在变相地向众人宣布，千夜是自己的情人。这种情况下，千夜自然会变成众矢之的。

城主府的主宴会厅同样气势恢宏，在石材和木料的装饰之下，采用了全金属的框架结构，高二十米，面积达数千平方米。此刻厅内灯火辉煌，两侧的厢廊中有数支乐队正演奏着欢快悠扬的乐曲。宴会厅两侧摆放着长桌，桌上各式精美食物应有尽有，数十位侍者来回穿梭着，为宾客们添酒或是送上分好盘的餐点。

自助餐式的宴会起源于黑暗种族，特别为血族所喜爱。后来这种自由随意的就餐方式也逐渐为帝国世家贵族所接受，并慢慢流行开来，现在已经成为非正式但相对盛大场合的主流宴会形式。

殷琪琪到场后，宴会正式开始了。她和袁泽宇上了二楼，这里另有一个小厅，透过护栏可以俯瞰下面大部分角落。能够站在这里的，无一不是身份显赫的人物。

千夜的身份自然没有资格上二楼，只能待在大厅里。很快便有人过来与他攀谈，转眼之间他身边围了一圈儿人。

既然殷琪琪把今晚的任务内容确定为亮相，他就充分展示了一下自己一上午集训的成果，始终保持着优雅的仪态，和前来搭话的人应酬着，不亲不疏，不卑不亢。

过了一会儿，有些人发现千夜说的全是废话，一点儿也没有透露出有用的信息。聊了半天，连他是谁家子弟，怎么认识殷琪琪的都语焉不详。如此一来，无论是好奇他的身份，还是抱着恶意前来搭讪的人，都觉得他高深莫测。

每一句都说废话也是一种本事，也是贵族和政客们交往时必不可少的技能。

人们开始猜测眼前这个让人羡慕嫉妒恨的小子很有可能出身于世家，否则不会应对如此得体。随即他们议论的话题又转了方向，这究竟意味着殷琪琪的婚约行将终止，还是说她仅仅多了一个情人？

此类绯色传闻是宴会最受欢迎的话题，然而当事人一方的亲朋好友或许不会那么愉快。很快，人群中有几个人就变了脸色。

二楼小厅中，殷琪琪和袁泽宇挥退了侍从，正看似随意地谈天说地。

在聊了聊殷氏本家当月的一些重大活动之后，袁泽宇话锋一转，婉转地说：“这里可不像看起来那样安全，有些人已经到了……”

殷琪琪的目光一直落在千夜身上，听了袁泽宇的话，漫不经心地说：“三个废物罢了，能折腾出什么花样来？”

袁泽宇皱眉说道：“你还是当心为好，这次的事情涉及的利益太多，很多人想来插一脚。无论是你出了什么事儿，还是考核结果有了差池，都不是开玩笑的。”

殷琪琪依旧淡淡地说：“放心吧，袁叔叔。无论是高手、军队、装备，还是战绩，只要肯花钱，还不是要多少就有多少！”

这是她一贯的论调，不过身为战将级强者的袁泽宇可有些不爱听，忍不住说道：“高手可不是那么容易买到的。”

“那是因为出的价码不够。”殷琪琪微笑着说。

袁泽宇深知她的脾气性格，不想继续这个话题，于是也把目光转到下方的千夜身上，问道：“他是你的什么人？”

殷琪琪有些慵懒地说：“情人。”

袁泽宇立刻吃了一惊：“真是情人？”

“难道这还有假？！”

“你准备怎么向族里交代？你可是有婚约在身的，这样高调行事，丢的不光是顾家的脸。”

殷琪琪冷笑道：“一个小小士族哪来那么多脸面！他要是觉得丢脸，退婚便是，我等着！”

袁泽宇的双眉锁得更紧了：“这样的话，你的名声……”

“只要有钱有实力，名声算什么！”

旁边突然响起一个冷淡的声音：“钱可买不到一切！”

殷琪琪慢慢转头，看到小厅门口的走廊上多了一位身材高挑的少女。她很美丽，清冷高傲的气质让她从众多贵族少女中脱颖而出，即使站在殷琪琪身边，也毫不逊色。

这是圈子里大多数年轻贵族的看法，实际上论容貌和身材，殷琪琪都要略胜一筹。可是她太过强势，又颇为放荡不羁，是以那些年轻气盛的年轻人总是下意识地把她压低一线。

琪琪露出玩味的笑容，说：“叶慕蓝，这话可不应该从你的嘴里说出来。”

叶慕蓝的衣着很有意思，她穿的也是复古的款式，不过却是士族服色，上衣紧身合体，下着丹碧纱纹复裙。但衣料却非凡品，全部是暗纹，走动时反射出粼粼的淡蓝色光纹，低调而又奢华，可不是普通士族能够用得起的。

她敢走上二楼，在殷琪琪面前也毫不畏缩，哪怕旁边还坐着西昌城城主，也敢出言挑衅，显然身份并不简单。

她冷冷地说："殷琪琪，你不会以为背后有殷家撑腰，所有人就都要巴结你，顺着你说话吧？"

殷琪琪耸耸肩，笑着说："像你这样的天才少女当然不用了，尤其还是和宋家有婚约的士族天才少女！"

叶慕蓝脸上闪过怒意："这和士族有什么关系？"

"原本没什么关系，但是某些人死抱着婚约不放，那就有很大的关系了，特别是一些天才少女！"殷琪琪这次把"天才"两个字咬得极重。

叶慕蓝的清冷傲然一扫而空，白皙的脸上泛起红晕，不过显然不是因为害羞。她强压着怒意，冷喝道："你把话说清楚，什么叫'死抱着婚约不放'？我和子宁的婚约早就定下了，又不是我愿意的。"

"既然不愿意，那就退了啊！"殷琪琪眉眼弯弯地笑了起来，顿显妩媚动人。

叶慕蓝这下再也按捺不住了，叫道："殷琪琪，你……"

殷琪琪脸色一沉，笑意完全消失，冷冷说道："叶慕蓝，我的名字可不是你能叫的，是谁同意你上来的？只要你一天没嫁进宋家，就一天是士族！如果你忘了帝国律法，我不介意送你去宪兵监狱好好反省几天，让你知道冒犯上品世家的代价！"

叶慕蓝指着殷琪琪，气得全身发抖："你……"

她的目光掠过一旁安坐着的袁泽宇，只见他一脸慈祥，微带笑意，仿佛是在看两个小辈斗嘴。最终，她恨恨地说道："殷家还不能只手遮天，你不会永远得意下去的！"

"那也得等你嫁进宋家再说！"殷琪琪毫不客气地回道。

叶慕蓝满腔怒火无从宣泄，只得一跺脚，转身离去了。

袁泽宇摇了摇头，叹了口气。

殷琪琪却不以为意地笑了："她还真以为我靠着殷家才能做点儿事？不过算她识相，再多说一句，我就要动手了。"

袁泽宇张了张嘴，却不知说什么好。

叶、顾两姓同源于越陆，尤其是叶慕蓝和顾立羽所在的嫡支，不仅宗族世代交好，有通家之谊，而且他们两人是姨表兄妹，血缘深厚。现在殷琪琪带着情人招摇过市，还进入这种正式场合，素来看不惯殷琪琪的叶慕蓝自然要找机会发难。

袁泽宇暗自捏了一把汗，刚才殷琪琪明显已经不耐烦了，如果叶慕蓝再继续纠缠，殷琪琪肯定一个耳光就扇过去了。那时，麻烦便会接踵而来。

叶慕蓝虽然出身于士族，但她和宋家七公子有婚约，只要未来嫁入宋家，身份就不一样了。听说宋子宁对这个未婚妻相当满意，已经允许她正式参与自己的一些私人活动，对她明里暗里的举动也相当放任。

就算殷琪琪的母亲也出身于宋家，但宋子宁是宋阀这一代的顺位继承人，哪怕他目前的排名只是中游，却深受宋家老祖宗喜爱，地位可不是还没有拿到家主之位的殷琪琪能比的。况且袁泽宇早有耳闻，殷琪琪和宋子宁之间有旧怨。这些小辈之间的事儿如一团乱麻，袁泽宇只觉得无从入手，不知该如何调解。以他的身份，还是置身事外为好。

这时殷琪琪的目光又落回千夜身上，淡淡地说："袁叔叔，这小子什么都好，只是性格有些软，如果能再像我一些就更好了……"

她话没说完，下方忽然起了骚动。千夜狠狠一拳砸在一名贵族青年的脸上，把对方打得飞出十几米，重重摔在墙壁上，一时竟站不起来了。

变故突如其来，顿时满场皆惊！殷琪琪也怔住了，完全搞不清楚状况。

只听千夜冷冽的声音漠然响起："我是平民，实力只有四级，那又如何？你不是想教训我吗？那就站起来，继续打！"

贵族青年四肢抽搐，几番挣扎着想要爬起来，最终却一头栽在地上，晕了过去。

帝国武风极盛，宴会中与人决斗并不是稀奇的事儿。惊讶过后，几个少女最先爆出热烈的喝彩声，她们投过来的目光十分大胆火辣。贵族青年们则大多脸色不豫，他们本来就嫉恨千夜与殷琪琪的关系，此刻听说千夜竟然是个平民，都有一种被冒犯了的感觉。

千夜抬了抬右臂，过于束身的礼服实在碍事儿，他索性扯掉宝石袖扣，解开了上衣。随后目光扫过刚才和贵族青年站在一起的几个同伴，冷冷问道："还有谁想试试？"

殷琪琪两眼放光，一副期待好戏上演的模样。袁泽宇摇了摇头，什么话都没有说。

那几个年轻人僵在原地，不安地看看倒地不起的同伴，又看看千夜，一时不知该如何应对。地上的同伴是五级战兵，不但是他们之中等级最高的，武力也是最强的，竟败得如此之快。他们心里清楚，换谁上去都是找打。

这时大厅南侧的人群中响起一个愤怒的声音，一名傲气的贵族青年叫道："这里可不是一个区区四级战兵可以嚣张放肆的地方！我如果给你个教训，相信琪琪小姐会理解的！"

千夜抬眼望去，直截了当地说："那就来吧！"

那青年怒极，向前跨了一大步，突然被一只手按住肩膀，再也无法动弹。他回头一看，愕然叫道："堂兄？"

出现在他身侧的是一名年纪比他略长，容貌与他有三分相似的贵族青年。后者遥遥向千夜颔首示意，然后转头冷冷呵斥道："你倒是长进了，六级对四级？哼，是想把我们沈家的脸丢光吗？"

他说着，手上一用力，把那个冲动的堂弟拖了回去。

楼上的殷琪琪吹了声口哨，说："沈容安真是只狡猾的狐狸！真要较量一番，他那个堂弟可不见得能赢了我的小千夜！"

袁泽宇缓缓点头道："这个小家伙儿力大无穷，而且他的原力竟然坚凝到如此地步，确实罕见。恐怕一般的六级战兵还真不是他的对手！"

大厅里有些冷场，沈容安拉走自己堂弟的举动，给不少头脑发热、跃跃欲试的贵族青年浇了盆冷水。能够参加城主宴会的大多不是草包，方才千夜那一拳刚猛狂暴，五级战兵都被一击而溃。在这名门云集的场合，如若那个倒地的家伙没点儿真本事，又怎敢贸然出头挑事儿？更何况六级战兵如果下场挑衅，无论输赢都会失了脸面。

殷琪琪笑盈盈地说："袁叔叔，不好意思，搞砸了你的宴会，改日我再向你赔礼吧！"

她嘴上虽然这么说，脸上却露出无比欢快的表情。

袁泽宇苦笑了一下，他也认出被千夜打晕的人正是叶慕蓝的堂兄。还好叶慕蓝已经被殷琪琪气走了，否则必然会起冲突，那时局面可就不好收拾了。

片刻之后，殷琪琪带着千夜提前离场了。她一坐进黑晶轿车，就兴高采烈地询问起事情的经过。

原来当一众人等在千夜这里打探不出任何实质性内容的时候，叶慕蓝的堂兄突然出现了。他显然已经从某个渠道得到了消息，张口就问千夜是不是平民。千夜本可以不透露自己的资料，不过却不打算说谎，于是坦然地承认了。谁知叶慕蓝的堂兄立即毫不留情地嘲讽他，说他靠一张脸混饭吃，四级原力也不知是吃了殷琪琪多少药剂才得来的。

见千夜如此轻描淡写地说明原委，殷琪琪摇了摇头，继续追问道："肯定不止这些，他还说什么了？"

千夜苦笑道："他说……我是从贫民窟出来的杂种。"

"这……"殷琪琪有些不明白，这只是一句普通的脏话，何以千夜的反应会这么大。

千夜沉默片刻，说："我在垃圾场长大，从不知道自己的父母是谁。"

殷琪琪脸上的笑容顿时一敛，过了一会儿，她似笑非笑地说："你今晚表现不错，所以给你个奖励，把眼睛闭上！"

千夜不明所以地闭上眼睛，突然他鼻端掠过一阵香风，左脸上有些温软湿腻，竟然被亲了一口！不过这个小插曲很快就被他抛之脑后了，这位异于常人的大小姐现在无论做什么，都不会令他感到惊讶。

以她的身份，一切都来得太过容易，为了追求刺激，她往往会有一些不寻常的怪癖。然而千夜觉得那是她的私事，与自己无关，他只需好好完成任务，对得起自己拿到的丰厚的酬劳即可。

第十四章　兵王之击

晚宴回来后，千夜花了四天时间完成了基本的礼仪培训。而殷琪琪那边暂时没有新的指令，于是他把自己的日程表分成了修炼和战地分析两大类。

接下来的日子里，他用完了所有药剂，但是距离冲击五级还有一段距离。在此期间，他只见过殷琪琪一次，殷琪琪突然问起是否需要药剂，不知是注意到他没有点燃新的原力节点，还是仅仅随口一提。不过他立刻拒绝了，他不想得到太多不该得到的东西。

修炼之外的时间，他不断调阅情报，很快便对西昌城周围的区域有了大致的了解。

这一天临近中午之时，季元嘉来到他的住处，邀请他出去共进午餐。

千夜正好也想了解更多关于殷琪琪考核任务的内容，于是欣然同意了，随着季元嘉来到城中的“铜雀台”食府。

这是一座气势恢宏的复古建筑，台高十丈，台上建五层楼，窗棂门栏都是用黄铜嵌条装饰的，正午太阳最盛时，便一片流光溢彩。

高台两侧十分宽阔，可以降落小型浮空艇。台下引河水经暗道蓄入楼顶天池，再从侧墙高空泻落，硬生生地造出飞瀑溅玉的壮观景象。据说这家食府的厨师厨艺精湛，很多食材是从上层大陆运来的，价格甚至比上层大陆还要贵。

季元嘉将越野车停好，带着千夜向大门走去，他笑着说：“你待会儿可不能放开了吃，否则我会付不起账的。”

千夜微微一笑，顿时对季元嘉多了几分好感，他喜欢和说话直截了当的人打交道。

两人选了个靠窗的位置坐下，飞瀑就在眼前。由于隔音效果很好，所以只听到一点儿潺潺的水流声，既营造出了意境，又不会影响客人们交谈。

服务生送上菜单后，千夜随手一翻，便知道这个地方究竟有多贵了。哪怕是最便宜的一道菜都要一个金币，贵的则直接飙到了三位数。也就是说，一个中校大半年的薪水，点上一道大菜就没了。

千夜只点了两道最便宜的菜，便放下了菜单。而季元嘉其实比他自己说的要大方许多，又加了三四道特色菜，这顿饭肯定要吃掉他一个月的薪水。

饭菜端上来后，千夜终于体会到何谓上层大陆的品质。菜量少到不可思议，却也精致到不可思议。

主菜是一条鱼，却做成龙头的模样，餐盘上则有万里云海作为装饰。这可是货真价实的手绘云海图，偏水墨的画风，连千夜这种不懂绘画的家伙也看出了笔触和布局的不凡气势。看来装饰餐盘的，绝对是一位造诣不低的画家。

“感觉怎么样？”季元嘉笑着问。

“我觉得盘子上的装饰比菜还贵。”千夜实话实说。

季元嘉笑道：“和我最开始的想法一致，不过后来我才知道，其实还是菜更贵一点儿。”

千夜看着一道道宛若书画般的菜品，苦笑道：“这点儿东西还不够垫底儿。”

季元嘉笑得更加欢畅了，说：“到这个地方来的意义，不过是见识一下而已。吃过比吃得如何更重要，至少以后说起来，我们不会因为一无所知而被嘲笑。”

“为什么会被嘲笑？”千夜有些不解。

季元嘉略带自嘲地说：“因为我是寒门，你是平民。虽然寒门比平民好上一点点，但在士族眼中，我们没有区别。对那些士族而言，评价一个人的标准十分简单，那就是上面的和下面的。上面的需要巴结，下面的不去理会。”

这句总结十分到位，千夜佩服地点了点头。

“知道为什么我要请你来这里吃饭吗？”

“为什么？”

“因为那天在宴会上，你那一拳实在太解恨了！”一向温文尔雅的季元嘉难得这么激动。

“那人和你有仇？”千夜疑惑地问。

季元嘉重重吐了口气，说：“有仇倒是谈不上，以后你就会明白那群人有多么让人厌恶了。来，先干一杯！”

两人你来我往，很快就喝掉了一瓶酒。千夜脸色微红，动作明显有些迟钝，季元嘉脸上也泛起潮红，看来他的酒量也不大好。

季元嘉摇了摇空了的酒瓶，叫道：“再来两瓶！”

服务生立即将酒送了过来，这里的米酒确实不错，难得的是价格不贵。一个金币一瓶的价格，在这个地方简直公道得有些过分了。

“千夜，你有没有女人？”季元嘉忽然问。

“没有，怎么了？”千夜觉得有些莫名其妙。

“啊，没什么，我只是随便问问。”

季元嘉随口敷衍了过去，他本想把觉得还不错的几个女孩子介绍给千夜，作为殷琪琪真正的副官，他当然知道千夜那个情人的身份是假的。可是话到嘴边，他忽然想起从宴会返回殷家别院的当晚，看到千夜脸颊上有个明显的唇印。那种微闪的淡蓝色，是殷琪琪最喜欢的，他绝不会认错。

想到这里，他的心不由得有些抽痛，但随即将这点儿小小的不愉快压下了。

他稍微清醒了一点儿，殷琪琪可能只是暂时贪图新鲜，过一阵子就抛下了。在她的新鲜感还没有消退时，他可不能做出给千夜介绍女孩的蠢事儿。

千夜看着忽然走神的季元嘉，心中有些讶异。

“千夜，琪琪小姐是值得珍惜的女人。如果有一点儿机会，一定要全力去争取，你明白我的意思吗？”季元嘉这次说得异常直白。

千夜微微皱眉，说：“这对我来说只是一个任务，我和她的差距实在太大了，没有任何可能。”

“你是那种在意身份和地位的人吗？”

“是的。”千夜笑道。

季元嘉耸耸肩，如果千夜在意身份和地位，在晚宴上就不会一拳砸倒那个贵族小子。只不过对很多人来说，“齐大非偶”是一道跨不过去的门槛，他自然也一样。

“啊哈，猜猜我看到谁了？这不是琪琪小姐的新宠吗？”一个阴阳怪气的声音从旁边传来。

季元嘉和千夜一起转头望去，看到几个年轻人正顺着楼梯走上来。

最前面的是一个蓝衣青年，一身宝蓝色的武士服华丽得有些夸张，方才就是他出声

嘲讽千夜。而在后面陆续出现的人之中，千夜看到了那个被自己一拳砸晕的年轻人。

这群人有男有女，众星捧月般簇拥着一个清冷高傲的少女。她穿着一身浅紫色深衣，下摆十分别致，形如三角，层层叠叠，恍若倒置的重瓣百合。她长得非常美丽，只是眉梢眼角散发着拒人于千里之外的冷漠。

季元嘉皱了皱眉，压低声音对千夜说："小心点儿，中间那个女人叫叶慕蓝，是宋家七公子宋子宁的未婚妻。"

千夜的脸色变得有些奇怪："宋子宁？哪个宋家？"

季元嘉的注意力都在来人身上，没有发现他神情不对，答道："当然是四大门阀之一的宋家！"

此时这些贵族男女已经走到桌前，看似随意地停了下来，但是却隐隐将两人的去路堵死了。

千夜有些不满，明显地皱了皱眉。

蓝衣青年瞥了一眼桌上的菜肴，讥讽道："哟，我说一个寒门和一个平民怎么也能跑到这里吃饭，原来只点了最便宜的东西啊！慕海兄，你一罐茶叶的价钱也不止这么点儿吧？"

叶慕海便是晚宴上被千夜打晕的年轻人，此刻瞪着千夜的眼睛中几乎要喷出火来。听了蓝衣青年的话，他当即"哼"了一声，说："就算是最便宜的菜，季中校一个月的薪水也不够吧？如此看来，要么是季中校贪得有点儿多，要么就是千上尉从琪琪小姐那里领到的特殊奖励足够丰厚！"

千夜的脸色顿时沉了下来，季元嘉腾地站起来，冷喝道："你这是诽谤帝国军官！谁再敢诋毁琪琪小姐，你们自己掂量掂量后果，我会一字不漏地把你们的话转达给小姐。"

一众年轻人顿时安静下来了，他们都是士族出身，别说他们，就是他们所在的家族也没有得罪殷琪琪的勇气。殷琪琪既然能够参加饮马殷氏的继承人大考，那么所掌控的资源和权柄早已远超任何一个士族家族。

就在这时，叶慕蓝冷冷地开口了："殷琪琪有什么了不起的，你尽管去告诉她！这些人都是我的朋友，你动他们就相当于动了我！"

季元嘉胸口一窒，叶慕蓝可是宋阀七公子的未婚妻，万一被宋阀视为冒犯，别说他是一名中校，就是少将也承受不起。

看到季元嘉的表情，叶慕蓝冷哼一声，不屑地说："离了殷家的权势，你们什么都不是！”

这群贵族男女顿时活跃起来，发出不屑的哄笑。

蓝衣青年晃到千夜身旁，一掌拍在桌子上，把他面前的酒杯碾成了一堆粉末儿，然后盯着他冷笑道：“就这点儿能耐，也敢和顾大哥争！我迟早会打断你的狗腿，再划花你这张小白脸！身为一介贱民就该安守本分，别去妄想那些不属于你的东西！”

千夜面无表情地打量了一下蓝衣青年，确定对方的实力也是五级。单以年纪来看，这群年轻人确实还不错，士族并不像门阀世家那样拥有海量资源，能得到族中全力培养的无一不是天才人物。

他又看了看叶慕蓝，这个如冰山般清丽冷傲的少女和殷琪琪年龄差不多，第七个节点居然隐隐生辉，那是行将突破的迹象，确实算得上天资横溢。

见他盯着叶慕蓝，蓝衣青年脸色微变，毫不客气地喝道：“看什么看，再看我就把你的眼睛挖出来！殷琪琪可不会为你出头，你只是一个玩物而已！”

季元嘉跨出一步，挡在蓝衣青年和千夜之间。他明显感觉今天这场偶遇绝不简单，这群人显然是冲着千夜来的。对方一再挑衅，分明是想开启战端。

蓝衣青年怪笑道：“季中校，你是想教训我吗？”

季元嘉脸色阴沉至极，吐出两个字：“不错。”

对面突然传来一声清脆的冷哼，只见叶慕蓝一双美眸冰若冰霜，牢牢锁定了季元嘉。

这时她身后闪出一个红衣年轻人，嬉笑着走到季元嘉身前，伸手摸了摸他的肩章，夸张地说：“中校，我好怕，真的好怕啊！哈哈哈……”

其他年轻人都笑了起来，七嘴八舌地跟着起哄。

季元嘉脸色铁青，深吸了一口气，全身原力缓缓涌动。

千夜见状，伸手在他肩上拍了拍，说：“别这样，以你的身份，和这群废物动手太抬举他们了。”

季元嘉一怔，他知道动手的后果有多严重，可是实在咽不下这口气。

千夜露出一个冰冷的笑容，说：“不过我就不一样了……”

接着，他的目光掠过得意忘形的蓝衣青年，落到人群之中，问道：“叶慕海先生，你脸上的伤这么快就好了？”

叶慕海的脸色顿时阵青阵白，完全说不出话来，而那个被忽略的蓝衣青年神色中则透出几分阴狠。

叶慕海当日被千夜一拳砸晕，一直推说是因为没有防备。不过其实他心里非常清楚，就算再打一场，自己也绝不是千夜的对手。那一拳的力量和速度都让人感到震撼！

现在面对千夜的挑衅，他如何敢接话？众目睽睽之下再输一场，他可丢不起这个人。他不敢抬头去看叶慕蓝，这个令人生畏的堂妹脸色肯定很难看，对自己的观感也降到了最低点。

他们这么一闹，许多用餐的客人都被惊动了。到这里吃饭的都是西昌城有头有脸的人物，叶慕蓝、季元嘉等人对他们来说再熟悉不过了，于是围观的人越来越多了。

此时蓝衣青年站了出来，一反之前的张狂，故作淡然地说："我是卢申江，很可惜错过了在宴会上认识你的机会。"

听到卢申江自报家门，季元嘉立刻想起他的身份。

卢申江看上去不大，其实已经年近三十，原力达到五级顶峰，之所以一直没有突破，据说和他修习的家传秘技有关。原力与战技必须同步晋阶才能磨合出最大的威力，因此他的战力绝非只有五级。

卢家虽然是士族，但是传承已超过七百年。据说祖上曾进入世家之列，尽管最近百余年衰落下来，可卢家的秘传战技却是有资格与世家同列的。

季元嘉有点儿忧虑地向千夜表明了对方的身份。

千夜笑了笑，说："知道了。"

帝国尚武，大人物在宴饮之余往往喜欢安排几场格斗助兴。而在铜雀台上，与浮空艇升降场相邻的一侧，便有现成的格斗场。

千夜下场前，季元嘉不放心地低声嘱咐道："要小心，这些人有备而来，是因为那个人。"

千夜眼中闪过微不可察的寒光，说："我知道应该怎么处理。"

此事幕后明显有顾立羽的影子。

片刻之后，千夜和卢申江步入格斗场，两人相对而立，周围站满了观众，其中不乏西昌城的大人物。

卢申江深深吸了一口气，双臂上浮起一层淡淡的金色光芒。他双臂一扬，竟似大鹏展翼！

围观的人群大惊失色，战将以下竟能呈现出原力外放的异象，说明他的战技已经能跻身九品之列。

只听卢申江喝道：“秘传——金翼鸟王拳！”

他的气势越提越高，双臂上的金色光芒也越来越亮，竟真的有了翅膀的轮廓。待气势拔到最高，他长啸一声，猛地向千夜扑去，双手成爪，如利钩一般狠狠扣向千夜的双肩！

然而他才扑到一半，却听千夜低吼一声，右足顿地，整个格斗场摇晃了一下！千夜的身影从原地消失了，只留下一个大坑。

他的瞳孔中映出一个拳头，正穿过双爪的空隙，在他眼前逐渐变大！迎面而来的汹涌原力的轰鸣声不绝于耳，他的心脏几乎停止跳动了，一时只有一个念头：“怎么这么快？”

他还是有几分真本事的，虽然被这石破天惊的一拳震慑住了，但是早已经过千锤百炼的身体本能地做出了回应。他双臂合拢，交叉护住头胸，硬生生接下了千夜这一击！

“砰”的一声，好像有极细微的骨裂声传来。千夜身体后仰，退了一步，而卢申江竟被一拳轰得后退了十米！

格斗场上已是一片惊呼。

卢申江只觉得眼前金星直冒，胸中气血翻涌。他庆幸自己本能地选择了防御，否则刚才那一击肯定会直接砸向自己的心脏。

惊怒之下，他这才体会到叶慕海当时的感受。那一拳落下之际，简直犹如整座山峰当头砸来，虽然他的战力至少比叶慕海高两成，但是也觉得根本无法抵挡。

千夜不打算给他喘息之机，只是略微平息了一下反震之力，便大步踏上前来。此刻他体内原力涌动，一轮轮潮汐拍岸而起，一浪更比一浪高，叠加到第九层时，他已奔到近战位，连忙一记鞭腿向还没有完全恢复过来的卢申江抽去。

这一腿还在半途，便泛起了淡黄色光芒，同时“噼噼啪啪”的原力爆裂声清晰入耳。这是兵伐诀，军中格斗术竟有如此威势？！

卢申江哪里敢接？他顾不上形象，就地一个翻滚，这才堪堪躲了过去。可是还没等他站稳，千夜便如影随形般追来，狠狠一腿向他横扫过来！

又是一声闷响传来，他双手高举过头，强行架住了千夜这一腿。可是他的身体却生生矮了一截，原来已被千夜一腿劈得跪在了地上。

千夜面无表情，左腿收回，右腿又起，挟着汹涌的原力，狠狠向卢申江踢去。这一下卢申江身上的金色光芒被彻底踢散了，整个人向后飞出，“噗”的一声喷出一口鲜血。

"腾腾腾"，千夜宛若巨兽奔行，大步向前，毫不留情地追袭卢申江。

整个格斗场一时鸦雀无声。

兵伐诀刚猛凌厉，重峰叠浪，越到后面威力越是悍不可挡。此刻千夜分明气势已成，宛若万骑齐发，直指中军，卢申江如果再挨上一记，必然凶多吉少。

前方突然闪过一道浅紫色身影，一掌向千夜斩下，此人正是叶慕蓝！

这一掌的角度刁钻无比，竟能在千夜高速奔行之际，准确地切向他肋下三寸。

围观之人只听到锐利的掌风破空之音，声势仿佛并不惊人。然而千夜首当其冲，耳中灌满了尖锐至极的啸声，似乎鼓膜都要被撕裂了。招式尚未及身，掌风先至，凛冽如利刃，刺得他肌肤生疼。

叶慕蓝的原力森寒如冰，深厚程度远在卢申江之上。如果千夜再不改变去势，下一刻便会被她的掌刃切中肋下要害。

千夜突然毫无预兆地急停了下来，腰腿扭动的同时向侧方倾斜，险而又险地避开掌刃的正面锋芒，随即反手一击，撞在叶慕蓝的小臂肘弯处。

两人狠狠对了一记，旋即分开，各退了两步。

这一下碰撞，双方都未竟全功。千夜的兵伐诀狂潮中途转向，叶慕蓝那记掌刃则攻势骤减，十成力道仅使了一半儿。

千夜面沉如水，盯着叶慕蓝，冷冷说道："生死决斗也要插手，你们还要不要脸？"

他的兵伐诀仍然一潮一潮催动着，把侵入体内的缕缕寒气搅得粉碎。

叶慕蓝傲立当场，复裙下摆为原力所激荡，尚未完全平复，旋飞如花瓣怒放。她淡淡说道："我这是为你好，伤害贵族的后果恐怕不是你能够承担的。"

千夜怒极反笑："既然上了生死决斗场，我就不伤人，只杀人！"

叶慕蓝面若寒霜："我的耐心有限，别挑战我的底线！"

千夜忽然平静下来，淡淡说道："我的耐心也有限，既然你下场了，就代替他决战吧！"

说完，不等叶慕蓝回答，便一个跨步来到她面前，简简单单一拳当胸轰去！

叶慕蓝脸色一变，这是军中格斗术的第一个基础动作——直拳。于千夜手中使出，看似平平无奇，没有附加任何特殊的效果，然而却够快、够狠、够直接！

叶慕蓝忽然发现，在这一拳面前，自己引以为傲的诸多战技全都失去了效用。除了硬挡，没有办法可以化解这一拳。

她当然不可能和千夜硬拼，千夜那狂暴的力量给她留下了深刻的印象。刚才她蓄意突袭，逼千夜临时变招，硬拼一记都没有占到丝毫便宜，现在千夜气势已成，再一次硬碰硬的结果不言而喻。

她足尖点地，倏然飘身急退。千夜嘴角泛起淡淡的冷笑，兵伐诀潮汐攀上新一轮高峰，大步追上，冲着她又是一掌竖斩。

这是军中格斗术的第二个基础动作——刀掌。这一掌势如开山，威力又强了一分。细看千夜的手势，会发现他食、中两指微微屈起一个难以察觉的弧度，如此一来，在击中对方的刹那可随时握掌成拳，爆发出无与伦比的威力。

叶慕蓝脸色越发难看了，足尖一挑，在空中旋出一道优美的弧线，侧身闪避开来，仍然不敢硬接。

千夜忽然长啸一声，动作又快了一分，攻势如潮水般向她涌去。

千夜从头到尾用的都是军中格斗术，在场的每一个人几乎都学过，因此也能清清楚楚地看到每一个攻击动作。可是叶慕蓝却如惊涛骇浪中的一叶小舟，毫无招架之力，只能随波逐流。在千夜的攻势下，她居然找不到一丝反击的空隙。

此时千夜的攻击越来越重，叶慕蓝面临的已不是落败的问题，而是稍有一个闪失便会挨上一记，身受重伤。

季元嘉一脸凝重，向格斗场内走了几步。他原本一直挡在通道处，生怕那群年轻人中途插手，此刻却准备出手救下叶慕蓝。他绝不能让宋阀七公子的未婚妻在千夜手里受了重伤，否则不要说殷琪琪了，哪怕是饮马殷氏出头，也不见得能保住千夜。

叶慕蓝败得比众人想象中还要快。她周围的空间已经被沉重无比的拳劲儿封死，终于避无可避，不得不和千夜硬拼一记。只见两道身影撞在一起，她闷哼一声，脸上血色全无，踉跄着连连后退。而千夜却丝毫没有收手的意思，大步向前，右手五指张开，一掌当头拍下！

这一掌竟然带出如雷的潮音，而此刻千夜体内的原力潮汐已经叠加到了第三十轮！

生死关头，叶慕蓝身上冰寒的蓝光一闪，整个人像是被一只无形的大手牵起，瞬间向后平移数米，堪堪让过千夜这一击。

千夜一掌去势落尽，重重拍在地上，整个前臂没入青石砌成的地面，周围十米之内的青石竟纷纷龟裂了。只见碎石飞溅，有几粒弹射到叶慕蓝脸上，擦出了细细的血痕。

兵王之击，其威如渊！

叶慕蓝趁着这瞬间的空隙，连忙退到格斗场边上，脸色一片惨白。

千夜知道良机已失，立即缓缓起身，说道："你的秘传战技果然不错，不过下一次，你就没有这种机会了。"

他引导原力潮汐缓缓回落，顺便清理了游动在血脉之中的阴寒之气。叶慕蓝所习战技果然不俗，每次与她对战，都不可避免地被寒气侵入。

叶慕蓝难以置信地看着千夜那一掌留下的可怕的痕迹，怒道："你居然想杀我？"

千夜平静地回道："说好的生死决斗，你以为呢？"

叶慕蓝心中一窒，厉喝道："你可知道，要是伤了我，宋阀绝不会放过你。"

千夜突然笑了起来，轻轻说道："你还不是宋家的人，等真的嫁进去了再说吧！"

叶慕蓝脸上的羞恼之色一闪而逝，随即回头招呼自己的同伴，吩咐道："他意图杀我，把他抓起来，回去审问清楚后再交由城主发落！"

几个贵族青年动作迟缓地走了出来，看过刚才那场惊心动魄的决斗，他们就算再想表现，也不敢单独冲上去对付千夜。

"够了！"季元嘉冷喝一声，拦住去路，沉声说道，"别以为抱住叶慕蓝的大腿，琪琪小姐就收拾不了你们！"

"她敢？！"叶慕蓝叫道。

季元嘉转头看着她，说道："叶小姐，就算你将来嫁入宋家，也未必是宋家主母。这种话，轮不到你来说。"

叶慕蓝终于失去矜持，怒视着季元嘉，眼中全是怨恨。她右掌微抬，带出一股森寒的冰雪之气。可季元嘉就这样看着她，眼中一片平静。

叶慕蓝终究没有出手，只是重重"哼"了一声，随即恢复了清冷高傲的模样。

季元嘉与突然冒出来的千夜不同，他虽然出身低微，却有着一张极为耀眼的履历。他毕业于著名的剑雨泉，曾拿过军中新秀大比第三名的成绩。

明眼人都知道，虽然季元嘉已经被饮马殷氏招揽，但是他的帝国主力军团中校肩衔，却是靠自己的军功扎扎实实地晋升上去的。如果毫无理由地杀了他，不等殷家出面，军部乃至他的同袍都不会善罢甘休。

这时千夜已经驱除干净体内的阴寒之气，慢慢走了过来。

他凝视了叶慕蓝片刻，突然露出一个纯净的笑容，如同一个邻家男孩。随后他冷冷扫视着周围的贵族男女，说："我只是一个贱民，被逼急了，必定会不死不休。尊贵的各位，你们能防得了我多久呢？一个月，一年，还是十年？”

所有人的脸色都十分难看，单看千夜刚才对卢申江和叶慕蓝赶尽杀绝的架势，就知道他说这话绝不仅仅是威胁他们。

等千夜和季元嘉转身离开之后，叶慕海才重重地啐了一口，骂道：“真是个贱民！”

他浑然不知，自己早已出了一身冷汗。

快要走出大门时，千夜身后忽然传来一声喊叫：“等一下！”

他回头一看，只见卢申江飞步赶了过来，于是停下脚步，问道：“还想再打一场？”

“当然！不过不是现在，我承认还不是你的对手。”卢申江落落大方地说。

千夜扬了扬眉毛，问：“那你想怎样？”

卢申江伸出一根手指，说：“半年后我们再打一场，怎么样？我不信收拾不了你这个平民！”

千夜笑了，说：“就是给你十年，你依然是我的手下败将。”

“别得意得太早！就这么定了，你敢不敢？”卢申江咬牙切齿地说，伸出手来准备击掌为誓。

千夜看着他的眼睛，再次露出纯净的笑容，然后像他一样伸出手去。

眼看两只手就要握在一起，千夜手掌突然一翻，五指如钩，紧紧扣住卢申江的手腕！

一道荧光闪过，卢申江指缝间赫然夹着一枚几近透明的水晶针。

旁边的季元嘉脸色大变，他的军功全部来自战场，怎会不认得水晶针的材质，这分明是血族制品！如果说上面没有致命的东西，鬼都不会相信。

“这是什么？”千夜依然微笑着，可是眼底已经泛起再明显不过的杀意。

卢申江通体生寒，突然放声高叫道：“救命啊，贱民要杀贵族了……”

话音未落，千夜手上加力，直接粉碎了他的防御，把他的腕骨捏断了。

众人的目光都望向这边，叶慕蓝等人也匆忙向大门口赶来。

季元嘉深吸了一口气，右臂下垂，只听“铮”的一声轻响传来，他掌中多了一把半尺长的小剑，上面竟泛着森然的寒光。他扫视着人群，厉喝道：“帝国 17 军团办事，不要自找麻烦！”

17 军团是帝国主力军团，一旦季元嘉真的豁了出去，除非双方都凭武力硬来，当场见个生死，否则他们还真不敢拿他怎么样。就算事后他被军法处置了，但 17 军团为

了维护主力军团的面子，同样会把一同肇事的士族全部干掉。

千夜凑到卢申江耳边，轻声问道："是顾立羽，还是罗斯侯爵？"

卢申江此时仍然嘴硬，冷哼道："知道得越少才能活得长久。"

"是吗？"

千夜手上略松，足背轻轻一勾，将卢申江放倒在地，然后一脚踏在他的膝盖上。他脚下发力，只听"咔嚓"一声，卢申江的膝盖已被踩碎了。

眼看千夜的脚又要落在自己另一条腿上，卢申江终于恐惧地惊叫起来："不要，我说，我全说！"

"是谁？"千夜直接问道。

"侯爵阁下和顾立羽都想让你死！现在可以放过我了吧？"在令人窒息的剧痛和慌乱之下，卢申江的声音很大，很多人都听见了。

千夜缓缓收回右脚，说："这一次就放过你，但是下次可没有这种好运了！"

"明白，明白！"卢申江头点得像小鸡啄米一般。

"走吧！"千夜向季元嘉招呼一声，随即转身离开。但他刚走出两步，忽然回头，将双生花中那把左轮的枪口指向卢申江的额头！

这一刻，周围一片死寂，时间仿佛已经凝固了。

双生花枪身上古老优雅的纹路次第点亮，勾勒出一朵美丽妖艳的重瓣花，内层洁白如霜，外层猩红似血。枪口透出蒙蒙的原力光芒，接着一颗原力弹缓缓飞向卢申江的额头，而他惊骇欲绝的表情就此定格了。

一朵红白交杂之花就这样在众人眼前绽放。

"这次真的该走了。"千夜收起枪，若无其事地跟季元嘉打了个招呼。

季元嘉难以置信地说："你……真的把他杀了？"

千夜淡淡地说："这种事情，我可从不开玩笑。"

季元嘉深吸了一口气，点了点头，跟着千夜往外走去。他有意无意地落后千夜半个肩膀的距离，右手中的半尺小剑轻吟一声，透出蒙蒙的青色。

即将跨出门槛时，他突然回头，极为平静地对上了叶慕蓝的目光。后者高高在上地站在台阶上，一如既往地摆出清冷高傲的姿态，美丽无瑕的小脸上仿佛戴了一张呆滞的面具。其他人则呆若木鸡，直到二人乘坐的越野车彻底消失在视野中，才有人高声尖叫起来。

叶慕蓝寒声说道："一介贱民居然敢公然击杀士族，我一定要讨回公道！"

一众士族青年纷纷应和着，不过大多脸色惨淡。季元嘉临走时表现得格外强硬，摆出了不惜一战的架势，其实已经预示了此事的结果。

这类冲突每天在西昌城的各个角落上演，最强势和最有效的做法就是当场击杀对方。想通过官方程序讨回"公道"谈何容易，这种事情就是耗上数年，也不一定会有结果。说到底，在大人物们眼中，士族、寒门和平民其实并没有多大的区别。

回去的路上，季元嘉忽然对千夜说："对不起。"

"不要这么说。"

季元嘉叹息道："唉，我实在没有勇气。"

若非一开始他对叶慕蓝心存顾忌，一味退让，千夜也不会被逼上决斗场。对方有备而来，无论是等级还是功法，甚至连装备都做了周全的打算。如果不是千夜的战力超乎所有人的想象，重伤甚至死在决斗场上的恐怕就是千夜了。

千夜拍了拍他的肩，微笑道："我有勇气是因为我一无所有，你不一样，你还有家人。"

季元嘉恨恨地骂道："这些该死的士族！"

千夜淡淡一笑，说："他们就是这种德行，不必将此事放在心上。"

季元嘉突然问道："那个侯爵是怎么回事儿？"

"我杀了罗斯侯爵的一个后裔，抢了两把据说是他昔日成名时的配枪。这件事肯定瞒不住，只是没想到他这么快就找来了，并且还是通过这些士族来追杀我。"

季元嘉顿时倒吸了一口冷气："罗斯侯爵！见鬼了，那是个活了快一千年的老怪物！不过他的主要势力在暗血城一带，离这里有些远。现在你打算怎么办，想办法把那两把枪卖了？"

千夜悠然答道："不，我准备留着自己用。刚才试了一下，手感不错，虽然年头久了一些，但还是很好用的。"

季元嘉骇然道："你疯了，这是对血族侯爵的公然挑衅！"

"我从来没有一刻像现在这样清醒。"千夜回答。

季元嘉无语了，如果在其他战场上，千夜这样做倒也没什么。血族侯爵再强大，也不敢只身冲到人类阵营中击杀千夜。况且这种事在罗斯侯爵那里，也不过是件小事儿。

然而这里是永夜大陆，是人族与黑暗种族相互渗透、纠缠不清的地方。远征军和黑

暗种族之间的交易究竟有多少，水有多深，谁都说不清楚。只要罗斯侯爵给出足够多的悬赏，有的是人想把千夜的脑袋割下来，比如卢申江。

“你有何打算？”

“我准备去前线，和131连熟悉、磨合一下，然后开始与黑暗种族作战。琪琪小姐的考核应该要捞点儿分数了吧？”

季元嘉皱眉道：“这里的战事可是比磐石岭还要频繁，而且黑暗种族的战力更强大。”

“正面面对强大的敌人，总比时刻提防来自背后的刀子要好。”

“你的想法还是太……天真了。并不是说你人在前线，就不会被陷害。”季元嘉苦笑了一下，顿了顿，又直言道，“你的等级还不够高，去连队级的战线会面对很多强大的黑暗种族，他们可不会和你公平决斗。琪琪小姐本来是想让你升到五级之后再去前线的。”

千夜突然笑了，说：“其实杀人和决斗不一样，打架赢不了对方，不代表杀不了对方。”

季元嘉想了想，吐出一口气，说：“好吧，你凡事小心，行动之前多侦察，预留好退路。另外，在采取大型行动前最好和我联系，说不定我可以给你弄些支援过去。”

“琪琪小姐这次不是只带了一个营的正规军过来吗？现在已经把一个加强连给我了，你拿什么来支援我？”

“17军团的一个营只是殷家为考核统一配置的常规武力，琪琪小姐的私军招募工作是由我负责的，现在差不多有一千人的规模了，训练也一直没有停过。他们底子不错，再做些配合训练就能直接上战场了。”

千夜点头道：“好的，真有需要，我肯定会找你的。”

回到殷家别院后，千夜开始收拾行李和装备。131加强连的驻地在数百公里之外的一个小镇里，那一带是真正对抗黑暗种族的前线。

他正在房间里忙碌，殷琪琪竟直接走了进来。她看了看整理了一半的装备，说：“这么快就要出战了？”

“早点儿过去，可以尽快熟悉环境。”

殷琪琪拿起那对血族短枪把玩着，说：“今天的事情我听说了，你干得不错，很合我的心意！唯一不满意的地方，就是没有杀掉叶慕蓝。”

她平举双枪，对着墙壁上一幅战争油画里的血族做出瞄准的姿势，然后继续说道："这个女人比宋子宁那个阴险狡诈的家伙还要讨厌！"

千夜被噎了一下，突然回想起黄泉训练营的宋子宁，可是和"阴险狡诈"这四个字完全扯不上关系。随即他意识到自己走神了，立刻说："杀了她不是会给你惹麻烦吗？"

殷琪琪满不在乎地说："一点点小麻烦而已，有什么大不了的。你杀了她，宋阀自然会给宋子宁换一个未婚妻。只不过为了面子，他们必须得追究此事而已。"

千夜老老实实地说："叶慕蓝的秘技很厉害，虽然我赢了，但不一定能杀了她。"

殷琪琪斜睨了他一眼，显然被他过于老实的回答气乐了，说："这两把枪不错，送给我吧！"

千夜摇头道："不，我准备自己用。"

"啧啧，你这样可是在公然挑衅那位侯爵大人啊！他虽然不屑于亲自出手对付你，但是那些后裔们肯定非杀了你不可！"

"那就让他们来吧！"

殷琪琪把双枪放下，说："你比我想象之中还要疯狂。你可别死了，不然我到哪儿去找这么漂亮的小情人呢！"

第二天，殷琪琪直接派出自己的私人飞艇把千夜送往目的地，季元嘉则随行。

在飞艇上，千夜终于问了一个这两天他一直想不明白的问题："为什么像殷家和宋家这样的门阀世家，居然会和士族联姻？"

季元嘉顿时失笑，为他细讲了一番。

原来门阀世家为了吸纳人才，保持家族血脉的活力，会在每一代年轻子弟中指定一批人与士族联姻。无论男女，联姻的结果都是士族融入门阀世家。如此说来，顾立羽和叶慕蓝今后将分别是殷家和宋家的人。

只有最出色的士族年轻人才能获得这样的机会，他们即便进了世家的大门，也会对原来的家族有所照拂，这恰恰是士族崛起的契机。而对于世家而言，则可以源源不断地把士族中最出色的年轻人吸纳到自己的家族里，从整体上维持自身的地位，同时也潜在地压制住士族的发展。

一般六岁到八岁，是世家子弟开始修炼原力的年龄段。此时门阀世家通过一系列潜力测试，以及家世背景、血亲关系的筛选等去确定联姻的对象。被选中的，自然是处于

嫡系边缘的人。只不过殷琪琪和宋子宁是少有的特例，成年后个人实力居然越来越出色，在家族中的地位也日益提高了。因此顾立羽和叶慕蓝才会如此看重婚约，无论付出何等代价都要确保对方履行婚约。

千夜有些纳闷，按理来说各大世家的潜力测试已经相当成熟了，为什么会出现这么大的偏差呢？从幼童到成年，期间应该有不少机会可以纠正错误。不过一看到季元嘉的表情，他就明白了。宋家和殷家内部，很多人恐怕出于各种目的，都想看到两人坐实婚约。殷琪琪虽然对家族的安排极为不满，但是又无法让殷家退婚，唯有逼着顾立羽主动放弃，只是她的手段实在令人无语。

千夜总算明白了事情的来龙去脉，当他接下这个任务时，就注定会得罪顾立羽。不过他努力把工作做到最好的风格，使得如今的效果大大出乎了很多人的预料，包括始作俑者殷琪琪和其幕僚们。

第十五章　重回战地

千夜等人乘坐的飞艇徐徐在仲英镇降落了，这是一个有数千人定居的小镇，居民主要依靠附近的一座黑石矿为生。

仲英镇规模不大，但在这段边境防线上是一个重要支点，因此防御设施十分完善，千人规模的远征军在此长驻。131 加强连和隶属于另外几个军团番号的机动连队以此为大本营，日常总在进行集训，随时都可以出战。

季元嘉陪千夜到了军营，办完交接手续后，便乘坐飞艇离开了。

像 131 这种机动连队都有自己的独立军营，此刻全连战士正集中在校场上，由原先的连长包正诚上尉陪着千夜巡视队伍。

在 17 军团中，加强连相当于军团内部的特殊部队，战力和装备都凌驾于普通部队之上，因此连里的战士们往往十分桀骜不驯。

现在千夜看到的就是这样一支队伍，一百五十多号人站得歪歪扭扭，没一个挺直腰背的。好几个能力出众的士官瞄着他的目光很不友善，竟然明目张胆地从头到脚打量着他。

若非季元嘉陪同他过来，临走时还直截了当地打过招呼，或许他们早就出言挑衅了。季元嘉在 17 军团从士官起步，一步步累积军功，在这些大兵们心目中，他的面子还是很大的。

此刻站在一旁的包正诚一脸憨笑，对一切视若无睹。他膀大腰圆，比千夜整整高出一个头，乍一眼看去像一头人立的烈鬃熊。一般三级战兵就足以胜任普通加强连连长了，但是拥有四级实力的他曾经犯过事儿，因此被贬来当连长。

面对这个似曾相识的下马威，千夜突然有一种怀念的感觉，只不过那时他还是一名菜鸟，最多只是旁观黑蝎老兵们闹腾。

他笑了，一双黑曜石般的眼睛闪闪发光，直说道：“包上尉，你带的这些兵挺有意思啊！”

包正诚咧开大嘴，搓着双手，憨笑着说：“一帮浑小子，除了打仗，其他什么都不会！”

“光会打仗可不行吧，我记得帝国军规的第一条是服从军令。”

“连长的命令他们一定会服从的。”包正诚立刻拍着胸脯保证。

千夜手一挥，说：“那就好，解散吧。”

然而所有人一动不动，有些战士甚至惊讶到恢复了正常的军姿。当他们听到“帝国军规”这几个字之时，已经开始摩拳擦掌，准备在这位新任长官面前好好表现一下自己对军规的理解，没想到竟这么虎头蛇尾地结束了。

千夜扫了一眼包正诚如熊一般健壮的身体，忽然问道：“整队前你们是在做力量训练吧？”

“是的。”

“我们两人为兄弟们做个示范如何？”

包正诚一怔，随即展颜回应道：“好啊，难得长官肯指教我们。”

力量的基础训练就是角力，长官们自然不可能像普通士兵一般搂腰抱脖子去摔跤，传统的方式便是掰手腕儿。

趁着战士们去搬青石台子过来的空当，包正诚的勤务兵偷偷凑过去说：“头儿，您真要和他比吗……这次都没人开盘了。”

包正诚一看，战士们正三五成堆儿地站在那里交头接耳，竟没有出现以往角力时那般大呼小叫地下注的盛况。

“新长官看着呢，都老实点儿！”包正诚先是斥责了一声，然后看着站在几步开外，好奇地打量着场地上的集训器材的千夜，不由得黑了脸。

千夜身上的军服不是标准尺寸，而是殷琪琪帮他定做的，特别显身材。他身材本就十分修长，腰身处再这么一收，更是显出几分纤细来。看着他这种小身板，包正诚心里有几分郁闷，只得暗中庆幸对方不是要和他摔跤，否则一旦失手，大家面子上就不太好看了。

台子很快便架好了，千夜和包正诚一人一边摆好架势，当两人的手握在一起时，围观的战士们已经忍不住笑了起来，有几个士官还冲着包正诚挤眉弄眼的。

与包正诚那条熊臂相比，千夜的手臂几乎可以用“纤细”来形容。这样明显的对比，让战士们不由得担心千夜那条小胳膊会不会断掉，甚至有些怀疑他们是不是太欺负人了。

一枚铜币被掷上天空，当它落地发出“铮”的一声清响时，千夜和包正诚都开始发力。

“嘿！嘿！嘿！”包正诚连吼三声，连续发力三次。

然而出乎意料的是，千夜的手臂如同钢铁铸成的一般，竟然纹丝不动。包正诚一张脸已经涨得通红，他深吸了一口气，如野兽般狂吼一声，块块肌肉偾张，根根青筋暴起，手臂粗了一圈儿，已然出了全力！

这股大力就是按在实心的精钢柱子上，也能将其直接扳弯了，可是千夜的手臂依然纹丝不动！

包正诚心中大叫不妙，就在这时，手上突然传来无可阻挡的大力，直接击溃了他的防御，将他的手狠狠按在青石台上！

只听“轰”的一声，一米厚的青石块竟然“哗啦啦”碎成了一堆石子。包正诚的身体骤然失去支撑，身不由己地翻了过去，摔了个四脚朝天。

千夜微笑着将他拉了起来，说：“实在不好意思。”

包正诚用讶异的眼光上下打量了千夜一会儿，方才赞道：“好厉害！”

两人都是四级战兵，在力量比拼上千夜却能完胜。这至少证明了一点，千夜绝不是殷家扔过来蹭军功的小白脸，他的个人武力绝对担得起肩膀上的徽章。

帝国军队中，尤其是在前线战场上，向来是强者为尊！

包正诚冲着呆若木鸡的战士们大吼一声：“全体都有，列队，立正！重新见过长官！”

看着笔挺地站立着的战士们，千夜知道自己算是被这些桀骜不驯的家伙们接受了。至于指挥官的地位，是要靠过硬的战绩去赢得的。

两天后，千夜拉上全连，在边界进行机动野战。

不到两个星期的时间，这支队伍先后遭遇了三支黑暗种族巡逻队，但都全歼了对手。每次战斗，巡逻队中战力最强的战士都是千夜亲自出手狙杀的。

这时战士们才发现，他们新来的长官是一名超远程狙击手。于是几个刺头儿士官的

态度顿时好了许多，不管他们原来对这位空降的上司有何想法，狙击手在任何军团中可都是地位超然的存在。

随后在行军的途中，千夜让连续经过三次战斗的部队进行休整，而他犹有余力地亲自外出侦察，竟然发现了一支前来调查失踪巡逻队的队伍。

之前的遭遇战负责现场指挥工作的一直是包正诚和他的副手，千夜只是配合他们。这一回他第一次进行了完整的战术指挥，于血族调查队必经之路上设下埋伏，开场便狙杀了一名血骑士，接着在僚属的配合下击杀了另一名血骑士，最后将这支实力超出普通巡逻队三倍的调查队全歼了。

他见好就收，让连队先行返回驻地，自己则孤身潜伏下来，寻找机会。一天一夜之后，他果然等来了黑暗种族的后援。

这是一支实力异常强大的队伍，由五十名战士组成，实力最差的都是二级战士！率领这支队伍的是一名八级血爵士，且身边竟有六名血骑士辅佐他。

这支全部由正规战士组成的队伍实力远超131连，假如千夜没有让他们提前撤退，很有可能会被衔尾追杀。普通战士的速度和耐力，完全无法与二级战兵相比。

这支队伍全部由血族组成，人人披着黑底红边的披风，无声无息地疾行着。他们的动作幅度看上去并不大，可是速度却堪比普通人的全速奔跑。

经过一棵枯死的大树时，为首的血爵士忽然停下，然后抬手示意，整个队伍便即刻停了下来。

血爵士掀开罩帽，露出满头银发和威严苍老的脸。他走到大树下，用力嗅了嗅，忽然抬起头，望向头顶一根树枝。那里沾染着一小块儿血迹，虽然已经完全干涸了，却依然鲜艳无比，显得十分诡异。

那是一名上位血族的精血！

血爵士的面颊不断抽动，眼中燃烧着炽热的怒火。他转头冲着身后的血族战士们吼道："我们加速追上去，干掉那些胆大妄为的人类！"

吼声还在回荡着，他忽然出现一阵强烈的心悸，出于对危险的直觉，他本能地向前一扑。

呼啸而来的原力弹打在他的大腿上，猛烈的冲击力让他在空中翻滚了好几下，这才摔在地上。

不等他吩咐，三名血骑士便奔了过来，团团将他护卫在当中，而另外三名血骑士则全速向迅速逃离的一个身影追去。该死的人类狙击手，黑暗种族在战场上最讨厌看到的兵种！

血爵士挣扎着想要站起来，面目狰狞地大吼道：“去追，要活的！”

突然他感觉一阵眩晕，差点儿昏厥过去。他大吃一惊，连忙低头向伤口望去，骇然发现伤口正以快得可怕的速度腐烂着，并且还有一股诡异的力量不断往身体里面渗透。

他这一惊非同小可，拼命运转鲜血之力，压制住正在身体里左冲右突，并且努力想往更深处突破的诡异力量。然而眨眼之间，大腿上的伤已经深可见骨了。

“送我回血池，快！”血爵士惊怒交加，连声吩咐道。

远方，正在全力奔逃的千夜心中全是遗憾。

上位血族的感知太敏锐了，在他扣下扳机的时候便有了反应，并做出了闪避。他已经冒险接近到五百米的距离，可是依然没能杀掉这名血爵士。

他毫不停留地奔跑着，紧追而来的三名血骑士速度不一，相互之间渐渐拉开了距离。最快的一名血骑士已经追到他身后数十米处，有几根棱刺呼啸着从他头顶和身侧飞过。

他一直侧耳倾听，通过风声传来的每一点细小的响动来判断身后的情况。终于，他等到了想要的时机。

前方大地上横亘着一条数米宽的沟壑，他加速助跑，高高跃起，突然于空中转身，然后以半跪的姿势稳稳落地。他的双手中，各自握了一把复古式样的短枪。

“砰砰”，两颗原力弹分别从枪管中射出，打在追得最近的那名血骑士身上！

血骑士没有料到对方会在跨越路障的时候突袭，猝不及防之下已然中弹。他惨叫着向后飞出，胸前的护甲被一举击碎，一缕缕肉眼看不见的血气冲入他体内，肆意破坏起来。

此时双生花枪身上的纹路全部点亮了，原力光芒勾勒出两朵妖异的双色花，在风中微微摇曳着，直到合拢成一对并蒂之花，这才徐徐消散。

落在后面的两名血骑士同时发出惊呼：“那是罗斯侯爵的枪，原来落在他手上了！”

他们随即发现倒地不起的受伤的同伴，上前一看，发现他竟然已进入濒死状态，创口比想象的还要严重。伤处正散发着阵阵腐臭，血肉大片地发黑、坏死，而他的鲜血之力也开始溃散了。

两名血骑士吓了一跳，他们还是第一次看到人类拥有比秘银更可怕的血毒，而罗斯侯爵的双生花威力果然如传说中一样恐怖。他们不敢再去追击千夜，只能眼看着他越跑

越远，逐渐消失在地平线上。

千夜扎了一针兴奋剂后一路狂奔，他有点儿懊恼，方才或许不该使用双生花。

殷琪琪对这两把枪十分感兴趣，见他不肯转让，还特意拉着他和季元嘉去试靶。人类使用血族武器本来就会有损耗，两个七级高手全力催动，双生花也不过打出了相当于四级原力枪的成绩，于是他们就把这对枪当成有点儿历史价值的古董货去对待，尽管它在血族武器中属于罕见的精品。

一般来说，人类用普通的四级血族武器能够打出三级的成绩已经很不错了。谁知道这对枪被千夜全力催动后，竟然会打出如此出众的成绩！这一下，他和131连恐怕要出名了。

当131加强连的战报传到后方时，殷琪琪的继承人考核记录表上有了第一笔成绩。

殷琪琪坐在会议室内，仔仔细细地看完手上的文件，然后将它甩到桌子上，冲着一屋子的中校和少校问道："你们信吗？"

校官们有的皱着眉，有的面无表情，没有人发表看法。

文件上记载的是131加强连半个多月以来的战绩：重创一位血爵士，击杀六名血骑士和同等级别的其他黑暗种族战士，以及近百名六级以下的正规黑暗战士。这样的战绩不要说一个加强连，就是一个正规团都会有些吃力。

季元嘉看了看同僚们的反应，首先发言了："131连的原连长包正诚上尉在战报上已经确认签名了，他性格耿直，以往在这方面从无不良的记录。他确认过的战绩，其真实性应该没有问题。"

"那么一个普通的加强连是怎么取得这种战绩的？要是每个连都这样，我拉一个军团过来，岂不是可以把永夜大陆给平了？"殷琪琪又问。

在场的校官包括季元嘉在内，都有些想不通。

这时一名少校说："我们凭空猜测不会有结果，不如让131连提交一份详细的战绩报告。"

殷琪琪点头道："好，就这么定了！"

突然会议室的门被推开了，一名作战参谋快步走了进来，把一份情报放在殷琪琪面前，低声耳语了几句。

殷琪琪将情报打开，快速浏览了一遍，接着把文件递给季元嘉，说："最近黑暗种族活动很频繁，有大规模的部队调动迹象，你们出入都要小心！另外通知前线部队，尽量收缩战线，以防守为主，先弄清楚对方的意图再说，同时我也会要求远征军尽可能地配合调查。”

季元嘉反复把情报看了几遍，说：“131连周围的黑暗种族调动得最多。我认为需要提醒千上尉，最近的行动要谨慎一些，不要轻举妄动，以免落入黑暗种族的圈套。”

殷琪琪随意地挥了挥手，说：“好，就这么办吧。”

接下来，校官们开始进行桌面战术推演，琪琪小姐麾下的直属部队连同辅助和结盟的队伍，近期终于开始备战了。他们之前已经完成战区地形收集，现在正根据一周的军事情报和最新拿到的黑暗种族兵力部署变动图，讨论、分析黑暗种族下一步的动向。

不过殷琪琪终究是这个战区的外来者，防线长度有限，能够直接掌握的部队也不多，是以情报来源主要是靠军部，私下渠道几乎没有，因此也少了很多对比分析的参照物。在西昌城，远征军无可争议的，仍是战斗的主力。

季元嘉没有参与讨论，他一边研究那份最新的黑暗种族军力分布图，一边皱眉说道：“小姐，131连可能会遇到强劲的敌人。”

殷琪琪懒洋洋地说：“这种等级的战区，也强不到哪儿去吧？这样，拨一批特种部队级别的装备给他们。再强的敌人，我也能用钱砸死他们！”

季元嘉尴尬地笑了笑，小心翼翼地说：“小姐，131连战力有限，要不把另外两个连的位置提前，由我或者老萧驻守。这样一旦出了问题，就能及时支援他们。”

殷琪琪打了个哈欠，挥手道：“没必要，让我的小情人折腾去吧！不经历战火的淬炼，哪儿会有男人味儿！反正现在还有时间，看看他还能制造出什么惊喜。”

她抬头看了看还在进行桌面推演的校官们，摆摆手说道：“都散了吧，不管黑暗种族要干什么，无非是一场大战而已。你们先搞齐武备，这个乡下地方，效率差得要命。”

校官们都站起来向她行礼，然后陆续出门了。季元嘉整理完桌上的情报资料，一抬头，发现殷琪琪还坐在原地。他微微一怔，叫道：“小姐！”

“天玄春狩之后，你就能突破第八个节点了吧？”殷琪琪不笑的时候，看上去特别端庄、从容，与她平时的模样迥然不同。

季元嘉答道：“是。”

“你知道，我一直对你抱有很高的期望。只要有适合的功法和足够的药剂，你在三年之内就有可能升为战将。”

季元嘉垂下眼帘，静静听着。

“而那两样东西，殷家已经许诺给你了。”殷琪琪站起来，向门口走去。

过了很久，季元嘉才抬起头，注视着半掩的会议室大门。殷家？是的，仅仅是殷家。

此时在机要室中，会议纪要和相关资料都已经被送过来，准备保存起来了。

年轻的女少尉收下档案后，小心地把门反锁上，然后迅速从中抽出一张规格不同的信纸，用早就准备好的纸和笔把会议纪要迅速抄录了下来。

没过多久，这份资料便被放到一个年轻男人面前。

他长着一张英俊阳刚的面孔，高大的身材有着接近完美的比例，黑发略显凌乱，却为他增添了几分魅力。

他一目数行地看完纪要，目光落在“小情人”这个词上，双眼深处升起的火焰几乎要把薄薄的纸张焚毁。

他手背上的青筋凸起，猛然把这张纸揉成一团儿，恨不得立刻把它丢出去。但是他强行控制住自己，将信纸一点点展开，小心翼翼地抚摸着上面的每一道折痕，温柔细致的样子就像是在抚摸情人的脸。

他从抽屉里取出一个不起眼儿的文件夹，将信纸放了进去。这个文件夹里还有很多张类似的纸，有会议纪要，有手写的情报，还有剪辑的报纸，而上面的内容都和殷琪琪以及她的绯闻有关。那张揉皱了的信纸被放在最上面，他用笔在右上角写下数字“11”，然后把文件夹收了起来。

他走到窗前，静静地看着外面，若有所思。

这是一间很小的少尉级别的军官宿舍，只有十几平方米，里面除了床、柜子和桌椅，便放不下别的了。他身上没有佩戴军衔，不过仅凭他身上隐隐波动着的七处原力节点，也可以判断出他不可能仅仅是个少尉。

宿舍的窗户正对着一个操场，一队队远征军士兵正在进行格斗训练。不远处则是高墙和军营大门，两座哨塔上，士兵们正警惕地观察着无尽的荒野。

这里是一座兵站，驻守着远征军的一个整编团，距离西昌城一百多公里。这里既是守卫西昌城的支点，也是支撑前线、运转物资的中转站。所有送往前线的物资、情报、人员等，都会先抵达这里，然后再分散到四面八方去。

突然，由黑铁铸成的大门缓缓向两边滑开了。只见一排重载卡车在几辆装甲战车的护卫下缓缓驶入，其中两辆卡车上有殷家的徽记。

他看着那两辆重载卡车，眼中掠过一丝疑惑。

没过多久，门外响起了敲门声，一个年轻美丽的短发女中尉抱着一叠文件走了进来。

“顾中校，这是最新一期的黑暗种族活动情报汇总，还有我方各部队驻防分布情况，以及准备发往131连的情报。”

男人看了她一眼，威严中带着一丝温和，他轻声说：“在这里不要叫我中校，也不要称呼我的名字。”

“是！中……不，长官。”女中尉立刻改口。

男人打开情报，那是一张区域辽阔的地图，上面标注了黑暗种族族群、武装力量最新的分布以及调动情况。这种战区级别的情报，只有远征军才有能力定期收集汇总。然而在他眼中，这张分布图却存在许多瑕疵，比如许多数据模糊不清，没有分级量化，又比如有些数据的标注获取日期已经很久没有更新了。不过有总比没有要好，至少可以让在这片区域战斗的部队有了从高空俯瞰战场的视角，而不再是只看到眼前那一小块地方。

他仅仅扫了一眼，便说：“最近黑暗种族活跃了很多，是什么原因？”

女中尉回道：“据上面的情报透露，好像是这一带出现了有关黑君王宝藏的线索，所以吸引了很多黑暗种族的高手。”

“黑君王宝藏？”男人有些失笑，摇了摇头，说，“这个传说已经出现一百多年了，最关键的线索都发现了十几条，可是至今无人能够找到所谓的宝藏。这些黑血的家伙居然还不死心！”

女中尉说：“一位黑暗大君遗留下来的财富，没有人会不动心。哪怕线索是假的，也会吸引很多人过来。据说上一次永夜议员突然出现在暗血城，也是因为这个原因。”

男人打开131连的文件袋，先拿出一份军备清单。看到明显超配的武具，他轻轻挑了挑眉，随手将清单扔到了一边。接着又拆开准备送往131连的分级情报，说：“也对，黑暗种族又不懂建设，大部分心思都放在争斗和变强上……”

他突然不说话了，女中尉悄悄抬起头，看到他面颊的肌肉不断跳动着，脸上布满青气，眼睛死盯着手里的情报。她吓了一跳，悄悄往那张纸上瞟了一眼，立刻被地图涵盖的范围，以及上面密密麻麻的标注和信息给惊到了。

就算看不清楚文字，凭经验她也知道那是师级以上的战斗单位才能得到的情报，绝不应该出现在一个小小的独立加强连的文件袋里。按照帝国军中律法，这是非常严重的

泄密事故，直接负责此事的军官会被处决，所有相关人员都会受到牵连，最轻也是开除军籍的处分。

女中尉神色黯然，轻轻叹了口气。

这里是帝国遗弃之地，远征军给人的第一印象就是军纪混乱。唯有在这里，严明的律法才有可能出现五花八门的解释，只要没惊动上面的监察大员，任何事情都是可大可小的。

毫无疑问，这份情报之所以会出现在131连的文件袋里，肯定是得到了琪琪小姐的授意。而她这种顶着协防名义而来的世家子弟，是远征军的将军们也不愿意得罪的人物。说到底，她在永夜大陆只待一年，不过是将这个战区当成练武场而已，其麾下部队取得的战绩最终会汇总进远征军的战报里。既然对将军们的利益没有丝毫损害，那么又何必惹得她不快呢？难道拿着这份情报去举报她吗？女中尉立刻想到了自己的下场。

男人开始深呼吸，努力平息怒火。他非常了解殷琪琪，从婚约确定的那天起，他便开始收集关于殷琪琪的所有资料。

十年的光阴，她从女孩成长为女人，从一个不起眼儿的嫡系次女到现在有资格参加殷家继承人大考。虽然这些年，他只在殷家的正式场合见过她几次，但他绝对比她本人还要了解她自己。

她是那种非常怕麻烦的人，从不关注细节，最喜欢简单直接的处理方式。在她看来，能用钱搞定的就不叫事儿，小事儿自然有下面的人去做。

本来送装备只是一件小事儿，但是附带着这么重要的情报就不一样了。由此他看出了殷琪琪对131连的关心，而这当然是对131连新任长官千夜的关心！过去她可从没如此关注过哪个情人。

女中尉脸色变幻不定，忽然从后面抱住男人，柔声说道：“立羽，别这样，冷静一点儿！这种事情以前不是也有吗？”

这个男人正是殷琪琪名义上的未婚夫顾立羽，他居然没有待在军部，而是悄悄来到永夜大陆，并且在这个兵站潜伏了下来。

远征军如同一锅大杂烩，门阀世家、文武官员都想来插一脚。因此经常会出现多出几个番号，或是消失几个番号的情况，就连远征军总司令也说不清楚自己麾下究竟有多少部队。

不过这也不是什么大事儿，远征军在帝国军序列中只是一个军团而已。总司令相当于团长，他只需要保证将军们的人数不出错，顺便再顾及一下几个身份特殊的校官就可以了。

如此混乱的局面，以顾立羽过往的人脉和目前在军部中的位置，在区区一个兵站做点儿手脚，实在是再容易不过了。

顾立羽终于冷静下来，咬牙说道："这次不一样！"

女中尉犹豫了一下，没敢说话。

"季元嘉的反应和以往也不一样。"一提起季元嘉，顾立羽更不高兴了，顿了顿又道，"他再忠心耿耿，也只是一条狗。"

女中尉根本不敢出声。

顾立羽坐到书桌前，摊开131连的那份分级情报。随后他取出一张空白的军用地图，开始在上面标注黑暗种族的据点以及各类部队的运动箭头。他显然对这类工作驾轻就熟，只见他运笔如飞，不到半个小时的工夫，空白的军用地图上便密密麻麻地标满了数据，变成一张师级的情报分布图。

他想了想，又在左上角战略指导的位置加了"常规战备"四个字，而原来那份情报上则写的是"收缩防线"。他仔细核对了一遍，然后将新的分级情报放进131连的情报袋里。

他把修改过的文件袋交给女中尉，说："把这个给131连送去。哼，希望那个小子没有蠢到家，不会连这种情报都看不懂。"

女中尉脸上掠过复杂的神色，轻声说："就算那个姓千的小子不懂军事，131连前连长包正诚和原班士官都在，他们肯定能看懂，一定会按你的情报行动的。"

"那就好，这次他们死定了！哼，区区一个四级战兵！"顾立羽的脸色总算好看了一些。

女中尉终于忍不住，说："你也别太生气了，我有点儿担心。"

顾立羽把她拥进怀里，叹了口气，轻声说："小薇，等我成功得到殷琪琪，一定会妥善地安置好你的，相信我！"

"嗯。"叶慕薇柔顺地答应着，心底却发出一声深深的叹息。她抬起手，无比眷恋地描摹着顾立羽英俊的眉眼，为那严肃的线条有了一点点放松而怦然心动。

第十六章 生死险境

回到驻地后，千夜给全连放了三天假。而他自己则待在军营里，不是修炼兵伐诀，就是保养枪械和装备，同时也反思了这段时间的战斗。

临阵换指挥者是兵家大忌，因此在这次机动野战中，无论是制定战术还是现场指挥，他用的都是包正诚的原班人马。而他只安排了自己的战斗位置，这是一个优秀的远程狙击手应该享有的权利。

131连确实是一支战斗经验丰富的队伍，他从包正诚和士官们身上学到了很多东西，仿佛延续了在红蝎的那段经历。那时他还是一名菜鸟，出任务只打过独立战斗位和团战配合位，正常发展下去，接下来他应该能拿到士官指挥权了吧。

这天中午，两辆重载卡车开进了131连的驻地。千夜正在房间里擦拭罗斯侯爵的那两把短枪，听见敲门声，他抬头一看，包正诚满面春风地推门而入。

见包正诚如此高兴，他笑问道："有什么好事儿啊？"

"当然有好事儿！琪琪小姐给我们补充了一批好东西，你出来看看就知道了！"

"是吗？那倒是要看看。"千夜站起来，随着包正诚走了出去。

经过前段时间的战斗，千夜用自身的表现折服了这群骄兵悍卒，包正诚和他也成了真正的战友。

包正诚不得不承认，比自己小了近二十岁的千夜好像天生为战场而生。或许现在还看不出他的战略指挥能力，但是其出色的个人武力和临战反应，已经完全够资格成为一个战队的核心人物了。而他还是一名优秀的狙击手，拥有一举改变战局的能力，简直无可替代。

此刻，十几名战士正把一箱箱装备从卡车上搬下来。千夜一眼扫过铭牌上的编号，顿时眼角一跳。

“帝国‘铁盾’单兵作战盔甲，一级一百套，二级六十套，三级十套。原力手雷一箱，空白原力弹五百发，还有一套‘暴风雨’原力机枪和三套‘火神’多管机炮！嘿，这次可以打个痛快了！”包正诚一边说，一边兴奋地搓着手。

铁盾单兵作战盔甲是帝国主力军团的精兵装备，也就是说，不是常规配置单上的东西。平时普通连队的配发率不过十分之一，特种连队达到十分之二，只有国战级的大型战役才会增加配给。殷琪琪居然弄来这么多铁盾盔甲，不但人手一套，竟然还有备用的份额，这是何等手笔！

暴风雨则是重型原力机枪，虽然只是二级枪械，但是其独有的优化性能可以大大增强火力，威力直追四级枪械。然而它的消耗也非常惊人，如包正诚这样底子扎实的四级战兵也只能打一分钟，射出上百发原力弹便会耗尽原力，而且还得是预制实体弹，这简直是天文数字！

车上有一半是为火神准备的弹药，这三个大家伙威力巨大，弹药消耗也极为恐怖。如果不加节制，一分钟就能射出近千发大口径的子弹。

这两车军火武备，几乎可以与特种军团相媲美，折算成钱则不会低于三万帝国金币。千夜在心里算出这个数字后，愣了一下，想起殷琪琪和兰姨那句“不差钱”的口头禅，不由得对世家的作风又有了一点儿深刻的体会。

包正诚满脸堆笑，他爱不释手地抱起暴风雨，把战术附件一个一个往上面试装，兴奋地说：“这个小宝贝可是特种军团才能用的，这次可得干一票大的！”

千夜也笑了，说：“远征军战区总部的情报应该一起送过来了，我们好好研究一下。”

片刻之后，作战室内，千夜把文件袋里的军用地图拿出来摊开，顿时怔住了。

包正诚也呆了，问道：“这不是师级情报吗？”

他怕千夜不明白分级制度，指出几处标注进行了简要的说明。

千夜当即明白这是殷琪琪的手笔。

季元嘉在上封信里提到，殷琪琪在永夜大陆所属的部队将于近期开展一次大型军事活动，这就意味着殷家继承人大考的武功榜即将见分晓。如果有战役级的行动，以她的身份，自然不难得到远征军的师级情报，可她居然徇私，直接转发过来了。相信如果她

拿到的是军一级的情报，肯定也会顺手送过来一份。

包正诚随即想到了其他方面，当下“嘿嘿”坏笑着，故意向千夜投去一瞥，大有一切尽在不言中的意味。千夜只当没看见，埋头研究地图。

这时，连队参谋和士官们都赶到了，大家凑在一起，开始商量行动路线和打击目标。

给131连配备的这个战地参谋虽然来自17军团，但超过一半的时间他都随同协防作战单位待在永夜大陆，对西昌城周边战区不说是了如指掌，也能如数家珍。

他在地图上划拉了一会儿，又和几个士官商量了一下，指着黑暗种族的一个据点，说：“长官，把它端掉怎么样？”

包正诚一拍大腿，说：“当然好，就是它了！”

此地也是千夜心中备选的两个目标之一，当下他没有异议，点头道：“通知下去，明天做战前动员，后天一早出发。明天下午我们再研究一下行军路线。”

两天后，131连只留下一个排驻守军营，千夜率领全队出发，向预定目标靠近。他出发后不久，相关情报便放在了顾立羽的案头。

顾立羽看着连队预定的突袭目标，脸上全是冷笑。

他重新绘制过的军情图上留了两处陷阱，正常人都会把那里作为首选的攻击目标。然而在真正的军情图上，有数支黑暗种族部队正在向那个方向逼近。就算131连顺利攻下其中一个据点，也会一头钻进黑暗种族大军的口袋里，想要逃出去可就没那么容易了。

千夜选择的行军路线十分迂回曲折，几乎全是在山区和废墟中行进，几百公里的路程整整走了七天，才接近目标。

不过没有人抱怨，反而对千夜极为佩服。他一路上亲自侦察敌情，每每带队与黑暗种族的巡逻队擦身而过，却从未被发现。无论血族、狼人还是蛛魔，他对他们的习性都了如指掌，屡次看似险到极处，最后却都有惊无险地度过了。

大家知道千夜之前是磐石岭战区的猎人。不过要是每一个猎人都这么厉害，远征军就应该考虑从猎人之家招募新兵了，但这显然不可能！

休息时，一个和包正诚关系很密切的士官问起千夜的情况。包正诚呵呵一笑，点拨道：“等级不高，指挥经验也不多，但是有全战位能力，你想想能出自什么地方？”

士官恍然大悟道：“原来是像季中校那样……”

季元嘉在17军团校级军官中是名列前五的人物，甚至够资格进入帝国精英军团了，只是因为家境贫寒，才被一个世家子弟顶替了名额。不过他进过一个特种军团，后来才被调到17军团担任校官。

包正诚的军籍是殷家保下来的，曾多次见过世家从军中招揽人才的情形。一开始，他确实被千夜过分漂亮的外表吓了一跳，只觉得琪琪小姐这次玩得有点儿过头了，没想到原来是自己看走了眼。

第八天凌晨，这支队伍终于靠近了黑暗种族的据点。天快亮了，对黑暗种族来说，正是最疲倦的时候，他们马上要入睡了。

当然遗弃之地的暗季是没有晨曦的，高远天穹的另一端或许已经沐浴到天光了，但是这里还是一片暗沉。村落般的据点静悄悄的，门口伏着两头黑狼。它们懒洋洋地趴着，时不时打一个大大的哈欠。

千夜伏在数百米之外的山丘上，用战术瞄准镜观察了一会儿，向包正诚打了个手势。这个彪形大汉舔了舔嘴唇，背上暴风雨原力机枪，慢慢向据点爬去。他如烈鬃熊一般庞大的身躯异常敏捷，几乎没有发出一点儿声音。在他身后，近百名战士同样紧贴地面，缓缓向据点靠近。

两头黑狼好像有所察觉，忽然站了起来，然后仰头向天，准备嚎叫。

沉闷的枪声打破了清晨的寂静，两头黑狼被枪击中，狠狠向后飞了出去。这种不能化为人形的黑狼在狼人族群中，连正式的战士都算不上，大口径的狙击枪对它们而言无疑有着致命的杀伤力。

两名狙击手迅速换好子弹，准备瞄准新的目标。包正诚则从地上跃起来，大步向据点大门冲去。131连的战士们也纷纷跟上他，开始集体冲锋。

据点内警钟狂鸣，一片混乱，城墙上随即冒出无数个身影。

狙击枪的枪声接连不断地响起，城头上应声绽放出朵朵血花，一个个黑暗战士猝不及防地被打下城墙。只有不到三分之一的黑暗战士成功打出还击的一枪，可是准头就不好说了，在射击上，还是人类更有天赋。

在距离大门还有五十米时，包正诚大手用力一挥，将两颗原力手雷准确地掷了进去！

猛烈的爆炸差点儿轰倒了大门，正试图把两扇岗岩铸门关上的十几名黑暗战士，瞬间丢了性命。

紧跟着包正诚冲锋的几名士官也掷出原力手雷，爆炸声此起彼伏，据点内惨叫连连。

普通战士涌向大门，包正诚则率领几名二级战兵直接跃上围墙，冒着七零八落的弹雨扫平了城墙上残余的敌手。

这个据点果然如情报上标注的那样，没有任何重型防御武器，最适合连队规模的部队突袭了。

突然在滚滚硝烟之中，飞出一个庞大的黑影！黑影覆盖了半面墙，几乎把人类战士全部笼罩了进去。

那是一头将近三米高的六级蛛魔！

蛛魔的下半身是八爪蛛身，每条下肢上的腿毛有制式窄形匕首那么长，闪动着锋锐的寒光。上半身则是人形，双手握着一根四米长的钢矛！他直接冲上城墙，一矛将一名走避不及的二级战兵高高挑在空中，然后向包正诚发出示威性的咆哮！

包正诚神色凛然，直接在自己大腿上扎了一针兴奋剂，然后平端起暴风雨开始充能。就算蛛魔的等级比他高了两级，他相信手中的暴风雨也会让蛛魔狠狠吃一番苦头。

蛛魔发出一声惊天动地的咆哮，迈动八只长腿，如风般向他扑去！

就在这时，战场上空忽然响起一记炸雷般的枪声！声浪十分清越，战士们在这些日子里早就听多了，那是鹰击，而整个131连只有一把鹰击！

蛛魔痛得长声惨叫起来，庞大的躯体徐徐倾斜。他彻底失去平衡，一个翻身从城墙上摔了下去。

包正诚当然不会放过这个机会，冲到围墙边缘，一口气将五十多发原力弹倾泻到他身上，将他打得千疮百孔。

蛛魔再也爬不起来了，可是锋利的节肢依旧拼命划动着，把触手可及的石头和泥土全部翻了起来。一时碎屑纷飞，连墙根都被他刨出一个大洞来。

千夜不知何时出现在包正诚身边，按住他手中的暴风雨，直接掏出一颗原力手雷，轻轻扔到蛛魔身上。

“该死！”

包正诚连忙跟着千夜跳下墙头，扑在地上。千夜的原力格外凝厚，由他充能的手雷威力足足提高了三成。

只听身后响起惊天动地的爆炸声，整段城墙轰然倒塌了，露出小屋般大小的蛛魔，这个强悍的生物终于没有了动静儿。

六级蛛魔是据点的首领，干掉了他，剩下的事情就简单多了。

一小时后，这个由狼人和蛛魔组成的据点基本上被肃清了。131连只用了十分钟时间打扫战场，取得战绩证明和最贵重的战利品之后，便匆匆整队离开了。

在黑暗种族的控制区域进行野外机动战，突袭并非其中最艰难的环节。只要有足够精确的情报，配置合理的战斗队伍，成功的可能性就相当大。关键在于战前如何避开巡逻队，以及战后如何顺利撤退。

整个据点被端掉，肯定会彻底激怒这个区域的黑暗种族指挥官，一路上战队将面临强力的追击和围剿。只要能及时逃回人族控制区，这次行动就圆满成功了。所以131连并不恋战，充分贯彻了打完就跑的战术思想。他们是来赚战绩的，不是来赚钱的，既然殷琪琪出手就是几万金币的军火，想必一个据点的战利品她并不会放在眼里。

据点往南就是山区，千夜率领部队疾奔了两个小时，终于进入这里。他下令原地休息一个小时，自己则前去侦察，打探预定的撤退路线上是否有危险。

能够顺利跑进山区，他们算是成功了一半。在复杂地形的利用上，千夜可以说是专家级别的高手。

此刻他半弓着腰，利用各种地形的掩护，如幽灵般前进着。然而越往前，他的脸色越凝重，一种无法形容的危机感越来越浓了。

他忽然停下，仰头向天，用力嗅了嗅。夜风中传来淡淡的腥臭，他登时全身汗毛竖起，这是蛛魔独有的味道！他陡然加速，冲上山顶，然后伏下身体，一点一点地探头，防止自己的影子突然投射出去，然后小心翼翼地向山的另一边望去。

山谷中，一支黑暗种族军队正无声前进着。

这支军队由数名人面蛛魔率领，主力是数百只巨大的剑蛛。这支军队几乎与夜色融为一体，如同黑色潮水一般，沿着山谷向前涌动着。

千夜倒吸了一口冷气，剑蛛是蛛魔族群中正式的战士。这种高达两米的巨蛛行动如风，两条前肢锋利如剑，有人类一级战兵的实力。这支部队的战力足以把131连硬吞下去。

他心中有些疑惑不解，难道周边发生了什么战事？不然不会有这么一支蛛魔战队在秘密行军，这规模可比普通的巡逻队要大得太多了。但是这已不重要了，当下需要考虑的是，如果这支蛛魔战队继续向前，他们的斥候就会发现还在休整的131连！

千夜悄然后退，然后全速赶回，一到宿营地就立刻下达命令："全体结束休整，立刻出发！"

包正诚站了起来，问道："难道不清理一下痕迹？"

千夜答道："来不及了！一会儿谁跟不上，就使用兴奋剂！"

三分钟后，131连排成一条长龙，在千夜的带领下于夜色中疾行。两道山岭之外，便是那支蛛魔战队。131连奔到千夜早就选好的位置，静静潜伏起来，待对方险之又险地擦身而过之后，立刻整队前行，全速远遁。

包正诚跑到千夜身边，惊问道："怎么突然多出一支蛛魔战队？"

"可能是情报出现疏漏，又或许对方临时进行了调整，这很正常。你继续带队，我到前面去看看！"

说完，千夜连续几个起伏，攀上一道山岭，转眼便隐没在夜色里。

包正诚脸色十分严峻，多年战斗形成的直觉让他感觉到有些不对劲儿。还好千夜比队伍里最老练的斥候都要熟悉山地作战，且体力更好，能够支撑这种高强度的夜间侦察，否则早就和那支蛛魔战队迎头撞上了。

他刚这么想着，却见千夜从夜色中走出，低喝道："全体向左！"

整个队伍转了个大弯儿，跃过矮丘，沿着另一边的山谷疾奔。

包正诚好不容易找到机会，问道："前面有什么？"

千夜的脸色在夜幕下看不清楚，只有轻轻的声音随风飘入耳中："狼人，整整四个部落的狼人。"

包正诚脸色顿时变得极为难看，狼人可是山地之王，如果在这里被集中了优势兵力的狼人部落盯上，整个131连，包括他们两名四级战兵在内，恐怕没人能够逃出去。

千夜带着队伍再次翻过一道山岭，然后又沿着谷地疾行。这时已经陆续有战士耗尽体力了，战兵级的士官只好一人带上一个，咬牙跟着部队狂奔。

两个小时之后，出口已经遥遥在望，可是经过几次大转向，和预定的出口已经相去甚远。

"怎么办？"包正诚已经可以确认此事不寻常了。在这片区域，短短时间他们已经连续遇到了两支蛛魔队伍和两支狼人队伍！

千夜向远方一指，说："那个方向有我们的一个边境防线支点，全速赶过去，可能还有一线生机。"

包正诚长长出了口气，说："我知道那个地方，可是要想逃过去的话，就要……就要放弃伤员和跑不动的人。"

他终于用了"逃"这个字眼儿，虽然之前靠着千夜，131连队有惊无险地避开了所有遭遇战，但是他们完全没有时间抹去行军痕迹。黑暗种族在这个区域的战力如此密集，不被发现的可能性微乎其微，恐怕现在已经有一支战队衔尾追来了。

“我来下命令！”千夜向小憩中的队伍走去。

包正诚大手一伸，拦住千夜，沉声说道：“不，这个命令由我来下！”

包正诚走到战士面前，目光扫过一张张疲累不堪的脸，缓缓说道：“我们还要疾行四十公里，才能到达离这里最近的据点。现在，谁愿意留下断后？”

战士们一片沉寂，他们都是经验丰富的老兵，早已发现情势不妙。随后所有伤员自行走出，而那些耗光体力的战士也纷纷出列，和伤员们站到了一起。

包正诚嘴角抽动了一下，看着这几十名战士，眼睛都红了。他猛然转身，喝道：“把所有手雷都给这些兄弟们留下，我们走！”

说完，他不再回头，率先狂奔而去。其他战士深深望了同袍们一眼，也随他而去了。

千夜没有动，他看着留下来的战士们，说：“我和你们一起走完这一程吧！”

有远程狙击手在，突击队的战力完全不同。

片刻之后，山区中响起连绵的轰鸣声，硝烟瞬间弥漫了整个峡谷。原力手雷爆炸时发出的强光，几乎照亮了深黑的夜空！

荒野上，131 连的战士们全都埋头狂奔着。他们不用看也知道，每一声爆炸的背后，都伴随着一名战友的流血牺牲。

终于，包正诚率领着他们到达了这个名为土城堡的小镇。能够跟着他来到这里的，仅剩下五十四人，连出发时的一半都不到。

小镇大约有千余人口，另外还有五百名远征军驻扎在这里。由于靠近前线，土城堡的防御设置修建得十分到位，镇内建筑大多由厚重的石块砌成，小巷密布，非常狭窄。这是为巷战准备的，蛛魔族的巨蛛大多挤不进这些仅有两米宽的小巷，变身后的高阶狼人也会感到束手束脚的。

包正诚爬到瞭望塔上，遥遥望着山区所在的方向，一颗心沉到了谷底。如此多的黑暗种族部队于夜间移动，极不寻常。可是在拿到的最新情报上，这一带明明显示是兵力空虚的区域！现在回想起来，最后遇到的两支黑暗种族战队行军距离不过二十分钟。这几乎是集团军调动的迹象，西昌城战区军部究竟知不知道这个情况？

一片阴影渐渐笼罩在这个中年军人心头。

第二天黎明时分，地平线上突然出现了一个身影，向着土城堡奔来。

“是千长官，快开门！”一名131连的哨兵高声叫道。

他的声音远远传开，沿着围墙扎了一排帐篷作为临时营地的战士们，纷纷从被窝中爬了起来。

千夜以恒定的速度奔跑着，他在小镇门前停下，抬头看了看，摆摆手制止哨兵开门，然后跃上墙头。小镇那厚达半米的复合钢门只拉开了一条缝儿，然后在齿轮绞索的牵引下，从导轨上倒滑回去，重重合拢了。

包正诚来到镇门边，千夜从墙上掷下两个人面蛛魔的头颅，随即跳了下来，简单地说了一句：“我回来了。”

包正诚大步走来，给了他一个重重的拥抱！这个壮硕的男人眼眶竟然湿润了，慌张地揉了揉眼睛，骂道：“该死，山风真大！”

随后他抓了抓头，掩饰道：“头儿，我们现在该怎么办？是撤回去还是在这里打一仗？”

千夜苦笑了一下，说：“撤回去是不可能了，土城堡已经被包围了。我们唯有据城死守，等候援军。”

“被包围了？”站在一旁的远征军营长脸色大变，两条腿明显有些发软。

“没错儿，我一路过来，看到的黑暗种族正规战士已经超过五百，炮灰级战士大约有几千。怎么，你打算撤退吗？”千夜不动声色地问道。

包正诚的两道粗眉拧成一团儿，下意识地伸手去摸腰间的短枪。如果仅千夜看到的军力就已达到如此规模，那么所谓的撤退也只是留下大部分人断后，只有尉官以上才有可能逃得掉。目前军衔最高的便是这名营长，如果他直接跑了，那么还没开打整个小镇就乱套了。

营长的脸色阵青阵白，片刻后才苦笑道：“唉，现在撤就是死路一条。守吧，希望能够坚持到援军到来，后面那些老爷们……”

包正诚重重拍了拍他的肩膀，说：“别管后面那些老爷了，先把镇上能够拿枪的都叫起来！坚守还有希望，否则大家都得死。”

营长点了点头，匆匆离去了。

包正诚靠近一脸严肃的千夜，问：“头儿，外面真有那么多黑血杂种？”

千夜干脆地答道：“比我说的只多不少。”

包正诚眼中寒光一闪，正色说道：“这个规模基本可以确认是黑暗种族的集团军在调动，如果西昌城那边真没有发现的话，土城堡的防御节点一破，防线至少要溃散一百多公里。”

千夜淡淡地说：“帝国军方的情报处再怎么混蛋，也不会犯这种错误。”

两人目光一触，包正诚突然说：“不会是琪琪小姐做的。”

千夜微微一怔。

“她不会为了战绩，拿我们做炮灰。琪琪小姐虽然脾气不太好，但她不是这种人。”

千夜望着包正诚真挚的面孔，不知该不该点头。

他确实有过这样的怀疑，黑暗种族集团军调动这么大的动静儿，要说远征军一无所知，那简直是个笑话。然而近期如果有会战，除了炮灰营，各个一线战队都应该会接到收缩防线的通知。炮灰战术，是人类和黑暗种族都无法回避的事情。

如果不是殷琪琪，那么就是那份军情图有问题。地图是和军火一起送到的，封鉴完好，虽然走的是远征军运输通道，却是由殷家的军官一路押运的。谁能够同时在远征军和殷家的眼皮子底下做手脚呢？

千夜突然笑了笑，说：“是谁并不重要，我们得先活下去。只要能活着回去，总会知道真相的。”

包正诚点了点头，沉默了片刻，突然叫了一声：“头儿！”

“怎么了？”

“如果实在坚持不下去，你就先撤吧！兄弟们会帮你牵制敌人的！”包正诚想了想，笨拙地说，“西昌城那些废物搞不好真不知道这里有集团军调动，总要有个人回去报信。”

千夜忽略了包正诚拙劣的借口，皱眉不语。他从没这样想过，红蝎的军规　向是长官留下断后。

包正诚一把抓住他的肩膀，用力晃了晃，沉声说道：“头儿，活着回去！如果……我是说如果，背后真有……”

军人的身份使得他无法吐露更多，但是千夜明白他的未竟之语。看着他那双布满血丝的眼睛，千夜慢慢点了点头。这个微小的动作，却比承受三十五轮原力潮汐还要艰难。

不到一个小时，刺耳的警报就在小镇上空响起。千夜和包正诚登上围墙，向外望去。

远方地平线上出现一道黑色潮流，缓慢而坚定地向这里涌来，那是黑暗种族的军队！

“头儿，一会儿记得……”

千夜打断了他，斩钉截铁地说道："先打了再说！"

黑暗种族的军队缓缓逼近，从各个方向将土城堡包围了。

军营之中，营长已经让人架起一个对空机枪模样的东西。"砰"的一声脆响传来，一团彩色原力烟花升到离地十多米处，凝而不散。

"那群黑血杂种不知道给我们留下了几个哨卡！"营长边骂边擦着一头热汗。

方圆十几公里，有三四个以巨木为伪装的哨卡里接连跳出人来，几名哨兵这辈子第一次看到烽火烟花报出数量如此之多的敌袭。然而他们一出哨卡就发现，自己已经陷入重重的包围圈儿。只有最远处有一个空当，他们连忙向着后方狂奔。

有一支血族队伍看到了这几名哨兵，于是派出一小队血族战士过来拦截，大部队依然向土城堡进发。

半小时之后，一名血骑士如飞般赶回，跪在一个血族老者面前，说："男爵阁下，属下无能，让一个人类逃跑了。"

"逃掉了？"男爵鲜红的眼瞳中猛然冒出杀气，咆哮道，"让你抓几只爬虫都办不好，我要你还有什么用？"

血骑士头上的冷汗滚滚而下，跪地不起，完全不敢出声。

男爵终于收了怒气，冷冷地说："一会儿攻城的时候，你第一个冲进去吧！"

"是，阁下！"血骑士战战兢兢地答应了。

数以千计的黑暗种族战士逼近小镇，其中夹杂着不少格外高大狰狞的身影。城头守卫的远征军几乎要窒息了，这种高级战士平时难得看到几名，现在却一下子出现了几十名！

虽然黑暗种族战士只从三面进攻，留下一个门，但是只要稍有常识的战士都知道，不到万不得已，绝不能弃城逃跑。据城而守还有一线生机，否则必死无疑。

远方，更多的黑暗种族战士们一直按兵不动，这一轮攻击只不过是他们的试探而已。假如守军表现得十分软弱，那么试探性的攻击随时都会转变成全面进攻。

随着黑暗种族的逼近，气氛变得越来越压抑了，宛如暴风雨行将到来之前的沉闷一般，让人觉得喘不过气来。

小镇中突然射出几颗照明弹，冉冉飞上高空，将清冷的蓝白色光辉洒向战场。

照明弹升起的瞬间，黑暗种族的高级战士们或是闭眼，或是眼中升起一层蒙蒙的红芒，将强光过滤了。许多炮灰没有这种能力，被照明弹刺伤了眼睛，顿时激起一片片混乱。

强大的人面蛛魔、狼人和血族纷纷出手镇压他们，直接杀掉几个彻底失去神志的炮灰，才遏制住了骚乱。

这时，一声闷雷划破沉寂的夜空，小镇哨楼的制高点上亮起一团光芒，于灰白的天空中拉出一道轨迹分明的火线，射在一个高级狼人身上！

这个高达三米的狼人被轰得倒飞了出去，即使他有着可怕的复原能力，也爬不起来了。

鹰击的轰鸣就此拉开了大战的帷幕，黑暗种族的战士们如潮水一般扑向小镇，里面有巨蛛，有座狼，还有数以千计的血奴。

千夜不慌不忙地将一颗原力弹装入鹰击，这一次他瞄准了三百米外的一个五级人面蛛魔。随着鹰击的轰鸣声传来，蛛魔顿时深受重创，一命呜呼了。

此时黑暗种族的战士们已经涌到了围墙下，开始向上攀爬。

巨蛛可以直接爬上围墙，座狼借助全速奔跑的冲力踏上墙体，几个纵跃翻上十米高的墙头。血奴们则将一座座长梯架到围墙上，顺着已被打开的通道涌上墙头。

忽然“轰”的一声，站在哨楼上的千夜只觉得脚下一阵剧烈晃动。他探头向外一看，只见数名高级狼人正操纵着一个类似于短管炮的武器。炮身上的黑暗原力一闪，就会射出一颗金属炮弹，狠狠轰在镇门上。

这门破城原力炮威力颇大，算是攻坚战中比较常见的重型武器。千夜皱了皱眉，对方果然出自集团军，否则常规备战状态下，谁会带这个重家伙出门？！

千夜自然不会让他们如此轻易地破门，他放下鹰击，抓起一把从军火库挑出来的大口径狙击枪，瞄准操纵着破城原力炮的高级狼人，连续扣动扳机，以最快的速度把弹匣内的五发子弹射了出去。

狼人们身上绽放出团团血花，不断哀鸣着。破城原力炮失去控制，只听一声轰鸣响起，微红的长管转了九十多度，炮弹射偏了，反而把旁边数十名血奴炸得飞了出去。

狼人们打了几个滚儿后，又纷纷爬了起来，只有一个倒地不起。

千夜暗自摇了摇头，狼人的生命力和防御力都很变态。当他们达到五级之后，像这种大口径的狙击枪如果不能打中他们的要害，就只能留下不轻不重的伤。

千夜换上新的弹匣，又是一轮疾速射击，这一次他瞄准一个狼人，终于把他放翻在地。

这时哨楼晃动得更厉害了，仿佛随时都会倒塌。原来涌上墙头的黑暗种族已经发现这个狙击点，正试图闯入这里，性急的甚至开始拆楼了。

千夜突然心生警兆，连忙向外面看了一眼，恰好看到几个镂刻着繁复花纹的圆形物体正疾速飞来！

那是以黑暗原力为驱动的血族手雷，虽然和人类手雷差不多大，威力却堪比炮弹。而以黑暗种族的力量，可以轻易地把它们扔到百米外的位置。

千夜立刻抱起鹰击，直接从里面的小窗跃入藏兵墙底，找了个角落蜷缩起来！

“隆隆”的轰鸣声连绵不断地传来，千夜的世界仿佛只剩下爆炸和硝烟，砖石、灰泥不断掉落，有不少砸到了他的头上。

好不容易轰鸣声稍稍平息了，他抬头一看，半个天花板都没了，露出了灰蒙蒙的天空。这一轮爆炸不光炸飞了半个哨楼和与之相连的围墙，余威还干掉了不少炮灰。不过黑暗种族从来不在乎炮灰的伤亡。

围墙上已经没多少人类战士，活着的大多被迫撤往镇内防御工事。黑暗种族的炮灰正源源不断地攀上围墙，几名高级战士咆哮着指挥他们，甚至会把一些行动稍慢的炮灰直接抓起来扔进去。

千夜突然站起来，平端着火神多管机炮，扣下扳机！

火神炮管飞旋，一颗颗子弹如狂风骤雨般泼向二十米外的一个狼人。近距离之下，这个五级狼人身上不断绽放出血花，被轰得步步后退，最后仰天倒地！

千夜并没有停下来，咆哮的火神如同挥舞着金属与火焰交织的长鞭，将成片的黑暗种族扫倒在地。转眼之间，可以容纳五百发子弹的弹箱被彻底打空了，而千夜面前三十米内的黑暗种族都被肃清了。

他刚刚松了口气，一个黑影便如闪电般冲来，一下子将他扑倒在地，来人是一名五级血族战士。

两人翻翻滚滚斗了几圈儿，千夜突然扬起手臂一个刺拳，向血族战士袭去。这一下血族战士痛得几乎晕死过去，千夜立刻翻身而起，拔出一把短枪，扣下扳机！

只听“噗”的一声闷响传来，千夜胸前溅满了鲜血。他站了起来，四下望了望，在下一波黑暗战士们合围过来之前跳入了镇内。

他在小巷中飞速穿行，时时暴起，出手将狼人和蛛魔一个个绞杀了。在大规模混战的情况下，皮糙肉厚、力大无穷的狼人和蛛魔带来的威胁，远比血族要大。只有当战斗到了更高的层面，血族才会凌驾于这两族之上。

千夜击杀的首要目标是狼人和蛛魔。到处都是枪声、爆炸声和惨叫声，他已忘记了时间，只剩下战斗的本能。

忽然，他前方有几个低级狼人飞速奔过，他立刻往身上一摸，却摸了个空。鹰击不知道扔到哪儿了，突击步枪也不见了。所有火药武器都打空了，装手雷的挎包更是空空如也。两把短枪虽然还在腰间，可是他的原力已近枯竭，就算里面有实体弹，也没力气激发了。

千夜竭力控制着想要就地躺下的冲动，这是过度使用原力以及兴奋剂效力结束的后遗症。他伸手往裤袋里一摸，居然发现了一支兴奋剂。他顾不上思考连续使用兴奋剂是否会有问题，立刻将它注射进身体里，嗜睡感果然减轻了不少。

旁边的房间里突然传出异常的动静儿，他立刻撞开房门，冲了进去，只见几个狼人正慢慢逼近一名远征军战士。

那是一个看上去刚刚成年的少年，军服穿在他身上显得十分宽大。他脸色苍白，手里握着匕首胡乱挥舞着，想要保护自己。

千夜低吼一声，正想冲上去，一个狼人猛地扑来，和他撞在一起。他们不断翻滚着，千夜早已筋疲力尽，一时竟摆脱不了这个二级狼人的纠缠。

狼人狠狠一口咬向千夜的肩头，锋利的牙齿撕开了坚韧如皮甲的特制军服。可是千夜的身体竟然比皮甲更硬，狼人用尽全力，都无法撕下一块皮肉。

就在这时，千夜听到一声惨叫。他侧身一看，少年已被三个狼人扑倒了。情急之下，他猛然向狼人咬去。一瞬间，他体内所有血气开始沸腾，如排山倒海般涌动着。紫色和金色两道血气也从能力符文中游了出来，加入吞噬的行列。他力量骤增，一个翻身把狼人压在身下，抡起拳头，几下就了结了狼人的性命。

这时惨叫声戛然而止，少年已没了声息。千夜一见，双瞳殷红如血，怒气冲冲地向剩余那三个狼人袭去！

片刻之后，千夜从房间里走了出来。他浑身是血，手中拎着的血族长剑也不断滴着血。

小巷对面忽然涌出一群血奴，他们看到千夜，呜咽着后退，从另一条小巷逃掉了。一名高级血族战士奔了过来，疑惑地看着千夜，喝问道："你是哪个氏族的，我怎么从没见过你？"

千夜双瞳中闪过淡淡的杀气，拍了拍腰间的短枪，说："我是罗斯侯爵的后裔。"

“罗斯侯爵？可是这次会战侯爵阁下并没有参与……”高级血族战士随即看清了短枪的样式，惊道，“是你……”

他话还没有说完，千夜已贴到他身前，长剑一挥，向他的腹部斩去！他惊骇欲绝，很快眼中的光芒便渐渐淡去了。

千夜没有继续行动，而是坐在角落里，闭上双眼，静静等待体力恢复。此时他体内的血气仍然沸腾着，复原速度大幅提升。用不了半个小时，他便又能使用原力枪了。唯一的瑕疵是，这种状态下，他无法控制血气加入原力弹的充能。

忽然“砰”的一声，一个身影向这边飞来，此人竟是包正诚。他没有注意到千夜，直接就地一个翻滚靠到墙边，握紧短刀，摆出战斗的姿态。

前方出现一名六级血骑士，他带着血族典型的阴冷的笑容，手执长剑，缓步向包正诚逼近。然而很快他的笑容便凝固了，千夜手中的双枪已经瞄准了他！

他尖叫一声，枪声很轻，恍若花朵绽放。相形之下，他侧飞的声势显得十分惊人，“轰隆隆”撞在墙上，胸腹间的盔甲全被轰碎了。

千夜直接扔下双枪，那两朵美丽妖异的双生花，此刻在虚空中缠缠绕绕，并蒂盛开着。

他如鬼魅般扑上，双手持剑，一剑插入血骑士的胸膛！

血骑士拼命挣扎，极为强悍的生命力使得他依旧有反击的力量。虽然千夜的胸腹不断被他拳打、膝撞着，却仍全力压住剑柄，牢牢将他钉死在地上。

剧痛冲刷着千夜的神经，然而经过兵伐诀的洗练，他完全可以承受住这种痛苦。如果让血骑士爬起来，他和包正诚都会死在血骑士的垂死反击中。

这时又响起连续不断的枪声，包正诚不知从哪里摸到一把手枪，对准血骑士，将所有子弹都倾泻了出去。

血骑士抽动了几下，随即没了声息。

千夜松开手，直接躺在地上，大口喘着气。包正诚也跌坐在地上，同样气喘如牛，他身上到处是伤，背上那道剑伤已深可见骨。这时若是再进来几个炮灰，说不定就把他们给收拾了。

过了一会儿，包正诚问道：“头儿，你眼睛受伤了？”

他的声音里全是担心，在这种形势下，如果一名战士的眼睛受了伤，几乎不可能活过下一场战斗。

“没事儿，一点儿小伤，一会儿就好了。”千夜紧闭着双眼，答道。

第十七章　混乱之夜

人族控制区域内，一辆轻型军用越野车正缓缓行驶着。

森林一望无际，光线十分暗淡，四周影影绰绰的，似乎潜伏着无数怪物。

道路崎岖不平，车轮碾在铺满落叶的地面上，像是随时会打滑一般。越野车的四个前灯全部打开了，雪亮的光芒照亮了前方。

在阴暗的环境中，这就如同最好的靶子。但是越野车顶端那挺狰狞的机关炮却无时无刻不在提醒着暗中窥伺它的人或野兽，这个钢铁大家伙绝对不好惹！

一个黑影突然从路旁窜出来，拦住越野车，用力挥手，喊道："停车，停车！"

越野车立刻停下了。那人拉开车门，直接跳到副驾驶的位置上，气喘吁吁地说："我是 325 营的上士，立刻送我去 60 师！土城堡被黑暗种族包围了，我们需要援军！"

越野车启动了，继续向前行驶。

上士终于放松下来，整个人都瘫在了座椅上。这时他才看清车里只有他和驾驶员两个人，那是一个年轻美丽的短发女中尉。

"叶慕薇中尉？"上士又惊又喜。

战地上的美女并不多，这位叶中尉美丽能干，虽然来这个战区没几个月，但已经成了不少大兵的梦中情人。

"你认得我？"

"当然！哪有人会不认得……您这样的大美女呢？"

叶慕薇微微一笑，道："认得我啊，那就更好了。325 营不是隶属于 55 师吗，为

什么要去60师？”

“黑暗种族调动了整个集团军，往55师的方向已经过不去了！”

“原来是这样啊，你们还有人逃出来吗？”

“没有了，只有我自己。”上士有些黯然地望向窗外，但是这么一看，他差点儿跳了起来，叫道，“不对！这不是去师部的方向，你……”

上士正准备有所行动，却发现黑洞洞的枪口已经指向他的额头。

“这本来就不是去师部的方向，而是送你去墓地的方向……”

话音未落，叶慕薇扣下扳机，车窗上立刻溅满了血。

傍晚时分，这辆越野车出现在一个中途运输站。平时只驻扎着一小队哨兵的小站里此刻灯火通明，停了一支重载运输队。

片刻之后，叶慕薇悄悄上了其中一辆卡车。车里面只有顾立羽一个人，正靠着椅背静静休息。听完她的汇报，顾立羽说道：“131连果然选了那里作为突围之地。”

叶慕薇有些不解地说：“如果是平时，55师的巡逻队早就发现异常了，但那边的会战昨晚就开始了，肯定顾不上千夜他们。以土城堡那点儿实力，绝对挺不过今晚，为何还要我去拦截报讯的人呢？”

顾立羽微笑着说：“因为我喜欢万无一失。”

“但是殷琪琪还会有新的情人！”

顾立羽脸上的笑容变得有些不自然，缓缓说道：“这个人不一样，他的存在是一种威胁。”

叶慕薇不再说话，凡是顾立羽认为对自己有威胁的人，现在大多已长眠于地下了。

顾立羽把叶慕薇揽进怀里，轻轻摸着她的头发，说：“也不全是为了他。这次会战实际上的总调度是殷家的老十七，他要保58师，消耗55师。我只是如他所愿，顺便达成自己的心愿而已。”

叶慕薇觉得一股寒气从脊背上蹿起来，她恍然大悟，原来顾立羽的布局一箭数雕。

殷十七是殷琪琪所在家族分支的长老之一，而这次西昌城战区的会战主力是58师和55师。殷十七的想法很好理解，殷琪琪带来的一个营就挂在58师名下，这样做可以减少她即将面对的风险，至于为何特别提出要消耗55师，必然还有其他内幕。而顾立羽用一份假情报，引导131连进入黑暗种族集团军的移动范围，使得会战在55师的防区提前爆发，轻易就达成了目的。

不过战场上的形势瞬息万变，或许顾立羽所谋划的不仅仅是叶慕薇看到的这些，否则他不会隐藏身份亲自来到永夜大陆，但是叶慕薇没有兴趣知道更多。在那些大人物心中，军功、战绩和大势才是需要考虑的正事儿，伤亡和牺牲不过是数字，根本无足轻重。她只知道，现在整个战局必然会往顾立羽想要的方向走。就算事后被殷琪琪发现了，也是殷家长辈所做的决定，殷琪琪也不能说什么。

她心中忽然有了一个奇怪的念头，如果土城堡中的战士熬过今晚，迎来黎明，却发现期盼的援军根本没有到来，不知会怎么想。这时，她听到顾立羽在叫她的名字，于是轻轻应了一声。

“明天中午我们去60师。”

“嗯？”

“我有权临时征调一个师，土城堡那个防御节点不能丢，我要去把它夺回来。”顾立羽的声音渐渐有些缥缈，“此次会战之后，我就能晋升为上校了。”

叶慕薇没有作声，只是在顾立羽胸前蹭了蹭，试图找到一个舒适的位置。而顾立羽的手在她的脸上轻轻摩挲着，带来令人沉醉的温暖。她大脑一片空白，不愿再多想，只希望时间能够静止下来，永远停留在这一刻。

此时土城堡内慢慢安静下来，厮杀声、枪炮声渐渐淡去。幸存的黑暗种族战士们退出了小镇，第一场战斗就这样结束了。

片刻之后，千夜和包正诚互相搀了一把，勉强站了起来。眼前满目疮痍，处处都是废墟、尸体和烈火，土城堡已经毁了。

一个个受伤的战士从藏身之处走了出来，军官们开始收拢士兵。包正诚也跳了出去，大声招呼着幸存的兄弟们。

千夜站在废墟中，忽然觉得一切都不太真实，意识也有点儿恍惚。他微微张开双眼，视野中的血色已经淡了很多。

前方插着一把军刀，千夜走过去把它捡了起来，横过刀面观察自己的眼睛。他的双瞳中只残留着一点儿血色，如果不仔细看，根本察觉不出来。

他茫然地抬起头，看着一个个或是疲惫不堪，或是痛苦呻吟着的战士从自己面前走过，心中百感交集。

此刻血气已不再沸腾，额外增加的力量和体质都徐徐回落到正常水平。虽然他身上还有伤，但已经不影响活动了，断裂的骨骼大部分可以自行接起来。如果好好休息，过几天就能恢复如初了。他再一次感到困倦，心里空落落的，从小到大的信念支柱开始崩塌。

他一直十分痛恨血族，有着宁死也不变为血奴的刚烈和勇气。可现在却使用了血族独有的天赋和能力，这么做到底算什么呢？

“头儿，你还活着，真是太好了！”

熟悉的声音把千夜拉回现实，131 连的一名战士兴奋地奔过来，怀里抱着那把长度惊人的鹰击。显然战士们在打扫战场时发现了它，并且知道这把枪的主人是谁。

如今千夜在他们心目中的形象更加高大了，以四级实力越级狙杀黑暗种族高级战士，可不是谁都能做到的。

千夜伸手接过鹰击，看着眼前这张被硝烟和血污涂抹得已看不清五官的脸，突然觉得整个世界渐渐真实起来。

“谢谢。”他淡笑着，四下望望，指着一片空地说，“招呼兄弟们到那里集合，顺便找找食物和武器弹药。”

“没问题，头儿！”这名战士好像忽然有了力气，一路小跑着远去了。

当千夜靠着一堵齐腰高的断墙坐下时，包正诚和远征军营长一起走了过来。

营长满身血污，大半个脑袋包在绷带里，脖子上还有两个明显的齿洞！看到千夜的表情，他苦笑道：“我被血族咬了，可能活不了多久了。以我们这点儿兵力，最多还能顶住一轮进攻。”

“药还够吗？”千夜一边问，一边递过去一根烟。

营长深深地吸了一口，稍稍提了提精神，说：“药倒是还有一些，不过最多只够用一天，而且需要严格控制。”

不远处突然传来阵阵哭闹声，三人的目光都被吸引了过去。一个平民激动地拉扯着一名远征军战士，咆哮道：“我需要药，给我药，我的女人快死了！”

在他身后，一个年轻女人靠墙坐着，捂着自己的脖子，鲜血正顺着她的指缝往外涌。

那名远征军战士向她看了一眼，摇了摇头，说：“她已经不行了，药不多，必须省着用。”

“人都快死了，还省什么？”平民越来越激动。

远征军战士寒着脸说：“很多人都没有药，再痛也只能忍着！给了你，那些快死的兄弟们怎么办？”

平民忽然一把抢下远征军战士的枪，指着他的头，说："我不管那么多，把药拿来，不然老子立刻毙了你！"

这时一声枪响传来，平民突然软软地倒下了。一名远征军中尉走过来，捡起步枪，把它塞进那名远征军战士的怀里，冷冷地说："记着，在战场上谁抢你的枪，谁就是你的敌人，下一次可没人会救你！"

过了一会儿，他伸手拍了拍远征军战士的肩，又说："希望你能活过今晚，菜鸟。"

包正诚、千夜和营长收回目光，气氛无形中又凝重了不少。刚刚那一幕很无奈，却也很现实，他们每个人都曾遇到过。在战场上，一切都以军需为先，这是帝国军的铁律。

千夜问："援军什么时候能到？"

营长叹了口气，说："我让他们去向60师求援，运气好的话，援兵明天上午就能赶到。来的如果是全战兵级别的特种部队，或许还可以更快一点儿。"

明天上午，意味着还要熬过一个漫长的夜晚。

千夜沉默了一会儿，对营长说："让你的人帮我找两把血族近战武器，什么都行，要高级的，越重越好。"

营长立刻叫来传令兵，吩咐下去。片刻之后战士们送来了三把武器，两把是三级血族原力长剑，一把是一柄通体乌黑的巨斧，一看便知沉重无比！

千夜伸手提起巨斧，在手里掂了掂，对它的分量十分满意。

包正诚和营长看得眼角抽搐，这把巨斧足有一百五十公斤！哪怕是专门进化了力量天赋的四级战兵，提起来都很吃力，更别说拿来战斗了。

包正诚认得这把巨斧，它的主人是一个六级人面蛛魔。他耗光了原力，才用暴风雨将对方轰倒。而为了掩护他攻击，有十几名战士被巨斧挥倒了。

千夜试着输入原力，斧刃上的原力阵列亮了起来，浮现出一层黑红色雾气。这是一把二级原力武器，但由于其重量和长度，混战之中发挥的威力远在三级长剑之上。

千夜又拿起一把三级长剑，说："这把斧子和这把剑我都要了。现在我得去修炼了，希望我们都能安然度过这个晚上。"

包正诚和营长互相看了一眼，也各自寻了一个地方，开始修炼。

刚刚那一战几乎灭了黑暗种族所有的炮灰，接下来就要实打实地消耗他们的正规战士了。黑暗种族不像人族这样人口繁盛，如果大量折损他们的正规战士，任何指挥官都会感到肉痛。

土城堡暂时沉寂下来。

千夜检视自己体内，发现蜷伏在心脏中的普通血气竟多了两道。而他的血脉中，大量外来的血气还在翻涌不休，恍若尚未平息的海面。金、紫两道血气如鱼得水一般逐浪弄潮，所过之处，大片血气被迅速吞噬、转化了。而黎明原力却如退潮后的海滩，只恢复了浅浅一层，显然必须靠运转兵伐诀来进行补充。

在修炼之前，他先确定了自己的新能力——精准射击。这个能力可以让他在射击的瞬间大幅加快思维速度，从而更容易锁定对手的要害，打出更有威力的一击。

晋升四级之后可以得到一个新能力，原本他还在枪械类和近战类的能力之间犹豫不决，现在终于下定了决心。

鹰击的远程狙杀，配合重型弹头和精准射击这两个能力，再加上特制的原力实体弹，瞬间的爆发力会变得极其恐怖，这是他越级击杀高阶黑暗种族的关键。

选定能力之后，他开始修炼兵伐诀，同时也等待着新的战斗号角吹响。

城外黑暗联军的营帐内，血族男爵脸色铁青，正在行军桌前来回踱步。

营帐内跪着两名血骑士，一旁站着几个狼人和蛛魔。男爵是这支联合部队的总指挥，也是实力最强者，只差一步就可以突破战将了。

男爵突然爆发，一把扫掉桌上所有的东西，怒吼道：“废物，全是废物！所有炮灰都死了，也没能把这个小地方打下来！你们让我怎么向上头交代？”

在天然压制下，血骑士根本说不出话来。一个高大的狼人辩解道：“守军的火力强得不正常，你们的情报有误！我怀疑，里面藏着一个不弱于我们的强者。”

血族男爵脸上闪过厌恶之色，怒道：“蠢货，我族的情报怎么会出错！里面最强的也只是五级战士，你们看到五级以上的敌人了吗？”

狼人发出威胁性的低吼，毫不畏惧地反驳道：“没看到不代表不存在！我听到鹰击的声音了，我族勇士因此损失惨重！老家伙，你听说过六级以下的人类能够使用鹰击吗？我看是你的城堡太潮湿，已经让你的木头脑袋腐烂掉了！”

男爵怒极，双眼泛起血色。几个狼人虽然等级不如他，但都弓起身子，摆出战斗的姿态。

这时一个蛛魔开口了：“你们真想决斗，等战斗结束了再说！完不成任务，谁也没办法向上面交代。这次会战本来就出了意外，奸诈的人类提前入侵了战区，我们不该停滞在这个鬼地方。麦克男爵，我建议你注意一下自己的语气。青鬃部落和我们都不隶属于你，只不过是尊重你的实力，才一起行动罢了。如果你不愿意，大不了我们分头攻城。”

另一个蛛魔则冷冷地说：“我们两族的高级勇士死了这么多，你们血族的损失倒是不大。这有些说不过去，不会另有原因吧？”

男爵眯起猩红的双眼，森然问道：“什么原因？”

蛛魔气势一弱，不再说话了。

那个高大的狼人又说：“我需要补偿，给我们两族各三十颗原力手雷，今天的损失就算了。”

男爵面颊抽动了几下，片刻之后才咬牙说道：“可以！”

血族的原力手雷比人类的威力要大得多，每一颗都是手工制造的，而拥有这种手艺的工匠数量十分稀少，因此产量也不多。就算在黑暗种族内部，也是普通部队根本用不起的奢侈品。

男爵的目光一一扫过众人，问道：“今晚的进攻由谁带队？”

营帐里突然沉默了，没有一个人应声。

人类的防御节点里，不知怎的多了一名使用鹰击的强者，对任何七级以下的战士都有强大的威胁，运气不好的六级战士甚至有可能被一枪轰杀。那人在一场战斗中开了不止一枪，就算加上兴奋剂的效果，对方至少也是一名六级战士。没有人愿意在混乱的攻城战中面对鹰击，唯一的人选只有离战将只差一步的男爵了。

见所有目光都集中到自己身上，男爵脸一沉，冷冷说道：“我如果出战，那几支人族特种部队出现了，你们怎么办？”

蛛魔和狼人们对视一眼，便不作声了。

自昨天午夜，会战在东陵山区打响之后，已经持续了快一天了。整个山地都变成了战场，局势无比复杂。人族的55师已经从一百公里之外的正面战场赶了过来，58师也开始做战前动员了。而他们这支联军却被莫名其妙地拖在这里，据指挥部传来的最新消息，有数支纯战兵组成的人类特种部队已经出现在东陵山区深处，连风狼部落都无法追踪到他们的行踪。

男爵“哼”了一声，伸手向一个蛛魔和一个狼人一指，说：“你们两个今晚共同出战，我会去外围布置防线。人族防御节点的警戒线只有一天的行军距离，明天上午他们的援军就到了，到时我可未必挡得住，所以你们最好在今晚把麻烦全部解决掉！”

蛛魔和狼人默不作声地离开了。男爵独自留在营帐里，看着墙壁上的地图出神，双眉越锁越紧。

他的目光并没有落向土城堡，而是落在两支黑暗种族部队所在的方向，眼神中充满了戒备。他拿起一支笔，在地图上做了几个鲜红的记号，那是只有他才明白的威胁等级标志。从记号来看，人族援军的威胁远远不如这两支黑暗种族部队。

深夜，西昌城外殷家别院中，殷琪琪把摊在面前的一张信笺连续看了两遍，然后叫人进来。

一个美丽的少女匆匆奔进，又匆匆奔出。

片刻之后，季元嘉快步走了进来。他显然是正在休息时被叫起来的，身上没穿军服，穿的是士族男子常穿的窄袖右衽交领长袍。

他还没站稳，殷琪琪劈头就问："千夜为什么会跑到土城堡？"

殷琪琪麾下的 17 军团协防营已于昨天到达远征军 58 师，自行招募的一个私军团则会于今日抵达。这些私军的战力虽然略逊于远征军的正规师，但是作为预备队守卫次要防线却足够了。如此一来，58 师防区的力量便随之大增。

季元嘉这两天一直在处理军务，早把东陵山区的地图记得烂熟。听到殷琪琪的质问，他立刻反应过来，不由得脸色大变。

远征军 58 师和 55 师的防线呈新月形，沿着东陵山区的边缘由北向南铺开，两头直线距离超过三百公里。土城堡是最南端的边境防御节点，而 131 连的驻地靠近 58 师，位于中部偏北的位置。事实上，南部山区昨晚就已战火连绵！

季元嘉望了殷琪琪一眼，心蓦然沉了下去。此刻殷琪琪那双一直神采飞扬的美眸，幽深得看不到一丝情绪。

"顾立羽来永夜了。"殷琪琪并非询问，而是十分肯定。

季元嘉张了张嘴，没有发出声音。其实城主府夜宴那晚，他就在停车场看到了顾立羽，当时顾立羽身边还有一人，是敬安堂的大长老十七爷，而殷琪琪正是出自殷家嫡系之一的敬安堂。

"放心，我不会让你在十七叔面前难做的。"殷琪琪的话客气得让季元嘉感到陌生，"把军部的调兵令给我。"

空气突然变得有些凝重，门口不知何时多了两名老者，他们都保持着一个姿势，拢袖而立，双目半开半合，似是没有看到季元嘉。可季元嘉全身的原力已经完全凝固了，无法催动分毫。他闭上眼睛，露出苦涩的笑容。他们是殷琪琪已故生母留下的人，和兰姨一样，只听殷琪琪一个人的命令。

两个小时后,浮空艇从殷家别院上空冉冉升起,迎风划出一道弧形轨迹,向南方飞去。

别院东侧的几个院落此时灯火通明，那里是军官们的居处，其中最大的听风阁是他们的办公场所。

季元嘉站在宽大的会议桌前，低头看着殷琪琪留下的信笺。那是一张手绘地形图，上面标注了东陵山区南部靠近土城堡的部分山地,星形记号处是发现131连踪迹的地点。

殷琪琪没说消息的来源，也没说究竟发现了什么。但是她能那么肯定千夜出事了，并且随即联想到顾立羽身上，想必事态已经很严重了。

会议室外的走廊上人影幢幢，既然他们不进来，季元嘉也只当没看见。有人已经发现琪琪小姐乘坐浮空艇离开了，并且没带一个校官，不安的气氛悄悄弥漫开来。

突然一阵急促的脚步声传来，一名中校冲了进来，问道：“季元嘉，你为什么封了机要室？”

会议桌上放着几个文件袋，里面有131连的档案。季元嘉刚刚派私卫把它们调了过来，调档的方式则是直接冲进机要室，把值班和轮休的尉官一起关了起来。

季元嘉淡淡地说：“你来得正好，131连八天前的报告，为什么没有送上来？”

中校走到桌边，一边伸手去拿文件袋，一边说：“例报能有什么，不都是直接归档的吗？”

季元嘉的手轻轻按在文件袋上：“那么给我的私信呢，莫非也直接归档了？”

中校愣了，问道：“什么私信？季元嘉，军情这一块归我管，你有什么权利插手？你我虽然是平级，但是别忘了你可不姓殷！”

季元嘉突然笑了，对方确实姓殷，虽然是极远的旁支。

只听“轰”的一声巨响，会议室的门窗被气浪掀飞，一个人影摔了出去，直挺挺地跌落在院子里。而空中刺眼的光芒化为无数细线，纷落如雨，打在青石地面上，留下道道刻痕。

双方虽然平级，可季元嘉却能轻易一招制敌！他温和、淡定的声音从房间里传出来：“诸位早点儿休息，明天一早，我们出发前往营地。”

他心中一直想着殷琪琪临走前的那句话："我答应过余英男，无论他遇到什么危险，都要为他挡一次。"

"季元嘉，你不过是殷家的一条狗，居然敢动手打我？你等着，殷家不会放过你的！"中校倒地不起，恶狠狠地说。

季元嘉将战区内所有相关的情报都归拢起来，放进一个单独的文件袋内。接着走出房门，来到中校身边。只见剑光一闪，中校突然惨叫一声，肩胛被一剑刺穿了！

季元嘉淡淡地说："在殷家，你说的不算，你身后那位说的也不算。"

中校捂着伤口，全身颤抖不已。他心中的恐惧远远超过肉体上的疼痛，终于意识到如果再多说一个字，季元嘉会毫不犹豫地杀了自己。现在他才知道，一向温和的季元嘉亮出獠牙的时候是多么可怕。

后半夜的土城堡同样不平静。

第二轮攻击开始了，路障燃起大火，照明弹不时划破夜空，给纷乱的战场投下短暂的光明。枪声并不密集，更多的是肉搏厮杀和惨叫声。黑暗种族少了数千名炮灰，而人族的战士和平民也大量减员。不过虽然双方人数骤减，战斗的惨烈程度却更甚于之前。

鹰击的声音永远那么震撼人心，如春日惊雷，带着难言的清亮，远远传播开来。一旦鹰击发出轰鸣，就意味着有一名血族高级战士倒下了。能够使用鹰击的人，基本不会出现失误。

今晚的战斗中，鹰击已经轰鸣了两次，六级蛛魔和狼人都重伤不起。蛛魔因为身体过于庞大，无法及时隐蔽，挨了三发原力弹和数不清的子弹，终于不甘地死去了。

现在的问题是，鹰击还会继续轰鸣吗？

千夜正借着夜色在废墟中穿行，他的夜视能力丝毫不比黑暗种族差，手中长剑始终饱饮鲜血。在他身后，两个狼人正紧追不舍，一路跟着他冲进废弃的小院。

眼看没有去路了，然而千夜并没有如他们所想的那样跃墙逃走，而是抛下长剑，俯身从草丛中拎起一把狰狞的巨斧！

院落中响起狼人的惨叫声，片刻之后，千夜提着染血巨斧走了出来。

他对面出现了一个人面蛛魔。蛛魔看到他手中的巨斧，庞大的身躯开始颤抖，竟然转身就逃！

蛛魔可不会忘记，那把巨斧属于族中一位著名的勇士，但是这位勇士在第一场战斗中战死了。能够挥动这把巨斧的蛛魔已经很可怕了，更何况现在挥动它的竟然是人类！

在狭小的通道里，蛛魔庞大的身躯显得十分笨拙，千夜转眼间便追上他，巨斧呼啸着向他斩落！蛛魔垂死挣扎着，凄厉的叫声响彻整个小镇。

千夜如孤狼般在小镇中游走，捡到什么武器就用什么，不断猎杀对方的高级战士。他的身体始终处于沸血状态，今夜格外漫长，黑暗种族多得似乎永远也杀不完。无论朝哪个方向走，都会遇到不计其数的敌人，而还能战斗的人类却越来越少了。

忽然，千夜视野中出现一个格外壮硕的黑毛狼人！

他全速后退，转过拐角后，立刻扑进一间空房子里，伸手从桌下提出鹰击，然后半跪在地上，枪口指向房门。只要那个六级黑毛狼人出现，鹰击就会给他一记迎头痛击。

不过他却没有等到那个狼人出现，这让他十分愕然。

门前闪过一道魁梧的身影，包正诚冲了进来。看到千夜，他立刻大喜，叫道："头儿，我们快顶不住了，你快走，从南面冲出去。我们还有十几个兄弟，一起送你出去！"

"不行！"

"你要是死在这里，我们怎么向琪琪小姐交代？"

"我和她没关系！"

包正诚急道："头儿，我们不能全都牺牲在这里，总得有人回去报信吧！"

千夜扔给包正诚一把突击步枪，说："弹匣是满的，再坚持一会儿，那些黑血杂种也快不行了！"

包正诚和千夜对视了一会儿，两个男人的目光几乎要碰撞出火星了。最终包正诚妥协了，他知道千夜绝不肯先行突围，愤怒地握拳把整堵墙砸得晃了晃，随即转头冲了出去。千夜把鹰击放回桌下，从地上随便捡起一把长剑冲出房门。

此刻战场另一端却出现了小小的混乱。

一处院落里，凄厉的狼嚎声极为刺耳，一群狼人和几名血族战士正以战斗姿态对峙着。

院落中央放着两具狼人的尸体，他们身上居然有被撕咬过的痕迹。

"这不是我们做的，绝无可能！"为首的血族战士高声叫道。

狼人们十分躁动不安，怒吼道："除了你们，还有谁？"

血族战士傲慢地说："就算我们饿死了，也绝不会吸你们那肮脏混浊的血！"

此话一出，局面立刻失控了。

一个狼人按捺不住，突然扑向为首的血族战士。那名血族战士已有五级实力，战斗经验无比丰富，他闪电般抽出长剑，残忍地狞笑着，一剑刺穿了盟友的心脏！

混战由此爆发，随即迅速蔓延开来。当黑毛狼人赶到现场时，双方都已留下好几具尸体。

一名血骑士双手舞动着巨剑，向面前的狼人战士击去！

黑毛狼人愤怒至极，双眼顿时泛起血色，如黑色风暴一般冲来，一下子将血骑士扑倒在地，狠狠撕咬起来！

当千夜和包正诚再次碰头时，发现战场上虽然吼声震天，但是承受的压力却骤然减轻了。过了片刻，漫布全城的黑暗种族战士居然如潮水般退去。

包正诚几乎不敢相信自己的眼睛，竟然就这么挺过来了。他突然激动起来，挺过了这一战，援军就会到达了！

先后两场战斗，他们重创了黑暗种族联军，对方的高阶战士伤亡尤为惨重。面对这样一支残兵，远征军只要出动一个团，就可以把他们击垮。

“我们赢了！”

“援军就要到了！”

稀稀落落的欢呼声在废墟各个角落响起，幸存的战士们陆续从阵地中走出来，开始聚拢并重建编制。

当战士们重新聚集起来之后，千夜发现目前还有战力的不到两百人。营长已经战死了，如今他的军衔最高，于是他接管了指挥权，在包正诚的协助下，重新组编战斗单位，安排防守位置，然后便是漫长的休息和等待。

时间一点一点过去了，所有战士都满怀希望，期待听到外围传来密集的枪炮声。然而一直到上午十点，第一缕阳光落入小镇，镇外依然毫无动静儿，压在所有人心头的阴霾更重了。

黑暗联军那边偶尔会响起一阵喧闹的嘈杂声，随着呼啸的山风传了过来，更显得小镇有些过分沉寂了。

人族的防线被彻底攻破了吗？那么即将覆灭的肯定不止他们这一个防御节点。而千夜和包正诚心中还压着一块巨石，那张假军情图究竟是冲谁来的，是131连还是整个协防营?

午后的荒原上，一辆轻型越野车正疾速驶向第60师的驻地。开车的是叶慕薇，她旁边坐着顾立羽。

顾立羽低头看了看掌上用原力驱动的日晷，一句话都没说。叶慕薇因为他的这个动作紧张起来，下意识地加快了车速。

60师驻地那连绵的营房渐渐从地平线上浮现出来。

出示了身份证明后，越野车顺利驶入了驻地大门。可是一进营区，顾立羽的脸色就变了。整个大营空荡荡的，战车、重炮等装备少了一大半，战士们仿佛销声匿迹了。偌大的营地，居然只有一个营留守在这里。

顾立羽一把抓住身边一名军官，咆哮道："这是怎么回事儿，部队都去哪儿了？"

那名军官被他抓得差点儿窒息了，本能地去掏枪。顾立羽这才意识到自己劲道太大，迅速镇定下来，表明身份，要求面见这里的最高长官。

片刻之后，一名上校急匆匆赶过来，向他说明了原委。

听完之后，顾立羽缓缓说道："这么说，是琪琪小姐动用了军部的手令，直接调走了60师？"

"是的！"上校一脸恭维，虽然他的军衔比眼前这个军官要高，但他可不敢招惹军部的人。他还殷勤地补充细节，说琪琪小姐是凌晨到的，要求60师务必于中午之前出发，而且高级军官和特种队伍还跟着她提前半个小时出发了。

顾立羽阴沉着脸说："但是我已经提前发来指令，要求征调60师。"

帝国军律规定，部队不遵守调令可是大罪。上校只得不断赔笑，点头哈腰地说："可是琪琪小姐亲自来了，我们也没有办法。"

叶慕薇很不恰当地问了一句："琪琪小姐调60师干什么？"

没有人接话，上校也是一头雾水，顾立羽却心知肚明。此刻他心里转过另一个念头，敬安堂先夫人已经过世十五年了，她从宋阀带出来的势力和人手显然没被殷家掌控，还牢牢握在殷琪琪自己手里。

第十八章　王女夜瞳

太阳在天空中运行，不久便藏到一块上层大陆背后，天色慢慢变得灰暗起来。一同黯淡下来的，还有土城堡中的幸存者和黑暗联军指挥官的心情。

麦克男爵正焦躁不安地在原地打转儿，满腔怒火无处发泄。兵变虽然暂时压制下来了，但是联军驻地依旧阴云密布，谁也说不准下一刻是否会爆发更强烈的骚乱。

营帐中间摆放着数具狼人的尸体，所有狼人都凶狠地盯着男爵，那个黑毛狼人更是肆无忌惮，不断发出低沉的咆哮。

黑毛狼人身上到处都是伤口，大多为血族长剑所伤。在战地骚动中，他制服了两名血骑士，并且险些要了其中一个的性命。

麦克男爵非常头痛，可他知道自己必须得说些什么："我相信，不会是我麾下的战士干的！因为我们根本……"

他本能地想脱口而出，高贵的圣血贵族根本不会吸肮脏的狼人之血，可是话到嘴边又立刻咽了下去。这话一旦说出口，只会激化矛盾，那些暴躁的狼人们肯定会直接扑上来。

他再憎恨狼人，也不能做太过分的事儿。不仅仅因为现在是和人族的会战时期，更因为狼人和血族同样都有一名战将级强者坐镇。糟糕的是，狼人的实力还要略强一些。

想到这里，他放缓了语气，说："这件事我一定会调查清楚，但我们得先把土城堡拿下。"

"调查可以，需要多长时间呢？"狼人们不肯善罢甘休。

麦克男爵强忍着怒意，说："一个月内定会给你们答复。"

狼人们互相看了看，缓缓点了点头。

麦克男爵命人把狼人的尸体抬了下去，接着摊开军用地图，开始谋划下一次进攻。

就在这时，营帐外突然人声鼎沸，再次骚动起来。

麦克男爵皱了皱眉，怒喝道："吵什么？！"

他这声怒吼用上了原力，声音传遍整个军营，实力稍弱的战士被震得头晕眼花。他已经极不耐烦，直接展示实力，向狼人示威。

然而营帐外传来一个阴柔冰寒的声音："男爵大人，你这是在欢迎我吗？"

听到声音，麦克男爵忽然打了个寒战，失声叫道："萨里！"

一个瘦高的中年男人走进营帐，微笑着说："亲爱的麦克，难得你还记得我的声音。"他脸色苍白，留着精心修剪过的小胡子，双瞳是鲜红的血色，显然在营帐外已经动过手了。

麦克男爵脸色发青，死盯着萨里，问道："子爵大人，我记得你的战区好像不在这里吧？"

萨里笑容不变，说："我听说你这里进展很不顺利，损失了不少高级战士，所以过来看看有没有需要帮忙的地方！"

"我自己能应付，不劳子爵大人操心！"麦克立刻拒绝了他。

萨里抚着自己的小胡子，说："何必这么急着拒绝我的好意呢？其实我这次过来，只是为王女打前哨而已。"

麦克的心跳立刻加快了许多，急促地问："哪位王女？"

在血族中，王女有着特殊的定义。唯有被亲王定为继承人的直系血裔，或是觉醒了始祖血脉的，才能够称为王子、王女。

萨里笑而不答，只是侧耳听着外面的动静儿。他走到营帐门口，端正仪容，抚胸躬身，摆出恭迎对方大驾的姿态。

麦克眼皮连续跳动，能让萨里如此恭顺的上位者，他可得罪不起。作为这里的最高指挥官，如果不出迎，肯定会倒大霉。他顾不上诅咒耽误他时间的萨里，立刻冲出营帐。

只见一队血族正向营地走来，这队血族无论男女都俊美异常，身披高领暗红色镶边披风，深黑色袍服领口处全都绣着一朵血色曼陀罗花。

远远望去，麦克便知这队血族实力异常强大，等级普遍是爵士，除了萨里，还有两名战将跟随！不过震慑住麦克的不是他们个体实力的强大，而是那朵曼陀罗花标记。那代表着一个极为古老的家族，一个异常辉煌的姓氏，以及不可或缺的强大实力和在黑暗世界的影响力。

这是门罗氏族的标记，除了现任家主弗雷德·门罗亲王，据说在氏族的秘殿中还沉睡着两位古老的亲王。

这队血族的行进速度似缓实快，转眼就出现在麦克面前。他们看都没看麦克一眼，径自走进中军营帐，一个少女越众而出，直接坐在原本属于麦克的座位上。

麦克又惊又惧地冲进营帐，悄悄向安然坐定的少女看了一眼。即使以血族的标准，她也是完美无瑕的，只是那黑发黑瞳极少会出现在血族身上。

看到如此醒目的特征，以及领口那朵淡金色的曼陀罗花，麦克立刻想起一个人，急忙上前俯身行礼："夜瞳殿下，您怎么到这里来了？"

夜瞳淡淡地说："听说这里局势不太好，所以我过来看一看。"

麦克有些愕然，解释道："土城堡的进展确实慢了一点儿，但最多再来一次进攻就够了。只是现在发生了一点儿小小的意外……"

夜瞳忽然伸手向营帐里的几个狼人一指，说："你们出去！"

狼人们一愣，随即愤怒地咆哮道："凭什么？"

夜瞳直接正视着他们，双瞳中各映出一个狼人，随即两个影像开始如水波般扭曲。

忽然，那两个狼人发出长长的惨号，身体内部不断传出"咔嚓咔嚓"的骨碎声。他们身不由己地由人形变成狼形，重重栽倒在地上，再也爬不起来了。

夜瞳又徐徐望向剩下的两个狼人，他们惊骇至极，直接逃出营帐，连同伴的尸体都顾不上了。

夜瞳抬手轻挥，两名门罗卫士立刻把两具狼人的尸体抛出营帐。当营帐中再无狼人存在时，她的脸色才好看了一些。

这时萨里上前一步，对麦克说："殿下来此，可不是为了土城堡那个无足轻重的小地方。我们将在这里停留一晚，帮你挡下人族的这一轮进攻。"

"哪支部队的进攻？55师那边还在战斗吧，58师离这里还远得很呢。"麦克有些茫然地问道，除非这次会战人族还想打空战，否则不会动用浮空艇运兵。

"是第60师。"

麦克心中一凛，虽然他并不知道60师为何会突然离开防区，向这边赶来，但是殿下的话准没错儿，否则这样的大人物怎么会来这个穷乡僻壤浪费时间？

远征军的战力虽然良莠不齐，可两族边境线上的队伍战力都不弱。就算麦克之前没有任何损耗，但是远征军的一个整编师也能把他那点儿人手一口吞下。

荒野上，无数重载卡车运着60师的将士，向着土城堡方向疾驶。而在这支队伍前方，一支由轻型越野车组成的车队已经远远把大部队抛在了身后。

轻型越野车上坐着的全是二级以上的战士，几乎囊括了整个60师的高级军官。车队引擎轰鸣，灯光如雪，在暮色沉沉的傍晚显得无比嚣张，仿佛在向这个黑暗的世界示威。

中央一辆车内，殷琪琪正打着哈欠，无聊地看着外面。忽然车队停了下来，她皱眉问道："怎么停了？"

"小姐，我们恐怕不能再往前了。"

殷琪琪跳下越野车，走到车队前，借着雪亮的灯光，看到前方赫然立着九个身影，死死拦住了去路。

他们披着血族传统的深黑色披风，高高竖起的领口，苍白俊美的面容，无一不在彰显着威严与优雅兼具的气质。领口上一朵朵血色曼陀罗花，则如利剑一般刺入60师所有高级军官的眼睛。

整个荒原似乎突然变得危机四伏了，野风呜呜地低啸着，居中一名少女的短发迎风飞扬。她有着上位血族罕见的黑发黑瞳，领口上是一朵淡金色的曼陀罗花。

这九个血族站成一排，气势有若巍巍横亘着的山峦，让人望而窒息！哪怕对面是60师的精锐，哪怕即将与近四百名战兵级战士和两位战将级强者交锋，他们也面不改色。相反，他们身上那种睥睨一切的霸气，反而令60师的众将士们心生畏惧。

一位魁梧的老者走到殷琪琪身边，低声说："小姐，那是金色曼陀罗！"

"什么意思？"

老者脸色有些苍白，解释道："金色曼陀罗只有门罗亲王的直系血裔或是身份与之相当的高位者才能够佩戴。也就是说，若是我们杀了她，今后就要面临血族亲王无穷无尽的报复！"

殷琪琪若无其事地点了点头，问道："那又怎么样？"

老者完全不知该如何回答，他当然不能明说，这种位阶的敌人不是他们一个小小的远征军60师能够应对的。他小心地建议道："小姐，要不我们换个时间再来？"

殷琪琪盯着对面的少女，双方的视线如同无形的刀剑，在虚空中不知交锋了多少次。她头也不回地说："难道60师想不战而逃？"

这位老者便是60师的准将师长，他已经看出来，对面的血族只是想要阻拦他们前行，似乎开战的意愿并不强烈。这种情况下，最好的办法就是退兵，然后迅速把门罗氏族上位者出现的消息上报，军部自然会接手处理这件事。否则一旦打起来，万一殷家的继承人候选者在他身边出了事儿，那可比战败还要糟糕一百倍。

不过殷琪琪显然不会接受这个解释，准将师长无奈地说："不是不战而逃，只是……我们还没有做好准备，换个时间或许更好。"

"现在退回去也可以，你就不用担心血族亲王的报复，只用担心殷家的报复就行了。"

殷琪琪说得云淡风轻，准将师长却唯有苦笑。和黑暗种族结仇再深，只要在战场上解决就可以了，然而得罪了门阀世家，往往会以家破人亡收场。

60师的精锐军官都从战车下来，在师长身后列成战阵，与对面门罗氏族的血族对峙起来。只是数百人站在一起，竟还不如对方气势强横。

居中的夜瞳抬了抬手，站在她右手边的萨里向前一步，用阴柔如水的声音说："退回去，今天就饶你们一命。"

他的声音不大，可是却越过百米距离，清清楚楚地传到对面每个人的耳朵里。

殷琪琪一双凤目微微上挑，凌厉如上弦之箭。她望着夜瞳，说："我喜欢漂亮的人，但是你却让我感到厌恶！"

夜瞳双眉微微向上扬了扬，没有焦距的双瞳忽然变得清晰起来，里面映出殷琪琪的身影！

殷琪琪突然觉得有一双无形的大手扼住了自己，巨大的力量仿佛要碾碎她的骨头！她周身涌动着蓝白交织的波光，恍若苍穹流云直落大地，脸上因窒息被扼出一片潮红。

夜瞳完美的面容上微露笑意，黑瞳中幽光流转，变得更加深邃了。离她最近的萨里和另外一名血族都露出惶恐的表情，各自侧退了两步。他们忍不住弯下腰去，如果不是场合不对，众人还以为他们要向夜瞳行礼。

此时殷琪琪身边的波光有些杂乱无章，似乎下一刻就会溃散！一个低眉顺眼的老人忽然上前一步，伸手向她身前虚斩！"砰"的一声，老人落掌处突然燃起大片烈火，束缚着她的无形力量终于被击散了。

老人向夜瞳望了一眼，目光锐利如刀。然而夜瞳平静如水，丝毫没有如他预想中那样出现能力被破解、自身被反噬的迹象。他一下子变得严肃起来，又深深看了夜瞳一眼，随即退回到殷琪琪身后。

殷琪琪剧烈咳嗽了一下，伸手指着夜瞳，喝道："给我杀了这个女人！"

后方几辆攻城战车扬起又短又粗的炮管，轰鸣声中，硕大的炮弹划出优美的弧线，准确地砸向夜瞳。夜瞳身边数位血族同时"哼"了一声，伸手于空中虚握，那些炮弹竟然全部凝定在半空中，然后凌空爆炸了！

夜瞳冷冷说道："杀了他们。"

八位门罗氏族的血族一起动了起来，拉出道道残影，刹那间越过百米距离，扑入60师的阵列中。一时激战迭起，血光冲天！

60师的两位战将拦住了萨里子爵，殷琪琪身后的两位老人也突然爆发出惊天的气势，挡住了另一位年长的子爵。

夜瞳悄悄转身，眨眼间便消失在茫茫荒野之中。殷琪琪一方有四位战将，夜瞳只带来两位战将，可是她却一点儿也不担心战局。

此刻土城堡中又开始了新的战斗。

战况无比惨烈，许多幸存的远征军将士已是强弩之末，他们原力枯竭，体力也差不多耗尽了，但是仍然号叫着冲上前，和远比自己强壮的黑暗种族战士浴血肉搏。偶尔会听到沉闷的爆炸声，那是远征军战士们引爆手雷，和敌人同归于尽的声音！

千夜如幽灵般在废墟中穿行着，他面前突然出现一名五级血族战士。那名血族战士看到他和他手中的双生花，双眼立刻变得血红，厉喝道："原来胆敢挑衅罗斯侯爵的家伙就是你！"

"是又怎样？"千夜冷笑道。

双生花发出独特的声线，于血族战士心口绽放。

血族战士本已出枪锁定了千夜，可是他的动作慢了一线，根本没有开枪的机会。

土城堡外，麦克男爵正如同热锅上的蚂蚁，在营帐中不断地走来走去。

所有血族战士都噤若寒蝉，方才有一个倒霉鬼招惹到男爵，一不小心成了他泄愤的对象。不过男爵非但没有平静下来，反而更加焦躁不安了。

他一直在聆听鹰击的声音，每当枪声响起，就意味着一位高级战士变成了尸体。现在鹰击沉寂了下来，他的压力却更大了。因为谁也不知道鹰击何时会再次响起，瞄准的又会是谁。

他自己并不惧怕鹰击，毕竟挨一下还要不了他的命，但是假如鹰击射出的是破魔秘银弹……一想到这里，他的脸色就又白了几分。

夜瞳殿下已经带着她的卫队离开，前去拦截60师了。临走之前，殿下命他尽快攻下土城堡，然后整编兵力，防止混进东陵山区的人类特种部队前来偷袭。然而土城堡的战斗到现在都没有结束！他实在不明白究竟是怎么回事儿，对方就那么点儿守军，怎么可能打到现在？那些人类的生命力顽强得简直如狼人一样可恶！到目前为止，居然没有抓到一个俘虏。

如今他手上的兵力已经折损了三分之二，这是他此前从未有过的损失！就算拿下了土城堡，回去后等待他的也必然是雷霆般的咆哮和惩罚。

一切都是因为那个人类，那个狂妄的人类！

嗜血的冲动让他恨不得亲自冲进土城堡，可是莫名的危机感却又让他止步了。他隐隐感觉到附近潜伏着一个强者，正耐心等待着截杀他的机会。这是他独特的天赋和能力，以往曾无数次救过他的命，他对自己的直觉深信不疑。况且就算是他，也绝不愿意近距离挨上一记鹰击。

就在这时，营帐外忽然传来夜瞳的声音："你现在这个样子，与男爵的称号可是不符。"

麦克男爵大惊，忙道："殿下，您怎么回来了？"

夜瞳大步走进营帐，在男爵那张奢华的高背椅上坐下。数名血族跟随她走进营帐，个个身上都涌动着强大的黑暗原力。他们胸间佩戴着月下古堡的徽记，虽然不如曼陀罗花那样足以威慑整个黑暗世界，但也是一方巨头。

那是罗斯侯爵的纹章，徽记周围还有层数不等的血线，标志着他们是侯爵的直系后裔。

夜瞳静静地看着麦克男爵，双瞳中映出他的身影。麦克男爵根本不敢抬头，唯有瑟瑟发抖。

许久，夜瞳才淡淡地说："侯爵的后裔找到了我，我才知道有个人族猎人不但杀了侯爵的后裔，抢了他成名时所用的双生花，而且还公然使用双生花。你明白这意味着什么吗？"

麦克男爵颤抖得更加厉害了，答道："明白。"

"这个人就在土城堡吧？"

“……是。”

“为什么不早说？”

“我……也是刚刚才知道。”

夜瞳双瞳中男爵的影像渐渐消失了，冰冷的杀机也徐徐收敛起来。麦克男爵差点儿瘫在地上，如果可以，他很想像周围的血族战士们一样跪地不起。

夜瞳淡淡地说：“看在你辛苦效力多年的分儿上，这次就算了。我会亲自动手，把那个狂妄的人类抓回来，看看他有什么本事，竟敢用罗斯的双生花战斗！”

说完，她起身离开大帐，罗斯侯爵的后裔也随她而去了。他们渐渐加速，转眼间便跨越激烈的战场，步入土城堡。

千夜正准备将长剑从一名血族战士身上拔出，却突然停下动作，望向某个方向。一种前所未有的心悸刹那间笼罩了他全身！

他抛下长剑，拔出双生花，兵伐诀以疯狂的速度催动起来，甚至顾不上内脏被过于强大的原力浪潮冲刷，现出深深浅浅的损伤。

双生花上的纹路一道道点亮了，两朵妖异的花朵瞬间于虚空之中盛放。千夜一边将枪口指向空无一人的前方，一边缓缓后退。

这时，一个仿佛燃烧着黑火的身影缓步走入街心！

刹那间，千夜的意识中如同出现无数电闪雷鸣，世界骤然褪去颜色，无尽的黑暗吞噬了一切。他能看到的，只有那个燃烧着黑火的模糊身影，以及一双深不见底的眼眸！

他居然在那双瞳孔中看到了自己！

他忽然感觉身体已经完全不受控制，每根骨头、每块血肉，甚至每条血脉都被无形的力场操纵着，似乎想要扭曲、分裂开来，那种濒临死亡的感觉从未如此真实过。

他听不到任何声音，也发不出任何声音，身体内的血气此刻全部静止不动，如同死物一般。就连金色血气也只是徒劳地做着微弱的挣扎，连盘踞的符文都游不出去。

不过他没有放弃，他以十年兵伐诀修炼锤炼出来的无上意志，强令手指下压，试图扣动扳机。他能够感觉到自己的手指确实在移动，只是非常缓慢，不知多久才能让双生花发出轰鸣。

此刻夜瞳正立在街心，数名罗斯氏族的高阶血族簇拥在她身旁，他们本来是极高傲的，可是面对她时却都低垂着头，以示敬意和臣服。

街道上躺着十余具尸体，有远征军的，也有黑暗种族的。这些人由于各种原因挡住了夜瞳的去路，夜瞳的双眸只是轻轻扫视了他们一下，他们便莫名地死去了。这种神秘而强大的力量，让罗斯氏族的高阶血族彻底折服了。在无上的血统面前，位阶已经失去了意义。

夜瞳的双眼中正栩栩如生地映出千夜的身影。尽管四周硝烟弥漫，他身上满是血迹，几乎面目全非，而且他的身姿与当初也不同了，可是夜瞳那双能够穿透虚妄、看破幻象的眼睛，立刻认出了他。

“是他？”

记忆片段一个接一个跳出脑海，清晰得仿佛刚刚发生一般。夜瞳突然发现自己竟然记得每一个细节，她似乎又坐在曼殊沙华酒吧那廉价的地砖上，舌尖滚动着新鲜血液的味道。

“血奴也不是毫无希望……”

“一会儿我和你一起战斗……”

“新党……也许你有机会得到初拥……”

“将来我们在战场上见面的机会也会少一些……”

她那双仿佛会让整个世界沦陷的黑瞳中，千夜的影像忽然片片破碎，然后消散了。

千夜骤觉身上压力一轻，不假思索地将扳机一扣到底，整个人腾空而起，如闪电般向后飞退！

双生花同时鸣响，原本凝固在虚空中的妖花终于舒展开来，并蒂成双，独有的枪声如繁花吐蕊一般打破了寂静到让人窒息的夜晚。

枪口光芒闪耀之时，夜瞳终于想起千夜说过的另一句话：“有机会在战场上相见的话，我会亲手杀了你！”

她只是稍稍迟疑，胸腹处的护甲就被原力轰碎了，四处肆虐的原力撕裂了她的血肉，两朵大大的血花在空中绽放开来。

她如落叶般向后飞起，无助地随风飘荡。不知为何，她心中一片空白，甚至忘了调动鲜血之力护身。

千夜落地抬头，这才看清向后飞出的夜瞳。

“是她？！”

夜瞳的样子没有丝毫改变，依旧如此完美无瑕。

千夜完全没想到会在这里遇见她，更没有想到自己凭本能轰出的两枪居然全部命中了！以她刚刚展现出来的恐怖力量，哪怕硬挡双生花的轰击也不会有事。可她为什么既没有闪避，也没有抵抗？！

“殿下！”

罗斯氏族的血族顿时一阵慌乱，大多冲向夜瞳，其余的则向千夜扑去。

千夜转身就逃，方才那两枪用掉了他全部的力量，原力已快要枯竭了。面对那些至少是骑士级别的上位血族，恐怕难以幸免，他绝不允许自己活着落入黑暗种族手中。

身后的血族行动如风，速度丝毫不在他之下。他根本不敢转弯，只能全速直线狂奔，转眼间冲出土城堡，斜斜向着山区奔去。

十余名上位血族连成一线，对他紧追不舍。双方的距离逐渐拉近，照这样下去，他根本跑不到山区就会被追上。

他不敢回头，更别提反击了。这些血族不同于他以往遇到的敌人，他们都是精锐，就算他自己也有血族体质加成，但等级差异确实特别明显。

就在这时，大地突然一记一记缓慢地轻震起来，整片山地仿佛刚刚复苏的生命，沉眠已久的心脏开始脉动了。

右侧嶙峋的山峰上突然步出一头巨狼，它有着白如霜雪的毛发，颈中一圈儿金鬃格外醒目。它高踞于峰顶，仰头向着天穹发出直穿云霄的长啸！

夜幕低垂如帘，又是双子星近地日，巨大的圆月占据了小半个天空。

这声充满无上威严的咆哮远远传开之后，圆月竟然随着大地的轻震微微晃动起来。皎洁的月光如匹练一般垂落在巨狼身上，然而它一身雪白的皮毛比月光更亮，周身都在微微发光，颈上金鬃更是如日光一般耀眼！

紧追在千夜身后的上位血族个个脸色大变，骤然停步。他们结成密集的战斗队形，死死盯着峰顶的巨狼。

那头巨狼长嚎完毕，好像这才注意到山脚下的闯入者。它抖了抖脖颈，阳光般的金芒瞬间四射开来，蓝灰色的双眼狠狠盯着山下的血族。

这些上位血族如遇天敌，竟然连逃跑都不敢，只是苦苦抵抗着巨狼投射过来的威压。

巨狼盯了他们一会儿，终于失去兴致，转身而去了。月色如瀑，如同在它身前铺就了无形的阶梯，它拾级而上，就此踏着虚空远去。

直到巨狼消失了很久，血族们才松了口气，个个萎靡不振，好像刚刚经过了一场大战。他们再次望向远方，可是那个人类早就消失在群山之中，不知所踪了。

为首的男爵脸色极为难看，许久之后才说道："回去吧！"

十余名上位血族跟在他身后，倏忽远去了。

麦克男爵的营帐中，夜瞳坐在高背椅上，目光盯着帐顶一处拼缝，不知在想些什么。她换了一身衣服，除了脸色略显苍白，已看不出受伤的迹象。

麦克男爵站在一旁，欲言又止。他是进来汇报战况的，但是见夜瞳沉浸于自己的思绪中，又不敢贸然打扰。

此时罗斯氏族的上位血族们纷纷走了进来，为首的男爵抚胸躬身，向夜瞳深深一礼，说："殿下，我们无能，没能追到那个人类。"

夜瞳心中有了一丝波动，问道："怎么回事儿？"

"路上出了点儿事故。"男爵把路遇巨狼的情况描述了一下。

夜瞳微微皱眉，轻声自语道："那是威廉，他在这里出现，究竟想干什么？"

接着，她抬眼看向麦克男爵，问道："土城堡那边情况怎么样，还有活着的人族吗？"

"里面最多还隐藏着十几只小爬虫，不过把他们全部搜出来还需要一点儿时间。"麦克男爵就是来汇报这件事的，土城堡的战斗差不多结束了，但是要清理掉所有人类，需要派搜索队进去。

"不必花那个时间，整编队伍，只要将他们围住，确保他们逃不出去就行。"夜瞳说，"让我们等一等人族的援军吧。"

麦克男爵连忙称是，他也觉得留几个人类做饵比较好。从地理位置上来说，如果不能把附近一百公里的战线全部打下来，那么占领这个防御节点便毫无意义，人类迟早会把它夺回去的。

千夜一路狂奔，不知跑了多久，体内原力突然耗尽，竟一头栽在地上。

等了一会儿，也没见到血族出现，看来总算摆脱了追击。可是他们为什么没有跟上来，他却有些想不明白，只记得右侧峰顶突然出现一头巨狼，他们便纷纷停步了。

他本能地抓住机会，全力逃跑，顾不上前方是否有着比上位血族更可怕的威胁。幸运的是，那头奇怪的巨狼好像是冲着血族去的，并没有拦截他。

又过了一会儿，他好不容易恢复了一点儿体力，这才艰难地坐了起来。他看看时间，放弃了回土城堡的想法。这么多上位血族突然出现，土城堡的战士绝对坚持不下去。战斗恐怕早已结束，他回去也只是自投罗网。

他盘点了一下身上的装备，发现除了双生花和一把血族长剑，其他东西都丢在土城堡了。

他靠在一棵大树下休息，静静等着体力恢复。不过一闭上眼睛，他眼前就会浮现131连战友们的身影。他们虽然桀骜不驯，但是上了战场，就都是真正的铁血战士，是敢以血肉之躯冲入敌阵，用手雷与敌人同归于尽的汉子！

这场战斗来得莫名其妙，虽然从后期出现的黑暗种族的实力来看，他们阴差阳错地帮战区顶住了一轮可能会击溃边境线的攻击，牺牲也不能说完全没有价值。可是如果没有千夜的山地作战和超远程狙击能力，131连可能早就全军覆没了。

而且此次战败也一样莫名其妙。黑暗种族进行如此规模的军力调动，绝对不可能没有蛛丝马迹，也不会在远征军师一级的情报上没有一点儿显示。战死并不可怕，每一个帝国战士都做好了流血牺牲的准备。然而千夜绝不接受这种死法，不知为何，他总是不由自主地想起在红蝎执行的最后一次任务。

他缓缓张开眼睛，感受到体内血气和原力逐渐活跃起来之后，便慢慢站了起来。他不知道，有一双蓝灰色的眼睛一直目送着他走出山区。

“用老罗斯的双生花打伤了门罗家的王女，这真是太有意思了。我亲爱的朋友，你一定要活得久一点儿，这会让生活变得……更加有趣！”

两天之后，千夜出现在131连的驻地上。大门口竟然没有卫兵，他皱了皱眉，看到校场上有一群正来回忙碌着的远征军战士。

“千长官！”小跑过来的是留守营地的少尉排长，看得出在惊讶和欣喜之余，他眼中透露出的更多的是意外。

“他们是谁？”千夜指了指那些远征军。

“远征军第三军军部宪兵队的人，说是会战结束了，来核定我们的战绩。”少尉神色复杂，甚至有点儿难看，显然想说的不止这些。

殷琪琪带来的17军团协防营正是挂在第三军的58师名下。千夜心里顿时转过无数念头，直接问道：“从头说，究竟是怎么回事儿？”

原来千夜和包正诚带队离开后，驻地一直十分平静。连队的行动报告交上去后，琪琪小姐那边也没有新的指令下来。

少尉是在他们走后第五天，感觉到情况有点儿不对劲儿的。因为整个仲英镇已进入一级战备，旁边几支番号的机动连队纷纷起营开拔，连留守兵力都没有安排，这分明是集团军总动员的迹象。他当即送了一份报告上去，收到的指令却是叫他维持现状，原地待命。

又过了几天，他终于从仲英镇守军那里打听到外面的战况。55 师和 58 师的会战地点竟然是东陵山区，那是 131 连去做任务的区域！他立刻派人连夜赶去殷家别院，结果报讯的传令兵还没有回来，第三军的军部宪兵队就先到了。

少尉露出又是憋屈又是郁闷的神情，说："说是会战大捷，131 连作为前锋营可以记头功。可这哪里是大捷呢，那群家伙分明是把我们当贼审！"

听到"大捷"和"前锋营"两个词时，千夜的脸色越来越阴沉，垂下眼帘，掩盖掉一闪而过的杀机。

少尉知道的大概就是这些了。

宪兵队过来后，131 连留守的战士们一个个被盯牢了，连驻地大门都出不去，殷家别院那边也没有丝毫动静儿。不过少尉有个好姓，是某个下品世家的旁支，因此跟着他的人不但相当客气，还私下透露了会战大捷的消息，劝他暂时忍耐。

千夜听着口风不对："既然宪兵队是来核定战绩的，为什么要忍耐？"

他抬眼看去，果然校场边上有一名远征军尉官和几名士官正目光灼灼地盯着这边。

少尉的脸色变得极为难看，愤愤不平地说："这帮家伙不知吃错了什么药，简直是疯了！一整个中队就这么冲进来，把我们的人一个个分开，盘问了一天一夜。"

显然，盘问的过程让人很不愉快。

千夜这下总算明白，少尉下巴上那块没有完全消退的淤青是怎么来的了，不由得冷笑了一下。对方可没有疯，留守的少尉是蒲阳沈家的人，他们才没敢把他往死里得罪。

"我们的弟兄还在里面？"

"是的，有几个已经被关了快二十四小时了。"

千夜点了点头，说："走吧，我们过去看看。"

他大步向营房那边走去，校场边上那几个军官互相看了看，竟然没跟过来。

营房前聚集了一群正在闲聊的远征军，不时哈哈大笑着。

前面几间营房的门都从外面拴住了，透过窗户可以看到，每个房间里都有一名 131

连的战士，他们手腕上戴着原力枷锁，有一个竟然被绑在椅子上，看上去鼻青脸肿的。

千夜径直走到这群远征军面前，说："我是 131 连的连长，立刻把我的人放了！"

一个肉山似的少尉排众而出，俯视着千夜，冷笑道："长官，我们在执行公务，可不是你说放就能放的！"

千夜向他看了一眼，淡淡地说："我对杂兵没兴趣，叫你们的长官出来！"

"吱呀"一声，旁边一个营房的房门打开了，从里面走出一名少校。

他上衣扣子都没扣全，歪在门框上，点了一支烟，深深吸了一口，才对千夜说："老子就是他们的长官，叫老子出来干什么？老子这是在执行公务，别说你是他们的连长，就是团长都不好使！你知道老子姓什么吗？老实告诉你……"

话没说完，千夜就一脚踹在他的肚子上，冷喝道："废话真多！"

少校竟撞穿了两层墙壁，从营房另一侧飞了出去！

远征军一片哗然，他们可是军部宪兵队的人，在第三军的辖区内，从来都是宪兵队欺负人，哪里吃过这种亏？

黑胖的少尉当即大吼一声，冲上前，一巴掌劈头盖脸地扇了过来。可是突然双生花华丽的纹饰一闪而过，随即他脸上如同被大象踢了一脚，一时只觉得眼前金星乱舞。

千夜把双生花的枪柄当作武器砸在他脸上了，若是罗斯侯爵知道他当年的爱枪居然被如此粗俗地使用，而且还是对付一个不入流的小角色，不知道会不会气得直接杀到这里来。

千夜又是一脚踹出，这一下使足了力气，黑胖少尉重达两百公斤的身躯越过营房，高高飞上天空，"扑通"一声摔到了另一侧。虽然看不到他的惨状，但是光听声音，就知道摔得有多狠了。

千夜没有理会余下的远征军，径自穿过墙上的破洞，走到少校身边。

少校还在地上挣扎着，他好歹也有四级的实力，可是却被千夜一脚踢散了所有防御，连再战之力都没有了。

"你竟敢打我？好、好，很快你就知道打我的下场……"

少校的叫嚣突然停住了，因为双生花中那支左轮的枪口已经指向了他！

这把枪一看就是高级货色，不管它是几级，就算是不入流的黎明之光，或者火药手枪，他也承受不住。

"砰"的一声，清脆的声线在军营上空回荡，紧接着少校凄厉的惨叫也传开了。

“鬼叫什么，你还活着！17军团的事儿，还轮不到你们来掺和！现在立刻带着你的人滚开，以后别再让我看到你，否则就对你不客气了！”

少校低头一看，只见双腿间的地面上出现了一个大洞，他不过是受了一点儿皮外伤。他一句话也不敢多说，“嗖”的一声爬起来，直接窜到校场上，大呼小叫地集合自己的中队，以最快的速度逃离了军营。

少尉和几名行动自由的士官把被关起来的战士们一个个放了出来，千夜则在营地里走了一圈儿。

果然不出所料，武器房和弹药库虽然也被打开过，但是没少东西，只有机要室一片狼藉。存放档案的柜子被打开了，地面上全是纸张。不用清点千夜也知道，大部分文件已不在这里，那张假的军情图自然也不在了。

少尉安顿好战士们，便来到了机要室。看见千夜站在凌乱的房间里一动也不动，他微微一怔，说：“宪兵队来的时候，有几个人进了机要室，当天晚上就带着大部分档案走了。”

见千夜神情凝重，他顿了顿，忍不住问道：“头儿，是不是出事儿了？”

原来之前给他行过方便的那个远征军尉官，临走时又卖了个好儿给他。他这才知道比较完整的战报，131连协防的据点战况惨烈，虽然失而复得，军功不小，但整个建制被打散了，只活下来三五个人。而宪兵队之所以敢这么嚣张，其中一个原因就是131连肯定要撤建制了。

千夜了然于胸，知道这只是表面原因，那只幕后的黑手显然是通过第三军军部来毁灭证据的。那张假的军情图以及131连前后两次作战报告的存档副本，大概在路上就被销毁了。

他看了看一脸茫然的少尉，不准备告诉他太多。这件事越来越复杂了，留守的战士们什么都不知道，把他们卷进来没有任何意义。他想了想，说：“我写一份报告，你派人给琪琪小姐送去。”

殷家别院的听风阁内，气氛十分紧张压抑，进进出出的军官都行色匆匆的。

季元嘉放下手上的文件，微合双目，伸手按了按额头，想要舒缓一下内心的疲倦。他面前的会议桌俨然变成一张巨大的办公桌，上面堆满了各种各样的公文和档案。会战虽然已经结束了，善后工作却极为烦琐沉重。

一名少校推门进来，又递过来一份报告。

季元嘉点点头，伸手接过报告，却发现少校脸色古怪，欲言又止。他一低头，看到文件封面上的落款竟然是131连，不由得怔住了。

少校说："千上尉回到仲英镇驻地了，是不是马上派浮空艇去接他过来？"

"不，我亲自走一趟。"报告不长，季元嘉很快就看完了，吩咐道，"叫'风虎'准备两组人，和我一起去。"

风虎是琪琪小姐私募军团的名字，现在负责殷家别院各处的防务工作，几个重要人物的外出一直启用他们组成的卫队。

"是。"少校走出门，才发现掌心中已经一片潮湿。

第十九章　何去何从

131 连的驻地显得格外空旷，可容纳两百名战士的营房现在只剩下十几个人，哀伤的情绪沉甸甸地压在每个战士心头。

千夜没有否认少尉从远征军那里听到的 131 连的战况，也默许他用这个说法去安抚战士们。这些战士和千夜不同，无论 131 连是否还存在，他们今后都要回到 17 军团。是非对错，不是他们应该关心的。

做出这个决定时，千夜突然有种似曾相识的感觉。很久以前在一次红蝎清剿叛军的任务结束后，当时的队长就是这么下的结论。不知道为什么，他不敢再去触碰那些关于红蝎的往事，于是匆匆转换思绪，让自己平静下来。

他决定闭关修炼。或许是在土城堡之战中得到了太多鲜血，虽然这两天金、紫两道血气一直在吞噬、转化它们，但他体内外来的血气始终没有完全平复。而蜷缩在心脏中的普通血气从七道增加到九道后，便一直蛰伏不出了。

当他内视时，意外发现血气又有了新的变化，从心脏中游出的竟然不是九道血气，而是一道明显粗大了许多的血气。

他愣了好一会儿，暗自猜测或许这就是鲜血之力的进阶方式。就像人类所有的功法都有一个共同点：九级一阶，九转一轮，九层一境。鲜血之力可能也是如此，当九道普通血气成长到了一定程度，就会凝聚成一道进阶血气。以往普通血气不断被金、紫两道血气吞噬，始终达不到九道，这才没能晋阶。

不过金、紫两道血气进阶时，都会带来相应的特殊能力，这次普通血气晋阶却没有明显的变化。他只感觉到各处脏腑尤其是心脏微微发痒，就像伤口即将愈合时一样，想来对身体素质还是有所强化。但整体而言，仍远远不及血族体质的增幅那么明显。他由此猜测，不同血族之间的血统差异带来的能力差异，或许也源自于此。

理顺体内的血气后，他开始修炼兵伐诀。可能是因为纷杂的事情还没有头绪，他有点儿心烦意乱，于是特意用了比较长的时间入定，然后才引动原力潮汐。

原力潮汐很快越过三十轮大关，他仍然觉得行有余力。此刻他体内血气充盈，特别是心脏经过新一轮强化，变得愈发强韧，任由原力潮汐反复冲刷，都丝毫无损。

三十一，三十二……很快就过了三十五轮，他居然感觉和平时越过三十轮时所受的冲击差不多。等到第三十六轮潮汐呼啸而来时，内脏才隐隐出现伤损，他心念微动，引导滔天之浪冲向第五个节点，屏障竟然一触即溃，轻松地点燃了原力节点。

这次晋阶如此容易，连他自己都感到意外。

近地日已接近尾声，也是双子阿尔法星距离永夜大陆最近的一个晚上。千夜平躺在空无一人的后校场上，双手枕在脑后，看着天幕上占据了大半个天空的月亮，一动也不动。

他刚刚突破五级，本该耐心打磨新点燃的节点，然而那种难言的烦躁又开始在胸腔中翻腾了。他不想继续修炼，只想放空一切思绪，仿佛只有这样才能稍稍平静下来。

远处传来车轮摩擦地面的声音，随后又归于宁静。隔着一排空荡荡营房的前校场上没有口令声，也没有卫兵过来报告，仿佛刚才的声音只是他的错觉。

他突然自地上跃起，转头看去，季元嘉正从建筑的阴影里走出来。他看了看千夜，问道："你升到五级了？"

千夜应道："是。"

季元嘉笑了笑："要不要比一场？"

他显然兴致很好，右臂下垂，半尺小剑落入掌中，原力阵列也随之点亮了，在夜色中如同一泓明晃晃的秋水。

千夜和季元嘉曾用虚拟格斗系统进行过徒手搏斗，季元嘉把原力压到四级，两人用的又是军中格斗术，与其说是比试，不如说是一场教学赛。

季元嘉的战斗风格并没有给千夜留下印象，他出手中规中矩，进退有据，一招一式都如同从课本上复制下来的一般。然而这样刻板的打法竟挡住了千夜大部分的攻击。

千夜拔出短刃，贴臂倒持。

"铮"的一声，半尺小剑发出金玉相击般的轻吟，季元嘉身形掠起，手中的剑身已

经完全看不清实体，一泓秋水蓦然泼洒成千万光点，如雨般纷落。

千夜大步迎上，兵伐诀瞬间冲过九层，毫无花巧的一拳向着中路击出。而他体内原力涌动，继续一浪追一浪地堆叠上去，当拳锋将要触及剑光化作的雨幕时，兵伐诀如惊涛骇浪一般席卷至第二个九层。

两人一上来就全力出击。此时季元嘉的剑锋尚未及身，凛冽的剑意便恍若一张无形的大网，向千夜兜头盖下。而原本清越的剑吟变得极为尖锐，如同瓢泼大雨一般倾盆而下。千夜突然敏锐地察觉到，不仅有迹可循的剑势充满威胁，就连附近的空间也变得危机四伏了。

千夜当机立断，不进反退，拳势拉出一道弧线，仿佛奇兵突起，弃中军，奔右翼，再次全力突击。而此时兵伐诀毫不停顿地冲过了二十轮，汹涌的原力隐隐带起潮音，雷声渐隆，眼看就要重现兵王之击。

只听轰然一声巨响传来，两人一触即分，各自退了好几步才站稳。

季元嘉伸手擦去唇边一缕血线，微笑道："兵王之击，千军辟易。一旦势成，当真不可硬撼。"

千夜低头看了看右肋，只见军服已被划开一道整齐的切口，他沉默了一下，坦然说道："我输了。"

如果季元嘉有心伤他，一剑便可让他见血。而他的兵伐诀在叠加到第二十六轮时，被季元嘉硬生生地撞得戛然而止。不过季元嘉即将突破八级，他今天才达到五级，接近三级的差距，硬碰硬之下居然是季元嘉吃了亏，由此可见兵王之威。

"所谓世族秘传，大体分为秘法和战技两种。秘法一般是原力修炼和运转的法门，战技则攻守兼备，包罗万象。"

千夜静静听着，这对他来说是一个完全陌生的领域。

"比如叶慕蓝修习的秘法名为'深霜'，如果被她的原力击实，阴寒之气会如细针一般侵入体内，极难抵御。"季元嘉笑道，"上次她太过爱惜自己，不肯受一点点小伤，结果让你成就了兵王之势。如若她不避战，而是直接和你对峙，胜负还真不好说。"

千夜知道季元嘉说得没错儿，他当时不觉得厉害，没有立刻清理入侵的寒气，后来体内就开始刺痛了。如果不是叶慕蓝败得那么快，那些寒气肯定会给他造成很大的麻烦。

与此同时，季元嘉指出了击败千夜的方法，那就是兵伐诀有个弱点，达到三十轮潮汐需要时间。当然，也不是谁都能用这个办法切断千夜的兵伐诀叠加。如果千夜再高一级，他便不敢随意撞上来了。

“包正诚上尉还活着，但是伤势十分严重，永夜的医疗条件不行，已经送他去上层大陆了。幸运的是痊愈后不会损及战力，等他回到17军团，就可以恢复原来的军衔。”

千夜静静听着，注视着季元嘉的眼睛慢慢笼上一层寒霜。

季元嘉恍若未觉，继续说道：“131连作为这次会战的前锋，在土城堡协防中立下了一级战功。因此阵亡的战士不但能得到双倍的抚恤金，士官以上的家庭还能获得一个进入幼年军校的名额。”

千夜缓缓问道：“这是最后的处理结果？”

季元嘉答道：“这是军方战报上的结果。”

“看来你已经知道发生了什么，但是不打算告诉我？”

“是否告诉你，要由琪琪小姐来决定。”

见千夜皱了皱眉，季元嘉又说：“四天前，小姐知道你和131连竟然出现在土城堡附近的东陵山区，强行征调了作为后备的60师，连夜赶往那边。”

千夜闻言有些愕然，他算了下时间，竟然是他突围的那个晚上。

“但是在前往土城堡的路上，他们遇到门罗氏族上位血族的拦截，损失十分惨重，小姐本人也受了伤。”

门罗是黑暗世界一个如雷贯耳的显赫姓氏，号称是血族最初的十三氏族之一。几千年来始终有亲王坐镇，他们的纹章是传说中的恐惧之花——曼陀罗。

千夜眼前突然闪过夜瞳领口那朵淡金色曼陀罗，只觉得脑海中一片凌乱。到现在为止，他看到的都是一块块零碎的拼图，随着时间的推移，慢慢勾勒出狰狞的形状。可压在心头的烦躁非但没有缓解，反而更加沉重了。

“所以，即使你想中止这次委托任务，也应该当面去和小姐说清楚。”

千夜沉默了，他送上去的报告后面附了一封信，要求终止这次委托任务。之前他一直以为这是世家小姐对婚姻不满，于是与长辈斗气的游戏。既然报酬如此丰厚，他又怎会在意自己被当成明靶。至于危险嘛！哪一个任务会没有危险呢？

可他没有想到，世家望族的游戏竟然会拿整个正规军团的独立战队做棋子。如果不是二爷和余英男在他接任务的时候做了担保人，或许他根本不会再回到这个营地。他甚至想过，可能自己永远都无法知道罪魁祸首是谁，是一个人还是一群人？！

他不喜欢这种把整整一个加强连的汉子当成炮灰的游戏，但是季元嘉带来的消息完全出乎他的意料。他当然知道强行征调军队并且损失惨重的后果，殷琪琪应该也很清楚，可她为什么要这么做？

他回过神儿来，看了看季元嘉，后者没有一点儿不耐烦的神色，秋水般明亮的半尺小剑一直在其掌中盘旋着，如同耀眼的光轮。

“什么时候过去？”他问。

“如果你没有别的事情，现在就收拾东西跟我走吧。”

千夜并没有异议，两人一前一后穿过校场，往亮着灯的营房走去。

校场边缘站着十多个陌生的大汉，全都身量高大，步态沉稳，一看就是高手。这些人不像军中战士，看他们身上佩带的形形色色的装备，更像是雇佣军。

千夜突然问：“如果我不跟你回去，会怎么样？”

季元嘉微笑不语。

千夜深吸了一口气，略带讥讽地说：“季中校，你还真是滴水不漏。”

他终于明白为什么季元嘉一进来就要找他过招了，因为他的战力有一半在远程狙击上。如果他带了枪，无疑会变得很麻烦，恐怕季元嘉不能轻松地留下他。

季元嘉笑容温和，毫不动容地说：“我只是希望能为琪琪小姐做好每一件事而已。”

千夜不想再说什么，简单收拾了一下。过了一会儿，一行人如来时一般静悄悄地离开了。

秦陆重镇樊阳城，一匹陆行兽从空无一人的长街飞奔而过，停在一座恢宏的府第大门前。这座府第完全按照古式修建，雕梁画栋，碧瓦朱檐。大门上方的横匾十分醒目地写着“殷府”两个大字，落款赫然是前任皇帝。

陆行兽上的骑士从角门进府，将整包快件交与管家。片刻之后，一封急件便被放到了书房里。

一名中年人在一位老者的陪同下，正缓步沿着回廊向这边走来。

中年人面相方方正正，不怒自威。他抚着颌下短须，缓缓说道：“水云先生，琪琪这孩子天资确实不错，只是行事上有所欠缺，让人怎么放心得下？继承人大考如此重要的事儿，她却当作儿戏。其他三人的成绩咬得很紧，可她到现在还是零分！”

被唤作水云先生的老者微笑道：“三小姐只是爱玩闹了一些，又不是什么大不了的事儿。小姐自独当一面以来，有哪件事儿没有办好？我看她是胸有成竹，才不急于一时。

举重若轻，方为大将之风！”

中年人“哼”了一声，说道：“大将之风？我看她只是胡闹罢了。看看逸安堂的殷旭，人家都快到五百分了！”

水云先生却不在意：“这点儿战绩，一场大战也就差不多了。”

“都是一群小孩子，哪儿来的大战！”

水云先生叹道：“天行啊，你可不要小瞧了现在的孩子们。三小姐选择了永夜大陆，显然早就心有成算，那可是纷乱之地！再说了，老太爷那一身月华流云诀，除了三小姐，还能传给谁？”

殷天行“哼”了一声，说：“家主之位可不是光靠原力就能坐稳的！”

水云先生抚须笑道：“如若没有一身深厚的原力，恐怕也难以服众吧。”

两人边走边聊，转眼就进了书房。

殷天行拿起桌上的封报，打开一看，顿时“咦”了一声。

他又反复看了两遍，才递给水云先生，说：“这倒是奇怪了！”

水云先生一看，也是满脸惊讶：“仅仅一个月，三小姐就打穿了武功榜，真是让人难以置信！让我再看看……唔，一千分前后只有十天，都是来自一场师级会战。土城堡一个防御节点就拿了近五百分，啧啧，定是一场血战啊！如此战绩，只损失了远征军一个营和17军团一个加强连！天行，这些数字核实过没有？”

殷天行“嘿”了一声，说：“这是黑暗种族内部的伤亡统计，怎么可能不准！”

“远征军驻守营的战力都是有数的，三小姐麾下的那个加强连真不简单，看来这次又收罗到了人才。”水云先生抚须微笑道，他继续往下看，略感意外地说，“特殊情报加分超过一百分？三小姐竟然遇到了门罗氏族的王女卫队，战区里还出现了群峰之巅的踪迹，真是太危险了！60师的临时调动……”

殷天行却掩饰不住得色：“帝国哪位大将不是从刀尖上走过来的，这是好事儿，琪琪也算是历练过了！60师不算什么，既然打出如此战绩，军部那些人就无话可说了！”

水云先生点了点头，担心地说：“永夜大陆一直不太平，西昌城那边的局势似乎有些混乱。既然三小姐已经拿满一千分，率先完成武功榜了，是不是应该叫她回来了？”

“天玄春狩马上就要开始了，琪琪不日就要前往。”

水云先生又想到一事：“天行兄，你看琪琪的婚约……”

“不行！”殷天行笑意顿敛，当即一口回绝道，“我殷家千年传承，婚约大事岂能

儿戏！当年既然定的是琪琪，就不能更改。”

他稍稍缓和了一下语气，又说：“况且敬安堂现在的格局相当不错，老十七虽然统领兵权，但总有退下来的一天。琪琪的月华流云诀若能大成，或许当得上将军之位，但是她并不擅长行军布阵，立羽长于谋略，算无遗策，正是辅佐琪琪的良才。”

水云先生说道：“上位者无须事事亲力亲为，只看三小姐这一场会战，就抵得上其他人营营碌碌半年取得的成绩，便知她能识人用人了。依我看，她的成就可不会止于敬安堂。”

殷天行摆摆手说道：“就算琪琪日后真能成为家主，也没有什么妨碍。立羽这孩子不错，只要我们对他的家族有所提携，还怕他不全心全意为殷家出力？”

水云先生徐徐说道：“我倒是听到了不少风评。”

殷天行双眉一扬，说道：“说来听听。”

浮空艇在殷家别院外面徐徐降落。

暮色深沉，千夜看着脚下的亭台楼阁绵绵延延，花木扶疏，树影相织，眼前却浮现出土城堡中狭窄的小巷和成片坍塌的房屋。此刻置身于此地，他竟有一种恍如隔世的感觉。

一下飞艇，立刻有人过来与季元嘉耳语了数句。

季元嘉随即转头对千夜说：“小姐在后花园，我们直接过去吧。”

千夜留意到别院的守卫已加强了，通道转角等处，不时会看到全副武装的大汉走过。

季元嘉露出一个苦笑：“小姐这两天一直这样，直到深夜都无法入眠。”

“她伤得重吗？”

季元嘉摇摇头说：“见了小姐，你就知道了。”

二人步履匆匆，穿入一片曲折的亭廊。这片区域千夜不曾来过，周围建筑渐渐稀少，草木愈加繁茂，小径曲折通幽，若是在白天，景致应该分外秀美，但是此时就显得有些冷寂了。

前方出现一扇爬满紫藤花的月亮门。季元嘉停了下来，轻声说：“你自己进去吧。”

千夜抬眼望去，门后是一道镂空影壁，苍白的月色洒落下来，给这里笼罩了一层氤氲的雾气。

他推开门，一股湿润的暖意扑面而来，雾气很浓，似乎带着缠绵的幽香。他这才发现眼前是一个极大的荷花池，一条长桥通向中央的水榭。

夜幕上的双子阿尔法星正处在最低垂的位置，硕大无比地搁在斜斜挑出的飞檐上。水面是圆月的倒影，乍一眼看去，几乎铺满整个空间，田田荷叶就仿佛生长在月亮上似的。

殷琪琪在水榭里席地而坐，她穿着一件广袖深衣，把头搁在膝盖上，静静注视着水面。铺天盖地的月色下，她的背影竟然显得有些萧瑟和孤单。

千夜慢慢走到她身后，叫了声："琪琪小姐。"

殷琪琪没有回头，轻轻叹了一口气，说："李伯死了，就倒在我的面前。他是看着我长大的，没想到就这样走了。"

千夜静静听着。

"李伯早就是战将级别的强者了，如果不留在殷家，随便去哪里都能名利兼收。可这些年来他却一直跟着我，照顾我，保护我。要不是为了护着我，他也不会……"殷琪琪突然停了下来，再也说不下去了。

千夜张了张嘴，不知该如何安慰她。两人一坐一立，静默了很久。

良久，殷琪琪动了动，从低矮的雕栏上探出身去，伸手撩动池水。硕大无比的水中月影渐起涟漪，整个池塘微波荡漾，一时间如同有千百个月亮在脚下晃动。她手上出现蓝白交织的原力光芒，沿着手臂盘绕而上，如云蒸雾绕一般。

这时，千夜看到了她的侧脸，妩媚动人的眼角竟闪着点点荧光，仿若碎星坠落。

"看到你没事儿，我很高兴，早点儿休息吧！"殷琪琪神色黯然，淡淡说道，"我明天再找你。"

"好。"

千夜应了一声，转身离开了。走到岸边时，他回头望去，殷琪琪依然静静坐在那里，原力光芒继续扩展，在她周身不断缭绕着。她如坐云端，背影似乎又添了几分落寞。

千夜走出月亮门，看到季元嘉双手抱臂靠在廊柱上，正望着一丛灌木出神。

千夜走到他面前，直截了当地说："我拿到了一张假情报，才会选择攻击东陵山区的一个黑暗种族据点。前面很顺利，但是在撤退时，遇到黑暗种族集团军在那片区域大调动，中途被发现，只能选择从土城堡那边的山口突围。"

季元嘉没有流露出感到意外的神色，坦然说道："如果不是那个人对你的战力判断误差太大，131 连早就全军覆没了。"

"远征军第三军的宪兵队去 131 连驻地搜走了大部分档案，也是那个人指使的？"

季元嘉笑了笑，说："在针对你的这一环上，那个人还真是做到了滴水不漏。他在整个战局的布置上环环相扣，连善后都想好了。131 连在官方报告中被编入了前锋战队，要知道 17 军团的一个加强连可不能作为炮灰被随随便便消耗掉。与其给你安个冒进出击的名头，不如拿个一级战功以慰英魂。而对军部的大人物们来说，只要有确凿的军功，一个连队的战斗位置其实并不重要。"

他顿了顿，又冷笑道："或许你还不知道，小姐麾下的 17 军团协防营也参加了这次会战，这本就是小姐继承人大考的一部分。所以只要能够达到目标，殷家长辈们就不会追究细节。就算其中有什么不妥的举动，也多半会被忽略。"

千夜默然片刻，问道："也就是说，没有证据，就拿那个人没办法了？"

季元嘉的语气看似平和，实则透着一抹森然的寒意："是，拿他没办法。不过，以后他的手也伸不了这么长了。"

千夜从他的话里听出了血腥的味道，布局此事的显然是个高手。而期间 131 连送上去的战报，以及留守上尉派出的传令兵都没有得到回应，显然促成此局的并非一人之力。殷家别院此时增加防务，更换护卫，看来殷琪琪身边已经整肃了一番。与那个人里外勾结的，恐怕都没有好下场。

"他是谁？"千夜终于问道。

季元嘉看着他，说："你应该猜到了吧？不过，现在不行。"

见千夜皱起眉，季元嘉坦言道："他是琪琪小姐的未婚夫，在这个身份还有效期间，你不能动他。何况你也杀不了他，他大部分时间都在帝国军部，想要暗杀他绝无可能，就算他离开上层大陆了，行踪也很难锁定。哪怕是我，在正面决斗中也只有七成的把握能够击败他。"

千夜淡淡地说："这个世界上，没有什么是绝对不可能的。"

季元嘉回道："确实，杀人并不仅仅依靠刀枪。"

千夜微微一怔，看了他一眼，突然明白了他的言外之意："你……"

季元嘉极为坦然地说："以前是我想错了，我希望她不要改变，一直这么随心所欲，肆意张扬，永远坚守本心。可是如果不能拥有至高无上的权力，无论什么愿望都只能成为奢望。所以，我会遵循琪琪小姐的意愿，成为她手中最锋利的那把战刀。"

直到回到自己的住所，千夜还一直在想季元嘉最后那句话。

说到底，殷琪琪和顾立羽之间的矛盾，其实只是内部主控权之争。因为牵扯到整个家族的继承人大考，殷琪琪所在家族分支的不同成员之间，存在着利益分歧，所以才会形成这种相互制衡的局面。

千夜虽然和季元嘉接触不多，但也隐隐感觉到他不是那种喜欢卷入权力纷争的人，否则当初对叶慕蓝不会一退再退，然而他今天却如此鲜明地表明了自己的立场。

季元嘉已经选定了自己要走的路，那么这个任务结束后，他的路又在哪里呢？

第二天午后，殷琪琪派人叫千夜去书房。

千夜过去的时候，殷琪琪正在长桌前写字，写的正是墙上那幅字——“杀伐果决”。

听到千夜进门，她把毛笔扔进笔洗，凤目轻挑，露出一个明艳的笑容，顿时满室生辉。昨晚千夜看到的哀伤如同水中月影一般了无踪迹，仿佛未曾出现过一样。

殷琪琪走到他面前，豪爽地拍了拍他的肩，说：“你这次帮我弄到不少战绩，真让我感到意外。”

“战绩？”千夜那几天只顾着埋头杀敌，哪里有空去理会这事儿。

殷琪琪自顾自地扳着手指，说：“击杀六级战士五名，五级战士二十三名，四级以下战士超过百余名，炮灰三千余人。这样的战绩，你觉得光靠131连和远征军的一个营能够拿下吗？”

千夜沉默了片刻，远征军和加强连的战力如何，他再清楚不过了。正常情况下，能够打出一半的战绩就不错了。

“这个数字不对吧？”千夜有些疑惑。

“这是黑暗联军自己统计的伤亡数字，你说准确吗？”

千夜微微一怔，随即意识到这句话背后的含义，他这才发现自己小看了门阀世家和帝国的能力。黑暗种族对进行帝国渗透，帝国又何尝没有对他们进行渗透？或许因为黑暗种族的天性，帝国的渗透恐怕还要深一些。

“这些高阶战士，大半都是你杀的吧？”

面对这个问题，千夜不知该如何回答。仔细回想，好像四级以上的黑暗战士确实大多死在他手上。不过这样的战绩对一名四级战兵来说太过惊人，即使他是一名有战队辅助的超远程狙击手，也还是过高了。不过殷琪琪肯定十分了解她麾下131连的战力，才会这么问。

他硬着头皮说：“鹰击加上足够的原力实体弹，还行吧，再说我现在已经升到五级

了。”

殷琪琪盯着他，看得他心里发毛。她忽然绽放笑颜，凑近他，贴着他的耳朵，轻声说：“用鹰击是打不出这种战绩的，你有事情瞒着我！”

她如兰的气息吹入耳内，千夜的汗毛不禁竖起来了。血族体质除了使身体更加强悍，也令他的感知更为敏锐了。他的耳朵说不出的难受，麻痒的感觉似乎要渗入血液中去。他身体一侧，连忙拉开了距离。

“不许动！”殷琪琪大喝一声，又问道，“你究竟瞒了我什么？”

“没……有！”

殷琪琪绾了绾有些凌乱的头发，耸了耸肩说：“我知道在永夜大陆混的人，都有自己的秘密，不过没关系，我并不介意。你这次出战，身体损耗肯定很大，我让杜老来帮你检查一下。有时候一些小伤不及时治疗，会影响后面的修炼进境。”

殷琪琪轻轻拍了下手，旁边的侧门打开，一个干瘦矮小、满脸愁苦的老人走进房间，来到千夜面前。

千夜微微一怔，看着殷琪琪关切的表情，不知如何是好。杜老可是战将级的强者，也许还不是普通的战将，由他出手为自己检查，身体里的秘密还能瞒得住吗？可是此刻骑虎难下，若是拒绝，便更让人怀疑自己心虚了。于是千夜只得努力调整呼吸，装出一副若无其事的样子，同时血脉潜伏的能力也开始自行运转，所有血气在心脏里潜伏得更深了。现在，他只能期待这个能力如预想中那样强大。

杜老咳嗽一声，左手五指指尖忽然各亮起一个光珠。他屈指一弹，五颗光珠飞射而出，环绕着千夜的身体转动起来。光珠不断震动，发出“嗡嗡”的蜂鸣声，千夜体内的原力也随之共鸣起来。

转眼之间，千夜身上五处原力节点一一点亮了，在光珠的影响下绽放出夺目的光芒。他的躯体似乎变得透明起来，原力节点和原力流动都清晰地显现了出来。

原力如氤氲的雾气，节点则似颗颗闪亮的星辰。千夜对这一景象大感意外，他随即发现杜老和殷琪琪都死死盯着自己的胸口，低头一看，胸前的节点极为烁亮，竟如当空红日！红日周围，则隐隐有数道光环依着玄奥的轨迹转动着。

看了许久，杜老才长出一口气，说：“小姐放心，他的身体并没有隐伤。”

殷琪琪盯着千夜的胸口，问道：“这是不是兵王之象？”

杜老摇了摇头，说：“似是而非，但也相去无几。他这个原力节点想要打通，难度是旁人的十倍还不止！嘿，真想不到他居然能够闯过难关。此关一过，便是坦途。至少在九级之前，不会再遇到过不去的关卡。”

殷琪琪双眼亮起异彩，问道：“聚力成旋的关口呢？”

杜老苦笑道：“小姐，你这就难为老头子了。想要鉴定战将以上的天赋，只有大衍天机诀等寥寥几种古法才能办到。”

殷琪琪大失所望，道：“我到哪儿去找会大衍天机诀的人啊？”

她看了千夜一眼，似乎下定了决心，用力拍拍他的肩，说：“这样吧，等我回去哄得老太爷开心了，让他帮忙引见一下林熙棠大帅。我借机带你一起去，请林熙棠大帅为你鉴定天赋。”

千夜吃了一惊，随即想到林帅军务繁忙，怎么可能为一个世家子弟做这种小事儿。殷琪琪要是真这么做了，多半会碰一鼻子的灰。

殷琪琪又问：“他的原力好像比其他人深厚许多？”

杜老叹道：“多了不止一倍！他的原力沉凝如山，基础打得无比扎实，实在难得一见。只不过他修炼的是兵伐诀，没有修炼过秘传武技，倒是得早做打算。”

殷琪琪顿时有了兴趣：“兵伐诀？喂，你能承受几轮原力潮汐啊？”

千夜思忖了一下，说：“三十轮。”

殷琪琪很是失望：“只有三十轮？那就是普通兵王了，不上不下的，还以为你怎么也能承受个三十七八轮呢！”

千夜听了，决定保持沉默。

杜老有些听不下去了，咳嗽了几声，说：“小姐，兵伐诀是战将以下原力速成的第一等功法，二十轮足以跻身精英部队，三十轮以上就有潜力角逐各大军团正副军团长之职。而四十轮以上，终会成为军中威震一方的大将。放眼帝国上下，能够修到五十轮以上的，也就只有张伯谦大帅、武威王等寥寥数人而已。”

殷琪琪急忙说道：“好啦，我知道了，不会再瞧不起兵伐诀了。您别再说了，我都听过好几十遍了。”

杜老无奈地摇了摇头，说：“兵伐诀虽然简单易修，但能够在军中推广，必然有它的道理……”

殷琪琪一把拽着千夜，拖着他离开了，不再听杜老啰唆。

千夜一路被殷琪琪拉到花园里，才停了下来。他暗中松了一口气，血脉潜伏的能力

果然强悍，杜老刚才的手法显然是专门的血脉和体质探测术，这样都没发现他体内的黑暗之血，看来以后只要小心谨慎，大将、国公以下的强者都很难窥破他的秘密。

殷琪琪说："杜老就是这样，一看到有人修炼兵伐诀有成，就异常兴奋，总是说个没完。我没有看不起兵伐诀，据说这是太祖草创、武祖增修过的功法。可是再怎么好，修炼到九级时，潮汐之力便会大到无以复加，极易损毁身体，这可不是闹着玩的。无论是谁，都迟早要更换功法，就连伯谦大帅也不例外。"

说到这里，她侧过身，像对待好哥们儿一般勾住千夜的肩说："可以啊，小子，你居然能够练到三十轮，成了兵王！你这样的家伙，怎么会躲在暗血城那种乡下地方当个小猎人？来，把你的故事说给本小姐听听！你究竟惹了什么情债，要跑到穷乡僻壤去避祸？"

千夜哭笑不得，殷琪琪的思路有时候实在太跳脱，让人难以招架。

殷琪琪眉眼弯弯，如灵狐般狡黠，终于调转话题说："来，我们说说下一个任务！我马上要回秦陆去参加天玄春狩，这次活动取得的排名也会计入继承人大考。所以你的任务就是陪我参加春狩，好好保护我！"

天玄春狩？听起来像是打猎。千夜直接忽略了这位大小姐经常冒出来的各种不当用词，不过等他发现殷琪琪口中"保护"一词的真正内涵时，终于有一种被坑蒙拐骗了的感觉。

殷琪琪笑吟吟地说："这次任务的额外报酬，是给你选一部合适的殷家秘传战技，你的兵伐诀差不多该换了噢！"

她的脸色全是诱哄之色，千夜见她的笑容分外明媚，与水榭月华中的萧瑟完全不同，心里微微叹了口气，说："这是你大考的最后一个任务吧？好，我一定会尽力的。"

晚上殷琪琪派人给千夜重新配齐了装备，还给了他厚厚一叠关于天玄春狩的资料，最上面是一份长长的参加者名单。

千夜随手翻开一页，一个无比熟悉的名字顿时跃入眼中——宋子宁。

第二十章 天玄春狩

春狩是大秦帝国贵族阶层的传统社交活动，以示帝国以武立国，不忘国本。由于主办者、参加者和狩猎地点的不同，分为许多门类。

殷琪琪即将参加的天玄春狩等级最低，参加者都是七级以下的年轻贵族子弟，而和他们一同下场的随从也不能超过七级。

除了天玄春狩，专为七级以下设立的春狩还有帝苑和北海。其中北海与天玄平级，而帝苑则由皇家主办，规格最高，四大门阀的核心继承人将全部到场，各大世家亦会派出嫡系子弟参加。至于士族，除了个别惊才绝艳的年轻人会受到邀请，则全都没有参加的资格。

天玄春狩的门槛没有那么高，参加者名单排在最前面的是燕云赵氏和高陵宋氏两家门阀。另有世家十七八个，士族近百人。

千夜盯着宋子宁的名字看了一会儿，突然感到心烦意乱。他知道血气进阶的后遗症又来了，九道普通血气合一后强壮了许多，连金、紫两道血气都无法吞噬它。

他轻轻吁了口气，放下资料，走入隔壁静室修炼兵伐诀。只有修炼出更多的原力，才可以喂养普通血气，克制住体内血气的躁动，让沸血状态变得更加可控。

两天后，一艘可以在大陆间往来的飞鸿级浮空艇，从西昌城外慢慢驶入茫茫虚空。浮空艇形如楼船，高达七层的主楼以青碧色为主色，饰以祥瑞异兽，充满了古韵。

此时，楼船顶层气氛紧张，千夜临窗而立，面色阴沉，满脸怒意。他面前站着两个战战兢兢的轻衫垂裙少女，一人捧着一个托盘。

坐在另一头长榻上的殷琪琪却笑靥如花，她穿着一身帝国贵女的传统服饰，广袖帛带，深黑底色缀水蓝华饰。如果她的坐姿再端庄一点儿，看上去就是一个不折不扣的世家小姐。但她却毫无仪态地斜靠在一侧的扶手上，右手托着下巴，上下打量着千夜。

“你答应过保护我的！”

“我没答应穿这种东西。”千夜嫌恶地瞥了一眼少女们手上的托盘，那是一整套与殷琪琪的装扮相似的衣服和饰物，也就是女装！

殷琪琪笑吟吟地说：“你看，我特意选的这种古服，男装和女装的差别只在于左开襟和右开襟，不仔细看都看不出来！”

原来殷琪琪所带随从和护卫虽多，但根据春狩的规则，进入猎场后只能九人组队，多出来的人或为后勤，或独立狩猎。春狩为期一个月，其中有十五天要深入猎场。殷琪琪身为世家嫡女，当然不能和一群大男人混在一起，从礼仪上来说，至少要带一个女伴，与她同吃同住。而她报上去的名单里，那个女伴就是千夜。

千夜对这种莫名其妙的礼仪深表怀疑。

殷琪琪努力游说他：“兰姨八级了，不能参加狩猎。而这群小妞都只有两三级，进入猎场的核心范围就是送死，你答应要保护我的！”

千夜这几天受血气影响，变得格外烦躁和没有耐心，此时不想和她争辩，转身就要往门口走。

殷琪琪跳起来，拉住他：“我不能和其他人睡一个帐篷，你也不行！不说别的，光是我家老太爷就会劈了你。”

千夜反驳道：“我换了女装也不是女人，我们睡一个帐篷，你家老太爷难道就不知道了？”

“他当然知道，但他在乎的是殷家门风。只要资料上和出现在大家面前的是女人，就行了。”

千夜看了那份见鬼的资料，他的名字赫然变成了千晓夜！

就这样，他满怀着熊熊怒火，看着浮空艇穿过虚空星路，抵达秦陆中部的重镇晋中，然后徐徐降落。

天玄春狩由封疆在此的卫国公组织举办，猎场在晋中以西的天玄山脉。据说天玄山地脉有异，贮藏着大量珍稀的矿脉，原力十分紊乱。因此不光有种种凶兽出没，还有可能遇到奇珍异草。按照春狩的惯例，为了增加难度，卫国公还会往猎场中投放一些黑暗种族战士。

帝国春狩，无论何种等级和规格，都是真刀真枪的实战。而七级之上到战将之下的西疆春狩，则是直面异族和叛军的小型战役。

春狩大营设于卫国公在天玄山麓下的别院里，虽是别院，但规模却相当于一座小城。尽管每次都有十余个世家和上百名士族参与，加上随从、卫队等人数少说也过万了，但别院都能从容安置。

殷琪琪带着千夜以及一众随从护卫，在晋中镇的飞艇基地换乘小型艇前往春狩大营。身为殷家年轻一代的核心人物，她和许多世家望族子弟来往颇多。当她到达大营时，居然有十余名贵胄少年专程来迎接她。

殷琪琪在人群中本就是最受瞩目的存在，当千夜出现在她身后时，竟也收获了无数炽热的目光。

千夜最终还是穿上了那件和她一样的广袖华服，半长的黑发披散下来，眉眼稍加修饰，原本略带锋芒的轮廓便柔和了下来，竟也有了几分摄人心魄的美。

殷琪琪心情特别好，凤目弯弯，看上去格外妩媚。千夜和她差不多高，却冰冷无比，站在那里自有一股杀气。这些贵胄少年们看到两位如孪生姐妹一般的少女，一时间不由得目醉神迷。

被人用这样的目光看着，千夜胸中怒火腾腾燃起，有一种想要当场爆发的冲动。

殷琪琪倒是十分擅长应付这样的场面，和一众贵胄少年谈笑风生。直到登上卫国公别院派来的马车，千夜把车门重重摔上，这才隔断了贵胄少年们火辣辣的目光。他冷冷地说：“我不喜欢这个身份。”

殷琪琪立刻安抚道：“就是一开始露个面儿，等晚上的欢迎宴会结束后，就没事儿了！”

马车一路疾行，进入分配给殷家的院落。这是一座前后数进的大院，不但布设了假山、池塘和花圃，屋后还有一汪小小的温泉，环境说不出的清幽雅致。外院修有数排平房，足可安置近百名随从护卫。千夜作为殷琪琪的“女伴”，没有单独的居所，被安排在主卧室的外进。

按照惯例，春狩的参加者们会在别院休整一天，缓解旅行的疲劳。部分随从护卫则于第二天一早先行出发，前往天玄山脉深处的前进基地，做好住宿分配、后勤补给等各项准备工作。

作为春狩的开篇，卫国公今晚将大宴宾客。入夜时分，别院最大的武安堂灯火通明，美酒如泉，佳肴若山，被来回穿梭的侍女源源不断地送上席面。世家望族的年轻英才们济济一堂，其中男子们风华正茂，大多身着帝国军服或武士服；贵女们则广袖帛带束腰，行动间袅娜多姿，秀色如花。

即使在如此多的俊男美女之中，殷琪琪和千夜也是众人瞩目的焦点。两人服饰相同，气质迥异，行走在人群里极为醒目。

千夜紧紧跟在殷琪琪身后，一言不发，目不斜视，周围道道或炽热或嫉妒的目光让他极不自在。由于各家的核心狩猎队有人数限制，一般人都会选择六级、七级各有专长的成员。相形之下，千夜只有五级，因此就格外引人注目。

千夜正郁闷无比地盯着脚尖，听殷琪琪和几个来自同一行省的熟人从茶会聊到赛马，忽然大门处传来迎宾知客长长的通报声："宋阀七公子宋子宁到！"

喧闹的厅堂为之一静，几乎所有人的目光都落在大门处，只见一群容貌清秀的少男少女簇拥着一个温雅俊秀的贵族青年走了进来。

这个贵族青年穿着一身淡青色的大袖古服，风姿俊朗，温润如玉，脸上含笑，望之令人如沐春风。

他全身上下没有任何饰物，唯有对襟上那排晶莹剔透的玉扣透出隐隐的奢华。那一颗颗似有烟气缭绕的天然血玉是上好的原力媒介，一颗价值万金，这样大小、质地差不多的一整套玉扣，几乎是有价无市。在四大门阀中，宋阀广结善缘，行事最为温和，早年以行商起家，坐拥的财富稳稳居四阀之首。

千夜怔了怔，认出眼前这个宋阀七公子确实是当年黄泉训练营的同窗。成年后的宋子宁容貌变化不大，气质却完全判若两人了。

周围都在悄声议论着这位如彗星般崛起的宋阀新秀。宋子宁行事极为低调，一直到宋阀公布继承人候选名单时，才突然出现在人们的视线中，就连今天参加春狩的世家望族对他都知之甚少。

宋子宁步入厅堂之后，众人立刻围了上去，与其套近乎。

他的微笑如春日微风，让人沉醉，一些贵女隐隐露出倾慕之意。他一一应对着众人，始终彬彬有礼，不让一人落空。但若是有人留心观察就会发现，其中隐隐有亲疏之别，世家子弟得到的重视明显要比士族多，世家排名靠前而又和宋阀关系亲近的，则会得到更多的关注。

这些细节最是考究一个世家子弟的社交能力，宋子宁不但礼仪周全，没有疏漏，更难得的是毫不拖沓。转眼间他就将成群的人一一应对了过去，这充分显示了宋阀核心子弟的底蕴和才干，在场许多年长一辈的人物都暗自点头。

“我很讨厌这个家伙！”殷琪琪在千夜耳边轻声说道，“因为他身边的女人很讨厌。”

千夜这才注意到宋子宁身后跟着数名少女，其中赫然有叶慕蓝。另外几人与他偶有交谈，神态亲密，关系似乎也不一般。盛装的叶慕蓝愈发显得气质出众，她紧紧跟在宋子宁身后，神态一如既往的清冷高傲。

宋子宁远远看到了殷琪琪，当即含笑走来。他大步走到殷琪琪面前，目光忽然越过她，停在了千夜脸上，那仿佛永远不会变化的温润的笑容顿时凝固了。

千夜半垂着头，脊背绷紧站得笔直，只当身外的人和事全都不存在。

他和宋子宁分别时，正在少年成长期，如今身高和体型都已有了变化。哪怕长相还有三分原来的模样，但顶着女子的身份，再加上血族体质带来的变化，他不相信宋子宁一个照面便能认出自己。

殷琪琪笑容微微一僵，脸色立刻有些不好看了。

宋阀七公子名声不太好，有很多风流传闻。现在竟然当着她的面，盯着她的女伴看呆了，简直一点儿礼貌也没有。他们做了这么多年的表兄妹，她绝不相信这个装模作样的家伙，真会为了一个女人失态，这分明是当场给她难堪。

殷家和宋家虽然是姻亲，但殷琪琪和宋子宁不睦已经是公开的秘密了。每次两人共同出席的场合，殷琪琪都会直接表示对宋子宁的厌恶。然而宋子宁却始终彬彬有礼、热情周到，尽管总会遭到她的各种冷嘲热讽。

这时旁边响起一声轻笑，叶慕蓝走到宋子宁身边，伸手拉住他的衣袖，语调轻快地说：“看着真是个可人儿，难怪我家子宁会一时忘了礼数。”

殷琪琪可不是那种愿意当面吃亏的人，她冷冷斜了叶慕蓝一眼，漠然喝问道：“什么时候轮到一个士族女人先说话了，你家里没教过你礼数吗？野丫头！”

叶慕蓝抓住宋子宁衣袖的手一紧，一张精致美丽的面孔顿时气得铁青。士族出身是她的大忌，殷琪琪却是那种最擅长往别人伤口上撒盐的人。

宋子宁这才回过神儿来，手一抬，不让叶慕蓝说下去。

叶慕蓝一脸委屈，她凝视着宋子宁的时候，平日里的清冷骄傲如冰雪般消融了，带着几分娇羞，柔声软语地说：“子宁，她……她羞辱我……”

宋子宁一双如春水般温柔的眼睛含笑向她看了一眼，她立刻不再多言。宋子宁这才转向殷琪琪，寒暄道："琪琪，许久不见，近来可好？"

殷琪琪一双妩媚的凤目微微眯起，似笑非笑地说："听说七表哥最近需要打理的事务又增加了，肯定不会像我待在永夜大陆那个乡下地方那么无聊，还好有晓夜陪我。"

她微微侧身，伸手撩起千夜垂落肩头的一缕散发，在手指间卷了卷。

"晓夜？"宋子宁微微一怔。

殷琪琪盯着他身边的叶慕蓝，见她虽然努力保持平静，但眼中那熊熊燃烧的怒火却怎么也压不下去。随即眨了眨眼睛，突然下了点儿猛料："七表哥，如果你真心喜欢晓夜，我可以把她让给你哦！"

此话一出，千夜立刻觉得落在自己身上的目光不知灼热了多少倍，他再也控制不住自己，眼中凌厉的杀气一闪而过。

宋子宁不由自主地又把目光落到千夜身上，神色再次变得有点儿恍惚。千夜如同柱子一般伫立在原地不动，自始至终不曾看他一眼，心里更是烦躁无比，很想一脚踹到他肚子上。虽然知道这是迁怒，但一切确实因他而起。

叶慕蓝实在忍不下去了，冷冷说道："琪琪小姐，你对子宁应该要有最起码的尊重吧？你这样不会让天行大人失望吗？"

殷琪琪看了她一眼，说："我和七表哥谈家事，你在旁边多什么嘴？听你的意思，是觉得七表哥对阀主之位已志在必得，要天行大人来才能说话了？"

此话一出，叶慕蓝立刻满身冷汗。而在一边看热闹的旁观者们也多半色变，有些士族和小世家的子弟开始往远处退去。阀主之争非但不能掺和，连听都不能听。

叶慕蓝脸色惨白，心下大恨，她没想到殷琪琪竟然抓住一个话头，硬生生地将她置于危险的境地。

宋阀的处事风格看似温和，可实际上门阀世家的继承权之争，残酷狠辣之处与庙堂之争相比，也不遑多让。

宋子宁得以跻身继承人序列本就出人意料，而他本人和他所在的那房对阀主大位从未表现出任何争胜之心。若因叶慕蓝的一句话被推入旋涡，弄不好宋子宁会直接退婚，这对她来说可是灭顶之灾。

叶慕蓝捏紧拳头，指甲深深刺入掌心，疼痛使得她的大脑飞速运转，沉声说道："子宁从没有这个想法，倒是琪琪你好像对殷家的继承人大考志在必得，这次春狩可要好好表现。”

不料殷琪琪像看见白痴一样瞥了她一眼，淡笑道：“区区一个继承人大考，有什么难的！随便花点儿力气就能赢下来，用不着那么重视。”

殷家和宋阀情况不同，殷琪琪已经进入大考，这时再装作无心争夺大位已经毫无意义。

叶慕蓝暗暗咬牙，眼光一转，又说：“可我怎么听说，有人在大考中出了纰漏，使得远征军损失惨重……”

殷琪琪若无其事地说：“是呀，这事儿确实闹得挺大。不管是谁将消息卖给血族，我都会一查到底。哪怕那人是某个门阀子弟的老婆，也逃不过我殷家的追杀！你说是不是，叶小姐？”

叶慕蓝脸色一寒，问道：“你这话是什么意思？最好说清楚！”

殷琪琪鄙夷地说：“让我说清楚，你还不配！”

千夜心中一动，他感觉到叶慕蓝的心跳加快了。看来土城堡一战背后的钩心斗角比想象中更加复杂，季元嘉并没有全部告诉他。他心中隐现杀机，突然感觉到宋子宁的目光又向自己投射过来，只得隐忍不发。

“琪琪，你行事如此霸道，若是由你执掌殷家，还会把谁放在眼里？”叶慕蓝咬牙切齿地说。

殷琪琪冷冷回应道：“不管我霸不霸道，都不会让一个小小的叶氏踩到头上去！”

周围一片寂静，众人完全没有想到二女如此剑拔弩张，连最后的体面都不顾了。

宋子宁眼中迷茫散去，露出慑人的光芒，正想说话，忽然一声拖长的通传声传来：“赵阀二公子赵君弘到！”

他立刻恢复了春水般温柔含笑的模样，说：“难得君弘也来了，三表妹，我们去迎一下吧。”

殷琪琪点了点头，和他并肩向院门处走去。叶慕蓝此时已镇定下来，若无其事地退后两步，跟在二人身后，可是偶尔投向殷琪琪的目光中，仍然充满怨恨和不屑。

门口一队贵胄青年拾级而上，如众星捧月一般环绕着一人走了进来。那人大约二十四五岁的年纪，生得十分俊美，比宋子宁还要胜出半分。他有着一头浅色短发，黝黑深邃的双瞳中透着一点紫色。他一现身，人群中立刻议论纷纷。

“竟然是赵阀二公子，生得果真如传言般俊美无俦！”

“早就听闻赵阀嫡系子弟男的俊秀，女的清丽，如今一看果然名不虚传！年轻一代

有四位公子最为出众，赵君弘就是其中之一！”

有人为之神往，问道：“不知君弘公子是否婚配？”

旁边立刻有人讥笑道：“就凭你也想攀上赵阀？别做梦了！”

那人立刻涨红了脸，不忿道：“有什么不可能的！高门大阀都有和士族通婚的传统。我家有女初长成，天资聪颖，丽质无双，你怎知赵二公子一定看不上她？”

又有一人好心拍拍他的肩膀，用惋惜的语气说：“四阀之中，唯有赵阀从不与士族通婚。赵阀最是心高气傲，代代能人辈出，千年来声望如日中天，自然有底气。”

那人立刻垂头丧气，不再多话了。

赵君弘跨过门槛时略略一停，已把厅内形势尽数看在眼中。随从们不用吩咐，就把想要围拢过来的人全部拦在一边了。他本人则径自走到宋子宁和殷琪琪面前，张开双臂和宋子宁拥抱了一下，笑道：“子宁，好久不见，你的实力又更进一步了。”

宋子宁微笑道：“较君弘兄还是差了一点儿。”

赵君弘摇头自嘲道：“不过是药用得多了一些，不值一提，哪里及得上子宁每一步都不假外力来得扎实！”

宋子宁叹道：“君弘兄过谦了，谁不知道赵家四公子个个都是战将之才，用不用药根本没有区别。”

“什么四公子，不过是虚名罢了，惭愧啊惭愧，我是天资最差的一个。”

宋子宁立刻回道：“哪里哪里，君弘兄过谦了……”

两人你来我往，简直没完没了。

殷琪琪翻了个白眼儿，喝道：“行了，你们两个有完没完，再互相吹捧，天都要亮了！”

赵君弘和宋子宁相视一笑，毫无惭色。

赵君弘微笑着向殷琪琪打了个招呼，说道：“许久不见，琪琪你又变漂亮了。听说你在永夜大陆遇到了一点儿麻烦，有没有需要我效劳的地方？”

殷琪琪立刻摇头道：“不需要，我自己可以搞定！”

紧接着，三人从各自的家族聊到亲朋好友，又从共同参加过的社交活动谈到未来的日程。赵君弘骨子里的傲慢渐渐浮现出来，除了宋子宁和殷琪琪等寥寥数人，其余的他都不放在眼里。

此时鼓乐声响起，在众人的簇拥下，从屏风后面走出一个不怒自威的中年男人。他穿着以帝国军服为底的服色，食中二指上戴着两枚巨大的翡翠扳指，戒面上刻着阴文的

“卫”字。

此人正是卫国公，此次春狩的组织者。

卫国公的目光徐徐扫过全场，当他的目光掠过千夜时，千夜竟有种被雷电击到的感觉，立刻知道他是极为可怕的高手。

千夜随即收敛心神，保持气血稳定，将早就缩进心脏深处的血气和符文藏得更深了，生怕被卫国公看穿了底细。好在卫国公的视线只是一扫而过，根本没有稍做停留，他这才松了一口气。

这时有侍女端了酒上来，卫国公执杯在手，朗声说道：“各位皆是帝国栋梁之材，我等已经老了，这无尽星路，浩然天下，迟早都是属于你们的。不过黑暗诸族依旧强横，各位仍需努力。终有一日，我们会将黑暗种族彻底消灭干净！帝国长存！”

所有人共同举杯，齐声说道：“帝国长存！”

晚宴结束后，千夜随着殷琪琪回到院落，在踏入卧房前，他犹豫了一下。殷琪琪却一把将他扯了进来，然后关上了房门。

“我去洗澡，你也早些休息。”殷琪琪指了指门厅右侧的一扇门。

见主卧的内外两进都有独立的浴室和更衣间，千夜立刻松了口气。

他沐浴更衣之后便上了床，沉沉睡去。在进入梦乡之前，他忽然一阵心悸，好像有不好的事儿即将发生。

殷家所住院落的东侧，隔着一条青石小径和两排疏落的花树，是一个规模更大一些的院落，那里是宋阀落脚之处。

此刻书房内灯火如昼，宋子宁正提笔作画，生宣纸面上一幅仕女图已初见雏形。他下笔不疾不徐，然而笔墨淋漓，气韵生动，画中之人似是呼之欲出。

这幅画采用了工笔与写意相结合的画法。人物的身姿、衣饰浓笔写意，虽然只是最简单的站姿，却气势惊人，凛冽的杀意仿佛要跃纸而出。脸部却用浅细的笔法勾勒，黛眉微蹙，栩栩如生。乍一眼看去，画中人的面容竟然和女装的千夜有三分相似。

宋子宁执笔而立，双唇抿成一道锐利的弧线，神情肃然，丝毫不见人前温润谦和的气质。此时的他就像一柄饱饮鲜血的上古神兵，透着诡异的危险。

他忽然摇头，将这幅没有完成的画扔到一边，重新铺开一张纸，又画了起来。书桌边上已经有五六张作废的画稿，每张只是脸部略有差异，且都和千夜有几分相似。如果千夜本人看到了，肯定会大吃一惊，那些略有差异的地方，全是他刻意修饰过的部位。

宋子宁眼底突然闪过慑人的冷芒，周身凌厉的气势瞬间消散了。

这时有人轻轻敲响书房的门，他恍若未闻，默不作声地提笔凝视着画纸。

门被轻轻推开，叶慕蓝走了进来，她手里端着一个托盘，上面放着茶壶、茶杯以及热气腾腾的炖盅。她把东西放到一边，轻手轻脚地站到宋子宁身后，静静地看他作画。

宋子宁一笔忽然下得重了，留下一道颇粗的墨迹。他叹了口气，又将废了的画稿扔到一旁。

叶慕蓝轻柔的声音幽幽响起："子宁，你很喜欢这个晓夜吗？"

宋子宁放下笔，走到桌边，叶慕蓝连忙倒了一杯新茶递给他。他接过茶杯，温和地说："她是琪琪的人。"

叶慕蓝袖底的手握紧了，面上却不动声色，说道："琪琪实在太不尊重你了，听说她母亲那一房已经靠向二公子……"

"嗯。"宋子宁表示听到了，他一如既往地对这种话题不明确表态。

"子宁，顾家大表哥顾立羽那边有点儿小麻烦，你能不能帮帮他？我觉得将他争取过来，对我们会有帮助。"

"嗯。"宋子宁点了点头，连问都没有问一声。

叶慕蓝想不到此行的目的竟然如此轻易地达成了，不由得呆住了。最近一年宋子宁给了她不少权限，且鲜少过问，显然十分信任她。她也自觉宋阀交过来的事务都办得很漂亮，担得起这样的信任。

可是她还来不及高兴，就发现宋子宁的目光又落在画中人身上。她佯装镇定，走到桌边收起废弃的画稿，轻声说："那个晓夜既然肯依附琪琪，必定出身寒微，其实也不是没有办法……"

宋子宁突然说道："她肯跟着琪琪，当然是她自己的意愿。"

叶慕蓝心头一跳，努力保持着得体的微笑，抱起整理好的废稿说："子宁，早点儿休息吧。"

"嗯。"

叶慕蓝轻轻关上书房的门，走到拐角的僻静处，咬牙将手中的画稿撕得粉碎。

她身边的侍女吃了一惊，连忙环顾左右，见四下无人，一边蹲下去将碎纸全部捡起，一边轻声劝道："小姐，七少只是一时新鲜罢了。"

叶慕蓝冷冷说道："那贱人分明是在愚弄子宁，要我说子宁对亲戚就是心软。"

此时她已恢复仪态，于是带着侍女若无其事地离开了。

片刻之后，叶慕蓝的侍女悄悄去了外院。那里不光住着宋家的护卫，还有一些依附于宋家的士族子弟。

宋子宁这次只带了五十人的卫队和二十多个亲随，可容纳百人的院落空了几间房出来，于是一些士族子弟就想方设法住了进来。哪怕一间房里挤了七八个人，他们也不在乎，反正只住一晚。回去之后，他们便会大肆宣扬自己住在宋阀的院落里，这可是大有光彩的事儿。

侍女走进东头最后一间房，里面只住了三个人。他们都是外姓士族的年轻子弟，不是直接找了叶慕蓝，就是由叶氏族长介绍过来的。三人一间的待遇，显然比其他依附者要强多了。

侍女只是稍做停留，她出门时，原本拿在手中的画纸却不见了，而此刻屋内三人正围着一幅仕女图激烈地讨论着。

"这事儿很麻烦啊，那个晓夜是琪琪小姐的女伴吧？"

另一人不屑道："不过一个五级小妞罢了，我等都六七级了，对付她还不是手到擒来！"

第三人沉吟道："不妥，此事一出，琪琪小姐还不杀了我们？到时宋家可不见得会为我们出头。"

"你就是胆小！正所谓富贵险中求，七少的心思如此明显，这么好的机会绝不能错过，一定要投其所好！"

第三人又道："事不宜迟，我们明晚就动手！明天进山后，各家独立安营扎寨，肯定一片混乱。我们见机行事，只要办事小心，就不会留下痕迹。"

"嘿！你们说是把那小妞捆了送过去呢，还是……"

房间里的声音渐渐低了下去，随即响起一阵压抑的怪笑。

不一会儿，宋子宁的两名亲随来到书房。矮壮结实的名叫宋荆，他把叶慕蓝侍女去外院一事告知宋子宁，然后略有点儿不安地说："少爷，如果他们真的得手了，殷家表小姐那边会不会不好交代？"

宋子宁似笑非笑地看了他一眼，他立刻住嘴了，心里不免嘀咕少爷对未来的少奶奶太过放纵。叶慕蓝的用意很明显，想把一个女人弄到手，有很多种办法，她却选择了最粗鲁的一种。她难道想不到这事儿万一闹出来，会有损宋阀的名声？

旁边身材劲瘦的青年宋戈则报告了另一件事："少爷，属下从国公府那边拿到了琪琪小姐的随从名单。她的那位女伴姓千，名晓夜，是五级战兵，远程战位。"

参加天玄春狩的足有一万人，国公府提供的资料里自然不可能包括数量庞大的护卫随从及姬妾侍女。而千夜是殷家狩猎组队的九人之一，是以才会有备案，当然信息也极为简单。

宋子宁皱了皱眉，轻声自语道："为什么会这样？"

两名亲随不明所以地互望了一眼，随后宋戈小心翼翼地补充了一句："叶小姐似乎想通过裘队长取得这个名单。"

裘队长正是宋家的卫队长。

"拖一拖，等狩猎开始再给她。"宋子宁顿了顿，又问，"她和琪琪最近一次碰面是在哪里？"

宋戈想了想回答："叶小姐一个月前去过底层大陆，应该是在西昌城袁泽宇城主的晚宴上。至于具体情况，属下需要一点儿时间去调查。"

宋子宁说道："一起查查千晓夜。"

"那是琪琪小姐身边的人，查她的背景资料，可能会惊动琪琪小姐。"

宋子宁淡淡地说："没有关系，就是要让她知道。"

第二天清晨，各家队伍陆续从卫国公别院出发，前往天玄山脉深处。

帝国历经千年征战，哪怕是春狩这样的活动，也力求贴近实战。

为了保证收获，各大门阀世家狩猎区域的划分会效仿战区，并且尽可能地分开。春狩的名次和奖励倒是其次，更重要的是家门荣耀。在春狩中一鸣惊人，是士族子弟平步青云的捷径。这些士族子弟除了少部分依附于某一世家，大部分都是自由行动。

殷家营地选在半山腰的一个缓坡上，前面是谷底溪流，距离山脉、森林位置适中，离通向卫国公别院的主路也不太远，算是上佳之地。

营地风格效仿军营，中央三座品字形分布的木屋，是殷琪琪居住的主楼，兼有战术指挥、厨房、装备库等功能。四面是长长的排屋，除了作为卫队随从的居所，还能作为防御工事。

季元嘉提前带队来布置营地，此时大部分都已完成，只剩东北角排屋后那两间连体的工具房还没有建完。安营扎寨诸事繁杂，殷琪琪等人到达时已是下午，待收拾得七七八八了，早已夜幕低垂。

此时有三个人影正缓缓靠近营地。他们的身影若有若无，气息丝毫也不外泄，显然都是潜行伏击的好手。他们摸到距离营地不远处藏匿好踪迹，小心观察着前面的动静儿。

排屋里不时有人进进出出，都是些仆役随从。护卫们三人一组来回巡逻，外围一共两组人，不算密集，但是却把主楼保护得密不透风。

三人正觉得有点儿棘手，却突然看到了此行的目标！

晓夜是从主楼里出来的，看来她和殷琪琪住在一起。如果真是这样，恐怕此行要无功而返了。就算他们擅于野外捕猎，也不觉得能进入殷家营地的心脏地带。

然而他们发现事情有了转机，晓夜不知道在忙些什么，居然独自拎着巨大的箱子往东北角的排屋后面走去。那边有两间独立的工具房，已经建好了一间，另一间还没有封顶。

晓夜来来回回去了几次，竟然待在里面不出来了。三人互望一眼，都看到了彼此眼中的兴奋。这小妞儿太善解人意了，竟然主动将天大的富贵送到了他们手里。那个地方没有人入住，护卫队每半个小时巡逻一次，眼下只需耐心等待时机，然后一举突袭，抓了人就跑。

晓夜的影子在窗户上晃动着。他们潜到附近，待巡逻队一走，便从藏身之处跃出，如鬼魅一般掠过低矮的木栅栏，慢慢摸到那间小木屋面前。

当他们冲进房中之时，千夜正站在桌前忙碌着，占了小屋三分之一的长桌上摆放着各种枪械和弓弩零件。千夜穿着一件与武安堂夜宴时差不多风格的黑色长衣，只是暗纹绣饰由水蓝色变成了金黄色。为了方便干活儿，他将宽大的袖子用丝带高高扎起。他愕然抬头，看着突然闯入的三个家伙。

他们一身夜行轻甲，面巾覆面，一看就不怀好意。更令他感到意外的是，他们的实力只有六七级，仅凭这点儿实力居然敢夜闯殷家营地！

然而在这三个人眼中，晓夜明显一副受惊过度、不知所措的模样。不过美女就是美女，越是害怕，看上去越是惹人怜爱。其中一人直接上前说道："听着，宋七公子看上你了！这可是你的福气，乖乖跟我们走，只要把七公子伺候舒服了，说不定还能成为他的妾室。"

千夜脸上的表情很复杂，问道："宋七……看上我了？"

三人一听，顿时觉得有戏，小美女看上去又惊又喜，多半会主动跟他们走。他们丝毫没有注意到小美女的声线有些低沉，不像一般女孩子那样清亮。

“那还有假？他还画了不少你的画像呢！赶紧跟我们走吧，以后你若是富贵发达了，别忘了我们兄弟就成！”

另一人附和道：“就是，像你这样的美人当什么护卫，真是浪费！”

第三人则拿出绳索和洁白的手巾，满是歉意地说：“为了防止意外，这一路上只有委屈你了。”

千夜怒气填胸，活动着手指，从牙缝里挤出一句话：“宋子宁……”

三人忽然抬头看向不远处，立刻觉察到不妙！

夜幕下，前方森林中陡然冲出几个人。他们背着满身装备，个个头发凌乱，狼狈不堪，身上的外袍大多被划破了，露出下面的贴身甲衣。

为首一人高大英伟，气势不凡，正是魏破天。他身上倒是没有破损，只不过覆盖着一层淡淡的土黄色光芒。

魏家秘传千重山威名远播，但魏破天却用它在森林中开路，如果魏家太夫人知道了，不知会抽他多少记藤条。

魏破天奔出森林，看着不远处的营地，以及飘扬的旗帜上那个大大的“殷”字，不觉咧嘴大笑道：“终于让我找到了，都怪你们这群没用的东西，害我绕了这么多弯路。这才三十公里，竟然走了大半个晚上，老子养你们有什么用？！”

众人都是他的亲随护卫，当下不敢反驳，只得连连称是。其实是他自己提出要体验一下实战的感觉，不走大路，结果一头钻进了山地密林，绕来绕去也找不到出路。

“走了，找琪琪去！好久没看到这个丫头了，这次一定要打赢她，让你们见识一下本少爷的雄风！”

魏家众人连忙溜须拍马一番，魏破天听得得意扬扬，意气风发。一行人迅速前进，转眼间就到了殷家营地，呼啸着越过栅栏，想要往里冲。

魏破天忽然停步，目光落在右边角落处的一间木屋上，沉声说道：“等等，有杀气！”

众随从之中有不少高手，但是他们却没有觉察到异样。大家都对他的话将信将疑，不过表面上还是无比配合地摆出全神戒备的架势。

魏破天没有看出他们的小心思，见小木屋中毫无动静儿，当即冷笑一声，大步走了过去。

忽然“砰”的一声，房门直接被撞开了，一个黑乎乎的身影向着魏破天飞来。

他大吃一惊，连忙跳到一边。

只听“扑通”一声，有人狠狠摔在地上。此人一身夜行轻甲，面罩黑巾，哼哼唧唧地完全爬不起来了。

“呼”的一声，又一个黑衣人从木屋中飞了出来，紧接着还有一个。

魏破天眼皮一跳，觉得自己的肚皮也仿佛隐隐作痛起来。刚才那一瞬间，他分明看到一条套着军靴的长腿从眼前闪过。他还来不及细想，木屋中便跳出一个杀气腾腾的美人儿，极为凶悍地朝滚在地上的三人狂踢猛踹。每踹一下，她脑后的马尾便欢快地跃动着。地上那三人可都是六七级的高手，却被她揍得不成样子。军靴着肉的“砰砰”声，听得人心中惴惴。揍人能揍到这种水准，无论对方原力高低，都不是好惹的主儿。

魏破天悄悄后退了几步。

这时那个美人儿抬起头，目光闪电一般投射在魏破天脸上。

“呃……我是魏启阳，来找琪琪小姐的。”不知为何他气势全无，竟主动开口道出来意，连“破天”这个响亮的名号都忘了用，竟老老实实报了自己的本名。

营地里已是一片哗然，季元嘉和殷家的卫队长最先赶到，巡逻队则从营地另一头拼命奔来。

殷琪琪快步走来，看到倒地不起的三个蒙面人和魏破天一行，吃惊地问道：“晓夜，这是怎么回事儿？”

千夜咬牙答道：“你自己问他们吧。”

说完他大步走进木屋，“砰”的一声摔上木门，显然火气极大。

这时几名虎背熊腰的护卫扑上来，把地上那三个倒霉的家伙拖走了。

殷琪琪淡定地看了魏破天一眼，说：“破天，瞧你这样儿，难不成遇上山贼了？”

魏破天等人的模样确实有些凄惨，不过他可不会输了气势，当下挺起胸膛，大声辩解道：“我只是在路上多花了点儿时间而已。”

殷琪琪好奇地问道：“你走了多久？”

“八，不，六……三个小时。”魏破天差点儿说漏了嘴。

殷琪琪更觉得奇怪了：“才几十公里的路，你走了三个小时？”

魏破天大手一挥，喝道：“好了，别说这些了。难得见你一次，怎么都得好好打上

一架。这次要是你输了，可别哭噢！”

殷琪琪轻笑一声，说：“哟，在折翼天使待了一阵子，就得意忘形了！好啊，送上门的沙袋，哪儿有拒绝的道理！先进来坐吧，我让人去收拾场地。”

魏破天跟着她走进主楼客厅，二人随即聊了起来。

不一会儿，千夜走了进来，不声不响地在殷琪琪身后坐下了。

千夜现在十分郁闷，他没想到殷琪琪口中那个不在名单上，半途插进来参加春狩的世家子弟竟然是魏破天！他安静地坐着，双目低垂，上半身笔挺得如同雕像。他身上那股含而不发的杀气，竟令客厅内的温度降了好几度。

这时殷家的卫队长走进来，看了魏破天一眼，欲言又止。

殷琪琪当即说道：“你说吧，破天不是外人。”

卫队长忙道：“小姐，那三个人已经招了。”

殷琪琪眉头一皱，问道：“怎么这么快？”

卫队长答道：“他们三个哭着喊着要招认，拦都拦不住。”

殷琪琪脸色缓和了一些，又问：“他们都说什么了？”

卫队长说：“他们说看到宋七公子不断画晓夜小姐的画像，便想把晓夜绑了献给他，好讨他欢心。”

殷琪琪脸色顿时变得极为古怪，极力强忍着笑意，转头看向千夜，说：“你是说，宋子宁看上了晓夜？”

“确实如此，属下已经反复问过了。”

魏破天吓了一跳：“宋子宁还会缺女人吗？居然派人到殷家来抢这位……”

千夜忽然抬头，平静地看了他一眼，锐利的杀气立刻让他闭了嘴。

殷琪琪看到两人的表情，不由得睁大眼睛，吃吃笑了起来，说：“破天，你在太夫人面前都没有这么乖，不会也喜欢上晓夜了吧？”

“怎么可能？”魏破天急忙摆手，如同被踩了尾巴的猫一样，差点儿跳了起来，随即又觉得不妥，慌忙补救道，“不过，晓夜小姐确实貌美如花，只是那个杀气啊……”

见千夜恶狠狠地瞪了他一眼，他连忙闭嘴了。

殷琪琪伸手捂住嘴，看着千夜恼羞成怒的表情，她实在不敢笑出声。

这时，季元嘉走进来说场地收拾好了。

殷琪琪站起来，舒展了一下身体，右手伸出，蓝白交织的原力光芒立刻沿着手臂盘绕而上。她不怀好意地看着魏破天，说："破天，我知道你已经六级了，虽然姐姐我还是七级，不过教训你足够了！"

看着殷琪琪发出的原力气息，魏破天立刻感到不妙。他在短时间内连晋两级，自认为可以与之一战，没想到殷琪琪的水月流云诀进展如此之快。可是牛皮已经吹下，又有众多下属看着，哪里还能退缩？他只得硬着头皮跟着殷琪琪来到准备好的格斗场地中。

一步入格斗场，他的气势顿时有所不同，当下沉喝一声："千重山！"

只见土黄色光芒透体而出，待笼罩全身后，气势沉凝，竟然真有几分崇山峻岭威严矗立的感觉。

殷琪琪双眼一亮，赞道："确实进步神速，千重山已经有几分味道，这下我都有些没把握了。"

她嘴上说没有把握，下手却不慢，一个跨步就来到魏破天身边，伸手轻轻拍在土黄色光罩上。一道浅蓝色的蒙蒙微芒如水波般扩散开来，所过之处，顿起涟漪。

这一掌看上去异常轻柔，可是魏破天如山的气势竟然有些不稳，身体晃了晃。还没等他调整过来，殷琪琪已轻灵地绕着他转了数周，如同云雾升腾而起。群山虽然巍峨，却也渐渐被遮蔽了。

殷琪琪出掌极快，步伐缥缈不定。虽然水月流云诀中水月的意境暂时还看不出来，却真有几分天上流云变幻无方的味道。她的攻击看似毫无力量，但每一掌落下必然引起动荡，可见掌法中蕴含的威力之大。

魏破天开始予以还击，他出拳不快，步法也很简单。实际上似拙实巧，立刻稳住了局势。虽然仍被殷琪琪带得东倒西歪，但功架却不破。

千夜自上次和季元嘉一战后，发现与兵伐诀的速成相比，那些秘传武技在低级时尚且看不出威力，但越到后期进展越快，潜力也越是无穷。尤其是在每种秘法的特长被发挥出来之时，双方已不单单是在较量原力的深厚，还包括对原力的掌控以及不同属性的相生相克等。

正如眼下这两人，殷琪琪的攻击威力不俗，但更以变化取胜，若与实力相当的对手战斗，可轻易占到上风，迅速取胜。可魏破天恰恰克制她的这种打法，其千重山厚如龟壳，轻易不会溃散，拳法古朴却重逾山峦。魏破天挨多少打都没事儿，但他的对手要是挨上一记，恐怕会当场爬不起来。

两人转眼进入僵持阶段，谁也奈何不了谁。殷琪琪只有期望魏破天原力不济，支撑

不了消耗极大的千重山。谁知他进入六级后，原力厚重了不止一倍，打了这么久竟没事儿，显然不容易耗到力竭。

殷琪琪忽然跳开，说：“不打了，打不破你那乌龟壳，真没意思。”

魏破天“嘿嘿”一笑，傲然说道：“现在知道我魏家秘传的厉害了吧！这套秘传名为千重山，顾名思义，防御如山之厚……”

“停，我听了几百遍了！”殷琪琪立刻打断他，她眼波流转，对着千夜招手说，“晓夜，你过来试试！”

“别开玩笑了，她才五级，我堂堂帝国中校怎么可以欺负……”

魏破天还想进一步宣扬他绝不会欺凌弱小的帝国军人风范，可千夜已往场中走去。

殷琪琪笑道：“还不知道谁欺负谁呢，要不要赌一下，你拿什么做彩头？”

魏破天还没来得及说话，就感觉一股杀气冲天而起，仿佛身临战场，下一刻千军万马便会迎面踏来，一时间只想尽快逃走，居然提不起斗志！

这个念头一起，他自己也吓了一跳。这些年他不止一次面临生死危局，又何曾叹过？他猛然醒悟，这是被对手的气势彻底压倒的迹象，这可是极为危险的事儿！还好白龙甲曾经教过他，在战场上无论遇到何种不利局面，都有共同的解决手段，那就是先运起千重山。他不再多想，连忙舌绽春雷，断喝一声：“千重山！”

只见黄光乍现，沉凝如山。然而千夜已经开始加速，他大步奔来，才到中场便潮音如雷，一记直拳毫无花巧地向中路轰出。

魏破天此时已别无选择，对方的气势如狂潮般汹涌扑来，他若是再有意避战，必然溃不成军。他随即大步迎上，一拳直接向千夜轰去！

两道拳锋凶猛地撞击在一起，仿若春雷乍响！“轰隆隆”的雷声绵延不绝，整个大地仿佛都在震颤！

魏破天全身剧震，千重山的光幕剧烈波动，明暗不定。殷琪琪用了近百记攻击都没能撼动的千重山，竟开始摇摇欲坠！

千夜又上前一步，手肘飞起，当胸撞去！

魏破天怪叫一声，完全不敢反击，立刻双臂交叉护住头胸，彻底龟缩防守。

雷音连绵，千夜的手肘一下下砸在千重山的光幕上，连续三次攻击，一次比一次沉重。第三下时，千重山被攻破了！

魏破天惨叫一声，仰面朝天，重重摔在地上。他刚想爬起来，突然全身僵硬，不敢稍动，此刻千夜的军靴正虚踏在他的咽喉上。这处要害被制住，别说千重山了，就是万重山也没用。

他只觉喉咙发干，全身冰冷，他感觉得到，对方确实想一脚踩下来。

殷琪琪忽然冲了过来，一把推开千夜，叫道："让一让，我来！"

这位大小姐几乎是跳到魏破天身上，一下下狠狠踩下去，踩得他号叫不断。

魏破天的亲随全部转头四顾，只当没看见。这种状况其实已经发生过不止一次了，以往魏破天挑战殷琪琪的时候，也是无所不用其极，所以每次打输后，总会被殷琪琪收拾得很惨。

殷琪琪一边跳，一边兴奋地叫道："让你天天顶个龟壳！以为我砸不碎是吧？你再用秘传啊，千重山哪儿去了？"

她狠狠踩了几十下，这才浑身舒畅地跳下来，掩嘴笑道："这下爽了！"

随后她一把搂着默立一旁的千夜的肩膀，问道："你呢，感觉如何？"

"很爽！"千夜面无表情地说。

魏破天还倒在地上，被千夜生生攻破千重山后，他一时原力溃散，还未组织起有效的防御就被殷琪琪一顿猛踩，疼得直抽冷气。不过他确实不负皮糙肉厚的评价，居然不到半分钟就若无其事地爬了起来。

他抓了抓凌乱的头发，一瘸一拐地走到千夜面前，将一样东西塞到千夜手里，极为豪气地说："我输了，这是赌注！"

千夜面无表情地拎起来一看，是条银色项链，末端挂着个拇指大小的方牌，上面刻着鹰头。

殷琪琪惊讶地说："喂，打赌是我提出来的！"

魏破天翻了个白眼儿说："谁赢了我彩头就给谁，你堂堂殷家三小姐，还好意思和属下抢东西。"

殷琪琪被口齿突然伶俐起来的魏破天说得一愣，随即狐疑地眯起凤目，盯着那条项链，心中不知在想些什么。

只听魏破天对千夜说："这是我的信物，拿着它，只要在我的权限范围内，就可以满足你的三个要求。"

这时，魏破天的一个亲随回过神儿来，凑近身边一个气宇轩昂的青年，悄声说："怀哥，世子该不会认为，那位真是个妞儿吧？"

千夜五官精致，穿着不分男女的古服，确实活脱脱一个美人儿。可是刚才一战他气势惊人，有千军辟易之姿，哪儿有半点儿女气！

“琪琪小姐说她是，她就是。” 青年一脸淡定，然后抬眼看了看他，说，“一会儿向世子解释的任务就交给你了。”

那名亲随一听，五官立刻全皱在一起。

千夜低头看着手中的项链，心情复杂，看来魏破天已经认出他了。一想起当时如何赢得那三个承诺，就不由得想起陪他去考试的石言和曾对他寄予厚望的林熙棠。

魏破天正色对千夜说道：“如果你遇到麻烦，一定要记得找我！”

说完，他转过身，一把将殷琪琪扯到旁边，然后用刻意压低的声音说：“来，谈正事儿！春狩明天就要开始了，我们得好好商量一下！”

殷琪琪伸手在魏破天肩上一搭，问道：“你这次的目标是什么啊？”

魏破天顿时神采飞扬，豪迈地说：“祖母下了死命令，要我一定进入前三。不过想我魏破天也是堂堂帝国中校，前三哪里能够满足？一个男人，心有多大，成就就有多大！”

殷琪琪不屑地说：“有赵君弘、宋子宁和我在，你要是能进前三，那可真是见鬼了，说点儿实在的！”

她可不信魏家太夫人会下这种死命令，最多是许了好处激励他向上罢了。如果不是魏破天临时突破了六级，魏家根本不会让他来参加春狩。事实上春狩和实战没有区别，每年都会死不少人，他们这些核心子弟虽然能够受到保护，但世上总没有万无一失的事情。

魏破天被揭穿老底儿，立刻讪讪地说道：“这个……也不必说得如此明白吧！嘿嘿，其实我这次过来，是想找你商量一下……如果我只排到第四，你能不能把名次让给我。反正你需要的是战绩，排名差个一两位也无关紧要。”

千夜闻言吃了一惊，几乎不敢相信自己的耳朵，今晚总算见识了这个号称“要一拳击碎天空”的男人如此没节操的一面。

殷琪琪倒是两眼发亮，重重一拍魏破天的肩膀，问：“你家太夫人许了什么好处，让你如此上心？”

“这个……也没什么。”

“不管是什么，我都要分一半，否则此事免谈！”殷琪琪斩钉截铁地说。

魏破天愁眉苦脸地说：“一半就一半吧，唉！”

殷琪琪亲热地搂住魏破天的肩膀，说：“这才是好姐妹！”

魏破天大怒："谁和你是姐妹？"

"只要你分一半好处给我，今后我们就是闺蜜了！"殷琪琪重重拍着他的肩，悄悄施用原力，一巴掌把他拍到了地上。

魏破天气得差点儿吐血，他反应不慢，硬生生跳了起来。刚要发怒，殷琪琪却一把将他拉回客厅，准备好好商量一下如何打架、分赃。

原来在天玄和北海两大春狩中，会有很多士族子弟参加，正是门阀世家招揽新人，士族寻求晋身之阶的好时机。

按照惯例，赵宋两阀来天玄，张白两阀则去北海。对于门阀来说，光是姓氏就足够有代表意义了，来的是谁并不重要。因而有传闻，宋阀的宋子宁之所以能越过他的诸多堂兄弟来天玄，不是因为实力够强，而是因为生得俊秀，宋家老祖宗偏心于他。

而世家派来的子弟身份则相对贵重一些，比如已进入继承人候选的殷琪琪。无论未来她是否会执掌家族，但至少能占据一个重要的长老席位。魏家世子此次亲临，一方面是因为魏破天年纪还小，去帝苑只能垫底儿，另一方面是为了磨炼他独当一面的能力，帮他建立属于自己的班底。

简而言之，春狩对于门阀世家来说，赢家的奖励倒在其次，他们重视的是展示家族实力、发掘人才的机会，所以各家都有既定的目标。

魏家太夫人并没有给魏破天定下获得名次的目标，不过他本人倒是雄心勃勃，狩猎尚未开始，壮志便已凌驾于九霄之上。坐三望一，是他给自己定下的目标。对于刚突破六级的他来说，进入前三绝对是超出预期的好成绩。一旦目标达成，以魏家太夫人对他的宠溺，好处肯定堆积如山。

殷琪琪让侍女给魏破天拿来热毛巾擦脸，然后悠然说道："破天，我收你这一半好处，可并没有多拿。你也知道今年天玄春狩的形势，南宫婉云和孔雅年都来了，这两人没一个是省油的灯。听说为了挤进前三，家里出了血本，况且他们现在都是七级，你一个也打不过吧？"

魏破天冷笑一声，傲然说道："就算打不过，我也不见得会输。白将军说过，如无上等秘法，仅凭七级实力休想打破我的千重山。"

殷琪琪哈哈大笑起来："刚刚晓夜给你的教训还不够吗？"

"这……这怎么能一样！"魏破天登时张口结舌，不知该如何辩驳。

殷琪琪挥挥手说："你还不知道赵阀和宋阀的目标吧？"

魏破天答道："我来得迟了些，还没来得及打探呢！"

在别院的晚宴上，赵君弘当着众人的面，轻描淡写地说了一句："我是四兄弟中最没有出息的，不过既然来了，怎么也要拿个第一回去。"

宋子宁则以一贯温和的态度说："我可没想过去争第一，保个前三便心满意足了。"

如此一来，赵、宋两阀相当于包了前三中的两个位置。以两阀的地位，没有十足的把握，哪儿会放出这种话来！接下来的争斗势必非常激烈。其实历届春狩都是如此，开始时总是风轻云淡，越到后面越火爆，最后往往是明争暗斗，无所不用其极。

魏破天还不算太笨，想到与殷琪琪联手，只是其他世家想必也会暗中联合起来，所以形势依旧严峻。天玄山脉外围对于低级区域的猎场划分十分明晰，进入深处之后，才会互相交叉，而各家的行动也相应地从狩猎演变为逐鹿。由于魏家是最后一个报名的，最开始的猎区离两阀和上品世家相当远，和殷家会合恐怕要到春狩的后半段了。

商议好了之后，魏破天没有多做停留，直接离去了。

魏破天走后，殷琪琪按捺不住好奇心，立刻向千夜要来那条项链仔细看了看，然后随手套到他脖子上，说："好好收着，他是世子，权限范围比我大，能调动的资源也比我多。这个家伙今天殷勤得有点儿奇怪！"

殷琪琪显然没有指望今晚火气一直很大的千夜搭理她，随即突然问道："那三个人你准备怎么处置？"

千夜眼中露出寒意："废了吧，算是给宋子宁一个警告。"

殷琪琪笑吟吟地点头说道："对，就这样！"

除了殷家营地，高高的夜空中也很繁忙。极目远眺，可以看到数艘体型庞大的浮空艇正缓缓掠过，向天玄山脉深处飞去。这些浮空艇会将不少黑暗种族的俘虏投放到天玄山脉中，以供春狩参加者猎杀。然而每年总有一些黑暗种族战士成功逃进天玄山脉深处，躲过猎杀，然后生存下来，并逐渐强大起来。

这是春狩中的一大变数，亦是有意为之。毕竟上了战场，黑暗种族可不会按照规矩行事，只派等级相当的战士给这些年轻人猎杀。如何从高等级的敌人手下逃生，是一门必修课。

此刻其中一艘飞艇上，艇长正透过舷窗向下望去。他的一双眼睛拥有异能，视力比鹰隼还要锐利，迅速锁定下方的营地，甚至看清了旗面上的"殷"字。

他露出阴森的笑容，摸了摸胸衣的口袋。口袋里有一张卡片，凭借卡片上的原力阵列密码，可以打开帝国银行某个分行里的一个保险箱，而里面已经放了整整一万枚帝国金币。

他收回目光，走向底舱，守在舱门口的卫国公私军战士向他敬了个礼。他回礼后说道："这些黑血杂种从不安生，我得去看一眼，确保没有任何问题。"

私军战士让开通路，艇长逐级而下。底舱全部是用合金封墙，焊出一间间分隔的囚笼，里面有各个种族的黑暗战士。他们都是从各大战场上俘虏过来的，经过筛选，等级全在七级以下，没有特别强大的异能，很适合天玄春狩。

黑暗中，一双双眼睛目露凶光，死死地盯着艇长。几个狼人低沉地咆哮着，不时伸手去抓胸口嵌着的一小块儿晶片。

艇长在他们面前停下，说："你们谁敢把那个东西弄下来，就死定了！看来我需要给你们加深点儿印象，千万不要把我的话当成耳边风！"

他用力往囚笼外的按钮上一拍，笼内立刻跃起强烈的黎明原力冲击波，烧灼得几个狼人惨叫不已，随即瘫倒在地。旁边囚笼里的黑暗种族眼中凶光立刻收敛了不少，全都露出惧意。

艇长走到底舱最深处，这里的隔间内坐着一名血族，看上去有些颓废和营养不良。他一直低着头安静地坐着，直到艇长走过来也没有改变姿态。

艇长拿出一根缠满倒刺的鞭子，向他一指，喝道："你过来，让我看看！"

那名血族相当顺从地站起来，缓缓走到囚笼前。

艇长借着身体的遮挡，悄悄张开握鞭的手。他手心处写着"殷琪琪"三个字，并附了殷琪琪的简笔肖像，面目算得上惟妙惟肖。

那名血族眼中忽然精光一闪，微不可察地点了点头。

更多精彩内容请见二维码

艇长双手一搓，手心中的字和图立即消失不见了。他粗声粗气地说："行了，滚回去坐好！别给我耍什么花样，否则让你好看！"

他一路甩着鞭子离开底舱，随后重重拉上舱门，从外面把门锁死了。

卫国公私军的一名统领正好路过，问道："情况怎么样？"

艇长耸耸肩说："还行，这批黑血杂种倒挺老实的。"

统领松了口气，说："没事儿就好！再过一个小时，这该死的任务就算完成了。"

浮空艇继续飞向大山深处，没有人知道，囚室中混进了一名八级血爵士，并且实力十分强悍。

图书在版编目(CIP)数据

永夜君王. 卷二，阴谋 • 阳谋 / 烟雨江南著.

—武汉：长江出版社，2019.4

ISBN 978-7-5492-6396-7

Ⅰ. ①永… Ⅱ. ①烟… Ⅲ. ①长篇小说－中国－当代 Ⅳ. ①I247.5

中国版本图书馆 CIP 数据核字(2019)第 061611 号

永夜君王. 卷二，阴谋 · 阳谋 / 烟雨江南 著

出　版　长江出版社

（武汉市解放大道 1863 号）

选题策划　多乐图书编辑部　李　鹏　秦　媛

市场发行　长江出版社发行部

网　址　http://www.cjpress.com.cn

责任编辑　陈　辉

特约编辑　刘　敏　张　君

封面设计　青空工作室

装帧设计　彭　微

印　刷　中印南方印刷有限公司

版　次　2019 年 4 月第 1 版

印　次　2019 年 4 月第 1 次印刷

开　本　710mm×1000mm　1/16

印　张　16.5　4 页彩页

字　数　320 千字

书　号　ISBN 978-7-5492-6396-7

定　价　39.80 元